与謝野寛晶子書簡集成

第一巻

逸見久美編

JN293512

八木書店

与謝野寛晶子書簡集成　第一巻　目次

本扉題字　逸見久美
装丁　大貫デザイン事務所

凡　例

一、本書は、編者が五十年に亙って収集した与謝野寛、晶子の書簡のうち、現所蔵者の掲載許可を得たものを掲載した。
一、書簡の現所蔵者、及び出典を各巻毎に各書簡の見出しの頭に通し番号を付した。
一、書簡一通を一項目とし、各巻毎に各書簡の見出しの頭に通し番号を付した。
一、配列は差出年月日順とし、その書簡中の日付を優先し、消印で補った。日付、消印で年月日の確定できないものは、内容から判断して適宜配列し、推定の根拠を書簡末尾に記した。同年月日の書簡の場合は、宛先の五十音順とした。
一、掲載、蒐集した書簡本文は、原書簡、写真、コピー、印刷物などから翻刻したが、可能な限り原書簡にあたって校合することを心がけた。そのため、翻刻掲載誌がある場合でも、原書簡にあたったものは原書簡を優先し、出典の記載を訂正した場合がある。
一、原書簡の翻刻にあたっては原本通りとすることを原則としたため、与謝野・與謝野などの表記が併存している場合がある。原書簡を確認することのできなかったものは、出典の編集方針にしたがった。
一、筆跡から寛が晶子の代筆をしていることが明らかな場合は、【備考】に記した。また寛・晶子の書簡で本文中に署名がなく、筆跡によってその主体が明らかとなったものは、〔　〕にて該当箇所に注記した。
一、年賀状・差出人住所などで印刷されたものは〔印刷〕とした。同一内容の印刷物が複数の宛先人に発信されている場合は最初に掲出した書簡本文を全文掲載し、再掲出以後は本文を省略し書誌情報のみを記載した。
一、見出し中の宛先名は書簡中の表記にかかわらずもっとも一般的と思われる名前を掲出した。

（例）太田正雄→木下杢太郎

一、原書簡の書誌は以下の基準で採った。
　1．毛筆かペン・用紙・寸法の順。封書は封筒・便箋の順とし、採寸できたものには縦横の寸法を記した。単位はセンチメートル。
　2．絵葉書の図柄や封筒・便箋・葉書などの材質については（　）で注記した。

3．消印は判読可能なもののみ採った。
4．宛先人住所氏名尊称などは㊤とし、差出人住所氏名などは㊦とした。絵葉書なども同様の処置とした。
一、註、【推定】【備考】等で引用した文献は次のように略記した。
1．『天眠文庫蔵与謝野寛晶子書簡集』（植田安也子・逸見久美共編、八木書店、昭和五十八年六月）→『与謝野寛晶子書簡集』＊番号は書簡№を指す。
2．『鷗外全集』全十八巻（大正十二年一月～昭和二年一月、鷗外全集刊行会）→『鷗外全集』
3．菅沼宗四郎『鉄幹と晶子』（発行有賀精、昭和三十三年十一月）→『鉄幹と晶子』
4．雑誌名（『冬柏』、『明星』等）は発行年月を記した。

明治二十五年〜三十年

1　明治25年3月29日　河野鉄南宛寛書簡

〔ペン和封筒縦19・2横8・3　ペン便箋縦16・3横23・5（3枚）〕

消印　周防徳山25・3・29／和泉堺25・3・31

㊤大阪府堺市九間町東二丁　覚応寺　河野通該君

㊦山口県都濃郡徳山私立徳山学校　与謝野寛

むつきよりこの方ほとんと九十日の長きかたみにおとづれもかはし侍らず　例のなまくらも程こそあれまたあまりならずや　さてこよみとりて見れば春も半はすぎぬめり　さるをともすればさへかへる風にかすミの衣ほころびて雪の花ふきちらしなどするはいかなる気候ならむ　かゝる折の産物は何はあれと先づ才一ニ感冒の流行なるべし　御許さまにはかはらせ玉ふことなきか　はたその外の君達も

月日に関もりなしとかや君にも十九才になり玉ひおのれも比枝をかさねたる富士とはなり侍りぬ　例の隊長ハとゞまり玉はぬならむ　怠らす勉精し玉ふなるべし　おのれは今に碌々としてなに一つなすとしもなくすぐし侍り　昔し《ママ》の抱負頗る誇大なりしにも似ずかゝるありさまなるこそ旧友諸氏の思ひ玉はんことも愧しくていと〳〵面なきこゝちのせられ侍れ　とはいへ一寸の虫にも何とかや　おのれも一片のをこゝろはたもち侍るからは決してこのまゝにては打ちはてぬ考に侍り　行すゑ永く見すて玉はざらむことをいのる　くれ〴〵も　国文学の流行勢ハ殆んとその度をきはめぬ　都にひなに文典を腋にし三十一字を口にする人々の日を追うて増加する　まことにうるさきばかりなるを。知らず此間に立ちで《ママ》真成の大手腕を有する豪の者ハ何人ならん　おのれの不肖なるも四とせのむかしよりすこし見る処ありて之に志したるが今に之といふいさをしもなきはいと〳〵口惜しう思ひ侍り　されといよ〳〵勉精せん決心に侍り　大男児この世にうまる　いかでか牛馬的に五十年を没了せん　心の駿駒いでや一と鞭あてゝまし　君もまたおのれと同し考ならむなん部の君にあひ玉はゝよろしう伝へてよ　同君の名吟とき〴〵婦女雑誌の上にて見侍るは察するに頗る勉精せらると思はる　いと〳〵うらやまし　されとその怪しきは同君のうたに折々老成なる口調のあることなり実際の作ならばその才華の英敏なる進歩を驚嘆すべし　若しも〇〇《ママ》的ならは文界の刑律《ママ》ハ之を見のがさゞらむ　されとこはおのれの想像のみゆめ〳〵同君になつげ玉ひそ

同君の玉作ども拝見したし　おのれのもちかきうちニ送るべし　君のも見せ玉へや敢てのぞむ

たちばな君①は追々上達せらるゝならむ　同君の住所を忘れたればおとつるゝによしなし　便りにしらせ玉へ

おん父上はさらなり　おほぢおほばさてはおん母上へよろしう伝へさせ玉ひてよ
堺に河井袖月②といふ人ありとか　いかなる人なりや　君らと交際はなきか　その地位その才学知り玉は丶もらし玉へ　ちか頃はいづくにも造花的学者多し　互にか丶るまねはかりにもなさであらむ　只々すなほに一科の学に入りた丶んこそよからめ　浮華や模倣にて学者と呼はる丶者ならむにハ学者ほどなり易きものハあらざらむ　是れ近時学者社会の弊なり　吾同志の士ハつとめてか丶ることに抵抗してまし
「みなし児」③ハ生の戯著十種の一なり　小供に施し玉へ　入用とならは幾部にても送り侍らむ　一部の賣價ハ一戔と改めたり
以後をり〱のおん文玉はれかし　隔りて友の便りよむばかり嬉しきは侍らずなん
授業時間のすきを伺うて認めつれは心も筆もはしたなう打ちみたれ侍りぬ　こ丶ろしてよませ玉ひね
やよひの廿九日　　あなかしこ

註① たちばな君――橘正員。寛の安養寺養子時代（明16～19）に組織していた堺青年有為会の月次会誌の会員。
② 河井袖月――河井幸二郎（酔茗）の別号。
③ 「みなし児」――寛の小説集。明治二十五年二月十一日刊、山口県積善会出版部発行。霊美玉《くしみたま》迺《の》舎主《やあるじ》（寛の初期の雅号）著。

2　明治25年8月9日　近藤茂世宛寛書簡（推定）

〔毛筆和封筒　毛筆半紙（3枚）　未採寸〕　消印　未確認
(表)徳山上中町　近藤もよ子様①　おもとへ
(裏)京都愛宕郡一乗寺村　与謝野寛

土用すきて後のあつさなか〱に凌きかたうこそ侍れ　か丶る折しもおむあたりにはいか丶おはしますにかあらむ　そへられ玉ふ方もましまさぬにや
いにし日はおむ文玉り忝う打誦し侍りき　中にまこ丶ろあふれていと丶ねもころなるふし〱なむ骨身にとほりて嬉しう覚え侍りける　ここにひたすらおむ禮きこえ侍りぬ
生こと帰省後頓ニ全身の快健をおほえ例の脳病なともさまて感せぬほとに侍り　古人の無事即富貴とか云へるはこ丶なんめり　なにひとつすへき用とし云はんも侍らねは日毎に老父のかたへ去らず閑話に時をすくし侍るのみ
なすこと果てなはやかて帰りことのみさとしいと〱辱うなむ　されと生はこたひ少しく考ふるところの侍れは今両三年かほとはおむ地へはまゐらざるべし　ねかはくは生の不敏を棄て玉はす　末かけて親しう奬導を加へさせ玉ひてよ　かねて鍵谷瀬三

郎氏②なと、も聊かおむ地方のために契約せしことも侍れは必す防長の地に永住せまほしとひそかに豫期し侍りぬ　そはとまれいよ、親密のおむ交り二あつかりたらなむおむあたりには夙に国書の上にあつきみこ、ろありとかねてより承り侍りぬ　生も知らせ玉へるやうこのみちには執ふかく侍れは同しみこ、ろよとなつかしうもはた嬉しうも思ひまゐらせぬ　この後ます〳〵このみちの奥へと分入らせ玉ひてよ　されとこ、にかしこけれと　注意までにきこえ侍るは国語をまなふ今後の方針と云ふことニ侍り　こはもとより由々しの問題　生つら〳〵考へ侍るやう今後の国語学は文典研究の時代にあらす　いは、文典應用の時代ならむと　この卑見幸にしてあやまらすは今後の国語学者がなすへきことは即ち小説の新著ことに雄大長篇の小説を新著せんこと　あるは歌曲の新作ことに豪壮勇烈の歌曲を新作することの如きその尤も切要なるものならんかと考へ侍り　この考いか、か侍るへき

おむいとまもおはしまさむには短篇小説、今様歌なと物せさせ玉は、いかにおもしろのおむ心やりならむ　當代の女学その内部は振はす　この時にあたりて勇進一躍大に実力を示すの女豪傑果して誰にかあらむ　あ、女豪傑その人の出てこんを他に求め玉ふ勿れ　功名は瞳上ニ迫りつ、あるよ

この地のもやうつぎ〳〵にきこえまゐらせなむ　おむ地のさまとき〳〵示し玉ひてよ

生のすみかは日枝の山下に侍れはす、ろ寒きまて涼しう侍りこの頃よみ侍りつる中に

　杉ふかき日枝のふもとの竹の庵に
　　袷衣きて見る夏のよの月

千金のおむ身くれ〳〵も心せさせ玉ひね　牛馬的の死ハ教育ある青年男女のはつるところに侍れは　夕まくれの走り書いかに見くるしう侍らんよ　またくたらぬことはかりはしたなうなか〳〵と認め侍りぬるをもあしからす　おほらかに見ゆるさせ玉へとてなむ　かしこ

　八月九日午後　　与謝野　寛

近藤もよ子様　おむもとに

○つけてまをす

帰省後短篇小説とでも申すへきもの二三種戯れに物し侍りきその二篇は当地の社誌へ掲載致候　猶一篇は御地の「社長様」よりかねて嘱托も有之候こと故送付致候　直く掲載も致候は、御批評希上候　かしこ

註①　近藤もよ子——明治二十五年に寛の徳山女学校教師の頃の同僚。寛から結婚の申込があったが、近藤家で断ったという（豊田浩一朗編『豊田茂世慰霊抄』、昭56）。

②　鍵谷瀬三郎氏——詩人。軍歌作詞者。（註①参照）

【推定】 文中に「帰省後」とあるのは徳山女学校退職のこと、退職

は明治二十五年六月ごろであることにより明治二十五年と推定す。

3　明治26年12月26日　小中村義象宛寛書簡

〔毛筆和封筒　毛筆巻紙　未採寸〕

(表)小中村義象先生　御凾丈　　消印　26・12・26
(裏)与謝野寛

拝白
馬の説、本日の紙上、予告仕候　御忙間中おそれいり候へども
二十七日の正午までに（二十八日の早朝までにてもよろしく候）
御脱稿願上候　御文中陛下御愛寵の金華山にも一言御及し下さ
れ度候　また相馬家にも一言願上候　二六新報は多分本日の紙
上を以て発行停止の災厄を買ひ候ことと存候　休刊中に附録の
印刷を整頓致す心得に御座候　いづれ両三日中社主より万々御
礼可申上候　　拝具
二十六日　　与謝野　寛
小中村先生　御凾丈
猶猶老先生の玉稿毎毎ありがたく拝受仕候

【備考】現物照合す。

4　明治26年12月26日　小中村義象宛寛書簡

〔毛筆和封筒　毛筆巻紙　未採寸〕　消印　26・12・26

拝白
果然停止の発令に接し申候　解停は三日の後にあらむ乎と存候
休刊中に附録丈け印刷致度と存候間例の日限までに御脱稿くれ
ぐれも御願申上候也
与謝野　寛
十二月二十六日
小中村先生　侍史
二十六日に生れ二十六日に討死仕候　呵呵

【備考】現物照合す。

5　明治26年月不明10日　小中村清矩宛寛書簡

〔毛筆和封筒　毛筆巻紙　未採寸〕

㊤小中村清矩先生　侍史
㊦與謝野寛　十日夕
消印　未確認

拝白
昨夜
義象先生へお願申上おき候　二六記者平田勝馬氏参堂　音楽上
につき先生の御高説拝聴仕り度様小生へ依頼あり　よろしく御
一面下され度おむねがひ申上候
かしこ
十日夕　与謝野　寛
小中村老先生　侍史

【備考】現物照合す。

6　明治27年5月16日　小中村義象宛寛書簡（推定）

〔毛筆和封筒　毛筆巻紙　未採寸〕

㊤本郷駒込西片町十番地　小中村義象先生　侍史
㊦神田　与謝野寛
消印　未確認

御手帋拝見仕り候
さて御垂示のむね実ハ宅の先生よりも叱かられ申候　やゝ血気
にハヤリたる跡有之候へともかゝることは到底両先生のお口よ
りは痛論し玉ふこと叶ハさる義と存じ槐園氏と共に筆を採り初
め申候　一応御高見伺ひ申候ハ至当の義にて輕卒の罪奉萬謝候
もはや完結と致し更に海上胤平氏を攻撃致度と存居り候　革新
論ハ進歩を促す第一の要素として是非必要に候へハ差支なき範
囲に於て此論を唱導仕り度是非一度ハ誰かの口より出つへき議
論ゆゑ人に御譲りかたく候　さて議論ハむしろ極端に出て候方
コタヘル處へよくコタへ可申と存候
近日拝趨の上萬々お詫も致し御高見も承り度先ハおむ答まて
草々
十六日　与謝野　寛
小中村先生　侍史

【推定】文中の「槐園氏と共に筆を採り初め申候」とあるのは『しがらみ草紙』第五十三号歌評（落葉・槐園・鉄幹、明27・3）をさすことより明治二十七年と推定す。

【備考】現物照合す。

7　明治27年7月27日　小中村義象宛寛書簡

〔毛筆和封筒　毛筆巻紙　未採寸〕

消印　27・7・27

㊤駒込西片町十番地　小中村義象先生　侍史
㊦神田玄八荘　与謝野寛

拝白

先般ハ「暑中休暇と游泳」御投寄下されありがたく奉存候　本年ハ暑中の御旅行もあそはされぬにや　あそはされむには御紀行御投與のほと奉願上候　日清事件に関する三十一字拝見致度候　坂大人より今日五首ほと御送付相成候　歌よみが活《イキ》たる働きとしてこの類の作ハよろこはしき事に存候

歌論俄に勃興、六合雑誌なとは口を極めて小生等を罵倒致さむと試み候　希くは先生の御応援に預り申度候

歌の巧拙を云云し句の獨立とか三句切とかを云云するは抑も末かと存候　今日ハ精神の改革が才一に候べし　即ち今日の人間として萬事を歌に虚飾なくイツハリなく眞面目に之レか余の歌也　余の思想を述へたるもの也と何人へも見せらる丶丈の歌を詠じ申度　然るに從来の歌ハすへて古人の思想となりてウソ八百を詠み出て候ものゝミ甚た慨歎の限に存候　この邊に於て先生は固より百感に在らせられ候事と存候　何とぞ今後斯道のために御応援願上候

廿七日　　拝具

寛

小中村先生　侍史

【備考】現物照合す。

8　明治29年6月5日　金子薫園宛寛書簡（推定）

〔毛筆和封筒　毛筆巻紙　未採寸〕

㊤金子雄①大兄　　持参便
㊦〔印刷〕東京市神田区三河町二丁目十六番地　明治書院
　〔毛筆〕よさの生

御看病のおつかれお察し申上候　おひ〳〵大暑に向ひ候へハ御介抱も一しほとお察し致候

別帋さし出候べし　「手向草」の歌よきものもあげ申さず草敲《ママ》より新しき内容多て夫がため何かと奔走の種をまし実ハ小生も詩想どこにあらず御一笑下さるべし　「東西南北」目下印刷中に有之候

五日　　草々

金子様　　よさの生

註①　金子雄――金子雄太郎（本名）、雅号は金子薫園。

【推定】文中に「『東西南北』（明29・7）目下印刷中」とあること

により明治二十九年六月と推定す。

9　明治29年6月26日　小中村義象宛寛書簡

〔転載〕　消印　29・6・26

先夜御ねがひ申上候御序文なにとぞ御恵投下され度別紙下刷り一二葉御覧に入れ申候　猶他の序は鷗外、大口、阪、佐佐木、正直正太夫、正岡子規の諸君及び落合先生にねがひ申候

二十六日　草草拝具

與謝野　寛

小中村先生　御侍史

10　明治29年7月3日　佐佐木信綱宛寛書簡

〔転載――封書巻紙　墨書　使持参便〕

(表)佐々木信綱様　御侍史

(裏)与謝野寛

また降り出て申候御序わざ〳〵お持たせ下され御礼申上候　第二首の御作服膺仕るべく候　第一第二節過分のお褒めごと痛み入候

この二十日ごろより小中村落合両君と共に関西へ行脚の積りに御坐候紀行なりとも書き度と存居候

「筏士」その後の御原稿出来申候や　井上博士の新体詩論頗る長きもの世に出づべしと承り候　子規正太夫二君も亦新体詩を作るべきよし直接に承り候　新体詩壇に一と花さくの時節近き候と申すべし　小生などは今日のところ半は牙籌を手に致候事故をり〳〵游撃隊の地に立つの外専門に創作を事と致候事は覚束なくワルイ横みちへ這入りし事と今更残念にも存候　呵々

七月三日　与謝野生

佐々木様

御侍史

11　明治29年8月23日　佐佐木信綱宛寛書簡

〔転載――封書巻紙　墨書　使持参便〕

(表)佐々木信綱様

(裏)与謝野寛

この度御近所なる明治書院へ移転仕候

めさまし草の六七両月分及筏士御掲載の文芸倶楽部両冊御借用仕り度候実は近ころの歌人諸君の批評を試みる考に御坐候

俗用少々間隙を生じ申候につき折々筆をとりて見る考に相成申
候
草々拝具
廿三日　与謝野生
信綱大人
御侍史

12　明治29年8月28日　佐佐木信綱宛寛書簡

〔転載――封書巻紙　墨書　使持参便〕
(表)小川町一番地　佐々木詞兄（佐々木信綱）　拝復
(裏)与謝野寛

先刻は不在中へお手帋と雑誌と御送り被下奉謝候
大洗行は桂月君の最も悦ひ申し度候　平行も其節の都合に致度
成へくはお供致度候へども非常に多忙を極め居候際に御坐候間
二日泊りはむつかしからんかと存申候
汽車の時間は何れにも二兄の御都合に御任せ致候　右御返事ま
で
艸々
廿八日
佐々木詞兄
梧下

13　明治29年8月31日　河野鉄南宛寛書簡

〔毛筆封筒縦23横7・7　毛筆巻紙縦18横165・5〕
消印　東京神田29・8・31
(表)泉州堺市九間町東二丁　河野通該様
(裏)東京　与謝野寛

平素ハ御無沙汰のみ仕り候　御書状によれハ益々御壮栄のよし
何よりお嬉しく存しまゐらせ候
早速渡韓の考に御座候處いろ〳〵に引とむる人も有之ためニ当
分滞京の事と相定め申候
立花生この節ハ京都ニ御留錫の赴　王法佛法のため御修行御撓
なきやういのる處に御坐候　南部子近状如何　御序によろしく
御傳声ねがひ上候
安藤君にヨイ御婿さま出来たりと傳ふお芽出度事に蔭ながら存
候
「東西南北」再版の分一冊差出候　初度の詩集なれハまづき處
ハ御推恕下さるべし
河井袖月子へよろしく御傳へ下され度東京の文檀《ママ》おひ〳〵おも
しろく相成候　子の如き人よろしく奇才を伸ばし給ふにヨイ時
機ならむ

本年ハ友人ども多く文学士となる　顧れハ小生の如きもの十年の久しき徒らに野ニ在りて影に吠ゆるの愚を学ぶ　赧然たるものなからむや
御賢弟様へ可然御鶴声赴下度　何れこの冬渡韓の節ニお目に懸り可申候
草々拝具
八月卅一日
与謝野生
河野様　御研北

14　明治29年９月１日①　佐佐木信綱宛寛書簡

〔転載――封書巻紙　墨書　使持参便〕
㊤神田小川町一番地　佐々木信綱殿　急要
㊥新橋停車場前にて　与謝野寛　一日午後九時卅分

新橋停車場前に於て認め申候
明朝お供可申上之処今夕八時京都より急電まゐり老父大病スグカヘレとの事に有之則ち小生はあとになり舎弟を先発せしめ候事にいたし只今の終列車にて出発致させ申候　小生は神奈川迄見送り候事に御坐候
事情右の如くに候間あしからず御一同へ御伝へ被下度切角の快游をこの凶電のために空しく致候は誠に残念に奉存候　但し大洗へまゐり候あとへ電報のまゐらざりしは好都合に御坐候
例のは明夕帰京後持たせ可申候取急ぎ
艸々
停車場前茶や　与謝野生
佐々木信綱殿

註①　明治29年９月１日――『日本近代文学館』一二三号（平３・９）による年月日だが、翌二日に母初枝が歿しているので「老父大病」とは矛盾するか。

15　明治29年９月29日　佐佐木信綱宛寛書簡

〔転載――封書巻紙　墨書〕
消印　山城京都今出川29・９・29／武蔵東京29・９・30
㊤東京神田小川町、一　佐々木信綱様
㊥京都愛宕郡高野河原　与謝野寛

御無沙汰仕り候葬後なにかと仕用のみ多く今に滞郷まかり在候
新体詩会の評判新聞帋にて承知仕候何卒実着なる協議も尽し度き事に奉存候
小生はおそくも十月四日迄には入京致すへく御目に懸り万々可申述候

猶憚りなから桂月湖処子の諸君へよろしく御序を以て御伝声ねかひ上候
帝国文学の秀才連が小生等の歌疵を事々しく申されたるは御親切なる事に存候へとも極端なる保守論（古言云云）には呆れ入候　小生の分は次号の「大和心」にて弁駁致すへく候　とかく年少の記者は十年二十年の後に考へて自ら赧然たるべき事をも今日にありては平気にて書くが多きやうに存ぜられ申候
「新体詩集」を出す事は決行致度候書肆との談判は小生引受可申候　拝具

九月廿九日　寛

竹柏園御主人
御研北

16　明治29年11月22日　師岡須賀子宛寛書簡（推定）

〔毛筆和封筒　毛筆巻紙　未採寸〕

（表）芝区三田紀国町九番地　師岡須賀子様　必御親披　消印　未確認
（裏）神田小川町一番地　三木一平方　与謝野寛

拝白
昨日ハ御邪魔仕りし跡より御病氣の御障りになりハせざりしかと御案申上候
左手《さて》きはめて秘密に御願申上候事ハ少ゝ他人に打あけがたき親属のもの、一身につき金子入用の義さし迫り候処当月ハ実母の死亡等につき失費多く三木氏などへ借金致候義理に相成がたくさりとて友人にハ嫉妬心多き折柄小生の内部ハ物がたり候場合にあらず　親属ハ先年来恩顧に預り候もの故このまゝに打棄がたき事情有之進退まことに困居候為につき至極申上がたき義に候へとも御許様の御周旋をもてさるべきところにて御恩借の義かなひ申すまじや　期限ハ十二月中にねがひ致金額ハ貳十金に御座候　只今小生ハ毎月六十金ぢかく収入有之候事故十二月にハ間ちがひなく御返済仕り決して御迷惑相掛け申すまじく跡見女学校の明月分を以て御返金可仕候　本月廿七日迄に御調達相叶ひ候ハゞまことに仕合に存候　友人ハ皆歌よみ友達にてやゝもすれば小生の名誉を嫉み弱点あれバ攻撃の材料ニ致候事故ウカと相談ハ致しがたく御推察被下度候　かやうなる義を御ねがひ致すべきにあらず候へとも小生をしろしめし候御許様ゆゑひそかに御相談申上候　もしよろしき貸しぬし有之候ハ、小生の名義を御洩し被下度確なる証書差入可申候　利子などハ少、高しとて致方無之候
右ハ甚申上兼候へとも東京にハ友人と申すもの少く鮎貝の居らぬ事故困入候　何卒御推察の上御周旋被下候ハバ有りがたく奉存候

但し御都合相叶はすハさやう御申越被下度決して無理に御心配下さらぬやうねがひ上候
よろしきやうならは小生御宅までまかり出づべく候　猶金主の信用のために目下小生の収入を記載可致候

貮十金　大倉書店
貮十金　明治書院
十五金　跡見女学校

右ハ定まりたる収入に御座候　この外に雑収入も有之候へ共記入致さず候
右頗る唐突に御座候へとも御ねがひ申上候　折返し御一報（封書にて）被下候やう萬々御願申上候

十一月廿二日　寛

師岡須賀子様　御親披

【推定】文中に「実母の死亡」（明29・9・2）とあることにより明治二十九年と推定す。

17　明治30年6月20日　河井酔茗宛寛書簡（推定）

〔封筒ナシ　毛筆巻紙縦18横95・7〕

拜復

お手帋拜見仕候　吾兄の御近状ハいつぞや鐵南より承り上候處益々御餘力を文事におん注ぎ被游候上の事お羨ましく奉存候
小生ハ先年来足を邪道に踏入候為め近頃ハ殊更俗了の身分と相成り旧友に對し良心に對し申譯なき次才に御坐候へとも筆硯の道楽ハ相廢し候と申す方正直に御坐候　但しいつ迄もこの儘にてはゐぬ積りに御坐候へは猶爾後ハ旧日に倍し御教導のほど希望致候
よしあし艸の御發起まことに嬉しく奉存候　関西の文壇なんど云ふ狭い了見ハ止めにして日本の文学を脊負つてお立ち被下度片隅へをり〳〵御紹介ニ相成り可申候　貴命のまゝ別帋ニ五十首丈新作とり交ぜ認め申候　御校正ハ乍憚貴兄にねがひ度候
御社中へ宜敷御傳へ被下度候

艸々拜具

二十日　鐵

酔茗兄　醒梧下

風邪臥褥中
乱筆御免被下度候

【推定】文中に「『よしあし艸』の御発起」とあり、創刊は明治三十年七月であることにより、明治三十年六月と推定す。

明治三十一年〜三十五年

18　明治31年月日不明　河井酔茗宛晶子書簡（推定）

〔封筒ナシ　毛筆巻紙縦16・7横128〕

おほすらむ御こゝろの程を夜ひとよおもひつゝけ侍りしものから例ながらも今朝はまたことに筆のあとのミだれくるしきをさる方におほしゆるさせ給へ
うらめづらしきひかりさしそひ給ひとへにともれ承りさりし文学界の天知子がうぢのはし姫まち得給ひしよろこびの条などおもひえさせり侍りしまもなくこたびの御事承りなにがし様の和子いたみ給ひし御歌の今は御上にもなくいかにとばかりかゝる時詩も歌もなくたゝ涙のミこふるは女のつねとおほしゆるし給ひへくや
こし方ゆく末ともにわかくかたはにてあるべき身の人の親のこゝろおもひしるべくもおハさす候へどわかき詩人にゆく末とほき〔不明〕の材あたへ給へながらそをたゞちにうばひ給ひし神の御心うたがはしく夕雹朝霞のそれながらもさすがにつらく〱佛もうらめしくおもひ給られ参候　われへとものために御自愛の程ひとへにねんじ上参候
　ことの葉のたらぬは例のことゝ存候
　　雨日あした

　　　　たなゝし小舟

酔茗大人　お前に

あらぬ名うたはるゝけふこの頃千萬人の何とも云はゞ云へたゞふたりミたりの　其様のおぼすらむ程はづかしく女ごゝろのたゞそれのミ

【推定】 本書簡の署名が19森崎富寿宛晶子書簡（明31・月日不明）の署名「たなゝし小舟」と同じことより明治三十一年と推定す。

19　明治31年月日不明　森崎富寿宛晶子書簡

〔転載〕

さはらばきえむ露のたまづさおぼつかなくもしめし上参候
扨も〱の御はづかしさに何かくべくもあらず候へど昨夜の御わかれのあまりにほひなくおハし候ひしまゝ例の女のくど〱ときこえ上るをあしからずおぼしめしの程ねんじ上参候　のち程と云ひ給ひしをたのミにて十二時頃までもしや〱にひかれて御まち申せしかひなさを御わらひ被下ましく候
またの日をいつとだに承るのひまもなくいつをその日とまつべくもなく候　私どもこの頃十時半頃までにふせ申候まゝ御話の被下べき日には前に一寸御しらし下さらばうれしく候　さ候

ハゞ何時までにても御まち申べく候　私御前さまの御返事いたゞきたくそんじ候へども何分にも私宅人目しげくおハし候まゝとよしなに御すいもじの程ねんじ上参候　おたがひさまにきよきこゝろをくらぶべくもあらず　ミちのくにありと云ふなる名とり川とかなき名はくるしきものに候

先は昨夜の御わびかた〳〵

　　あら〳〵かしこ

はつかに

よるべなきさのたななし小舟とか

さる方様のお前に

なほ〳〵かゝるもの人に見せ給ふ如きお前さまならずとあつく信じ参候

【推定】 昭和四十年前半、聖蹟桜ヶ丘在住だった森崎富寿氏御本人を訪問し書簡のコピーを頂き、明治三十一年頃と伺ったことによる。

【備考】 現物照合す。

20　明治32年3月21日　河野鉄南宛寛書簡（推定）

〔毛筆和封筒縦18・5横7・5　毛筆巻紙縦16・5横60（薄褐色）〕

㊤本願寺御坊横　覚應寺　河野通該殿　至急　持参便

㊦澤田旅館内　与謝野生

啓者

小生事明日一夜ハ濱寺ニ滞在致度と存候　御都合ニて御来遊如何　御返事被下度候や

　廿一日夜認む　与謝野生

袖月様

鐵南様　梧下

猶濱寺ハ何れへ參候方閑静なる乎　併せて御認めし被下度候

　艸々

【推定】 『よしあし草』（明32・4）に「三月廿五日与謝野鉄幹氏と高師の浜に会して…」とあることにより明治三十二年三月と推定す。

21　明治32年5月5日　河野鉄南宛寛書簡

〔毛筆和封筒縦20横7　毛筆巻紙縦18横229〕　消印　32・5・○

（表）和泉堺市九間町東二丁　河野通該殿
（裏）東京　与謝野生

曇りがちなる此頃を山ほと、ぎすなどはとても望まれぬ都會のおき臥し御情察ねがひ上候　さきごろのお手帋拝見いたし我兄の瀟洒たる御襟度に敬服仕候
晩翠の天地有情を珍しがる世の中なれば明治の文壇も愛相が盡き申候
よしあし艸おひ〳〵整美致候　定めて諸君の惨憺たる御苦心に相成り候ものとおしはかりまゐらせ候
短歌の近状ハあまりニ輕佻なるが浅ましく相成り申候　一作出づるごとに何れも他人の口真似ならぬはなし　革新だなんて能くも左様なる鐵面皮なる事が申せたものかな　千百の模倣それが如何ニ巧ミなりともあたらしきとは申されず一首の歌にても獨創ならむが望ましうこそ
小生は決して彼輕佻者流に模倣して貰ふがうれしからず候　されば当分ハ小生の作を公にする事を致さず眼を白くして彼等が暗中に模索するの痴態を傍観致すべく候　われハこの黙念中に一種の新調を發見せずんは止まじと自負致候事に御座候　但だ残念なるは専門家の如くに時間の無之事に御座候
　都には聞き知るほどの人もなし啼かぬもよしや山ほと、ぎす
はゞかりながら袖月兄をはじめ宅、小林の諸兄へよろしく御傳言下されたく候
荊妻妊娠まことにおどろくの外無之候　呵々

　　（初）幟の節句　　　　与謝野生
　鐵南詞兄　梧下

【備考】「初幟」の「初」を（初）としているのは「荊妻妊娠」に関わっているのではないか。

22　明治33年1月6日　河井酔茗宛晶子書簡（推定）

〔毛筆和封筒縦18横7・3　毛筆巻紙縦17・4横109・5〕

（表）河井酔茗様　　消印　不鮮明
（裏）鳳晶子　一月六日

めかりしほやき①いとまなみくしげの小櫛手にもえとらぬあやしきあまの子の世なれぬ身をもかへり見でしづけき御まとゐさわがせしこのつミそも何にあたるべくやとそらおそろしく存じ上参らせ候　さるをにくしともし給はで御やさしくいたはり給はりし御なさけのほど忘る、世なくうれしと存じ入参候。
露とこたへて消えましものを②とばかりうつ、ご、ろありしとも覚え侍らぬ時の事とて先輩の方様がたにあらぬなめげのかず

お詫びと次回第四回配本定価改定のお願い

与謝野寛晶子書簡集成第一巻（第三回配本）をお届け致します。編集上の都合により、予定より大幅に遅れましたことを深くお詫び申し上げます。

また、次回第四巻（第四回配本、二〇〇三年二月下旬刊行予定）にて最終配本となりますが、補遺に収録する書簡数が当初の予定より大幅に増加し、それに伴い本文頁数が増加した結果、本体価格を変更せざるをえない状況となりました。つきましては、これまでの九、八〇〇円から一二、〇〇〇円に変更させていただきます。何卒事情をお酌み取り頂き、引き続きご購読頂けますようお願い申し上げます。

八木書店出版部

二〇〇二年十月吉日

〳〵御わびまでに　先はあら〳〵
けふ　　晶子
酔茗様
この、ち御文いたゞく節もおはし候ハゞ封皮にハ文学会よりと御署名被下度　か、る事ニまで心をく女といふものしみ〴〵あさましく相なり申し居候

註① めかりしほやき――「志可《しか》の海女《あま》は藻《め》刈り塩焼き暇なみ髪梳《けづり》の小櫛《をぐし》取りも見なくに」（『万葉集』巻三・雑278）
② 露とこたへて消えましものを――「白玉かなにぞと人の問ひし時露と答へて消えなましものを」（『伊勢物語』6段）

【推定】 文中の「封皮にハ文学会より…」と同じ文面が23河野鉄南宛晶子書簡（明33・1・6）にあることにより明治三十三年と推定す。

23　明治33年1月6日　河野鉄南宛晶子書簡

〔毛筆和封筒縦16・2横7・2　毛筆巻紙縦16・7横239・2〕
消印　和泉堺33・1・6
(表)堺市九間町東弐町三十四番地　河野鉄南様
(裏)鳳小舟　一月六日

あらぬさまにふとむねうちつぶれ候ひしものから先輩の方様がたになめげのかず〳〵さぞなまゆひそめ給ひし御事と御わびまでにたらはぬ筆もてきこえあげ参らせ候　女はあはれのものよはかなきものよ　われまことのなみだそゝいでやらむと歌ふやさしき方さまもさて相見参らすれば生意気な小癪なとばかり男ならぬ身をうらましめ給ふ　裏は瓦斯糸のあやしきがおほき世に鉄南様と御名のミ承り居りし日頃は如何ばかりのたけしびとにおはすらむと御うたにおの、き居し身の女とへだてさせ給はでやさしくいたはり給はる御こゑに接せし御事世にもうれしく忘るまじきもの、ひとつに数へ申すべく候　極端より極端にはしるとなにがしさまの仰せられしあやしき頭脳もつわれのかの日よりこのかた文学とははづかしくおそろしき事の代名詞かの様ニおもひなりて新年初刊のなにやかやも手にふるるさへおそろしく相なり申候　きのふも宅様に忘るゝ世なく御うらみ申すべくと申上げしに候
又来ん年は新星会①の方さまがたの百首いたゞきそがかるた會にあらむかぎりの女あつめて雁月様御招き申しつらきおもひのほどを知らせ參らせでやとひとりごち居り候　御ついでもおはし候ハゞ雁月様ニ女の執念はおそろしきものぞと御傳へ下され度候　いらご様と仰せられしハすゞしろのや様②の御事ニおはし候や　うつゝごゝろありともおぼえざりし時の事とて誠ニ〳〵失

禮のかず〱何とぞよしなに御取りなしの程ひとへにねんじ上
候　かの玄関に居給ひしお殿さまのやうのいかめしきかたさま③
あまりの御おそろしさに御挨拶もえ申上げざりしが御知りびと
にもおはし候ハゞよろしく御傳へ下され度候
先はあら〱
けふ　晶子
鉄南様
御文いたゞき候世もおはし候ハばかねて酔茗様にもさ御
ねがひ申居り候が何卒封皮には文学會よりと御した、め
下され度か、る事までこ、ろおかでハならぬ女の身しミ
〲あさましく存じ參らせ候

註① 新星会――河井酔茗中心の歌の集まり。
② すゞしろのや様――伊良子清白（本名暉造）。
③ いかめしきかたさま――中山梟庵（河井酔茗直話）。

24　明治33年1月23日　佐佐木信綱宛寛書簡（推定）

〔転載――毛筆封書　巻紙〕
㊤佐々木信綱様（吉小神槍君持参）

拝啓
益々御壮栄奉賀候　爾来東西に奔走し意外の失礼に相成り萬〻
おわび申述候　其内拝趨の上先年来のおわびを申述度と存じ居
候
この度二六新報再刊の事に相成候に就ては同門の友人吉小神《ヨシヲカ》君
事同社へ入社の上文学欄の担当を致され候間吾党の勢力扶植の
一とも思召し初号より御高作御寄贈被成下度右特に御依頼申上
候　委曲は本日吉小神君参堂の筈に御坐候間直接お聞取被下度
候　萬残は其内拝趨の上おわび申述ふべく候　艸〻
一月廿三日　与謝野　寛
佐々木詞兄　梧下

【推定】文中に「『二六新報』再刊」とあり、これは明治三十三年二月であることにより、明治三十三年と推定す。

25　明治33年1月29日　宅雁月宛晶子書簡（推定）

〔毛筆和封筒　未採寸　毛筆巻紙縦17・2横81・8〕
㊤堺市柳之町　宅雁月様　まわし文　御おくに
㊦おほとりあきら子　一月廿九日夜　消印　不鮮明

今はたなごりなき御こ、ろに手もふれさせ給はしとはしれどみ

だれご、ちのゆく方しらぬおもひやりにもとかつ〳〵かきつけ参候　かごとくりごと申さるべき身の程ならずとはしれどかねてもあかでこそおもはむ中ははなれなめ　そをたに後のわすれかたみにといのりしそれもあたなりそとより外は御座なく候
　わすられしひとの玉づさとり出しなきミわらひミうつ、なの身や
　かなしきこの夜　　阿來子
雁月様　まゐる

【推定】前後の書簡より明治三十三年と推定す。

26　明治33年2月7日　河井酔茗宛晶子書簡（推定）

〔封筒ナシ　毛筆巻紙縦16・5横45・7〕

わが身に何か鶴かめの目出度話ありとか雁月様にきこえさせ給ひしとか。

かたりともおぼさねばこそ少しうれしきもののさすがに時々うらめしくもおもひ給へられ参候。

あなかしこはしたなきはこの女の例のとおぼしゆるさせ給へかし。

七ノ日に　　小舟
酔茗様　お前に

【推定】文中に「わが身に何か鶴かめの目出度話」とあり、27河野鉄南宛晶子書簡（明33・2・日不明）にも同じ語句があることより明治三十三年二月と推定す。

27　明治33年2月日不明　河野鉄南宛晶子書簡

〔毛筆和封筒縦17・2横7・2　毛筆巻紙縦17・3横287〕
消印　和泉堺33・2・〇
(表)堺市九間之町東弐町　覺應寺ニテ　河野銕南様
(裏)新星会

人も世も恨まじ泣かじのわが身なるニもミの袖うら何にしめるぞ
この袖うらのもミこそあやしき　まことはた申候とや云はましあなた様近々東の方へ入らせらる、とは誠ニや　いたるところに青山ありの御男子さま扨も〳〵御うらやましき御男子さまのついてに先日は誠ニとんだ事を致候　鉄南様とはあま下りましたる神の子とのミ心得思ふておハすか否かを考へるのま、《ママ》がなかりしのに候　されどたれさまが何と仰られてもにくきものはニくきのに候

われに萬人にすぐれし才と色とをあらしめば満天下のにくきものにおもひしらせてやるへぎ《ママ》になど、これはうそに候へどをりく〵一寸そうおもふ時もあるのに候
さればこそ鏡花の作中のなにがしとかあだし名とりしわが身とはづかし　か、るいたづらがきしてまたもや御かへりねだらむのこ、ろとにくませ給ふべけれど三界に子なき身にをりふしおもふ事かきやる方さへもなきがま、とおぼしゆるさせ給へかし
　ものうくおぼす時千斤よりおもき御筆もて御返事給はる事私さらく〵うれしとはぞんじ申さず候　御意気あがらせらる、の節筆もかはかず一千言などの御時そが御残りの御余りのおあまりわけさせ給はるかよしや　御かき捨る反古にてもめぐませ給はゞ私は満ぞく致すべく満ぞくして居らねばならぬ身とさすがにわが身の程はしり居り候　妓なにがしにかはりての歌さまは如何しておハすにや　さりし同好會の時われに歌人様詩人様にておはす事知らせてやらむ　きかせてやらむとおぼしてや人もあるべきに鉄南様ともあるべき方様にさらばわれさる歌よんで帰させむとの給ひしがいつまでもく〵忘るまじきにくき遊バし方とはゞかりながらぞんじ参候　この間雁月様私に何か鶴かめの目出度事あるならむとさんぐ〵いじめさせ給ひしかばさるねなしごとたれにと申せしに酔茗様よりと承り私たゞちにかの方様に御うらめしさのかずく〵申上しがあとにてはしたなき事してけるよ　雁月様のわれをからかひ給ひしをまこと、うけてと御はづかじ《ママ》さかずしらず　せよりあせも出べくぞんじ候
酔茗様に御をりもおハさばよろしく御わび被下度ねがひ上参候
八け見ならぬあなた様にいつまでもこのはんじもじよますべくもおハさず候まゝ
先はあらく〵かしこ
となりの梅のちりくるまどのもとに
いざや川①
鉄南様　お前に

註①　いざや川——晶子の初期の頃の署名。

【備考】　封筒は他人筆か。

28　明治33年3月2日　河野鉄南宛晶子書簡

〔毛筆和封筒縦17・2横7・2　毛筆巻紙縦17・2横341・8〕
消印　和泉堺33・3・3
(表)堺市九間町東二町　覚應寺様ニテ　河野鉄南様
(裏)新星會　三月弐日御送付

御つゝがあらせらる、とや　只今御文拝しふとむねうちつぶれ筆もいまのてなくかたしもわりなの身や　おと、ひまちく〵しやさしの御文ニ接しありしこ、ろの一時ニたゆミし故か身も

こゝろもつかれさそくに御返事きこゆべくぞんじながらじつはこよひこそとそんじ居りしに候　このつミは何とぞ御ゆるし被下度候　何にあくかれよりしか　私一昨夜かのたかしの浦邊をさまよひ候　萬感こも〳〵をこりて歌よむべくもおハさず候ひき　死ぬべくなど、不吉なる事申て御兄様に御こゝろづかいさせしつミ何とぞ御ゆるし被下度候　あなた様の御こゝろひとつにて私は楽天主義とも相なり申べく　さ候へどわがホームの波風はあわのなるとも浪風はなしとばかりのに候まゝ私にらく天など、とても思ひも及ばぬ事に候

それは〳〵私は誠ニつらい〳〵身に候　かの雁月さまかの方にもホームの為にもだへさせ給ふ事のおはすとかかつてもおなじホームの波らんになく身の身をなけばともになど、申せし事の候ひき　ともに入らばやべきら①のふちになど、いつも申のに候あなかしこ　かゝる事私心にやましき事のなぐ《ママ》はこそ申上るのに候

私こゝろにやましき事のなきまゝいろ〳〵の事つゝまず云ふてそのためあらぬくるしミする事たび〳〵に候　この間もかの石割様眉葉さま御ぞんじに候ハん　ある朝私家内のもの皆の前にて今まで眉葉様の夢を見てをりしと何心なくまことの事云ふてその為それは〳〵何事がありしに候

かゝる事眉葉君になつげ給ひぞ《ママ》

私この間夜二時半頃にまで御かき下されし御文ニ接し私わが身の程を思ひてそらをそろしく〳〵鉄南様とも云るゝ方様から一度にてもかゝるまごゝろこめし御文ニあづかりてはわが百年のいのちもおしからずと思ふべきになほその上をのぞむはわが分際を忘れし事とぞんじ候　あなた様御風にやわれ人の為こゝろし給はれかし〳〵　みたれがきとも申やうもなき程に候へど何とぞ御ばん〔判〕しよミ被下度

何れまたそのうちニきこえ上べく御返事は四日の夜御出し被下度　御いたつきの御さまはやく伺ひたく候へど四日の夜御出し被下れば都合よろしき事あるに候

たゝ今の無名は少しつらかりき　やはり新星會とか何とか女に候まこと御すいし被下度候

返す〳〵も御いたつきにてこゝろし給はれかし

　しのばれぬわかき思にたえかねてなく夕くれを春雨ぞふる

　　　　いざや川

そらゆく雲はたがかねごとの
はてかとかなしき夕

御兄上様　御もとに

〔別紙〕

これかきしは火ともし頃に候ひしが　さはる事ありて今になり候　ゆるし給へ

註①　べきら――汨羅。中国湖南省北部を流れる湘江の支流。楚の

屈原の投身した所として有名。

29　明治33年3月3日　河野鉄南宛晶子書簡

〔毛筆和封筒縦17・2横7・4　毛筆巻紙縦17・2横289・3〕
消印　和泉堺33・3・3

㊤堺市九間町東二丁　覺應寺にて　河野鉄南様　貴下
㊦露華生拝　三月三日

誌上の御うたなつかしく拝し参候
われもしばしはとの御うたは誰がための御すさびかはしらねどしばしとは何たる御ことのはぞや　私よそながら人の御上いとほしくぞんじ上参候　たゞしわれと云ふあやしきこゝろもつ女に男はにくきものと云ふ証を與へてやらむの御こゝろなりしならばありがたく御禮申上参候　ハイロン《ママ》はしらずわれをこふしおもかげニみゆとつくものうば①ニまでかはらぬ情見せ給ひし在五の君②にもさる御親切はなかりし由に候　されどこゝろしる人に玉づさしのばせけりとの御うたを見てはこは松雨さまへのとはしれど
　もゝとせをそれニあやまついのちありとしらでやさしき歌よむか君
後の世おそろしと思さずやと申上参候　夜なかに申候　まこと御出京とならばしらせてやらむの御ことのは身にあまりてうれしくぞんじ上参候　ちかのしほがまさく③か見ながらあひ見まいらすの期もなき身はよしやいく山川のへだてはありともおもひこさせ給へる御こゝろに変らせ給ふしのなくばと今はたおもひなり候　あなたさま京都にいらせられし頃の御夢がたりわれニきかせ給はむはいかに　その艶なる君たちおハすほとりとはやゝ遠けれどおなじ加茂川の邊り三本木と云ふニ去年の花の頃を過し候ひしがことしは扨如何あるべき　私京都と承はれば誠ニなつかしくぞんじ候　かのわるさ好の雁月さまこの間御文に接せしその夜なりしか　けふ鉄南君より雁月は口かろきものとかきし手紙請けしならむと仰せられしニ何としてあなた様が申せしニわれ鉄南子のもとに間者のいれありと申さるゝニ扨も誰様にと承りしニ御舎弟様の雁月様ニ皆つげ給ひしと承り私誠ニはづかしくぞんじ参候　あたくし先日雁月様ニ鉄南様に御消そくきこえ上たけれどおもてがきは諧書ならではと仰せらるゝがむつかしと申上しにかの方様それは鉄南様はお人がわるくおハすまゝそう云ひて文おこさすまじのこゝろならむと申され候如何さまにやなど〻伺ひ上てもそれはそのとほりと思せばとて仰せらるゝはずもなきに私は誠ニ〳〵われながらもおろかなるとおどろき申し候　目出度話の事誠ニ〳〵雁月さまはわろき方とぞんじ候　私酔茗様にはづかしくて〳〵、いやで〳〵致かたもなく候と申居ると御傳へ被下度ねがひ上参候　二三日前の朝

小ぐしとりてねくたれがミを上げながら夢と見ましばと
　口すさぶかな
さめざらましをとは何かい、ものでも夢ニひろふたので御座ん
しよう
　〔八行消し〕
かづ〳〵とした、めていつつくべくも候ハねどもはや筆とめ参
候　例ながらわからぬ文字をよしなに御はんじ被下度送るに
か、る文とよむ親切なくもある世に候ま、
けふ　　　晶子
兄上様
　おだやかならずとゆるさせ給か否かはしらずたゞ御なつか
　しくさおもはれ候ま、

註① われをこふらしおもかげニみゆとつくものうば――「百年に一年たらぬつくも髪われをこふらしおもかげに見ゆ」（『伊勢物語』63段）
② 在五の君――在五中将（在原氏の五男の意）在業業平の異称。
③ 「ちかのしほがまさく」――近くの「しおがま桜」のことか。

【備考】封筒は別人筆か。

30　明治33年3月14日　河井酔茗宛寛書簡（推定）

〔封筒ナシ　毛筆巻紙縦18横63・3〕

お手帋拝承仕候　お児さま御長逝被遊候よし奉愕入候　同じなげきは小生も會得致候身の窃かに我兄の御意中を想像し人世の寂寞に胸うたれ申候
御上京はいつにや鶴首してお待ち申居候
何事もお目に懸りお物語致度候へども特に左の一事を御相談に及び申候
小生手元に於て頗る有望なる雑誌出版の計画中に御坐候處俗物の金主と衝突し一昨日来頓に困入候　就ては我兄のお手元又は宅君のお手元に於て本月中に五十金来月中に百金合せて百五拾金御融通被下まじや、金錢の御相談ハ致さぬ平素の主義ながら当地に於ては申されぬ事情有之候故巳《ママ》むなく我兄に御相談仕候
多くの金子にも無之候間本年の六月中には御返済可仕候　右委曲の事ハ申述べず御面會の上に可致候へども御来京までに何とか御配慮被下まじや　一時の不足を補ひ候ハ、、其後は胸算有之候間御推察の上宣敷御斡旋奉煩候　しかし金錢の事ハ何人にも困入候事有之候間強ひて御高慮を煩すには無之候　艸々
十四日　　　与謝野生

河井大兄　御直披
雁月兄へ宜敷

【推定】文中に「頗る有望なる雑誌出版計画中…」とあるのは『明星』創刊（明33・4）の計画を指すことにより明治三十三年と推定し、さらに文中の「御上京いつ…」は、31河野鉄南宛晶子書簡（明33・3・15）に「酔茗さまいよ〳〵近々御たち…」とあることとの関連より三月と推定す。

31　明治33年3月15日　河野鉄南宛晶子書簡（推定）

〔毛筆和封筒縦17・1横7・7　毛筆巻紙縦17・1横452・1〕
消印　和泉堺○・3・15

㊤堺市九間之町東二町卅四番　河野鉄南様　新星會詠草御送付

㊦三月十五日

今朝御玉づさ拝し参候　昨夜火影にかつ〳〵かきし文捨るもをしとそのまゝ封じ上参候　婦人會の事など鉄南さまの御口より承るとは誠に〳〵思ひきやに候

われをさる女と思すにや　私そのやうな事仰せらるゝはいやに候　あなたさま鏡花の慈善會①を讀ミ給ひ候や

名を賣らん為善をてらはむがためのそんな會など私きらいに候　そのやうな事はどうでもよろしく候

あなた様けふより十日目に御かへり給はれかし必ぞや　何事も妹の云ふがまに〳〵し給はるがよきお兄様に候

あだし人になつげ給ひぞ《ママ》

あまりちか〳〵とまゐらせてはうるさしと思されむもつらしけさの紅梅花ちるらむころのくればとわれとこゝろに期して居りしはミューズやそらにわらはせ給はむ　さかりの花をいつちるらむとまつ没風流のこゝろには誰がし給ひしぞや　ちかきうちニ文やらむの御ことの葉をまことニしてのミにや　あすやとまちあくかれし女のご《ママ》ゝろのをろかさお前さまはをかしと手をうちてわらはせ給ふ御事なるべしとは申上るもの、まことそのやうの御こゝろにておはさば私は泣くべく候

ある夜の筆のすさひに

　人の世を君なく涙たもともてぬぐひまゐらすときあるらむか

まことうつし世にてはさるときあるべしとも思はれずとなき申候　あなた様源氏を御あいどくあそばすよし御なつかしくぞんじ上参候　あなた様かの物語の女性のおほき中に誰にもつともおほく同情をよせさせ給にや　承ら《ママ》ほしくぞんじ参候　それニて御理想のおはすところ伺ハむなどゝ云ふ野心あるにてはゆめおはさず候へどたゞ一寸きゝたきのに候　私は上なき色の紫の

上よりも宇治の大姫君がうらやましく候　かほるの君程の人をあれ程に泣かしてあれ程に思はれてそしてはやく死でいつまでも餘音ながく恋はれてあのやうにおもはれてこそと私はぞんじ参候　その艶なる君のそのこふ二字に無限の意をこめしこゝろの通じてや

かの可愛き雁月様の人を中傷するなどさるいまはしき事あそばす御こゝろにては夢さら〳〵おはさねどたゞおろかなるこゝろにとや　かくとおもひなやむがをかしと思しての御いたづらとぞんじ候まゝさなとがめ給ひぞ《ママ》　今年はおひな様まつらぬのに候　ゆるされぬのに候　あまり大きうなりてと申され候がまこと私は大きいのに候　それニ何故そのやうの事で泣くのかとをかしくぞんじ参候　まめの葉ふくらす口元にて博士の書をのゝしるなど不調子なるのが私のわるい特色と云はゞ云ふべきに候

酔茗さまいよ〳〵近々御たち遊バすよしあなた様御さびしき御事なるべしとすいし上参候　私だにかの時逢見まゐらせしが初めの終りかと何やらかなしきこゝろに相なり申候

御いでましの時づきん目深にきて誰ともわかぬさまにてよそながら御見をくり申上んかなどぞんじ候ひしかどその為にかへりての人の名のけかるゝ事もあらばとやめに致すべき方よからんかなどひとりごちをり参候

私今もかの鶴の家へゆきし時の事をおもひ出す度にはしるのに候　走りて然してわすれむとてに候　されどももし萬一にこのうつし世にて逢見まゐらすのときもおはさばさぞなはづかしき事ならむとぞんじ参候　私は袖ニてかほをおほふべく　かの無心にてありしかの時だに私はふるふて居り候ひき　ましてやいかになど　されどさる心づかひはとこしへに用なき事としられてすまなくぞんじ参候　餘りやゝ子のやうなればとけしてありしが御目にとまり御はづかしくぞんじ参候　例ながらけふはつとにちび筆の思ふまゝにはこばす候を何とぞ〳〵御ゆるし被下度候

　紫のそらたきこめし薄葉に恋の歌かく春の夕ぐれ　　　小舟

鉄南の君　お前に

こたびは封皮の横に詠草送付と御かき被下度そしてたゞ町名と私の名にてわかり申候。

　　詠草送付　うらは新星會と

註①　慈善會――「貧民倶楽部」（『新著月刊』第10号、東京堂、明30・12）の一節。華族社会の偽善を懲しめる内容。

【推定】23河野鉄南宛晶子書簡（明33・1・6）との関連により明治三十三年と推定す。

32　明治33年3月21日　宅雁月宛晶子書簡（推定）

〔毛筆和封筒縦17・1横7・7　毛筆巻紙縦17・2／17・3横63・4／53・2〕

　　　　　　　　　　　　　　　　消印　○・3・21

㊤堺市柳之町　宅雁月様　親展
㊦甲斐町　鳳晶子　廿一日

おほすことおほき君
それよく〳〵すゐし候　今にして昨夜のたはぶれ君ゆるしかたくはおほすまじけれど
私はづかしく春の夜いなり様ののぼりしろきあかき
私をかしきまで感興を覚えしに候　これをもそゞろごゝろと申べきにや　ゆるし給へ
清太郎様とハいつばかりのにや、それも見ゆるやう
昨夜それからそれへの空想にはそのいなり様いつく人は五十ばかりのおばあ様いつかのほとゝぎすのうら画にありしやうのひとにて
をかしきことおほく昨夜は夢何故となくあたゝかくおはしき
紅梅は十日の後かとおもひ居り候　しら梅につミの子のうたはそへ申まじく候
せめて君よりかをれのこゝろ
　　　　　　おなじ日　　　　　　　　　　阿来子
雁月様　ミ前に

【推定】前後の書簡から明治三十三年と推定す。
【備考】大正大学の記録は書簡巻紙の寸法が二種記載されている。

33　明治33年3月29日　河野鉄南宛晶子書簡

〔毛筆和封筒縦18横7・5　毛筆巻紙縦17・1横481・5〕

　　　　　　　　　　　　　　　　消印　和泉堺33・3・29

㊤市内九間之町東弌町　覺應寺ニテ　河野鉄南様
㊦〔記載ナシ〕

あまりニてはおはさずや　夜ひとよそれのミおもひあかせし故か　けふはつむりいとなやましうみだれて意は文をなさず筆は字をなさぬあさましさかとうしと思されむはつらけれどたゞおもひのまゝをしめし上參候　十日と云ふに何意味の候べき　私の申上し事十日も覚えていて下さるであろふかとまだうせかぬる動気のそれがさせしわざに候　その十日と字ニてかきしはたやすかりしかどまこと十日はながく〳〵何故私はあのやうな事

申上しかと自らくやしく候　くるしくゆびをり数へてもう二つねなばとなりし廿二日の夜なりしか　私は女ごゝろのかくまつとはしり給はで廿四日五日なりても下さらずは扨何とせむとそう思ふてはくるしくてならず　私さる友人にこの十五日に手紙上しが十日目にかへり頂くこと御やくそく申せしがたゞそれはこちらばかりのひとりだのめなれば私はこのやうに思ふて御まち申をしらでその日をその人忘れ給はゞいかにせむと親友として男とも女ともそのやうな事は考へずたゞ友として雁月さまに御相談申せしに候　あまりニくるしきまゝ何とか云ふてきのをち付やう云ふと給はらばとおもふてに候ひき　それをあなた様何ときゝ給ひてか　あまりニ候はずや　あなたさまさへさすが泣くとはしり給ひてや　泣かせて何のとの給ひしがあなた様すいし給はる涙のいろがしろならばまこと私のなかす《ママ》は真紅のいろとや申べき　私は誠ニなき申候　夜ひと夜しのび泣き候　扨そのきのふの朝御手紙請申時のこゝろに今一度なりたく候　中ニは人のつらさのいろ〳〵ありともしらでまだ封のまゝの御玉づさをいつもの御やさしきのと思ふてやはり十日をわすれ給ハでとうれしかりし時のこゝろに今一度なりたく候　うちにやいばのおそろしの御ことのはを正直と申としりしとゝもにその正直と申ものはこゝろよはき女のえたえぬものなる事をしり申候　あなた様のひミつなれば私の秘密に候　誰がそのやうの事をわれから申べき　たゞわかき思にたえかねてに候

私もわろかりしに候　われを雁月様の花おほき御ことのはニまとひしとし給ふか　かの君はわれより一つとし下のたゞおもしろき方様とはが《ママ》り思ふのミに候　友なき身にはひと夜へだてずとひ給はる御こゝろうれしとはそは思ひ候ひき
あなた様はあまりに候　今頃は思ふどち春の野山ニ自然の美にうたれ居候ふらんをわれかくものをおもふてあるよ　それだニ明日旅立ともしらせ給はぬあなた様の御こゝろに候
かのいたづらずきの雁月様の御ことのはをまことゝするならばこなたよりこそ申上るべき事おほく候

「けふもまた小舟君から手紙がきたが君実ニ困つちまふじやないか」

と仰せられしは誰さまにや　何処の正直な方さまの御ことのはぞや
花のよし原とての何中米とかの全盛の君にうき身やつさせ給ひしときゝても私まことゝ思はねばこそ申上ざりしに候　それニことばのつるぎそへていふのが正直と申ものなりしをと私さとりをひらき候　私まことに御まのあたり何もかも申上たく候
よしや兄様のしもとニうたるゝともよろしく候　あなた様私は誠ニくるしきのに候まゝうしやありし世の御こゝろにておはさずともたゞ詩の神の子としてこのもだえもだゆる少女をあはれと思し何とぞはやく何とか仰せられ度候　二三日も御返事御まち申してもなき時は私は死ぬべく候

そればかりにてはなく候へど私誠ニ世がいやになり候　きいてもらひたき事のかづ〳〵あるのに候
源氏の事など申上たけれどけふはさる餘裕がなく候　宇治の大姫君よりもかほるの君の方に同情をよするは私もに候　私はたゞうらやましいと申せしに候　あのやうの人にあれ程おもはれてそして人の心のあぢきなき末まで見で死にたいと申せしに候
同情をよする上から云へば羽ニおく露の木かくれてしのび〳〵になきしうつせみ①などこそなと申上たき事もまた御こゝろとけての後の便にもと　御返事何とぞ被下度候

　月に泣かせ　花に泣かすは　誰がわざぞ
　　陽春三月　わかき　身をして
春の野の　小ぐさになるゝ　蝶見ても
　　涙さしぐむ　わが身　なりけり

いざや川

けふは
おそる〳〵
御兄様とぞ

註①　羽ニおく露の…うつせみ――うつせみの羽におく露の木がくれてしのびしのびにぬるる袖かな（伊勢の御歌、『伊勢集』）

34　明治33年3月日不明　河井酔茗宛寛書簡（推定）

〔封筒ナシ　毛筆巻紙縦18横60・3〕

梅溪を新声社の如き俗物に使役せしむるハ大不平に御坐候。

―○―

梅溪先生と御會合の様子承り及候　承る處によれば四月に入らば御上京可相成旨頗る快哉の義に御坐候　何卒御実行希望致候「明星」第一号のマヅサ可《ママ》減我ながら不慣の結果に驚入候　二号へ貴下の新体詩一篇御投寄被下度候　晶子女史へも明星の御吹聴希望致候　「よしあし」の短歌まゝ見るべきものあれども多くハ粗笨也　「文庫」の短歌やゝ見るべきもの有之候　新体詩の振はさる　何ぞ甚しきや　兄等の一大皷吹を竢ち申候すゞしろのや来り兄来る　銕南の不平な面相見るが如くに感せられ申候。但し時機尚早に御坐候。

―○―

前々月に御懇願申上候一条出来べくは御盡力奉煩候。百金可也五六十金にても可也　六月中には必ず御返弁の道有之候。厂月君へも御相談被成内密に御哀願申上候　但し出来ずとも致方無之候間其辺ハあまり御心配なきやう切望仕候。

―○―

焚くべくはえとなの山の火に焚かん丈《タケ》なる文に君が名のあ
る

御一笑

鐵

酔茗兄　梧下

一見御投火の事

【推定】文中に「四月に入らば」とあり、また『明星』第一号（明33・4）のマヅサ」とあることより明治三十三年三月末と推定す。

35　明治33年4月5日　河野鉄南宛晶子書簡

〔毛筆和封筒縦18・3横7・4　毛筆巻紙縦16・3横105・6〕

消印　和泉堺33・4・5

(表)堺市九間町東二丁　覺應寺にて　河野鉄南様　貴下

(裏)露花生①拝　四月五日

親なき子にはつらかりきの御詠はつくばねおろしむさし野の雨よりも身ニしみ参候　まことあなたさま御とうさまのおはさずてや御母様はいますにや

ふまれながらに花さく野辺のにくさをこゝろとせよとの御をしへありがたく承り参候　エセルソンの楽天論をよミてもこをやくせし桃谷《ママ》の身のはてを思へば何をよめばとてきけばとて人各々天の定めし運命にはむこふべくもあらずといよ〳〵この世うとましくぞんじ候ひしかど兄様の御教はなほよく〳〵あじあふべく候

さきの文ニいそきてたらぬふしをかくなむ　こゝにはさみある反古は二三日前にあまりあたゝかければとて羽織ぬがむとせしに下のまだかた上のはづかしうのこりたるをとりながらこれこそや誠ニかミのはしへしたゝめけるに候　それをそのまゝ筆のさきゝれてけふはことに字がゝけず候

かしこ

志やう子

御兄上様

さらば

〔ひなげしの花模様の別紙に一首〕

かた上をとりてをとなとなりにきとつげやる文のはづかしきかな

註①　露花生——晶子の初期の署名。

【備考】大正大学発行の書簡集では64河野鉄南宛晶子書簡（明33・7・26）を本書簡同封として扱っているが、編者の現物調査の記録により別封の扱いとした。封筒は別人筆か。

36
明治33年4月7日　河野鉄南宛晶子書簡

〔毛筆和封筒縦17・1横7・4　毛筆巻紙縦17・2横140・7〕

㊤市内九間町東弐町　覺應寺ニテ　河野鉄南様
　消印　和泉堺33・4・7
㊦明治卅三年四月七日

さきにまゐらせし文した、めし時はうつ、こゞろ《ママ》やなかりし
透谷の透を桃とかいたりウエルテルを何とか、いたり今思へば
背より冷たきあせが出申候　ゲーテ　シルレルなど、あのやう
な事申上し何とも〳〵御はづかしさかづしらず候　情人怨を出
せしころのゲーテの恋の清よかりしは私さ思ひ候へどウワイ《ママ》ウ
ルをきて後のゲーテ　大家となりて後のゲーテの恋は無茶ニ候
　まことににく、候
されば一代男の與の助ならぬ（かの眉葉様大変な西鶴通ニ候
女の身のあられもない一代男一代女よミしはかの人ニよりてニ
候）鉄南様に御ねがひ申はちぬの浦邊にありしころの鉄南子は
なつかしかりしかど東京へ出給ひて大家の列ニ入り給ひし後の
鉄南様はにくしなど、後の人ニ云はしめ給はぬ事ニ候　明星な
どニうた出すなどなんぼうはづかしき事ニ候はずや　されば
たゞ御兄様の御袖の下ニかくれてとぞ　よし野行の雲行あやし
く相なり申候　よべおもしろき夢見たのニ候
私が内親王様なのニ候　そしてなの花でした　下駄をはいた居《ママ》
るのニ候　朝からおもひ出してひとりわらひ居るのニ候
　先はあら〳〵かしこ
もくれんの白きがにほふまどのうちニ酔中の仙と君うそぶ
くか

　鉄南様　お前に　　阿幾

【備考】封筒別人筆か。

37
明治33年4月13日　宅雁月宛晶子書簡（推定）

〔毛筆和封筒縦17・1横7・2　毛筆巻紙縦17・3横85・4〕

㊤堺市柳之町　宅千太郎様
　消印　○・4・○
㊦晶子　四月十三日朝

さく夜はかなたにひとありておもふことえも御はなしはたさず
それに御前さまの御けしきにすまぬところありてそがためにひ
と夜ねぐるしくあかせしけさそのあなたさまにいじめられそれ
で私はあなたはそれでい、ので候や

あまりには候はずや　をとこはそれですむのに候や　扨も〳〵御男子様とはしごく御親切なものに候　私はたゞくやしくて字もよくはかゝれず候　何をかきしやらたゞあまりに候とのミ

かしこ

わすれじの朝　　晶子

白もゝの君①　御前に

註① 白もゝの君——宅雁月の雅号。

【推定】 前後の書簡との関係より明治三十三年と推定す。

38　明治33年4月16日　河野鉄南宛晶子書簡

〔毛筆和封筒縦17・9横7　毛筆巻紙縦16・9横290〕

消印　大和33・4・16

㊤和泉堺市九間之町東二町　覺應寺様ニて　河野鉄南様

㊦よし野竹林院にて

はなよりあくるとさるさまこそなけれ　ほの〳〵と渓にさくらしらみしけさの暁の色見てはよべかきし文のあまりにこくなりしとぞんじ候まゝ一寸かくかきそへ花に謝さんかなとぞんじ参候　今は五時頃にや候はんか　三時にはやあかく相なり候　山高きが故と乳母が申候　この文御もとにとゞくよりわが帰るかたのかへりてはやきかもしれず候

併しわがさすがに捨てがたしと申は竹林院の暁のいろにてよし野はけふもよし野に候はんか

みよしのや竹林院にひとよねて花にきつねのなく聲きゝぬ

よしの山遠山ぞめのかつぎゝて花の袖口にほやかにたつ

とはうたひしものゝまことは夢に見しよし野は花の名所かなののおくのときゝてもいつの世にたがいつはりそめし名ぞとよりのおもひハたがはず候　吉水院に南朝の遺物を見て浅からず趣味を覚えしとより外にきこえ上べき事はおハさず候　今かくしてある竹林院のあたりは花はあまりなく候へどそれだけ俗味が少なく候

こゝが吉野のもつともたかきところと申候　さすがに花の香おくる山風にともし火あやふげなるもとにしめやかにかたるおとゝひをおもひこさせ給へ

黒きつむぎに緑の帯をやの字に結びて赤きリボンさしたる人と相對してはきぬはそろへのそれながらわがびんぐきの色あせにしをおもひしられ候　さてもいく重の雲のよそにこの夜何としておハすらむとよし野のおくの古寺にひたすらおもふ女居りと君しりますや　この花は竹林院のにはのをひろひしに候　すみれは六田のわたしのほとりのに候　あすは奈良へよりて帰らま

しなど妹とかたり居り候　同行はそが乳母なる人とのみたり
に候
　先はあらあら　　　　　　小舟
　鉄南様
　　御もと

39　明治33年４月16日　宅雁月宛晶子書簡

〔毛筆和封筒縦17・４横７・３　毛筆巻紙縦17・２横181・５〕
　消印　大和33・４・16／堺33・４・17

(表)和泉堺市柳之町　宅平次郎様方　雁月様
(裏)よし野竹林院にて

見やる雲ゐのいく重よそにけふのこよひたが上を思しておハすらむとのミの〔不明〕
みちてよし野の花も月も何ならず
つばさなき身をひたすらニうちかこたれ　かく夢に見しよし野は花の名所かなとの紅葉のくをうたがひしわが身くやしく〳〵前の千本中のおくかときゝてもいつの世に誰がいつはりそめし名なるらむとよりのおもひよりをこらず候　たゞ吉水院の南朝の遺作には浅からぬ趣味を覚え申候とのミより申上る程の事はなく候
　よし野山遠山染のかつぎゝて花の袖口にほやかにたつ
われもかゝる有様をまねてのこし申と御はづかしくぞんじ参候　こゝ竹林院はよし野にてもつとも高きところと申候　この邊には餘り花もなく候　それだけ俗味がなく候　今かくしたゝむる時こゝの鐘ふたつなり候　かなたにたゞ一軒ある家のともし火やミになつかしくまたゝきをり候　月はちらりと見たばかりのそれに候　何れまたよく御話し致すべく候　この花は竹林院のにはのをひろひしに候　すみれは六田の渡しのほとりにてつミしに候
青葉残せし松のはのかくしてあるまに色やかへむとたゞそれのミ
　花にミしよし野のやどのともし火の小くらきかげにくをおもふかな
　ちび筆かミつゝ
　しら桃の君　おもとに　　　　　小舟
ほの〳〵と溪のさくらしらみしけさの暁の色見てはよべかきし文のあまりにこくなりしを〔不明〕りいたし参候　今は五時頃に候はんか　三時ニもう夜があけ候　山がたかき故と乳母の申候
六田①のわたしよりこゝまで二里程ニて御坐候

あなかしこ　わがさすがにすてかたしと申は竹林院の暁の色だけに候　よし野はけふもきのふのよし野に候ハんか
　美よし野や竹林院にひと夜ねて花にきつねのなく聲きゝぬ

註①　六田——音に聞き目にはまだ見ぬ芳野河六田の淀を今日見つるかも（『万葉集』巻七・1105）

40　明治33年4月16日　宅雁月宛晶子書簡（推定）

〔毛筆和封筒縦17横7・3　毛筆巻紙縦16・3横77・7〕

（表）堺市柳之町　宅平次郎様方　青年文学會御中　よしあし草原稿
消印　和泉堺○・4・○

（裏）小舟子　四月十六日

あまりにおもひたえがたくせめてもと文し参候　扨もこの夜を何としてね候べき　いくそたびかの前にたちて泣きしかはお前さま御すいし給はるべけれどあゝこのおもひ何とすべき　せめてこよひにこの文とゞくすべもがなの前の雨だれ音かなしきこの夜　終世忘るまじくとぞんじ参候
われ火かげにかくしたゝむる時をお前さま何としてゐたもふらむなど萬感こも〴〵をこりて意は文をなさず筆は字をなさぬあさましさたゞくるしのむねのミすいし給へかし
　十時とや　　小舟
雁月の君
　お前に

【推定】38・39の書簡との関連から明治三十三年と推定す。

41　明治33年4月25日　河野鉄南宛晶子書簡

〔毛筆和封筒縦17・6横7・4　毛筆巻紙縦17・1横362・9〕

（表）堺市九間町東二町　覺應寺様ニて　河野鉄南様　侍史
消印　和泉堺33・4・25

（裏）春光子①拝　廿五日

ときいろのリボンの玉あらずなりてさびしさたへがたきにつけ御あたりなつかしくとくきこえ上まほしかりしかどあまりにたび重ねてはとけふまでわかきちをおさへ居り候ひき
　木下やミわかばの露かにほひあるしづくかゝりぬふたりくむ手に
これは夢にてはなくうつゝにてはもとよりなく現實ならばあなたさまにあらためて申上るまでもなく候

何時やらむと御前さま都にありし頃は加茂のたゞすのあたりをよくそゞろありきせしと仰せられし　それをもとゝしてそれからそれへと空想の花をそへてわかばゆかしきかの森のあたりをかたみに歌かたりつゝゆかばミたらし川の流にもそれともにぬらしてなど　このやうの事思ふては誠に失禮なとはそんじながら毎日〳〵さる空想にばかりふけり居り候　私は四季のうちにこの新緑の頃が一ばんすきニ候

山ほとゝぎすなどはきゝし事もなけれどまことよし野行はさん〴〵に候ひき

南朝と云ふ史の観念美を外ニしてはよし野の嵐山におとる事いくばくなるかをしらず　よし野川と大井川とをくらべむか　一つはくらきをひらく明星ならば他は道ばたの小石とや云はまし

よし野川程没趣味な川はあまり見ず候

世に捨られなば六田の渡しのわたしもりにならむと誰やらが云ひしは例のゑせ風流に候

よし野の花のあるほとりと川とは二里程もあるの二候

されど竹林院の火影に古代のすゞりにて人の御もとへまゐらす文したゝめし時の事おもへばさすがなつかしくもおもはれ候

あくる日春日の社頭赤きはかまの宮姫見てかつて遊バせ給ひし時何と見給ひけんと思ふてひとりほゝゑミ居りしに候

ふつかばかりの事にかほの色いやが上にくろくなりて

　文の上にすがた見らるゝこゝちして旅のやつれのつゝましきかな

まことしか思ふのに候　この間の国文学御手ふれさせ給ひしものとかたミのひとつと見まゐらすべく候

わが妹はホームの花に候　この人あるうちはあやしき雲もをこらず世は太平なのに候　然してわれにもつとも多くの同情をもつはこの妹ニ候　この人なくばとくにもあやしきをはりつげてありしかも知らず候

されどちは誠にすくなき天性に候　何事にも冷かな〳〵私とは全々《ママ》趣味をことに致し居り候

文科の専攻科と云ふが出来てこたび入学するにも理科なりせばと申居り候　それど《ママ》姉よりまさりてかしこき妹とは父母君はもとよりうからやからのひとしくみとむるところに候

われもみづからしかおもひ居候　われををろかと云はるゝとも妹をほめらるればそれで私は満ぞく致し居り候　これは不平ニてはなくまことに候　妹はかしこく候　わがついの身は秋風ふけばあなめ〳〵②と候はんか　それもをかしとおもひ居り候　昨夜栄花の浦々のわかれの巻よみてまくら草紙の積善寺供養の条などとおもひくらべて宮のお前の御はて悲しくて〳〵ねられず

　さりし世のよそのうらミにいねやらぬそのあけ方ニほとゝぎすきく

ほとゝぎすはうそに候　この間雁月氏に明星かりて初めて新詩社のきそくをしり候ひしがはやくしりせば社費とやらむをくる

べかりしにとぞんじ参候　この次の時にはいかにしてよきか御をしへ被下度候　何やらかく事あまたわすれしこゝち致し候へどあまりながく相なり候まゝ

歌かきて君がをくりし薄やうにわれ口べにのあとゝめてけり

わかゝへでにほそき雨そゝぐあした　　かしこ

阿幾子

御兄上さま　御もとニ申上候

註① 春光子——晶子の初期の署名。

② あなめ〳〵——「秋風の吹くたびごとにあなめあなめ小野とはならし薄おひけり」（『小町集』）。小野小町の髑髏の目に薄が生え「あなめあなめ」と云ったという伝説。

42　明治33年5月2日　河野鉄南宛寛書簡（推定）

〔毛筆和封筒　毛筆巻紙　未採寸〕

消印　未確認

（表）堺市九間町東二丁　河野通該殿貴下

（裏）与謝野生　五月二日

○成るべく急に寄附金の御盡力おたのミ致候也

関西ゆきをやめに致候故手帋を以て申入候

すゞしろのや君におあひ被成候や如何

明星第二号差出候　体裁のわろきところ多し　僕一人の編輯故致方なし、サテ明星擴張上諸友の寄附金を募集せり。何卒酔茗、厂月の二君鳳女史等へお話し被下壱圓以上の御寄附奉煩度候。東京の友人ハ太抵参円より十円十五円といふ申込也。独り落合先生ハ百五十金を寄附せらるゝ約束あり　尤も月賦に御坐候

右御含の上御応分の寄附を右の諸君へお頼み被下度候。先つ当用のミ。　　艸々

寛

鉄南君　机下

鳳女史の和歌ハ東京にて大評判となれり。婦人作家中近来の見込ある人也と師匠①なども申され候。大に讀書して才気を包みたまはゞ恐るべき人なるべし。乱筆ハ腹痛の為め也。

註① 師匠——落合直文のこと。

【推定】 文中に「明星二号差出候」（明33・5）とあることから明治三十三年と推定す。

43　明治33年5月4日　河野鉄南宛晶子書簡

〔毛筆和封筒縦17・7横7・2　毛筆巻紙縦17・2横316・3〕

消印　和泉堺33・5・4

㊤市内九間町東弍町　覺應寺様ニて　河野鉄南様　貴下

㊦春光生拝　五月四日

けふこのごろなミの花さくなかにおハすニや

うきは相たがひの世と思せかし　さけにそミたるかんばせはたからならずや　わかき身のうたにうるめる目の色はほまれならずや　わかき身のとは暮笛集の作者にきくところに候

昨夜は明星御をくり被下ありがたくぞんじ参候　さそくに御禮かきてとそんし候ひしかどかたはらにさはることありてえはたさず候ひき　今朝は何故にやつむりなやましうておひるまでふせりをり候ひき　たまはりし御文にちからえて今はさもあらず相なり候まゝ御安心被下度候

新年のこと仰せられては私は背より冷たきあせが出参候①　よくもくとあなた様がた思せしならむとはづかしうてくされどかくかたみにきこえかはすもその時の故かと思へば　運命の糸はおかしくあやつりある事よとぞんじ参候　扨今相見まゐらせむか　私は何とせばよからむ　両の袂にてかほおほゝてもくなほはづかしからむとぞんじ参候

昨夜雁月さま明星をくりやらむかと仰せられ候ひしまゝはや給はりつと申上しかばかの方様おもしろからぬとやう見え候ひしかば私わるき事申つと氣がつきしかどはや何とも致しかたなく候　あなたさまたゞそれ御ふくミをき下されればよろしくかゝりしかなど仰せらるればまた御はら立遊ばすべく候とぞんじ候まゝ何事もしらぬかほして御出被下度ねがひ上参候　いつも御手数かけては私すまず候まゝつぎよりはこなたよりすぐ新詩社の方へ原稿出さむとぞんじ居候　鉄幹さま妙齢などおかき遊バし私はづかしく御坐候　わかくさ姫寫生して御をくり申さむと大分出来居り候ひしが紫の色出しゝが　きにすまずめちやくにしてしまひ候

私の性として一度いやと思へば再びする勇がないのニ候

そのかはり妹を御ひき合せいたし候　これはこぞの春京都にわがありし日の二候　要なきものとてやり捨て候

あなかしこかゝる事ゆめ人にもらし給ふな　ことに雁月様なとにゆめくつげ給ひぞ《ママ》

いく重にもねがひ上参候　御文たまはるやといつとなき日をまつはまことつらきものに候まゝこの十貳日頃に御志あらば御文給へかし　例の妹がわがまゝとゆるさせ給はゞうれしくぞんじ参候

今むかし恋の詩集をかつ見つゝ長き日ひねもす人をおもふ

かな
けふは少しばかりねつのあるにや　手がふるひていたしかたなくつたなき上にさぞや御よミぐるしかるべしと御きのどくに候
かしこ
その日　いさや川
鉄南様　お前に

註① 新年のこと――23河野鉄南宛晶子書簡（明33・1・6）参照。
② 妙齢など――「歌壇小観」（『明星』明33・5）に「会員中に妙齢の閨秀で晶子と云ふ人の近作の中に…」とある。

44　明治33年5月4日　宅雁月宛晶子書簡

〔毛筆和封筒縦17・1横7・4　毛筆巻紙縦16・5横81・3〕
(表)市内柳町　宅平次郎様方　青年文学會　お會御中
消印　和泉堺33・5・4
(裏)しゞみ花　五月四日朝

あづまやにわれことひくと見てさめしまくらににほふさく
〔ら〕花かな

昨夜あれよりつくへにむかひて筆とりていたづらかきせしとは覚え候ひしが　けさミれはそもや御前さまより拝借の新聞を墨くろ〴〵とかきけがしあるに　とやせむかくやとぞんじわつらひ候ひしが　たゞ御前にふしてわがつミかふにしかずと

山吹のはゆるゑんにこしうちかけて
しゞみ花
たかきこずゑのしらもゝの君
お前に

45　明治33年5月5日　寺田憲宛寛書簡

〔転載――封筒ナシ　巻紙　墨書〕
とり急ぎ乱筆御推讀奉煩候
拝復　御入社の義了承致し候　従来の歌人より見れば小生等の歌風ハまことに乱りがはしき事に考へられ候事と存候　乍去「歌」は最早日本の歌といふが如き狭隘なるものには無之今日は世界の詩の一種に御坐候　さすれは従来の如き二千年来千篇一律の歌風にては世界の詩と比較せられんも耻しき次第に有之是非に文明に伴ひたる詩体の開拓ハ必要に御坐候　夫には卅一字にせよ十七字にせよ五七、七五、其他種々の新体詩にせよ何れも旧来の陳腐なる狭隘なる思想を排斥して豊富なる偉大なる詩趣を歌ふにあらざれは到底「明治の詩」とは申されず候　既に繪画及び音楽、其他小説等の藝術はこの十餘年間に特別顕著なる進歩を致候に係らず韻文の不振如此ハ詩人其人に学問の修養なく趣味の素養なきが為に御坐候　短歌にまれ新体詩にまれ日本の歌集を讀み歌の歴史を知り候上に更に漢詩、英詩、独詩ハ更なり美学、修辞学、文学史を研究し進では劇も端唄も音楽も繪画も美術も出来得るかぎり多方面の研究を要し申すべく然らざれは世界の詩の一種たる公見ハ致し難くと存候

上述の如き見地よりして微力ながら主張致候小生共の詩体に候へは従来の歌人が申候處に比して破格なる議論多きは勿論の事に御坐候　新派と申候てもいまだ大作家無之作者も子規佐々木の二君其他某々の會の如きにすぎず候故全国の多数が新派を賛成致候割合に佳作ハあらはれず議論と実行とは中々六つかしき事に御坐候　就ては御職務の御餘力を以て大に御奮励被成下度混沌たる詩界の未来ハ頗る多望と奉存候

御挨拶を致候考にて却て長談議に相成申候　先は右申上度まで

艸々拝具

端午　　与謝野鐵幹

寺田詞盟　梧下

猶卑見ハおひおひ可申述候○明星の義御友人中へ御吹聴被成下度詩界に於ける頑禁は速に警醒致度候

46　明治33年5月8日　河野鉄南宛晶子書簡

〔毛筆封筒　毛筆半紙（2枚）　未採寸〕

消印　和泉堺33・5・8

㊤市内九間町東二町　覚應寺様ニて　河野鉄南様　貴下

㊦春光生拝　五月八日

けさあけがたの夢に十二日とありしかど、てかさたかき御ふミいた、きつと見てもしやとまちしがまことまさ夢にておハし候ひき　されど夢の中の御文は今少し御情こまやかなりしとやう覚え參候　わたしよく夢がまこと、あふの二候　それはふしぎな事がたびくあるの二候　おもひもよらぬひとを夢ニ見てあくる日その人にあふなど先日弟が山陽道の方へ旅行せし時まだくと皆々おもひ居りしに私夢に帰宅せしと見てけふかへるかもしれぬと申居りしにまことその日かへりまゐり候

わがかりそめのいたつきに御こ、ろわづらはしすまぬとてとぞんじ參候　おかげさまにて今晩より風呂へもいらむとぞんじ居候　去年のくれにおハし候ひしがペストくとかしかましかりし頃その日は朝よりつむりなやましとはぞんじながらなほ店にありしにむかひの家の門ニほこりおほく立つを見てきたないほこりあんなのをかいだならばペストになるならむとふとおもふ

たまでは私つねのこゝろなりしがしばらくしてそのペストか人のかたちして店より上りくるとやうおもひしが姉さん〳〵と弟がよぶ聲に目をあきしにかたへにはひとが沢山立て私に水などふいて居るのにおどろき候　あまり心《ママ》けいが過びんなからに候
　おもしろからぬ事を御こゝろ安だてにくど〳〵と申上何とぞ御ゆるし被下度候
河井さまいよ〳〵立せ給ひし由あなた様さぞや御さびしからむと私より推し上參候　わたしでさへその最期にたまひし御文見て六日の夜ひとよねくるしくはかないやうなきのしてあじきないとはかゝるこゝちを云ふかとぞんじ候　あなた様方は御男子さまよ　またの日も期もあるべけれど私などはたゞかの日かの時があひし初めの終りとやうな事に候　はかなく候　されど私などに御やさしき告別の御文給ひしことわたくし身にあまりしこと、女のともなどの上におもひくらべてこれしもせめてさちとよろこばむとなぐさめ居候　またそのころにはわれとなぐさめがたきわかれせずはあらしと今より観念のまなこどち《ママ》居候
私はかくていつまでも〳〵変りなき身なれどをとこのあなた様世の中に出で給はむ暁にはかくかひなきあまの子をなほわすれず二居させ給はるや否や　夕の雲のそれにてはおハさずや　われは世のひとより見れば不幸ものと申かはしらず　ある事情のもとに身ををはるまでひとりにてあるの二候　何故などゝ御とひ下さるは御ゆるし被下度候

この間雁月君に新詩社の話をおぼろげながら承りそれではとぞんじけさ六ヶ月分の社費ををくらむとかはせにいたせし時十時頃にておハし候ひき
御文得て今少しはやかりせばと十二日など、申せしが故にと身をくやミをり候
さ候まゝそれにそへやるふミなどもかきありしまゝ河野さまに御手数のミかけてすまぬとぞんじなどかきありしまゝそのやうな事かきながらまたあなたさまの御やつかいになりてはをかしとぞんじ結こうなる原稿と、もにかなたへをくり候ひしまゝ何とぞ〳〵あしからず思し召し被下度もう〳〵私も楽天家をちとならふべく候
この間さる方様の御文に接し
　ひと、きのあだし情をちりばめし玉のことのはめざましき
　かな
ゆめもらし給ふな
　五月八日　　あきら子
鉄南様
　今日はうすき巻がミあらず変なところへした、め御よみにく、おハし候ハん

47　明治33年5月8日　寺田憲宛寛書簡

〔転載――封筒ナシ　巻紙　墨書〕

拝復お手紙のむね拝承致候　この道の上に御熱心のほど敬服仕候

小生事何かとせわしく相暮し申候へども勉めてひまをもとめ拝見致すべく候間御任意に御送附被下度候　尤も長くて一週間ぐらゐハかゝり候事とあらかじめ御承知被下度候

歌界の事もどうやらおもしろき機運に向ひ申候　何卒この機をのがさず短歌に新躰詩に一革命を試み申し度と存じ候　こは辿も微力なる少数の人の手にては六つかしく候へは四方の篤志なる新進作歌諸君の大奮発を要する事に御座候　短歌も万葉や古今集などを祖述する考でなく全く短形の新体詩を作る積りにて御創作被下候やう希望仕候　尤も趣味なり詩形なり修辞なりの修養にハどの方面の御研究も必要に御座候

先は右御挨拶まで如此に御坐候　艸々

五月八日　与謝野鐵幹

寺田詞盟　机下

48　明治33年5月9日　佐佐木信綱宛寛書簡

〔転載――毛筆葉書〕

㊧神田、小川町、一番地　佐々木信綱様　御侍史　消印　武蔵東京麹町33・5・9

㊥九日午後

藤村君写真の義御多忙中御手数恐入候へども至急御拝借致され候やう御依頼を被下度右御願ひ申上候　先は艸々拝具

上六番町四五　与謝野　鉄幹

49　明治33年5月14日　寺田憲宛寛書簡

〔転載――封筒ナシ　巻紙　墨書〕

拝復御懇書奉謝候　猶又金弐円也明星出版費中へ御寄贈被下候義忝く奉存候　何れ第三号の紙上に於て各社友へ披露可致候

別紙は御詠艸中の佳什ハ併せて第三号へ掲載可致候　先は右挨拶まで如此に御坐候　艸々

五月十四日

寺田詞盟　机下　　　　与謝野　寛

50　明治33年5月18日　河野鉄南宛晶子書簡

〔毛筆和封筒縦18・6横7・5　毛筆巻紙縦17・2横147・2〕

(表)市内九間之町東弌町　覺應寺ニテ　河野鐵南様　　消印　和泉堺33・5・18
(裏)五月十八日

いかゞさまいらせられ候や　ありしはむかしがたりのうつつにて今はた御情は九十の春光と〻もにさりしとや　さむるにはやきがわかきちとはきけど　女はこゝろせまきものに候　かりそめの御とだへにも今はかぎりの御さまかとかくむねうちつぶる〻のに候　五日程前より毎日〳〵御文まち居り候ひき　ありしやうの御こゝろにてもおハさぬか否かもわかで例のなれ〳〵しき事もきこえ上てよきかをしらず　今日はたゞ御ありさまのミうか〻ひ上參候　この間與謝野様より御文ありてこれを河野君にも見せよとありしかど私身に過分なる御ことば多きかの手紙ひと様に見せらるべしや　その見せまゐらせよのところを御とりつぎいたし候　今の俳人はうたをしらず歌人は句をしらずましてその他の趣味など夢にもしらぬ
つまり鉄南君などもそのひとりなりとにておハし候ひき　一昨日酔茗さまより御ふミありて明星の支部を〻くにつきて鉄南君にす〻めてくれとあり候　よきことにてはおハさずや　私この間より御うらみ申居れどまた御いたつきなどにてはおハさすやとも

うたなし

阿幾良子

鉄南様

今わたし署名せむとて駿河屋とあ《ママ》きかけをかしく候ま〻

51　明治33年5月25日　宅雁月宛晶子書簡（推定）

〔毛筆和封筒縦17横7・5　毛筆巻紙縦17・2横119〕

(表)市内柳町　宅平次郎様方　青年文学會　御中　　消印　和泉堺33・5・25
(裏)静舟子　五月廿五日

つきなき程こよひのさびしきもこゝろよりぞとわれとわが身うらめしくつらくぞんじ参候　扨もあす廿六日といふに姉なるひ①との子ことのさらへに出るとは前よりき〻居り候ひしが　私がゆかむなど〻は夢さら〳〵思ひもよらず候ところ母様にさしつかへ出来あまりたれもゆかぬはわるしそなたかはりにといはれ私は誠ニいやで〳〵いたしかたもなく候へどしかたがなく候に

はやくゆきてその子がすまばかへらむとぞんじ居り候　さ候ま丶かの大阪のがまゐり候ハゞ何とぞ一日だけ御あづかり置被下度
さることはよもなく候へど私あらぬ間に大變なことのありてはとぞんじあなかしこ　か丶ること申上るもしゞゆうにたゞそれのミおもひ居り候ま丶に候
さばれ明夜はいかにもして御伺ひいたすべく　御めいわくにはおハさむなれど御まち被下度ねんじ上参候　あすの夜をたのミにこよひはこのま丶いね申べく候
さばれ《ママ》三本木②は先はあら〳〵みたれがきつとにけふは
　きのふ
　　　　　イ丶ダ姫③
雁月様　御前に

註① 姉なるひと――竹村輝子。
② 三本木――京都市上京区の加茂川西岸沿いの町名（『新みだれ髪全釈』220頁参照）。
③ イ丶ダ姫――晶子の筆跡により晶子の署名。
【推定】 前後の書簡の関係により明治三十三年と推定す。

52　明治33年5月26日　河野鉄南宛晶子書簡

〔毛筆和封筒縦18・4横8・7　毛筆巻紙縦16・6横220・5〕
　消印　和泉堺33・5・26
(表)市内九間之町東弌町覺應寺ニテ　河野鐵南様　親展
(裏)明治卅三年五月廿六日投之　沼洲漁史

この間はさそくに御かへりたまはりうれしくぞんじ参候　御ことのはよしや　いつはりなりともたがまことよりとぞ　をくらせ給ひし二羽離れぬ鶴見るたびにかほあつくいきくるしく相なり申候
わが身はけふわかな集のおきくにわらはる丶のに候べし
先日大阪の和風會といふ婦人會よりあやめ草といふを出すに付そが評議員とやらになれとか申まゐり候ま丶
　夢もさびたるちゑの子にかけしさかづきさしいれな
とはなにがしの詩人にき丶しところに候　貴婦人がたのおあい手はちのおほきわかき子のえたへぬこと丶ぞんじ候と申やりしに候
あまり口がすぎたりとおもひ居り候
後もおもはじ末も思はじ　バイロンのうたうたひてわが世はへなむかななど丶彩霞①とかいふひとにておはし候ひしがさてもあ

られもなき女よとあきれ居るならむとをかしくぞんじ候　あなた様とておあきれ遊バさでやとぞんじ候　この間の與謝野さまの評にもきもふときことうたひ給ふよとあり候　そはかの

　しづくかゝりぬふたり組む手に②

はや少しおあつくなり候　かの玄関の戸の外にたち居し時は随分さむく候ひしかどはやきものに候　過去のことは申まじとはすれど女に候まゝ御ゆるし被下度候

それは五月の前またの五月にはいかなるさまにならむとすらむおぼつかな

その五月のうちには秋といふ季もおハし候まゝねやの扇のかこちごとなどきかぬ御用心あそバせかし

酔茗の君何ぞほしき書にてもあらばといひたまはりしまゝ前の史海がほしと申上しに候　御手もとへ出す新星會の詠草とはよしあし草へ出すうたのに候や

なほ一度御きかせ被下度ねがひ上参候　きのふころもがへいたし候　更衣てうきひとになんど、

　おもひわびてつくためいきにしほれける草なでしこに露
　そゝげ君

わたしはなぜこう字がまづいので御座んしよう

何日かも今はそれたにしらぬさまにて

イ、ダ姫

鉄南様　お前に

註①　彩霞――溝口彩霞。

②　しづくかゝりぬ……――「木《き》下闇《したやみ》わか葉の露か身にしみてしづくかゝりぬ二人組む手に　鳳《おほとり》晶子」（「小扇」、『明星』明33・6）

53　明治33年5月27日　寺田憲宛寛書簡

〔転載――封筒ナシ　会社用紙　墨書〕

拝復御詠艸に添へて社費及び出版費中への御寄贈金拝受致候爰に乍延引御礼申述候早速御返事さし上ぐべきを雑誌の編輯其他に多忙をきはめ大に延び延びに相成申候

小生の加筆は直言ばかり致候故社友の感情を損じ候事も有之候様子御一笑被下度候先は右御挨拶まで如此に御坐候時下御自重奉祈上候也

　五月念七　　与謝野生

寺田詞盟　机下

【備考】転載誌の註に「折り目「統合主義尋常読本　金港堂書籍株式会社」と印刷された教科書版の無罫用紙を使用」とある。

54　明治33年6月1日　宅雁月宛晶子書簡

〔毛筆和封筒縦17・1横7・3　毛筆巻紙縦17・2横214〕

消印　和泉堺33・6・1

㊤堺市柳之町　宅平次郎様方　関西青年文学會　御台
㊦おふとり生拝　六月一日夜

今朝夜のあけがたにおそろしの夢ニおそはれさめつる後もうつゝなくたゞ中ぞらにうつら〳〵ともの思ひをりしをりニしも御文に接したゞ身は夢ニゆめみるこゝちの致し参候　ゆく水にちりうく花をかき給ひし御玉づさニ

　しのばれぬわかきおもひニいく度か君が玉づさそむる口べに

まことわれ口べニさゝねばあとはのこらね　あさき口びるニていく度か御文をけがせしつミそも何にあたるべきやわれはしらねど只〻ゆるさせ給へかし　玉情ニ八千代をこめ給ひし御こゝろはうれしけれどこゝろにもなき事するがこの頃のはやりとかさりし夜仰せられし御ことの葉のミこゝろにかゝるも例の女なればに候はんか

　かりそめのをとこの歌にもゝとせをすつるためしニわが名ひかれむ

けふ　　小舟

雁月さま　お前に

こよひはかならず

55　明治33年6月7日　寺田憲宛寛書簡

〔転載――封筒ナシ　巻紙　墨書〕

数ならぬ雑誌を御愍ろにおぼしめされ毎々御寄贈奉謝候　貧嚢を傾けて聊か文界に盡し居候小生の微衷御憐察被成下度候　社友其外友人中にも新趣味の詩風日を逐うて滋蔓度候様子に有之遠からず天才の人相現れ大成の日有之候事と頼もしく存ぜられ候兎に角軽俳《ママ》なる習癖を抛ちまじめなる研究をつとめ申度候

　六月七日　　艸々　拝復

寺田詞盟　机下　　与謝野生

56　明治33年6月13日　河野鉄南宛晶子書簡

〔毛筆和封筒縦17・6横7・2　毛筆巻紙縦17・6横214・2〕

消印　和泉堺33・6・13

(表)堺市九間町東二町　覚應寺様ニて　河野鋳南様　貴下
(裏)星光生①　六月十三日

ひさ〴〵にてなつかしく筆とり参候　御法會ありとほのきゝまゐらせ御ひまなかるべくとその前後とおもふ日ごろをわざとさしひかへ居間はまこといく千秋をへしこゝちのいたし申候　あなた様なほ覚え居給はりしや　おぼつかな　なくてぞひとは②とや　雁月さま居させ給はずなりしさびしさこの頃覚え申候
たゝせたもふ四五日前わが弟のもとへいらせられ二三時間御話していらせられしかど私は後御目にかゝらず候ひき　おもはゆくて　何ぞかの君より御もとへ御せうそくはありつや　明星の返稿にそへて與謝野様より雁月子も上京されしにはさぞや鉄南君のあせり居るならむとはおもへどいまだ機會あらねばいましばしまち給へと傳へてよとあり候
あなた様は御男子様のいつか青雲の志とげさせ給ふこともおハすべし　女ははかなきものに候　つら〴〵はかなく候　さるにても鉄幹様にはあなた様と私とはあした夕にあひ見まゐらすことのかなふ友がきの中よとおもひ居させ給ふらんかとぞんじ候　さる身なりせば何かなげかむに候　出火の時見舞てやらむとおほせし御志ありがたく御禮申上候
つねにわすれで居給はればこそとうれしくぞんじ候　されどおひとのわろきことよ　何の用意も何もなきわがすがた見させ給ひしとか私はづかしくて〴〵何やらくやしきこゝちもいたし候
この秋鉄幹さまこちらへお出で遊バすとかあふてやらむと仰せられ候が今よりはづかしきこと、思ひ居候　その時やあなた様にもと今より夢のやうなはかないく〴〵ことを期し居り候　御手は今何の御さはりもおハさすははやく御かへり給へかしな例ながらけふはことにちび筆のみだれ書御ゆるし被下度候
この頃
　しらさぎの上羽の色を見ずや君あくたながるゝにごり江にして
きのふ御法會終らせ給ひつらむとおもふに
晶子
御兄上様　ゆるさせ給へ

註① 星光生——晶子の筆跡なので晶子の署名とす。
② なくてぞひとは——「ある時はありのすさびに憎かりきなくてぞ人は恋しかりける」(『古今六帖』)

57　明治33年6月13日　寺田憲宛寛書簡

〔転載——はがき　墨書〕
消印　武蔵東京麹町33・6・12／下総神崎33・6・13
(表)千葉県神崎町　寺田憲様　机下

拝復参号ハ再版の分も品切につき二号を七冊三号を三冊差出候
尤も三号ハ来る十七日には三版の印刷出来可申候　弐号は猶再
版の分余り有之候　右御返事まで如此に御坐候　逐て金壱円也
乍毎度領収仕候也
十三日　　東京新詩社

58　明治33年6月22日　河野鉄南宛晶子書簡

〔毛筆和封筒縦17横7・3　毛筆巻紙縦17・1横207・9〕
消印　和泉堺33・6・22
㊄堺市九間町ひがし二丁　覚應寺様ニて　河野銕南様　侍史
六月廿二日夕　よしあし草原稿

おと、ひならんかなりしが　さはることありて　いまゝた筆を
あらたにいたし候　その時にとおもひし白百合いまは香もうせ
たれどソロモンの栄花も野の百合の花にはおよばざりし①とか、
さればしほれたれどなほわが色も香もなき文をかさるにはたる
べしとおくにふうずべし
新詩社の中はま糸子様御手うるはしくいらせらるゝと雁月様に
承候
あまの子なればこれでことはすむとおもへどさすがにもう字を
かくことがいやになり候　わが兄様女は手紙よくかきてことを
よくひかばことはすむべしとよく申され候が　私などは女のし
かくを云々さるべき身の程にてはないのには候へど　さばれ字
はひと様並にかきたく候　さればとて手ならひするなど云ふま
がある身ではなし　つく〴〵いやに候
よしあし御をくり被下ありがたくぞんじ候
この頃はまたひとが水彩畫をかくを見てわれもと云ふやうな心
のをさへがたく歌は少しも出来申さず候　これは前の月明星へ
出す時自らこんなのはとよけておいたいはゞうたのかすに候と
云ふてまづきをおほふのでは夢さら〳〵なく候　弟に清書させ
しがかくの通に候　御志あらばかきなほしたべ　こんなゝらば
私がかいた方がましならむとぞんじ候　されど私の字ではとて
も原稿はしたゝめられずとそれは自覚いたし居り候　恋をよみ
給ひしとか　前のながきのよりは奥のスケッチの方によむべき
があるとぞんじ候　おなじ私は失恋しても水蔭の詩のやうな失
恋がしたく候　花袋などの失恋はいやに候　恋は死しても精神
に光明があたつてあることがうれしく候
さばれ実けんして見やうかと云ふ程まだ信こうは御座なく候
御親切なるあなた様失恋の実けんさせてやらむなど思されては
といまより御じたい申おき候　前の前の、新小説かにありし鏡
花の寫眞のよこがほ宅の弟が鉄南君に似たりと申候　そなた面
識がありてかと申せしにいつやら同好會に舞子へか御同行せし
と申居り候　大変ほめて居り候　私は少しもしらぬかほしてそ

うか〱と申居りしに候
鉄幹様朝夕にあひ見まゐらす友がきとたしかに思ひ居られる由
雁月様もの給ひ候　こゝ少しきりぬき候　かくべきことあまた
あるやうに候へど
あとにていつも思ひ出すのに候
　つよく云へど夜半の火影のそゞろがきにひとの手なろふわ
が身なりけり
　　けふ
鉄南様　おもとに
晶子

註① ソロモンの栄花も…およばざりし――旧約聖書の言葉。

59　明治33年7月4日　河野鉄南宛晶子書簡

〔毛筆和封筒縦17横7・5　毛筆巻紙縦16・6横104・6〕
（表）堺市九間町東二町　覚応寺ニテ　河野鉄南様
　消印　和泉堺33・7・4
（裏）沼州　七月四日

とりいそぎ一筆しめし上參候。
今はむねのミさはぎて何かくべくも候はねど私これより上京いたすのに候
まことに〱夢のやうに候　されどそはわが身の上のことにて
はあらずて弟のことについてに候　只今よりたちて明日いま頃
ははやあなたにていく重のくもにおもひを泣き居るべく候　さ
ばれ何れにてはなく必らす帰るべく候　かなたよりかならずせ
うそく仕るべく候　あなかしこ　わすれたまふなとのミ
東京は兄様のもとへゆくのに候　弟のことに付兄様に事情を話
して兄様①に帰宅してもらふのに候　そのるすばんにゆくのに候
この月中にはかならずかへるべく候
　先はあら〱かしこ
とりいそぎ
晶子
鉄南様

註① 兄様――晶子の兄鳳秀太郎。

60　明治33年7月8日　河野鉄南宛晶子書簡

〔毛筆和封筒縦18・2横7・1　毛筆巻紙縦17・2横97・6〕
（表）和泉国堺市九間町東二町　覚應寺にて　河野鉄南様
　消印　和泉堺33・7・9

㋹こまごめにて　沼洲　七月八日　雨の朝

夢のやうに上京していまもなほ夢ごゝちに候
こゝにては手紙一通かくがなか〳〵なのに候　何とぞ〳〵御さ
つし被下度候
帰宅の後何もかもくはしく申上べく候　きのふやうやく上野あ
たりを一寸のぞきしまでに候
十五日頃までには帰らんとぞんじ候　かゝるところはちの多き
わかき子のえたへぬところに候
酔茗の君ちかくなれどまだえとふらはずひとめしのびてゆくな
ど恋ならぬことに苦心いたし居候　酔茗の君のもとへそとゆき
そこにて手紙かゝせてもらはんとそんじ居りしに候へど今日も
雨ふりニてことに兄は日曜にて宅にあり　この間からはやく一
寸にてもきこえむ〳〵とそれは〳〵おもふて居りしに候
とにかくこの間雁月君のもとへ安着を鉄南にしらせてと申やり
しに候　それはかの君なれば
宅……方青年文学會御中　にてゆき候まゝに候
よしなに御推し被下度候
かく申せばとてかたゞよりにてあなたは何と思して居らるゝが
わからず御手紙ほしけれどまゐれば大変なことゝぞんじ
わすれ給ふな　　晶子
鉄南様

61　明治33年7月11日　河野鉄南宛晶子書簡

〔毛筆和封筒縦18・1横7・1　毛筆巻紙縦16・6横59・5〕

㋺堺市九間之町東弐丁　覺應寺様にて　河野鉄南様　貴下

消印　和泉堺33・7・11

㋹露花生拝　七月十一日

たゞ今無事帰たくいたし候　身はなほくるまの上にあるやうに
て申上たきことのかず〳〵も今はえつゝけず　心おちゐてのち
にそれはきこゆへけれど、扨もあなた様なほわれを覚えゐ給ひ
つや　日ごろはいかさまにておハせし何の御つゝがもおはさず
てや
ありしながらの御心にてゐらせらるゝや
先帰堺してもそれ承らでは心おちゐず候まゝ何とぞ　おきかせ
被下度御まち申上參候
かしこ
けふ　晶子
銕南様

【備考】封筒は別人筆か。

62　明治33年7月14日　河野鉄南宛晶子書簡

〔毛筆和封筒縦16・6横7・2　毛筆巻紙縦16・6横281・8〕

消印　和泉堺33・7・14

㊤堺市九間町東二町　覚應寺様にて　河野鉄南様

㊥七月十四日　新詩社詠草送付

あまりたびかさねてはとぞんじ候ひしかど　まだあづまへまゐりしことのはしめをはりえきこえ上ざりしがまこと扨もこたびはまこと思ひしり候ひき　ともとはよしやとく名にせよせふそくもかなひ讀みたき書は自由によむへし　わがやをなどふそくにおもひしぞとつく〳〵とおもひしり參候　親のふところを出てはかなしきことのおほかるにおどろき候　ある夜などか丶ること親につげやるべくもあらず　近くませば酔茗の君のもとへゆきて泣いて〳〵そして大川へでも身をなげましなど丶おもひしこともおハし候ひき　あた丶かくまたるるホームのあらばいかばかり帰りたからむとおもひ候

それも波風たかき世は帰りたくもなけれどされどたれにひかれて帰りしと思すぞ　酔茗の君にもえあはず候ひき

ひと日しはしのまえて〔間得〕御とひ申せしに御るすにてそのあくるはとおもひしことのたがひひそかに使をやり候ひしに今日は宅にあれば即吟にもやらばをかしからむ　き給へとのたまはりしかど　それなりにまたもや百三十里[1]をひとり旅の君ありと思ふばかりをよすがにてつれなき里を帰りしに候　只見るは某新聞とやら趣味なきものとかくに筆なく鉛筆とペンのさる罪はちのおほきわかき子のえたへぬところに候　しかしてきのふ兄のもとよりかなしきことをき丶しに候　われは筆をやかむと雁月様に申せしにさはりある世にさばかりのこと丶のたまひ候そは

名をあらはして御名歌など新聞に出すは御無用にねがひたく候。

赤面いたし候

一人のはぢにてはなく候

あまりにてはなく候ハずや　私は兄の前にてなどは歌のうの字も云ハさりしに候がいかにしてきこえけむと私は死にたくおもひ候　われは家にても歌のことなど少しも話したこともないのに候　さはりある世はぜひもなし　さらばまたの時よりは大鳥晶子としたまへと雁月子の仰せられ候まゝ　しかしてまでも詩に執着のある身かとおもひ候　か丶る兄に候へば酔茗の君などの御名もとよりしるべくもあらず

かの御もととひしといふことのしられなば何とせむと苦心いたし候

さばれ一生ひとりにて居たくば居ればよしと云はれしをせめて

のこと、おもひ居り候　さはしかれ雁月様に何かお目出度御話しありとはまことか御き、あそばさでや　いつやら酔茗様にあのやうなことといはせしかの君さるることもあらばいぢめて〳〵とそんじ居り候　されどか、ることおたづね申せしとなつげましぞ《ママ》

この間〔一字不明〕さんにあひ申候　いろ〳〵と御うはさ承り候　あなた様の御をさなだちより今までの御上のこりすくなく承り候　そしてかの君の云ふには近ごろ河野様の御上につきて何やら申ひとのありいつはりなるべしとに候　私もしかいつはりならむことを神かけいのるものに候　御文五日ばかり十九日の日たまへかし　明日はまことの新詩社よりの返稿のきたるべく酔茗様よりも今日あたり御かへりあるはずに候へばあまり新詩社がふくそうしてはと後ののちまでおもふ女ご、ろに候　よく〳〵御推し上被下度候

さる趣味なき家にありしに候へば　だ歌の一首もいでき不申御はづかしきことに候　かなたにて酔茗の君にをくらむとて誰がためにあこがれよりし都ぞやと上を、きかへ候ひしかど　男女姓をことにするともあることをしりてやめにいたし候　前にゆきし時かの君のかどべにて露草をつミてあへりしに候　ながきかたミとなるともしらでまたあすのありとおもひて

まだ〳〵かきたきことはあまたに候へど今日は巻がミがこれにてしまひに候

かりそめのひとのうた反古むねにいだきたゞかばかりのわが世なげくかな

けふ　　　　晶子

鉄南様　お前ニ

註①　百三十里――東京と京阪地区の距離。他に百二十里、二百里、百里ともいう（「狂ひの子われに焔の翅かろき百三十里あわただしの旅」『みだれ髪』50）。

63　明治33年7月15日　寺田憲宛寛書簡

〔転載――封筒ナシ　巻紙　墨書〕

陽暦の盆もまた月ありおもしろき年に御坐候　過日ハ　屢々お手紙奉謝候　規則書は早速御送附為致候　猶又毎々「明星」へ御寄贈奉謝候　芸術のため微力を計らず従事致居候　小生の微衷を御洞察被下候事と千万うれしく奉存候　しのぶのや家集は曙覧翁存生中に出版致候もの（一部三冊）有之候処近ごろまでハ反古同様におもひ誰も省みる人無之候故紙くづに相出候にや　古本店にも稀に有之候位にてたまたま有之候時は頓に高価に相成居候　太抵只今にては七八十銭可致候　夫も容易には見

つかり申さず候何れ洋本の体裁にて活版に附し候人可有之と相待ち居候　尤も小生も心掛居候事故古本にてみつかり候はゞ買取候上にて御送り可致候　太抵この一両年に新派歌人の買ひた《ママ》めに逢ひ候故なかなか見つかり申すまじく候
先は右御返事まで　艸々拝具
十五日午後　与謝野生
寺田　憲殿　机下

64　明治33年7月26日　河野鉄南宛晶子書簡（推定）

〔毛筆和封筒縦18・3横7・4　毛筆巻紙縦17・1横304・7〕
消印　未確認
(表)堺市九間町東二丁　覺應寺ニテ　河野鉄南様
(裏)堺　新詩社支部　七月廿六日

まことかの日はあめニて御気のどくなとひとりごちをりしに候まつの①はありがたくぞんじ候　何と思してつかはせ給ひつや
こなたはいかニ〳〵とのミわづらひをり候に御見舞下されありがたしとそれだけにてはあまりニ候
あまりかごと申上てもつまじきは女の友よなど〻御日記のかたはしニそめられむがつらく候ま〻もうそのやうな事は申まじく候　よき御夢を御観あそばし御うらやましくぞんじ上参候

春の山ニ艶なる人と鶴ニのりて遊ぶか君はやむわれよそに
その艶なる君をや女は誰しもねたミご〻ろの深きものニ候　源氏よみても紫などさるあたりはさもあれど夕がほ明石などさまでならぬ身の程の人の美しき人にはあまり同情がよらぬものニ候　そして書をよミても女ニつれなき男はにく〻て〳〵しかたなく候　源氏の君の紫の程の人を都ニ泣かせをきながら明石にて都へ召されし時　みやこ出し春のなげきニおとらめや②など〻はなんぼうにくき事に候はずや
われは多情多恨なる文字をおほきにうたがひ候
かのバイロンニもせよ　ゲーテニもせよ　われはその恋人の名のおほきにめぐるましく覚え申候　ゲーテニすてられし乙女のシヤローテル《ママ》ふところニして身をなげしところなど讀てはこれが多情多恨な詩人かと私身ぶるひが致し候　やつニて初恋覚えしバイロン十四ニてしかなりしゲーテよりもわれはむしろかの人々に比してちのすくなしと云はる〻シルレルをとり申候　その初の恋も後のも何れこと清くかつその情の濃やかなるを覚え候　然して最期のシヤローテと失恋の人と失恋の人と水清き渓間に相いだきし時のおもひやいかニとぞゞろゆかしくぞんじ参候　このやうな事申上て生意気とや思されむとはづかしけれどたゞおもひのま〻ニ候　みなわ集かげぐさなどよみてよりはひたすらにローマペ《ママ》ルリンのそらなつかしのこ〻ろおさへがたくまたの世ニは南欧の香高きくさのおふる野辺のほとりにうまれ

なましなど、人様にはきのくるひしと思すやうな事ときぐ〱申の二候　ホームの波風をもらせきいてやらむの御ことのはうれしくぞんじ参候　かゝばひとひろ二ひろにて事つく得べくもあらず　語らばとてひと日二日に申つくすべくもなく候　またこのうつし世ニて再び逢見まゐらすの時もおはさばと今日は先暮笛集の

　きくなかたらし世かたりをつげてはじあるこし方のつみも
　みもなきわが身なり

をかりておくべく候　お前様ニこゝろへだて候と申のにては夢さら〱おはさず候　かくあなた様への文したゝむるころは何も皆忘れてあるにまた悲しき事など思ひ出すがつらきニ候　私この十日か十一日あたりよりよし野へゆかむとぞんじ居り候　まだ何となるかはしれず候へどもし志を得ば花の中より先御あたりへせうそく仕るべくとぞんじ居り候　私字が人なミにかけぬが何よりもつらく候　用をかた手に讀書など出きれど手習する程のひまがないのに候　いつもながら御はんじよミ被下度候
　びんのけうるさくかき上げながら

いざや川

　鉄南の君　御前に

註①　まつのは――松の葉、寸志。
②　みやこ出し…――「都出でし春のなげきにおとらめや年経る浦を別れぬる秋」（『源氏物語』明石巻）

【推定】 前後の書簡から明治三十三年と推定す。
【備考】 大正大学発行の書簡集では明治三十三年四月五日としているが、編者の記録により七月二十六日の書簡とする。

65　明治33年７月27日　河野鉄南宛晶子書簡

〔毛筆和封筒　毛筆巻紙　未採寸〕
（表）堺市九間町東二町　覚應寺様ニテ　河野鉄南様　消印　堺33・7・27
（裏）堺　新詩社支部　七月廿七日

あの朝顔のねさめより夕のくものいろ〱品さだめ妹とゝもにあるは例ながらことにこのなつはうれしと覚え候はしばしにても親身ならぬ中のうさ覚えこし故かとぞんじ候　さばれすこしもわがかたへをはなれ候はぬものから、何やましきことはなけれど姉様　となたへのおてがミぞなどいはるゝはさすがに心ぐるしとぞんじ妹帰省のゝちは心ならぬ御無さたいたし候　何とぞ御ゆるし被下度候　扨もけふこの頃のあつさお前様何としてしのがせ居給ふや
つよくもおハさぬ御からだ御さはりおハせざれかしとたゞひたすらにいのり居り候　この間お妹子様私ども店へ入らせられお

もひもよらぬこと、て禮なかりしとがはいく重にもおわび申上
参候　與謝野様いよ〳〵八月三日にあちらおたちあぞ《ママ》ばすとか
この間書信のうちに見え候　さらば今十日あまりニて絶て久し
き御たいめい《ママ》たすべくさばれはづかしくぞんじ候　鉄幹様によ
りも文庫の白蓮様に生意気といはれてもいひわけのことばはあ
るまいとひどいのをいたゞきまことに何とも申やうはなぐ《ママ》候
雁月子のお目出度話もさらばこそにて候べし　まことならばを
かしからむを何といひていじめてやらむなど考へ居りしに候
この間の兄様よりいはれしことばに付てのあなた様はすこしお
うらめしくぞんじ候
うつし世にては再會の期あるまじとおもひしわれらの今十日ば
かりせば松青きはま邊に相見ることのかなふとおもへはもう
〳〵毎日この頃はくうそうばかりいたし居り候　夢の子なれば
やがてさめてうつゝに泣くのに候べし　画をかく筆のさきのミ
しかきのにて　　あら〳〵

君がふみひとめわびしく中のまの衣こうのきぬのかけによ
りてよむ

晶子

鋘南様

66　明治33年8月3日　河野鉄南宛寛書簡（推定）

〔毛筆葉書　未採寸〕　消印　不鮮明

(表)堺市九間町東二丁　河野通該殿　机下

行くべきか、君がくる乎、御返事奉待入候。
宅君鳳君へも御伝へ奉煩し候。草々
北区北浜三丁め平井方　与謝野生

【推定】 鉄幹来堺（明33・8・3）により明治三十三年八月三日と推定す。

67　明治33年8月7日　河野鉄南宛晶子書簡

〔毛筆和封筒縦18・3横7・2　毛筆巻紙縦16・2横128・7〕　消印　堺33・8・7

(表)堺市九間町東二町　覚応寺ニて　河野鋘南君に
(裏)松風生　八月七日

昨日は誠ニ〱失礼仕候
私は濱寺へまゐり候へばひとしれぬくるしさがあるのに候　そは南に見ゆるかだのミさきに候　か田とはわが兄様と同じとしに大学へ出し兄よりはひとつとし下のわがむかししるひとのふる里なのに候
誠ニ私は失恋のものに候　かゝること誰様にも申せしことはないのに候へど　昨日はことにそのくるしさ覚えしまゝ情ある君にのミもらすのに候　この間のお手紙にはあることがありしに候　はやすミしことに候へば御心つかい下されずともよろしく候　されどかたミにきよき心をひとしるべくもあらず　いやな世に候　されば都合よろしき時私より御文たまはれと申べく候
それまではおまち被下度候
とりあへず無禮のおわびまで

けふ　　志やう

銕様

68　明治33年8月23日　広江洒骨宛晶子書簡

〔毛筆和封筒縦17・3横7・3　毛筆巻紙縦15・7横141〕
消印　摂津神戸33・8・24

(表)神戸市花隈町　藤浦様方　廣江洒骨様
(裏)堺市甲斐之町　鳳晶子　八月廿三日夜

浦風に君とそろひのかりゆかたもとのなきをわびしとおもひし

その日よりけふこゝのかめにおはし候
歸らばかならずとあれほどにいひ給ひしにと男のかたる言の葉をまことゝおもふ事なかれ　男のかたることのはは旅にすてゆく①
など丶藤村をひき出すまでもなくまことのろひ歌御送り致さむと存じ居りしニ候　をくらせ給ひしをあなた様のために祝しまゐらせ候
星遊記写真でみれバおやさしそうな溪舟様がと存じ居候　御うつくしき山川様にハこのやうなもの見せ給ふな
八百屋へ羽織あづけ給ひし御すがた思ひやられ候
扇に何かそめ給ひてよといひ候をうるさしとおぼしてか潮あびにゆくと手拭さげていで給ひしまゝの御わかれハあまりほいなくおはし候ひき　松の木ごとに歌かきてかへらむと存じ候ひしが中山様のはやく〱とうながし給ひしまゝそれもえはたさず候ひき　関西文学にありしうたあれハまだよしあしといひしころに出せしふるい歌ニ候　御はづかしと溪舟様に御傳へ下され度候

わがためにひとのしづみし渕の水に花たばながしほゝゑむ

夕
なさけあせし文みてやみておとろへてかくても君をおもふ
なりけり
例のと笑はせ給へかし　取りあへず御禮まで
あなかしこ
おなじ日　晶子
洒骨様

註①　男のかたる…――『若菜集』（島崎藤村）の「おきく」の「男のかたる言の葉をまこと、おもふ事なかれ」（第二連）、「をとこのこひのたはふれはたびはすてゆくなさけのみ」（第十五連）をさす。

69　明治33年8月28日　広江洒骨宛寛書簡（推定）

〔封筒ナシ　毛筆巻紙　未採寸〕

廿三日より遽に、神経衰弱の氣味にてねこみ候為め御返事大に延引致候
御詠艸其他すへて相とゞき候と山田君へ御傳へ被下度候　いまだ臥床のまゝに候へは明星の編輯にすぐ着手致さず候　明星は九月の十日頃出版と御承知被下度候
溪舟君の「白芙蓉の風」の一首面白く拝見致候　君の作ハ俳味より追ゝ分離せられ候事と信じ申候
落合先生ハ九月の初旬に大阪へ来られ候其節ハ梟庵君より一報可申上候間一度先生とも御會談相成被下度候
二女史との御贈答一々二女史より通信有之候　「バイロン調の洒骨様の歌には骨が折れ申候」と薊女史より申越され候　薊女史は梅花女史と小生より改めて

君はたゞ嵐ふく夜にひとえだのしら梅いだき泣く神のごと①

といふ一首を贈りて諸君よりの攻撃を慰め申候　梟庵より女史への歌にはなか〳〵面白きもの有之候　女をいぢめずに東京攻撃を試みられ度候　尤も只今の處は薊の咀ひに神経衰弱の災厄に遭ひ候へは、中ゝ諸君の攻撃に酬い候事覚束なく候へども

○

新潮への「明星」の廣告文は何れ第三号に差出可申この度は夫を認候ひまも無之候
山田兄とは今一日も談笑を共に致度くと存候處とゞまりがたき新情人に失望致候　同兄と溪舟兄とへ宜敷御置《ママ》知被下度候
別帋曙會の末席へ御加へ被下度新潮へ御掲載の料に差出候
子規子重体に御座候　高山林次郎氏も吐血致し入院中也
万葉の輪講ハ意外に好結果なきもの也　伊勢物語の輪講に改めたまへ　歌は情熱あるものより先入するがよろしく候
病床にて、艸々

廿八日夕　　　寛

白蛇詞兄　梧下

鐘に這ふ白き小蛇を見つるより洒骨が歌は蛇《へび》の氣の多き

右は兄に對する希望也、御一笑

註①　君はたゞ…――『関西文学』第二号（明33・9）掲載の鉄幹の歌。

【推定】文中に「神経衰弱の気味」とあり、『明星』（明33・9）の「一筆啓上」に「二十三日の夜に至り突然発熱し神経衰弱症に陥り…」とあることにより明治三十三年と推定す。

70　明治33年9月14日　宅雁月宛寛書簡

〔官製葉書縦14横9（鉄幹筆の絵アリ）〕

消印　武蔵東京麹町33・9・14

(表)和泉国堺市柳町　宅千太郎殿　机下

病氣快復致候　竹の里人①の攻撃②今は止むを得ず候　兄の御勉強、月啼君より聞及候　敬服々々　明星ハ明日發送可仕候

鋳生

雲すさぶ南の支那に行かずして惜しや我太刀歌の上に研《と》ぐ

註①　竹の里人――正岡子規。

②　攻撃――鉄幹と子規の歌戦状のこと（『明星』〈明33・9、明33・10〉参照）。

71　明治33年9月26日　河野鉄南宛晶子書簡

〔毛筆和封筒縦17・8横7・4　毛筆巻紙縦17・4横82・1〕

消印　和泉堺33・9・26

(表)堺市九間町東二町　覚應寺様ニて　河野鋳南様

(裏)沼洲生　九月廿六日

扨も〳〵何としておハすぞ

おもへば〳〵こゝにはや一月あまり夢のごとすぐし申候　兄君と云ふをゆるし給ひしなほそのころのあなた様ニていらせる、御こと、ぞ信じ參候　明星の初雁①にありしわがそうそくにてわが家のホームの人並ならぬことはしろしめしつらむ　あのやうのことひと様に申心ぐるしさは推し給へ　いつもなつかしき妹に候へどそのひと故にとおもへばこの頃はにくゝなり申候

雁月様ともこのごろはよそになり居り候まゝ御あたりのさまわかず候へどされど〳〵よく〳〵しり居り申候　何申上るにも今

はむね一ぱいになりかくべくもおハさず　ともかく御せうそく
きかせ給へ
晶子
兄上様　おもとに

註①　初雁――「新雁」（『明星』第6号、明33・9）の誤り。

72　明治33年9月30日　河野鉄南宛晶子書簡

〔毛筆和封筒縦17・8横7・4　毛筆巻紙縦17横119・2〕
消印　和泉堺33・9・30
(表)堺市九間町東二町　覚應寺様ニて　河野銕南様
(裏)沼洲　九月卅日夕

むかしにかはらぬこゝろよき御せうそく給はりかたじけなくぞ
んじ參候　今さらにわれは何申上ぐべくもおハさず候
われはつミの子に候　あなた様のこゝろよきますらをぶりの御
文にわれは今何もつゝまず申上べく候　かの去月七日に出せし
わが文とそれよりかの間のあれ　あれとてもわれはまことの心
ニてかきしか　われはつミの子に候　わが名を與謝野様にかい
し給ひしはあなた様に候
わが今日の名もそれにもとづきしに候　また今日のつミの子と
なりしもそれにもとづきし事に候　何も申まじ　高師の松かげ
にひとのさゝやきうけしよりのわれはたゞ夢のごとつミの子に
なり申候
さとりをひらき給ひし御目にはをかしとおぼすべし
むかしの兄様さらば君まさきくいませ
あまりこゝろよき水の如き御こゝろに感じて
この夕　　つミの子
銕南様

73　明治33年9月日不明　河井酔茗宛晶子書簡（推定）

〔封筒ナシ　毛筆巻紙縦17横72〕

かのあふぎに書かずミ手にかかばノわが手にとこしへわすれじ
のかたことかさむよしもがなとこゝそこのにしに身をからずと
もまことえかかる日のちかづきし今何ごともミ手とりてと清國
のこたびのことなどまだ圓熱《ママ》せぬわれらがつむりに入りてそれ
うたになすとも詩の本ほなる美感はうかぶまじとあやぶまれて
　ちぬ少女ひとにわかれてうらぶれておなじしらべをただく
りかへす

例にてゆるし給へ　ましてこのころはつむりみだれて次の明星にてまたくぼたの君にうたいどまむとおもふわが身なれと　か丶る名のふで身のはてぞとわれながらうとましく　かれ野が原に情ある子の袖とらへてあなめ〳〵もおかしからむともまた　あなかしこしや

　このあさ　　　　　　あき子

酔茗様　ミ前に

【推定】文中に「次の明星にてまたくぼたの君に…」とあり、窪田通治（空穂）の歌が『明星』に載せられたのは明治三十三年九月からなので、それ以降と推定す。

74　明治33年10月1日　河野鉄南宛晶子書簡

〔毛筆和封筒縦17・3横7・5　毛筆巻紙縦17横140・1〕

消印　和泉堺33・10・1

(表)堺市九間町東二町　覚應寺様ニて　河野銕南様　拝復

(裏)沼洲　十月一日

関西文学おかへしには及ハず候

まこと君は水にておハすなり　水のごときよき〳〵御こ丶ろにておハすなり

われはつミの子に候　のたもふごとくかの君もつミの子にておハすべし　されど清き〳〵御心のあなた様はそのつミの子は誰ぞやとはとひ給ふまじ　とはせ給ふな　小扇の記①出てば何れわれらはあだし名うたはる丶ことにておハすべし　自ごう自とくに候

去月十六日の日酔茗様より白萩②の花をくられし時はまこと〳〵その花に涙せきあへずて

　きよかりしむかしのおもひしのふかなつミの子ひとり白萩を見て

そのころは與謝野の君にそひて住吉または再び濱寺などをうたひありきしころにて候ひき　青春のわれらとは云へそのころよミちらせし歌おもへば〳〵その白萩にはづかしくなりしに候

あなかしこか丶ることはむかしも今もひだて《ママ》ぬ御兄様ぞとおもひて申のに候　誰にも〳〵ゆめもらし給ふな　この丶ちはまた月にふた丶び程づ丶はかならず御せうそくわれもいたすべくあなた様もきかせ給へかし　新詩社とよりは関西文学會とある方がよろしく候　しか御した丶め被下度候

　山川様四五日のうちに私どもへ見ゆるはずに候　そのせつの歌かの君の筆にこひて御送りいたさむとそんじ居り候　かの君のゆるし給ふか否かしらねど

酔茗様もあきたらぬふしおほしとのたまひしか　まこと関西文学はつまらぬものに候かな

濱寺もめちや〱なり　この間私山川様がりとひし時歌少々ありしがそのうち二人ニて造りしのを御もらしいたすべく候

　さりげなくよむや恋歌も丶の歌（晶）
　君がうわさも恋になしつゝ（登）
　さらば君男の丶しる歌よまむ（登）
　眉げつくろふ細筆とりて（晶）

兄上様　　　　あなかしこ
　　　　　　　　　晶子

註① 小扇の記――『明星』（明33・9）に「鉄幹歌話」の付記として広告されたが、実際には出版されなかった。
② 白萩――ここでは花の名だが、晶子の初期の雅号である。

75　明治33年10月17日　河野鉄南宛晶子書簡

〔毛筆和封筒縦17・7横7・2　毛筆巻紙縦17横186・3〕
　　　　消印　和泉堺33・10・17
㊤堺市九間町東二町　覚応寺ニテ　河野鉄南様　貴下
㊦露花生　十月十七日夕

筆にすミふくませしところへ関西文学まゐりしまゝ一寸見てすて候

扨もいかゞさまいらせらるゝぞ　雁月様などゝちかきころに旅行遊バすとか秋の山みちおもしろからむと御うらやましく〱ぞんじ候　九日の雨の日に山川の君とひ給ひき
かの君にねがひてとあなた様に申上おきながらさすがにかの君には申にくゝて
その時よミし歌反古はのこり居り候まゝそとまゐらせ候　たれにも〱見せ給ふな　白百合の君（山川様のことよ）きゝ給はゞわろく候まゝたれにも〱見せ給ふな　この歌清書してその場より與謝野様へおくりしに候　わかれしは夜の七時頃雨の夜のプラツトホームはことにかなしくおもひ候ひき　ありし日のかなしかりしこともそへおもひて

小天地見させ給ひつらむ　あまりほめては鳳山川などの束髪連はぞう長してあたらひとの子をだいなしにするかもしれぬなどゝは随分ひどく候かな　けしもちめさずやと日ねもす店頭にある女を束髪？　もう〱何もかもうるさく歌などもよみならはさりせばとしミ〱おも時《ママ》もあり候

関西文学前のもこたびのもなどミ歌は見えぬのに候や
私とてあきたらずおもひいやなのに候へど　ぎりだけ（それとて別にないのに候へど）のことにお茶をにごし居り候

スコットをこの頃およミとか承りしと覚え居り候　ひが覚えかもしれず　されどとにかく修養につとめ居させ給へることうれしく賀し上參候　それに付ても私などはひまもなくこんもなくもう〳〵はやく死にたいなど例のものぐるほしくおもひ参候

与謝野様この月末とか來月とかまた下阪あそばすよし　お父様にならせられし由おかしく〳〵おもひ候　あなた様日に二度より御飯めしあがらぬとき〻參候ひしが朝に候や　おひるに候や

今度の明星にはつまらむ歌が沢山出されていやに候

あなた様の白ずきのひとに①と云ふミ歌何と解するのに候や　をしへ被下度候

（ひやかすのにてはなくまじめに承るのに候）くれぐ〳〵もこの歌反古ひとに見せ給ふな

わがもじのこの頃は一きわまづくなり候　雁月様に人間は萬能のものならずとき〻てよりい〻ことにして

十七日　四時四十五分

晶子

歌反古のけしてあるはその時からに候

兄上様

時分がら御身お大事に〳〵あそはせとぞ

註①　白ずきのひと――「白ずきの人に黒きを説くなかれ如かず白百合しろばらの花」（河野鉄南、『明星』〈明33・10〉）

76　明治33年10月23日　佐佐木信綱宛寛書簡

〔毛筆和封筒　毛筆巻紙　未採寸〕

消印　武蔵東京麹町33・10・23

㊣神田、小川町一　佐々木信綱様　御直披

㊣上六番町ノ四五　与謝野寛　十月廿三日夕

御無沙汰おわび申述候

過般は御詠艸御送付被下奉謝候

小生明日より一寸関西へまゐり来月五日に帰京の考に御坐候。

子規子との歌論は謹で拝見可致候

大阪の和久瀧子女史より御撰抜被下候御詠艸未だ到着致さぬ旨申まゐり候　或は途中にて紛失致候ものにや　又は未だ御発送の運びに至らぬにや伺上候　大阪市堂島仲一、和久瀧子にて御返事奉成被下候

桂月子も出雲へ妻君を迎ひに参候由に候

お序に石榑、井原二君によろしく御鳳声奉煩候

何も帰京の上拝趨致候可致拝聴候。艸々

廿三日夕　与謝野　寛

佐々木詞兄　梧下

【備考】現物照合す。

77　明治33年10月日不明　河井酔茗宛晶子書簡（推定）

〔封筒ナシ　毛筆巻紙縦17・6横179〕

何時もながらみだれがき御ゆるし被下度候
秋の風身にしミし今ものかなしきけふこのころに候よ
月の夜はことに泣きたきこゝちのいたし参候　見そなはしつらむ明星の初かりの中にありしわが名何時のまにこのやうになりしぞとあさましくおぼしけむと萬人のひとのあざけりよりもあなたさまのおぼしめしひとつをしミ〴〵はづかしくかなしくぞんじ参候　あれは中山さまの御いたづらに候
なにがしとは神戸の方さまにて候がその方様よりよべそれは〳〵のすごき御文あり　私は何とせばよからむとかなしくおもふのミに候。あのやうのこと私は與謝野様に申上し覚は夢さら〳〵ないのに候
その方さまにもすまぬことゝおもひ　私はまことにくるしくて〳〵いたしかたもなく候　さりし日のしら萩いだきて何故にその時おもひしごと水にえいらざりしとかなしく候　今死ねばとてあのやうなにてひと様の同情よせ給ふべくもあらず、女子の友の記者にあのやうの哥よミし女のはてはかくこそあれとわらはるゝ位におハすべし
男のかたさまには何とも思さで遊バさるゝ御いたづらにておハすべかれど私まことに〳〵かなしくつらく候
昨日その神戸の方さまに文三通出せしに候　ゆるさせ給へ〳〵とのミ私はかなしく候
雁月さまのミは何もよく御承知に候まゝ今はたゞかの方さまのミをちからに致し居り候　かゝるかごと申上るのにてはおハさず候へど　なつかしきお兄様とおもひならひし心ならひに御もとさわがせ参候　ゆるさせ給へ
世のひとの　情こき時　つらき時　君が詩だきて　ひとり泣くかな

けふ　晶子

お兄様　お前に

【推定】文中の「初かり」は『明星』（明33・10）の「新雁」の文のことと思われるので明治三十三年十月と推定す。

78　明治33年11月8日　河野鉄南宛晶子書簡

〔毛筆和封筒縦17・3横7・3　毛筆巻紙縦16・6横101・5〕

㊤堺市九間町東二町三十四番　河野鉄南様　親展
消印　和泉堺33・10・8
㊧鳳晶子

御文御なつかしく拜し參候
その、ちは誠ニ〳〵心ならぬ御無さた何とぞ〳〵ゆるさせ給へ
みのも行のうはさ承りうらやましくそんし居りしに候　その、ちまだ雁月子に話きかずたのしミにいたし居り候
じつはさきに御質問にあひしやわはだの歌①何と申上てよきかとおもひて今日になりしに候　梅溪様もかの歌に身ぶるひせしと申越され候　をかし　この、ちはよむまじく候　兄君ゆるし給へ

扨もこれは兄君だけに申上るのに候　まこと〳〵たれにも〳〵もらし給ふな　わたくしこの五日の日與謝野様にひそかにあひ候②
たれにも〳〵もらし給ふな　そは山川の君と二人のミひそかにあひしに候　兄君のミに申なり　たれにも〳〵もらし給ふな
かの君中国ニて不快なることの③ありしま、この度はたれにもあはで帰京するとの給ひ候　今日あたりはもう帰京あそばせしこと、ぞんじ候
すこしはやせ給ひたれど意気は今も変らず候
山川の君より君へよろしくとなり
与謝野様にも何とぞ〳〵しらぬかほにて御出で被下度候

晶子

銕南様

註① やわはだの歌――「やは肌のあつき血汐にふれも見でさびしからずや道を説く君」（『みだれ髪』26）

② ひそかにあひ候――明治三十三年十一月五、六日に、京都の永観堂で鉄幹、晶子、山川登美子が一泊したことをさす。

③ 不快なること――鉄幹の妻林滝野との長男萃の与謝野家入籍問題で滝野の父林小太郎から離縁を申渡されたこと。

79　明治33年12月3日　宅雁月宛寛書簡

〔毛筆和封筒縦17横8・1　毛筆巻紙縦17・6横170・9〕

㊤和泉国堺市柳町　宅千太郎殿　拜復
消印　和泉堺33・12・5

（裏）与謝野生
心ぼそき事わかき人の言葉ともおぼえず　ちぬの浦はしらず
この世にはおなじ理想の子も一人ならず候ふにつよく〳〵相成り被下度候
缺陥ありて世はおもしろしとはあながちに失意の人のまけをしミばかりにもあらじ　かれ〴〵なる小艸に春の色の紅きを望むそのまぼろしは趣味のある處に御座候　詩人のよき題目ハ得意の時に多しとも覚えず　小生の近什中
　うらぶれて笑むは　人かわゆし
の二句御玩味被下度候　かくて共に神を談じ恋を語るに興あるべく候
月啼子の進歩うれしく候　神戸党は氣焔ハ大阪に譲らねども手は低くゝ《ママ》候　東京にても窪田通治、水野蝶郎、（コレハ新体詩）前田林外、新井礎外など数子の進歩まことにめざましく候　平木白星も見込ある詩人に御座候
すゐめい氏もやう〳〵退歩の気味あり　退歩にはあらず他人が進歩致候也
来春早々お目に懸られ候事と存じ候
一月分へ御近作本月十七日中に御送附被下度候
女詩人のおひ〳〵に殖ゐゆき候事もよろこばしく候　大きな男が女詩人の真似はみぐるしく候
梅溪春雨二氏元気に御座候　酔茗君「明星」のために深切に御盡力被下候　この人の人格ハ何となく畏敬せられ候
月啼氏へ御面會の節ハよろしく御傳へ被下度候　昨今「明星」の財政上編輯上種々煩悶の事多く誰へも長き御返事差上げがたく窃に遺憾に存居候
銕南氏よりも頓と消息無之候　立派な学校の制服も出来候よし夫に満足させおく事くちをしく候

　　十二月三日夜

　　　　艸々拝復
　　　　与謝野　寛

雁月詞畏　梧下

80　明治33年12月25日　宅雁月宛寛書簡

〔毛筆官製葉書縦14横9（絵入り）〕
　消印　東京飯田町33・12・25／和泉堺33・12・27
（表）堺市柳町　宅千太郎様
（裏）与謝野生　東京新詩社

さきごろのみうた、うれしく候。
「明星」ハ元旦[1]に發行致すべし。なか〳〵に勇氣を加へ申し候。
六日の神戸の會に、兄のゐがほ是非みまほしく候。お序に銕翁へよろしく、さらはよき年迎へたまへ
　　　　銕幹

師走廿五日

註① 神戸の會——明治三十四年一月六日の神戸山手倶楽部に於ける『関西文学』同人と新詩社の神戸支部の発起による神戸大会のこと（『明星』第11号社告）。

81　明治33年月日不明　河井酔茗宛晶子書簡（推定）

〔封筒ナシ　毛筆巻紙縦17横63・8〕

御筆しめし上参候。いつもながら御すこやかなる御さまを誌上に拝しわれらどちがよろこびこれにしく何如ともおはさず候。この間はまたよしあしぐささそくに御とゞけ下され御こゝろづくしの程ありがたく御禮申上参候。

かしこ

しやう

酔茗様　お前に

【推定】 文中に「よしあしぐささそくに御とゞけ下され」とあり、また「しやう」の署名の使用、さらに酔茗あて書簡は明治三十三年に集中していることにより明治三十三年と推定す。

82　明治33年月日不明　宅雁月宛晶子書簡（推定）

〔封筒ナシ　毛筆巻紙　未採寸〕

なせニやとにつれなきひとを恨みし古歌をやかてひくべきかたミの中とはしかすかに思ひ及び申さゞりき

あなた様は暁のゆめと思してさりとはあまりなりとむねたえがたくそんしながらまたをかしくもおもはれ参候　何もかも皆すミし今そのやうの事仰せらるゝあなたさまがをかしく候　よしやミユーズの栄光に接し得ざりし三月前のわが身なりともこたびの事はこの結果に外ならじとぞんじ候　よしやかたミにおもひおもはるゝ中なりともその結婚なる文字をきかばわれは死なむとまでの私に候　あやしくくねりまかりし人世《ママ》観もつ身にはひとさまの思もしり給はぬわがこゝろに候　あなたさま御こゝろづかひうれしけれどわれにはわれの見識が御座候　されど家のひとゝてもはや皆わすれさせ給ひし今あなた様よりさる事承り何やら私をかしくぞんじ参候　さる話はよしてあなた様にをかしきものを御目にかくるべく候　わがかなやきくをあなたにも御ひき會せいたすべく候　これは去年の秋あねなる人の家にてとりしのに候　これはのぶさんと清雄と中ちゃんとあしちゃんとに候　この中にねん子してゐるやうな一番幼きが私がすき

なのに候　われは誠ニあらずもかなとぞんじ　かくの如くに拝し申候　こよひ鉄南様にこの間の御こと傳御ねがひ申上参候　けふかの君に文まゐらせむとぞんじをりしところへ暁の夢など、仰せこされむねのいたミたえがたくかの方へ御文出さず候ま、何とぞよしなに御傳へ被下度ねがひ上参候　つたなき筆のけふはことにみたれくるしきをさる方に思しゆるさせ給へかし
けふは歌もなく候

小舟

しらも、の君

こよひうかゞひたけれど酔茗様鉄南の君いらせらる、由

【推定】 文中に、「その結婚なる文字をきかば…」とあり、27河野鉄南宛晶子書簡（明33・2・日不明）にも「雁月様私に何か鶴かめの目出度…」とあることとの関連により明治三十三年と推定す。

83　明治33年月日不明　宅雁月宛晶子書簡（推定）

〔封筒ナシ　毛筆巻紙　未採寸〕

世なれぬ身のか、る御時いかなることのはもて御とぶらひ申上てよきか御くみうちとや　おそろしの御事にむねうちつぶる、のミに候　扨も御とう様には何の御さはりもおはさずてや　御姉君のさぞやおとろかせ給ひし御事とこれは女の身のよそならずすいし上参候　あなた様例の御気性のをりふしは変りし事もおもしろしとうそぶきゐ給ふべけれど　御手をけがあそばされ仕候ことの御ことのはをこなたはた、それのミいかにやとのミはゞかりながらそんじわづらひ居参候　われへの御為御こ、ろし給はれかしとぞ　いのり上参候。　早々

志やう

ともし火のかげに

雁月様
御もと

【推定】 前後の書簡との関わりから明治三十三年と推定す。

84　明治34年1月12日　河井酔茗宛晶子書簡

〔毛筆封筒縦18・6横6・5（藤の花模様）　毛筆巻紙縦24横32〕

(表)堺市北はたご町　河井幸三郎様　御礼

(裏)堺市甲斐町　鳳晶子　一月十二日　消印　34・1・12

この二三日にはかにおさむくなり参候　のどいたくつむりなやましきもそれの故に候
九日の夜高須へとの宅さまのミことばうれしとき、ながらえ心にまかせず候ひき
今朝はわざ〳〵ミ使して史海御もたせ被下うれしとぞんじ候かたじけなくぞんじ候　二十二冊たしかにお請けいたし候　いろ〳〵御手数かけまゐらせおそれ入り参候、御とりかへ被下候ひしを雁月様まで御もらし被下度御ねがひ申上参候　まことうれしく候　いまだ中はミず候、後のとおもひてうれしく候　何れ御目にか〻りて御禮申上べくぞんじ居り候　この月中にとぞんじ居り候　その時は前より御ゆるしこふべく候
山川の君よりよろしくとに候、文まゐらせてもよろしきやとおハし候ひしま〻御さしつかへおハさじと申上しに候。年賀も申上ずすまぬこと〻おハしき
　先はかにかく御禮まで
　　十二日　　晶子
河井様

85　明治34年1月21日　河井酔茗宛寛書簡（推定）

〔封筒ナシ　毛筆巻紙縦17・8横122〕

拝復
苦境のなかに處するお互他人行儀ハ入らぬ筈　基本金などこと〴〵しく候よ
山縣兄の御厚情かたしげ《ママ》なく候　苦労せぬ人に水のつめたさはわからぬ道理とうれしく候
廣告の事よろしく候

明星の廣告中左の項おぬき去り被下度候。
（諷刺画）藤島武二　これハ木版の都合にて次号へまはし候ゆゑ猶御手数ながら新詩社同人の写真の一項もお削り被下度見合申候故　次に桂月氏の題ハ
　闇夜（美文）
とお改め被下度更に「文藝雑俎」の署名者の内へ月杖をお添へ被下度候
種々お手数おわび申述候。

無弦弓にゐのまにあはぬことまことに心掛に御坐候　重ね〴〵の不信用に一条氏ハ退社せしめ申候　泣て馬稷を斬るの筆法に御坐候。されは本号の「明星」にハ一切長原、藤島、横池文学士の三氏の挿画のみに相成候

御美文おせわしき中に奉謝候

御一処に京上り出来候やうと念じをり候
白蓮氏へよろしく御鶴声被下度秋暁夜雨二氏へもお序におなじ
く願上候。

艸々拝復

廿一日夕　寛

すゐめい詞畏　梧下

【推定】文中の『無法弓』は河井酔茗の詩集で明治三十四年一月刊行、また、画家一条成美の新詩社脱退も同月であることにより明治三十四年一月と推定す。

86　明治34年3月13日　林滝野宛晶子書簡（推定）

〔毛筆和封筒　毛筆巻紙　未採寸〕

消印　○・○・13

(表)東京市麹町區上六番町四十五　与謝野様ミうち　たきの様
ミもとに

(裏)堺市甲斐町　鳳あき　十三日夕

うれしく候　ミ情うれしく候　君すゐし給へ　みたりこゝちの
有に候　やさしの姉君は、そはすゐし給ふべく、かゝるかなし
きことになりてきこえかはしまゐらすちきりとはおもはず候に
人並ならぬつたなき手もつ子それひたすらはづかしとおもひな
がら　いつかはのとかにかきかはしまゐらすことゆるし給ふ世
あるべくたのミ候ひし　おもひ候ひし　おのれか奇矯を賣らむ
とてのうた　その為に師なる君にまであらぬまかつミかけまゐ
らせしこの子　にくゝこらし給ハぬがくるしく候
この後はたゞ〳〵ひろきこゝろをのミたのミまゐらすべく候
ゆるさせ給ふべくや　つミの子この子かなしく候　御なつかし
く候　やさしのミ文涙せきあへず候ひし
けふまことそゞろがきゆるし給へ　何も〳〵ゆるし給へ
御返しまで参候

この夕　晶子

姉君のミ前に

【推定】正富汪洋『明治の青春』（昭30・9）による。

87　明治34年3月19日　河井酔茗宛晶子書簡

〔毛筆和封筒縦21横8（ピンク）　毛筆巻紙　未採寸（朴葉の押し花入り）〕

消印　堺34・3・19

(表)東京市神田区南甲賀町八番地　内外出版協会ニて　河井酔
茗様　ミもとに
(裏)堺市甲斐町　鳳晶子

さりし大和よりの御せうそく静かに拝し候。
ものくるほしの今　それのミ静かに拝し候ひし
その松原を静かにしのびその夕方静かにおもひしづかに泣候
まことくるほしの今に候　世の聲人の聲　さ云へ少女に候
私かなしきことのミおもひつゞけられ候　くるほしのこのごろ
に候
今朝文庫手にいたし候
たれ様の御いたづらにやイヤなことに候　今の身にもほほゑま
れ候　さ云へイヤに候、はづかしく候
貝多羅葉ひとはまゐらせ候　寺町の慈光寺はこゝにひとりの友
すむところに候　そこのに候
このひとわれより五つばかりの姉様に候　かなしきすくせもつ
ひとに候　西の別院へ經ならひにゆきかよひしころは覚應寺の
河野様とおなじなりしに候　鐘楼のもとの紅梅のかげにわが世
なきひとのおもかげやさしのミむねにうつれよとに候
　春のよひをちひさくつきて鐘をおりぬ二十七だん堂の石は
し
このうらはへそめしことはまことわれながらよまれずに例のと
おぼしゆるせかし
あなかしこ
十九日　晶子
酔茗様　ミ前に

88　明治34年3月22日　河井酔茗宛晶子書簡（推定）

〔封筒ナシ　毛筆巻紙縦18横80（藤と山吹の押花入り）〕

こゝなる花もちりそめがたの今に候　昨日は桃の節句汐干のこ
のごろおもひこしおはすや　雁月様の東上をかまくらよりのせ
うそくにてはじめてこの子しりしに候
一昨日夜おとなひ給ひ候　いつかへり給ひてかとおどろき参候
御あたりの御ことうれしと承り候　よき御うたにておはすよし
よろしく候かな
私世の聲　人の聲に一日はつよく一日はよはく毎日もだえし居
るのに候　もう何もおもふまじと今は二三日おもひおりしに候
されどまたよはくなるべくまことわれくるしく候　このごろ文
庫に山川様とつぎあそばせしやうおはせしかどまことはまだに
候
この十七日に東京へ出で給ひしにはおはせどなほその日までは

時々おはすこと、承り居り候
このひともだえの子に候　いじらしき一子に候　去年の秋かの
時わが云ひしやうに神戸より　舟にのりなばよかりしものをと
わがことになきひとのことになきおもひ〳〵候
ひる姉なる人の子と、もに高師をとひ候ひき　磯邊にひとつか
の夕海の神にとてのくだもの、それ浪にゆられてあり候ひき
初め見しときまことその夕のそれよとおもひ候ひき　あらずと
わかりしときはやそは三月の文よとおもひしかしとてさびしく
候ひし　われうたおはさゞりき。
このごろ少しもよきうたおハさず候
　浴ミする泉のそこの小百合花あしたのわれを美しと見る
などは与謝野様云ひ給ひしそれにとおはすべし　よべひとりを
かしくて
　結《けち》ぐわんの夕の雨に花ぞくろき五尺こちたき髪かるうなり
ぬ
これなどは病的に候かな
　春あさきとなりすむ画師美しきけさ山吹に聲わかゝりし
まことふぢ山吹もひとゝきにさり候。封じまゐらせ候。
奥様によろしく御傳へ被下度候。〔三字不明〕雁月様の御話し
に御あたりなつかしさあまりて

あなかしこ

廿二日　あき子

河井様　御もとに

【推定】文中に「山川様とつぎあそばせしやう」とあり、山川登美子の上京は『山川登美子全集』下巻（昭和48・6）によると明治三十四年四月とあることにより明治三十四年三月と推定す。

89　明治34年3月27日　林滝野宛寛書簡（推定）

〔封筒ナシ　毛筆巻紙縦18・5横63（ツギ二ケ所）〕

こま〴〵とのお手帋お礼申上候　坊の事婆も大に安神致仕候
牛乳お飲み被下候よし誠に〴〵安神致候　君おからだもわろか
らぬ御様子それまたおよろこび申上候　小生とかくに胃がよろ
しからず牛乳をのみ初め候
雑誌ます〳〵讀者が減じ候ゆゑ一文も文友館より貰へず丸で
たゞ働きに御坐候　こまりをり候　御推察被下度候　いつ〳〵
までもこの恋しきなかはかはり玉はぬやうとに候
何もなりゆきに候　今更くど〴〵しき事互に申すまじく候〔切
れ〕のおひけ《ママ》受け致候間その上御入学し被下度候
女子大学案外つまらぬものに候へども入学試験ハ一寸おこまり
なされ候事と存候　しかし御用意の上何卒御入学被下度候　人
ハ五十年で死ぬるもの名は何卒残したく候

先は右御返事申上候　何も御安神被下度候

廿七日朝　　　　　　　　　　　艸々

芙蓉の君　ミもとに　　　　　　　　寛

【推定】文中に「雑誌ますく読者が減じ候ゆゑ」とあり、また91林滝野宛寛書簡（明34・4・13）との関わりによって、『文壇照魔鏡』（明34・3・10）の影響と推定し明治三十四年三月と推定す。

90　明治34年3月日不明　宅雁月宛晶子書簡（推定）

〔封筒ナシ　毛筆巻紙　未採寸〕

如何おはします御朝夕ぞ。
あつまやの夢ほとりの桃はやふくらミそめしころと
ぬるき風ほをふくごとにおもひしのび居り参候
まことものくるほしのこのごろに候
世の聲人の聲さ云へ少女に候
私かなしきことのミおもひつゞけ候　くるしく候
おもへばその春はのどかに候ひしかな
その世なつかしとしミぐおもひ候　毎日しかおもひ候　おもハれ候
われからおちし今かしらず私かなしきこゝろに候
酔茗様その後御せうそく来らず　一昨日文庫の活人画①見てあまりイヤに候ひしまゝイヤなりと申上しに候
わるきいたづらに候かな
貝多羅葉②のひとはまゐらせ候　慈光寺のに候
紅梅
むかしの人のかざしとそのざれごと君おぼえ居させ給ふや

君さらば　　　　　　　　　　　つミの子

雁月様　ミもとに

註①　活人画――『文庫』（明34・3）にある「文壇活人画」のこと。ここに晶子の日常生活が批評されている。

②　貝多羅葉――「春にがき貝多羅葉の名をききて堂の夕日に友の世泣きぬ」（『新みだれ髪全釈』217頁、歌番号231参照）

【推定】註①と「桃はやふくらミそめしころ」により明治三十四年三月と推定す。

91　明治34年4月13日　林滝野宛寛書簡（推定）

〔毛筆和封筒縦9・5横6・5（切レ内ピンク）　毛筆巻紙縦18横120（先切レ）〕

消印　不鮮明

㊤周防國佐波郡出雲村字伊賀地　林小太郎様内　林たき野殿
㊦東京麹町区上六番町四五　与謝野寛　十八日

君、われのやうなもの、ためにいろ〳〵の苦労、心痛まことに〳〵うれしくかたじけなく心のうちにて男泣に泣きをり候　われさら〳〵君をにくしともイヤとも思はず候　勿体なく候かなたゞ心しづめて君のためにはかり候に我が忠告をきゝて林家をつぎ玉へ　我をは永き〳〵世の「恋人」にて後の歴史にものこり玉へ　のこしまゐらせたく候　されど我と添ひ玉はんことは君の幸福には候はず　我ハ人なみこえてあやまち多き身に候今更おとなしき詩人にはなれず候　これからもまだ〳〵洋行などして帰るまでにはいろ〳〵のあやまちも借財もかなしき目にも逢ひ候事とおもひ候　君、われをにくゝおもひ玉はすばわれをまもらむとならは何卒林家をつぎてひとり身を立て玉へ　我はとこしへ君を忘れえぬ恋人のひとりとして何事も打あけてむつまじき恋をつゞけ申すべし　坊①のためにも林家をつぎ玉ふことと幸福に候

君、父上②のみ許し候ハゞ東京にきませ　必ず〳〵女子大学にはいり玉へ　人の名が欲しく候　鳳、山川、増田、中濱③、林④、和久⑤などの人々と共に君の御名もまた文学の上にのこさまほしく候　君今は我れなにもつゝまず候　鳳も山川も和久も増田もわれの恋人に相違なく候　鳳ハ尤もあつき恋人に候　君かの人をも我をも山川をも其他の人をも

かならず候　君よ　鳳女史をまことの妹とも思ひ玉へ　何卒かの人々と我と恋する事も許し玉ふべし　われは猶この外にも恋を作り候べし　されど〳〵妻◎とせん人ハいまだ定めをらず候何となれは妻とせば必ず君のやうに浅田⑥女史のやうに心の苦勞のみさせねばならず候ゆゑいつまでも恋人にてすませたく候これ詩人には深くとがむべき事にはあらず候　ゲーテの恋は文学史にある丈にても十二人バイロンは数知れぬ恋人をもちをり候　バイロンはその妻とわかれて又妻をもたずに終り候と聞き候

君なつかしく恋しく候　秋までハ坊やのためにそこにゐて秋にならは上り玉へ　必ず女子大学へ入学の準備し玉へ　人ハ草や木のやうに朽ちてハならず候

君こゝろひろく持ち玉へ　人の子のやうなせまき心ハすて玉へ「われの恋人林たき子」ハわれ決して棄てず候　いかに妻と名を呼びて添ひとげたりともなさけの色あせ候ハゞ何のたのしみ

もなかるべく候　恋して一生を趣味あるなか　それたのしくおもしろかるべくとおもひ候。
われ破産宣告⑦うけて、さて汽車にてかよはれる處へ婆アと一處にうつる積りに候　せまき〳〵處へうつる積りに候
先月の屋賃まだ拂へずこまりをり候
泣菫子⑧上京、けふ會津へ旅行致候
鳳女史より君をとこしへ姉と思ふと申しまゐり候　かの人かわゆき人に候　君ゆめ〳〵悪しくとり玉ふな　かの人もまた我とは添はれぬ家庭の人に候　一生をひとり身の我を恋ひて〳〵となりまさ子もたき子もおなじ事に候　とみ子君も女子大学へ入学するよしに候
「明星」五月五日ごろに出したくとおもひ候　小遣もなき今日《けふ》このごろ　貧乏な詩人に候かな
君いま心配してゐ玉ふべし　気の毒に候
坊やそのうちの人の顔見て初めハ泣きし事と思ひ候　こちらにても婆と芋屋のお上さんとがさびしがりをり候
君いま親たちのそばにてさはいへ心しづまり玉へる事と羨しく候
質やのかよひ知れず候　お知らせ下され度く候
われうまく行かば五月の中ごろに三田尻まで逢ひにまゐるべし。一處に宮嶋へでも行きてなぐさめあひ度く候　そのとき大坂にてあき子、まさ子にも逢ひたく候　君必ずかの人々をねたみ玉ふな　やさしき君　恋しき君

さらば

十三日、夜十二時　寛

しろ芙蓉の君　みもとへ

婆と芋屋のおかみさんとよりよろしくとの事　君心配し玉ふな。
かの千円ハもういらず候　差押と覚悟いたし候ゆゑたゞ四百円ほど出来候ハゞうれしく候　風ひき玉ふな　坊にも引かせ玉ふな　君もひとり身われもひとり身　さはいへこの世たのしく候　君必ず上京して女子大学へ入り玉へ　われの忠告必ずあしくとり玉ふな　恋しき君　なつかしき君　われこよひ「詠草」をなほしをり候　坊やの牛乳よいのをおえらび下されたく候

註
① 坊——鉄幹、滝野の長男萃《あつむ》のこと。
② 父上——林小太郎。
③ 中濱——中浜いと子。
④ 林——林のぶ子。
⑤ 和久——和久たき子。
⑥ 浅田——鉄幹の最初の妻、浅田さた。
⑦ 破産宣告——『文壇照魔鏡』の余波による。
⑧ 泣菫子——薄田泣菫。

【推定】林滝野宛寛書簡の殆んどが明治三十四年であり、文中に「五月の中ごろに三田尻まで…」とあることにより四月と推定す。

92　明治34年6月6日　醉芳宛晶子書簡（推定）

〔毛筆洋封筒　毛筆巻紙　未採寸〕

(表)出雲國〔不明〕川郡〔不明〕村　うぐひす文社ニて　醉芳様

(裏)堺市甲斐町　鳳晶子

どなた様へも失礼のみいたしてうちすぎ申候　先には四國路よりミ文給はりかたじけなくぞんじ参候。

うたよせよとのそれまことつたなのそれそれまことこのごろくるしき〳〵ことのおハして只くるしく候て、うたなど、さ云へそれわすれ居候。かへりてはおハさず候。やがてはとおもひ居り申候。

只いまなるをゆるし給へとぞ。

まこと君先日は失禮いたし申候。たれ様にも何もつげますな、御はづかしく候、身の程。

あき

醉芳様

【推定】古書展出品記録による。

93　明治34年6月15日　林滝野宛寛書簡（推定）

〔封筒ナシ　毛筆巻紙縦18横63〕

お手帋拜見致候　ちぬの人十四日に上京致候　小生と只今一處にをり候

君御上京なさるべきよしそれハよく〳〵お考の上になされたく

父君のお心におそむきになされ候事ハおもしろからず候

籍の事ハもはやすぎ去りし話にて致方無之候

君も恋しくちぬの人も恋しく君何もおこゝろひろく願上候

詩人の恋に人間らしき事ハのたまはぬやういのり上候

文庫新声人が持ちゆきし故何れあとからお送り致すべし。

詩人の恋に君何もお恨みなされ候事なしと存候　よしやちぬの君と夫婦と云ふ時節有之候とも君も一時ハ夫婦なりしにあらずや　何も人間らしき事ハ君と我との間にのたまはぬやうに祈上候

明星お送り致候　苦しき〳〵中の編輯御憫察被下度候

おからだお大事に願上候

寛

芙蓉の君に

君、秋になりて上り玉ふべし。

【推定】 次便94林滝野宛寛書簡（明34・6・16）に晶子上京（明34・6・14）を再度報告していることにより明治三十四年六月十五日と推定す。

94　明治34年6月16日　林滝野宛寛書簡（推定）

〔封筒ナシ　毛筆巻紙縦18・2横82・6〕

お手帋拝見致候　お風心持のよしお案じ申上候　坊の事まことに安神致候
さてお手帋の御様子にては何事もお目に懸り可申上また承るべく候へども君あまりに人の子らしき事を我との間にのたまひ候かな　それくらゐの理想はよく〳〵お分りなされ候君なるべきに今更無学なる人の如きお言葉は君の為めにくちをしく候
鳳君の上京は十四日に候ひし　右やうの事を偽りて何の益ありや　君ハあまりに小生の心を小さいものに誤解なされ候かな
君をおもひ候事坊をおもひ候事ハ今更申すまでもなく候に君ハ小生をつまらぬ男子のやうに小生の苦しき境遇も未来の希望もかへりみたまはぬは残念に存候
小生の感情を害する手帋をお書きなされ候事ハ小生君のために取らず候　君よく〳〵お考へ被下度候　〔不明〕お仰せ被下度候
昨日の裁判十九日にのび申候　今度は必ず有罪と存候
婆やハ留守に候　盆にて
雑誌の方ます〳〵困難に候ゆゑ毎月の拂も出来ず困居候　猶いろ〳〵と責められ候　お察し被下度候
「國文学」明治書院へまゐらぬ為めおくれ候　明日お送り可致候
雨日、こまり入候　御地もおなじ事に候べし　坊の牛乳の事いつも御返事無之あまりになさけなく候　委しき事お聞かせ被下度候　御上京相成候ハいつに御座候か
君お大事に被成度候　雨がはれ候はゞ　お風もなほり候べし
坊の事くはしくお聞かせ被下度候

十六日　艸々

寛

しろ芙蓉の君

ミもとに

君頭痛などなされ候にや　小生も胃がわるくてこまり候

【推定】 前便の続きと考え明治三十四年六月と推定す。

95　明治34年6月20日　河井酔茗宛寛書簡（推定）

〔封筒ナシ　毛筆巻紙　未採寸〕

拝復
御重体とはおはし候ものからさる事とは存ぜざりしに昨夜の御葉書奉驚入候　他郷にての御送葬何かとお取込の事なりしならむと御愁傷のほど奉察上候　小生目下明星の印刷に着手致候やうの都合にて御伺も致へく候へども両三日中に鳳君と共にお悔まで二奉趨可仕候
鳳君よりも不取敢お悔み傳へられ候　何もお目に懸りての上との事に御坐候
乍末筆御令閨様へよろしくお傳へねがひ上候

艸々

廿日　与謝野　寛

酔茗詞兄　梧下

【推定】 文中の「御送送」は、河井酔茗の祖母の死で明治三十四年六月十五日（島本融氏言）なので明治三十四年六月と推定す。

96　明治34年6月22日　河井酔茗宛晶子書簡（推定）

〔封筒ナシ　毛筆巻紙縦18・2横109〕

まだおわるう御座いますか、大分に久う候かな　私うけたまはりてより、おあんじいたし居り参候　山川様にも一度またおあひいたしたく私一度御もとへ御うかゞひ御見舞にまゐりたくともおもひ申候　その他いろ〳〵のこと御相談もいたしまゐらせたく
まことわれ何やら〳〵くるしく〳〵候
そは弟なる子国へ帰りていかなることや傳へ候ひし　帰国せよ〳〵と日々申まゐるのに候　私イヤなりとおもふのに候　かなしとも、
照魔鏡によりてこゝなる師を誤解いたし居るのがくるしく〳〵候
弟までがと　イヤに候　私お目にかゝりてと何も〳〵、
何かとの仰せ私そはワけのわからぬもの　こゝの先生にわらわれ候まゝかくしあるの、をかしき〳〵もの、無茶なるもの、君のミ御目にかくるべく候
私もちまゐるべくとおもひ居り候

何も〳〵その時と何分〳〵こゝの方がすゞしかるべくおもひ候
先生は毎日また東京へ、に候　あなた様そゞろあるきにともお
もひ参候
くれ〳〵もいたはらせ給へとぞ
みたれ〳〵がきに候かな
ゆるしたまへ
廿二日夜　晶子
酔茗様　み前に

【推定】文中に「帰国せよ〳〵」とあることから晶子の上京直後と思われ、上京は明治三十四年六月十四日なので明治三十四年六月と推定す。

97　明治34年6月23日　林滝野宛寛書簡（推定）

〔毛筆和封筒縦20横8（内ピンク）毛筆巻紙縦18横68・5〕

消印　不鮮明

㊤周防國佐波郡出雲村　林小太郎様方　林タキ子殿　御直披
㊥東京府下、中澁谷二七二　東京新詩社　六月二十三日

あす早く電報うつゝもりに候
文かきたまふひまもおはさぬなるべし　坊やの泣くに又父君母
君とのおんものがたりにて　（〔不明〕印刷してしまふ積りに候）
君のお歌あす中にくれバ雑誌にのせる積りに候
婆よろこびをり候　よろしくとの事に御坐候　負債の方ハスッ
カリ致候へどもコセ〳〵したもの（なたやなど）に困入候　何
かと苦しく候　君のみこゝろよく〳〵すゐしをり候　君にはこ
の秋か冬必ずお逢ひ致され候事と存候
坊ハひきとりてよろしく候　鳳女史しきりに育てたきよしに候
君の事よく〳〵女史にもはなし申候
君みこゝろひろくおもち被下度候
われ今貧乏と戦ひをり候くるしく〳〵候
こゝ蚊が多くノミが多く夏になるほどイヤナ処に御坐候　其後
岩城まゐらず候　君すこやかにおはせと念上候　坊の事毎晩気
になり申候　よろしく〳〵衛生に御注意被下度候
廿三日夕　寛
しろ芙蓉様　ミもとに

【推定】晶子上京直後の内容なので明治三十三年六月と推定す。

98　明治34年8月7日　林滝野宛寛書簡

〔毛筆和封筒縦19横7・2（内ピンク）　毛筆巻紙縦18・3横120〕

77　明治34年８月

消印　34・８・８

㊧周防國佐波郡出雲村字伊賀地　林小太郎様内　林たき子様
㊥東京、中澁谷二七二　新詩社　与謝野寛　八月七日夜

お手帋拝見
市内ハ百度より五度も上り銕道馬車の馬が一日に十四頭も倒れしほどの暑さに候よし　こゝも九十五度位のあつさにて田舎なれども地の低き為めか頓と風通しなく毎日〳〵井戸ばたで冷水浴致候ほどに御坐候　御地ハお涼しき事と夫だけは安神致候
坊ます〳〵大きく相成候事と存候か　日々気にかゝらぬ日も無之候　ちぬの人いつも〳〵その事語りて上り玉はゞお目に懸り何も〳〵お話し致し互の誤解をわすれて親しくお交りしたく坊やも引取りたくと語りをり候　君のみこゝろの中もこの人よく〳〵分りをり候　今ハ小生一人がワル者になりしやうにおもはれ候　女子大学の規則書必ず四日ほどの内にとりて送りまゐらすべし　入学にハ試験の準備が一年も入用かと存候　委しき事ハ規則書を見た上にて申上ぐべく候
高須等の公判①又延期になり申候処新声社よりその弁護士を仲裁にして和睦《ワボク》を桜井弁護士まで申来候故十分にあやまらせて願下をする積りに御坐候
かの魔書の為めに又世間の不景氣な為めに明星の賣れ方二千五百部まで減り候ゆゑ文友館ハ毎月百円ほどの損になり候　夫故小生ハ収入もなく又借金ハこの後一文もせぬ決心ゆゑ毎月の拂にも困りをり候　併し十分に勉強して他の雑誌へも物を書き候積りにてこの頃ハ毎晩新体詩を一つ宛作り候へども餘りに暑いゆゑ夫《それ》も屹度一つハ出来ずお察し被下度候　その伯母様との御親切なる事身にしみてうれしく候　われより坊やへ一枚の夏着も送らずに君より却って助けて貰ふ事ハまことに〳〵すまず候
米代もなくて困候へどもよく婆やがつくしてくれ候ゆゑ大に安神致し候　しかしかの怖ろしき事がすみし以来小生の安神ハ非常なものにて餘りかの頃心配したる為めか此頃ハボンヤリと馬鹿になりて歌一首も出来ず新体詩を少しづゝ毎晩作り候位に御坐候
十四号の明星文友館よりとゞき候事と存候　高木女史へも送らせ候
坊やの写真お送り被下度候　婆よりもよろしくとの事に御坐候
ちぬの君より君へ改めてよく〳〵傳へくれとの事に御坐候　猶上京したまはんとき何事も〳〵おわびせんとの事に御坐候
君時節柄いとはせ玉へ　牛乳坊やにも又君もお呑み被下度候
となりの家へ栗島狭衣氏が細君と移り来り候ゆゑ賑かに相成候
家賃も十一円にさげて貰ひ候
先ハ右御返事まで、あとより規則書送るとき又々何も可申上候

八月七日夕　　艸々　　銕

しろ芙蓉の君　ミもとに

註①　公判――『文壇照魔鏡』に関する裁判。

99　明治34年8月7日　林滝野宛寛書簡（推定）

〔毛筆和封筒　毛筆巻紙　未採寸〕　消印　未確認

㊤周防国佐波郡出雲村字伊賀地　林小太郎様内　林たき野様
㊦東京中澁谷二七二新詩社　与謝野寛　八月七日

御無事にお着被成候と奉存候。当方いよ〳〵来る十一日に競賣
の通知まゐり何もかも賣られるのに候。致方なく候
別帋の如き手帋、古瀬女史よりまゐり候。脱走して東京へ来る
と云ふ手帋に候。君より直ちに其不心得をおさとし被下度候
必ず上京する様子ゆゑスグおとめ被下度候
小生の身の上ハ此後、何も申上げず申上げても苦しき事ばかり
につき御心配の程ゆゑ申上ぐまじく候
萃よろしく願上候
皆様へおよろしく〔不明〕被下度候
　八日
しろ芙蓉の君　ミもとに

【推定】91林滝野宛寛書簡（明34・4・13）との関連により明治三十四年と推定す。

100　明治34年8月9日　河井酔茗宛晶子書簡（推定）

〔封筒ナシ　毛筆巻紙縦18・2横138〕

けふはゝや、秋の季に入りしのに候よし
すゞしく候かな　堺にてはかくはなかりしとおもひ候　昨日水
野様とふたり秋むかへにとて野に出しに候
かなたこなたへ道まよひ候てあらぬところにて美しきミ堂のか
べ見など興あるひと日にておハしき　このあたりあなた様を御
ともしたくおもひ候ひき
はやすゞしく候まゝいかゞに候べき
この秋のには　それより昨日先生のまろうどかへり給ひて後三
人にて　花かひにまゐり　けいとう　日ぐるま　かの子ゆり
赤大根
大分沢山うゑ候ひし　見にきてほしとに候　先生　酔茗君に諭
してもらひたしなど、ほこりかに、をかしく候かな　昨日野を
ゆきつゝありし川びらきの日のこと話し居りしに候
人の家にある身のその日〳〵のそこの人のかほいろ見ることお
ほえて、など話し居りしに候

先生と御客様と話し居らる、ところへ酔茗様へ返電うちに停車場までやつてと申まゐり身のその前にてわざとらしの涙こぼれてとかたりて　わらはれしに候

弟のことかへす〴〵はづかしく候　下宿へ卅二円いくらとか昨日おくりしとに候

荷おもらひにやりくれとにて候ひしま、こ、のばあやにそとたのミしに候　はづかしき人に候

暁蓮、先生のゆるしえてさかし、に候へど見あたらず候

岡山の長沢へ云ふてやりてもらひ上げてもよしとに候

それにても日がまにあひ候や

奥様へよろしう

　末筆ながら

九日　晶子

酔茗様　みもとに

【推定】上京後間なくの書簡で文中に「秋の季に入りしのに候よし」とあり、立秋であることにより明治三十四年八月と推定す。

101　明治34年8月9日　蒲原有明宛寛書簡（推定）

〔封筒ナシ　毛筆巻紙　未採寸〕

立秋らしきもあやしく候。お変り無之候や　小生何かと俗用にまぎれ久しく市内へも出でず為めにこの度はと存じながら御無沙汰おゆるし被下度候。

獨絃哀歌の末尾の誤字初めは正しくなりをりしを印刷の器械に上せ候時遺失してヨイ加減の、文字を挿みし職工の疎漏頗る小生の心経《ママ》に障り誠に大兄にも不相済候　かの続稿廿二日ごろに頂戴致度候　アレより長き御豫定にや　もし長しとすれは天地の挿画を今一二頁分彫刻させおく必要有之候間一寸お知らせ被下度候

又「片袖」へ御旧稿御新作とりまぜ五六篇頂戴致度と存候。勿論之は初号ハ纔かに五百部を印刷する位の事にて其他一切再版致さぬ（謂ゆる珍本的の）ものに御坐候間右お差支も無之候はゞ乍恐縮来る十五日まで頂戴致度候　毎号小本廿四頁にして初号には泣菫氏と大兄と小生の作とを載せ候積りに御坐候。

といふやうな体裁に致候積りにて画は結城素明氏専任の事に御坐候　右何卒御許諾被下新旧取りまぜ五六篇乃至七篇ほど頂き度候
「みだれ髪」ハ十二日に発行可致候　体裁いさゝか凝り申候
御批評被下度候。　艸々
与謝野生
八月九日
有明詞兄　梧下

【推定】文中に「『片袖』…初号」とあり、『片袖』の創刊は明治三十四年九月であることにより明治三十四年と推定す。

102　明治34年8月日不明　林滝野宛寛書簡（推定）

〔封筒ナシ　毛筆巻紙縦18横62・8〕

昨日になりて玉代様のお手帋まゐり候　山口病院へお越し被成候由初めてお手帋のなき原因を知り俄に心配しだし候　其後山口より御帰村なきものとすれは御容体およろしからぬ事と察せられ候　御様子たゞちにお知らせ被下度候　玉代様のお手帋よろしく御礼お傳へ被下度候
御病気としても誰かに葉書位は代筆させて山口よりなりとも一寸位御知らせなされ候事ハ出来候ものとおもひ候　あまり冷淡なる事とおもはれ候　たゞし眞実の事お知らせ被下度候
当方の事種々交渉の末いよ〳〵拘引せられ候事ハ来月二三日ごろまで延ばし申候　当宅の品物ハ他の高利貸より来る廿六日に公賣せられ申すべくもはや致方無之候
落合先生へも種々昔から御迷惑相掛候事故今日ハもはや御願ひ出来ず止むを得ず覚悟相定め申候
君もし御都合がつき候はゞ本月の末までにこゝの家賃丈（基本金として）お送り被下候やうお願ひ申上候　今日まで先月の拂ひも出来ずこまりをり候　又かの質やの利子も来月の三日までに澤山拂はねばならぬ事とおもひ候　何卒右願ひ上候へども御都合わろくは何とか致すべく候故お案じ下さらぬやう願ひ上候
文友館非常の貧乏にて其上明星で損をし又みだれ髪も四百円ほどかゝり候よしにて誠に氣の毒に存候。
〔以下切レテナシ〕

【推定】『みだれ髪』（明34・8）の記事により明治三十四年八月と推定す。

103　明治34年9月1日　林滝野宛寛書簡（推定）

〔封筒ナシ　毛筆巻紙　未採寸〕

拝復

お手紙拝見致候　その麹町の事四ヶ月に改候為め困り入候　一日流すよしの葉書まゐり候

小生今まことに経済にこまりをり伊藤といふ人すこしも金策つかず八月の家賃もまだに候

君もしその御都合つき候はゞ至急お助け被下度候　十五日までに参十圓ほど

坊の事よく〳〵おねがひ致候　ちぬの人との結婚は仰の通り三四ヶ月後に発表可致候　君坊の事よく〳〵おねがひ致候　婆よりよろしく

けふしろ芙蓉のさき候　封じまゐらせ候

何卒その金子スグにも（十円丈）お送被下度ねがひ上候　困り居り候事ハ少しもウソに無之候。坊の事、をり〳〵お聞かせ被下度候　艸々

九月一日　鉄

しろ芙蓉の君

二百十日の無事なのに御安神被成候事と奉存候。

【推定】 前便101林滝野宛寛書簡（明34・8・9）により同年の明治三十四年と推定す。

104　明治34年9月9日　滝沢秋暁宛寛書簡

〔転載〕

拝啓

毎々御懇書御礼申上候

殊に過般のみだれ髪の御高評を文庫紙上①に奉煩〔候〕し事著者及び小生の感激致す所に御坐候　こゝに著者よりくれ〴〵もよろしく御礼申上候やうとの伝言に御坐候

もしお差支なくば次号の「明星」へ何か御寄稿被下度〆切は十八日中に御坐候　右何卒御了承被下度候

昨日烏水②、紫紅③、すゐめいの三君来遇せられ快談に半日を過し申し候

先は右申上書まで　草々

九月九日　与謝野　寛

秋暁詞兄机下

註① 文庫紙上――『文庫』（明34・9）掲載の滝沢秋暁「詩集『みだれ髪』」
② 烏水――小島烏水。
③ 紫紅――山崎紫紅。

105 明治34年9月11日 林滝野宛寛書簡

〔毛筆和封筒　毛筆巻紙　未採寸〕　消印　周防34・9・13

(表)周防国佐波郡出雲村　林タキノ殿
(裏)中渋谷二七二　与謝野生　十一日

その番町の事さらに〔不明〕になされ度く候。

――〇――

大学の友人より聞きしなどの事ホントの事お書き被下度候　小生ハ何も知りをり候　こゝの老婆より一々通信致しをり候事と存候　その早稲田云云の事ハ少しも無之事に御坐候間御安神被下度候
〔不明〕ほとにも無之〔不明〕
坊や達者に候や　夫等の事をり〳〵お聞かせ被下度候　大学の友人など申す事バカラシキ事のたまはずに婆やより聞きしとお申越被下度候
婆ハ近日中にかへらせ申候。

艸々
十一日　銕
芙蓉の君

106 明治34年11月18日 寺田憲宛寛書簡

〔転載――封書・巻紙・墨書〕　消印　東京青山34・11・18／下総神崎34・11・18

(表)千葉県神崎町　寺田憲様　御直披
(裏)東京市渋谷ノ三八二　与謝野鉄幹　十一月十八日

拝啓久々お手紙を拝しまた近日の御写真にてしたしくおめに懸られ候はうれしく奉存候　何かと取まぎれし事のミ多く平素の御無沙汰おわび申述候　たゞ世の毀誉にまかせていさゝか志し候所に精進致し諸友の知遇に乖かざらむ事を専念致をり候へは御放念被下度猶「明星」紙上等に於て御気づきの点有之候はゞ御忌憚なく御忠告被下度候　御上京の節は飯田町駅より新宿にてノリカへ（又は赤羽より直ちに）渋谷へ御来訪被下度名和男爵邸前とお聞き被下候はゞ分りやすく候　先は右御礼まで如此に御座候御近作お見せ被下候はゞうれしかるべく候　本年もまた匆々として暮れに近き申候小生等何の為せるわざもなく時々

刻々に慚愧致居候　草々
十一月十八日　与謝野鉄幹
寺田　憲様　御直披

107　明治34年12月15日　田山花袋宛寛書簡

〔毛筆葉書縦14・1横8・9〕　消印　34・12・16
(表)牛込区喜久井町二十　田山録弥様
(裏)中渋谷、三八二、新詩社　与謝野寛
玉稿只今拝受まことに奉怖入候　とりあへず御返事まで　御礼は何れ拝芝の上可申述候
拝具
十五日夜

108　明治34年月不明1日　蒲原有明宛寛書簡

〔転載〕
おせわしき中に御稿いろいろ難有御禮申上候、御畫は兩三日中に御返玉可仕候、さて大兄よりも梁田氏へ一寸みぢかく禮状御出し被下度　執筆も自由ならざる病床の人が熱心なる手書はよくよくの同情に御座候、處は牛込、大久保余丁十七綱島榮一郎氏に御座候、次の日曜日に御曳杖いかがや、艸艸一日。
中澁谷生
蒲原隼雄様

109　明治34年月日不明　河井酔茗宛晶子書簡

〔封筒ナシ　毛筆巻紙縦18横29〕
ちいさき君見にまゐりたくのミおもひ候　もう大分おほきくとおもひ申候。御目も見えまゐるべくとおもひ候　御かほのかたちも少しはかはり給ひしかなどもおもひ候
おく様にもさはりのう御日だちのこと、いのりおもひ居り候
あなた様一度、さ云へおいそかしきこと、もおもひ候　関西へまゐるまでにはそはかならず私うかゞひいたすべく候。御はなし申上たきことおほく候
こはよきことにて候　おあんじあそばさで
霜ばしらと云ふものはしめて見申候
五寸程のものをそろしき渋谷とおもひ候

110　明治35年1月23日　大矢正修宛寛書簡（推定）

〔毛筆和封筒縦20横7・7　毛筆巻紙縦18・2横243・2〕

消印　○・○・24

(表)越後国刈羽郡北鯖石村田塚　大矢正修殿

(裏)〔丸印《いん》〕東京中渋谷村三百八十三番地　新詩社〔毛筆〕与謝野寛

舊臘中は屢〻御来示を賜り加ふるに詩社への基金を寵賜せらる御礼はいつも延引と云ひながら身辺の煩累に邪魔せられ本意なき御無沙汰に相成候事萬々おわび致候　烏兎匆々人空しく老を催し候かな　自ら顧みて影に泣く夜も少からず候へども今三四年は一世の毀誉を氣にする小膽先生に伍して斯くは日本に跼蹐と致すべし　疇昔の抱負刻下の理想より見て太だ切歯に禁へざる事お互に多けれども是が人生の状態也　誰を怨みむ　又誰を羨まむ　唯だ人ハ活動建勲の人、特立特行の人、立志敢為の人なるべし　この傲骨空しく朽つべけむや　大兄の事更に改めて問ふに忍びず窃かに御同情を表しをり候　然れども身を一村夫子などに捨て賣にするはわろし　退いて豆を噛るも才一の慰籍《ママ》は古豪傑と史冊詩書の間に追随応酬するに在り　千百の俗児が嘲罵や意とするに足らず　大丈夫よろしく千秋の意氣高く標致被成候やう切望致候　小生の如きも一身一家の小成功に安んじて居らるゝ男なりしならば今日の悪名も赤貧も猜疑も無かりしなるべし　しかし以て生れし我儘は抑へられずどこ迄も奮闘の人にて通し可申候　只今の如きも日夜薪炭の費にすら事欠く境遇に有之候へども妻と二人のわびずみ此中に恋の眞実あり　詩の生命あり　他年の理想の夢あり　痩せ我慢のみには無之真個楽しき生活と存居候　我兄の今日もまた然らむ歟　一念思うて兄に到れば兄弟の事のやうに感動致さゞるは無之候　幸に御自重あれと奉祈上候

九萬一氏へ御消息の節小生の近状御知らせやり被下度かの人も四十に相成候事なるべし　少しはオトナシク相成候や　あの男なかく血は涸れぬ事と存候故ブラジルなどの美人系ならぬ地には居たゝまらぬ事と気の毒に御坐候

昨年末の御作二月の明星に頂き申候

御令閨様へよろしく御傳へ被下度小生もこの春は御地へ夫妻づれにてまゐるやも知れず候　佐渡まで行き度く候　艸々

一月廿三日夕　与謝野鉄幹

大矢正修殿　梧下

【推定】文中に「昨年末の御作二月の明星に頂き申候」とあるのは、『明星』（明35・2）掲載の大矢正修の「手毬の君」五首のこ

とと思われるので明治三十五年と推定す。

111 明治35年2月1日 滝沢秋暁宛寛書簡

〔転載〕

新年の御祝詞を辱うしながら新春十一日まで京阪に烏水君と清遊致候為め終に御返しも致さゞりし次第に候

別冊近刊の「明星」お送仕候 微力なる小生の編輯心ばかりあせりて手は頓と叶はず愧入候 併し今日まで持続し来り候事全く諸兄の御助成による事也 小生窃かに福分の未だ全く□きざるを喜びをり候

若し御差支無之ば次号の「文芸雑俎」へ何か御助力下さるまじや 勝手ながら出来る事なら合評に御加り下さるまじや 〆切は二月二十日に候 若し御持ちなくば御一報□□□次第御送り可致候

来年はどうかして御地方へ御邪魔致度存候 文事以外の俗累巨多□□□毎に志と相乖候事娑婆世界の□果遽かに擺脱致しがたきものと存ぜられ候

□□氏の画御評を乞ふ

艸々

与謝野寛

秋暁様御侍史

112 明治35年9月5日 生田葵山宛寛書簡

〔毛筆和封筒縦19・3横7・8 毛筆巻紙縦18・1横76・4〕消印 渋谷35・9・6

(表)府下、豊多摩郡千駄ヶ谷村 生田葵様 御直披

(裏)中渋谷三八二 与謝野寛 九月五日

先日は御来會被下難有奉存候 公會は白星君①と協議し十月上旬の事に致候 何れ其内打合の為め今一會相催し可申候

さて甚だ勝手なる御願ひに候へども次号の「明星」へ短篇小説の御寄稿相願ひ度御聞入如何や伺上候 〆切は二十日に御坐候 尤も小生の只今の境遇御礼は致しがたく何卒御助成の思召を以て御恵投被下候やう奉願上候 頗る恐縮に候へども特に御快諾被下度候

秋色頓に野家に上り申候 ちと御來過被下度候 艸々拝述

与謝野寛

九月五日

生田葵様 御侍史

註① 白星君――平木白星。

113　明治35年10月6日　蒲原有明宛寛書簡

〔転載〕

朗讀會準備會[1]を來る九日午前十時より澁谷の新詩社に相催候間當日は朗讀をなさらぬ方も萬障おくりあはせの上御來會被下度會日の委員分科等御相談申上度候　艸艸　拝具　六日

本郷、菊坂町三九　平木方　韻文朗讀會

註① 朗讀会準備會――新詩社主催の韻文朗読会が明治三十五年十月十一日、神田の青年会館で開催。

114　明治35年11月2日　蒲原有明宛寛書簡

〔転載〕

御拝借の御畫貳幀早速持參可仕に候處昨一夜夜九時晶子遽かに一男を擧げ申候爲め無人の家内大に狼狽致し取込候爲め失禮致候

○源九郎[1]の大作おもしろき事かと存候　小生も是非驥尾に附し努力可仕候　先は右まで　草草

十一月二日

註① 源九郎――「源九郎義経」のこと。明治三十六年一月より九月まで『明星』にて九回連載（与謝野鉄幹・平木白星・前田林外合作）。

明治三十六年〜四十年

115　明治36年1月1日　田山花袋宛寛書簡（推定）

〔毛筆葉書縦14横9・1〕

消印　○・1・2

㊤牛込区原町三ノ六八　田山録彌様　御侍史

謹みて君がおん家の御慶福を祝し併せて昨年の御懇情を奉感謝候

拝述

元旦

府下、中渋谷三八二　与謝野寛

【推定】文中に「おん家の御慶福」とあり、長男光出産（明35・11・1）の翌年の明治三十六年と推定す。

116　明治36年3月20日　蒲原有明宛寛書簡（推定）

〔毛筆葉書縦14横9〕

消印　不鮮明

㊤麹町区隼町八　蒲原隼雄兄　御侍史

㊦中渋谷三八二　与謝野寛

小生長く黄疸と脳病とを病みぶら〳〵致し日々拝趨仕り度と存じながら失禮何卒御海恕被下度候　夫がため「明星」の原稿も何も出來不申本日やう〳〵手をつけ初め申候　就ては御稿（哀調の御評、うもれ木の御高評をも得たく候）の御近作一篇廿三日中に賜るまじくや如何　御願ひ申上候　病中失禮　早々拝述

廿日

【推定】文中の『うもれ木』刊行は明治三十五年十二月。また『明星』（明36・4）社告に「小生去月は脳病はげしく」とあることにより明治三十六年三月と推定す。

117　明治36年5月16日　田山花袋宛寛書簡（推定）

〔毛筆葉書縦14横9〕

消印　○・5・16

㊤牛込区納戸町四〇　田山録弥殿　御侍史

別稿御徴取に候處小生只今関西より帰京致候次第につき二十二日まで御延ばし被下度　二十二日中には必ず差出可申候　艸々拝復

十六日午後

府下、中渋谷三八二　与謝野寛

【推定】文中に「小生只今関西より帰京」とあり、『明星』（明36・6）社告に五月三日より鉄幹、晶子の関西旅行の記述があることにより明治三十六年五月と推定す。

118　明治36年7月6日　毛呂清春宛寛書簡

〔転載〕

久保君送別の席上にては、酔中失言も有之候事と存候。又汽車の都合にて先きに帰宅致候事、何れも御高恕《ママ》被下度候。

御端書拝見仕候。「なのりそ」へ鄙稿御徴発面目に奉存候へども、あやにく去月來神經にぶり何も貴閲を瀆し候ものを作り出でず、慚愧此事に御座候。

別紙の如き候もの若し御餘白へ埋草に相成候はば御採用被下度願上候　若し御捨て被下候はば、次號には何か之にまさるもの差出し可申候間御遠慮なく御返し被下度候　幸に御採用の節は小生の別號うもれ木とのみ御記入願上候。

一號の「なのりそ」紙上感服致さぬものは第一に師の御稿、次に月桂先生の作の玉石相交りて選抜の粗漏なりし事、次に兄の御作の豫想より見劣りせし事に御座候　他の原稿は粗末にても（寧ろ粗末なるものを）構はず多く御掲載可然と奉存候へども、主幹諸詞宗のは大に御撰出被下候方小生等のために益多からむと存居候　請地村詩宗のも乞ひ得て御掲載いかがや。右失禮なる事のみ申上御赦し被下度候。早早拜述。

七月六日正午（明治三十六年）　與謝野　寛

毛呂清春様　御侍史

119　明治36年8月2日　真下飛泉宛寛書簡（推定）

〔毛筆表装掛軸縦36横59・5〕

盛夏の節おさはり無之候や伺上候　先般は「近畿評論」御上「雷神の梦」の御細評を賜り御精力と御炯眼とに服し候　猶今後もあのやうの御評は作者が感激致候のミならず一般讀者を啓発致候事酷少ならざるべくと存候間續々御執筆願上候。小生夏に入りてや丶元気を回復致候感ある筈が、貧乏生活とのみ戦ひ居り候　「源九郎義經」何卒御細評を煩候　林外君の進境囬毎に著しく敬服致居候。泣菫君少事の御閑日静養の事と成りうれしく存じ候　時々御訪ね被下度候　昨今に於て詩人らしきは今の處この人に候べし。玉野女史にお會ひ被成候由承り候　彼女史の近状聞くにも惨然と致候　人生の不平等今更ながら長歎致され候　何卒之が慰籍には兄等文藝の御交友が時々御訪ね被下候事に候。山川女史も早く未亡人と申す悲境に陥られ又更に肺

患をさへ得られ候　大阪の増田女史も肺患と申す事に候　才人の薄命千古同然に御座候。次に兄に御願ひは今度小生等同社の者の催しにて「日本武尊」を歌はんと定め候　就ては兄に才一篇の「熊襲」を割り当て候　之は初め砕雨氏の任なりしが同氏他に　連作中の物ありて辞退せられしにつき兄に願ひ候事に決し候　何卒御快諾被下度我々同社の諸人が長詩に進み候　初陣の御積りにて御振ひ被下度候

一題「日本武尊」　一体　定めず行数ハ五十行以上と限る　一作風　擬古にして神話的、ローマンチシズム的なるべき事　正史以外に空想を十二分に用ゐる事　一期限　九月十五日までに一回之を新詩社に送致候　十一月の「明星」附録として一時に公にする事　一作者　左の如し

一　熊襲　飛泉　一　出雲梟　弔影
一　倭姫　翠渓　一　焼津原　蒼梧
一　橘姫　晶子　一　日高見　御風
一　碓氷岳　桜翠　一　宮簀姫　暮雨
一　脆吹山　林外　一　熊襲野　銕幹

計十篇

右は古事記、日本記《ママ》何れかに據りて他は空想にて御作り願上候　年少女装の美皇子と頤髭黒髯の熊襲との配合御おもしろかるべく候　右突然ながら必ず御引受願上候　艸々拝述

寛

八月二日

飛泉大雅　御侍史

荊妻より宜敷と申出候　又夫人へもよろしくと申傳候

【推定】 文中の「源九郎義経」や「日本武尊」は三十六年の『明星』に掲載された長詩なので明治三十六年と推定す。

120　明治36年8月8日　蒲原有明宛寛書簡

〔転載〕

随分きびしき暑さに御座候　御起居如何　御高譯等の御上に御多忙に入らせらるべしと奉存候へども若し御差支なく「夏祭」の濃艶以後の御作を次號に賜るまじくや伺上候

近來の訪客専ら御詩集の噂のみにて持切り候感あり　小生もますます發明仕候（泣菫氏の評は次號に出で可申候）

八月八日

121　明治36年8月20日　田山花袋宛寛書簡

〔毛筆和封筒縦21・7横6・9　毛筆巻紙縦17・9横29・8〕

㊧〔欠〕区、原町三丁め六八　田山録弥様　御侍史
府下、中渋谷三八二　与謝野寛　二十日
消印　36・8・20

拝述　大暑の節怖入候へども次号「明星」へ何か一篇御援助下さるまじくや　御懇願申上候。
甚だ唐突ながら來る二十四日中に賜わらば幸に存候　右御願ひまで　頓首
二十日　与謝野寛
花袋詞宗　御侍史

122　**明治36年9月14日　田山花袋宛寛書簡**

〔封筒ナシ　毛筆巻紙縦18横33・7〕
秋燈の下御耽讀の御清興多き事と奉存候　お言葉ニあまへ候やうなれど御稿來る二十日までニ賜らば幸此上なく存候　別帋「太陽」へ差出候　よろしく願上候　右御願ひまで
艸々頓首
九月十四日　与謝野寛
花袋大雅　御侍史
以上

123　**明治36年9月21日　滝沢秋暁宛寛書簡**

〔転載〕
御地も豊年を〔不明〕など願ひ候ひしにやめでたき年にも候かな　内閣の無能を申す人多く候へども無能ですむ中は大平に候　我等大平が大好きに候
御稿毎々御恵み下され大に助かり申し候　御礼はいつもあとより御許し下され度し
ことに拙作を御褒めちぎり下されし事気味わろき肌ざはり致し候も御礼申上候
たゞし白星君と申す人おもひしよりは小心者にて校正が悪かりしの悪口云はれし評を載せしかとて是迄も能く屢々〔不明〕めの怒りを〔不明〕が小生もせわしきからだ一々さう〳〵は詫びも云ふて居られず向ふより「義経」は合作を断念すとあるを機会に詩人の交りにはあられも無き「手を切る」といふ事に成り申候　この事情はよく烏水、紫紅二氏知り居り候
さて兄に押つけの御依頼あり　我等左の合作を思ひ立ち一斉に十一月の紙上に実作発表の覚悟に候　この内々兄を無断に引入れし事小生の〔不明〕ざる候間御不満ながらも御快諾願上候
叙事詩

一　「日本武尊」
一　筋は古事記、日本記《ママ》に拠り〔不明〕は空想を以て作る事、思ひきつてローマンティックなる事
一　一篇五十行以上、体随意
一　十月二十日まで（早くば十五日）新詩社に集むる事
一　十一月の紙上に一斉に公刊す
一　夫までは一切秘密の事
一　題を分つ事左の如し但し抽籤せり

（中略）

但しこの題は作者が随意に改むるも可
右甚だ短兵急ながら何卒御引受下され度神話詩を作る第一歩として之に手を着け度と存じ　かくは一同大本輪に候也
紫水君は直ちに承諾、目下巳《ママ》に取掛られ候

二十一日　与謝野寛

滝沢大兄　御直披

124　明治36年11月30日　滝沢秋暁宛寛書簡

〔転載〕
御地はもはや雪も降り候べし　こちらは霜ばしらの殿づくりを初め申候
「日蓮上人」の御評御礼申上候　とにかく真面目にして元気よき作に候
御忙しく候中に毎度の御願ひなれども新年号に「雑俎」何か御認め下さるまじく候や
兄の代作を勤め候為め「日本武尊」小生の分「白鳥」篇は更に一月の書上を期し可申候
さて小生の分は成るべく短所をお挙げ被下他の諸氏の処を十分御是非被下之も一月の「雑俎」へ賜り度し　一つは詩界の奨励として御批評お引受願上度し　成るべく小生のは冷淡に願上候（自己の雑誌にて故意に自己を褒め候やうに解する人あり迷惑致候間）　但し悪口は幾等賜りても忝く候　「白鳥」は出きらず候へども是までの処にては御評願上候　実はあの御手書を人々へ示し候故（恰も集り居る処へ着せし為め）人々も兄が十二分に御批評被下候事と渇望致居候
右いづれも十二月十五日までに賜り度其以前ならばいくら早くても印刷所は喜び可申候　右お願ひ申上候　艸々

十一月三十日　寛

秋暁詞兄　御侍史

125　明治36年月不明2日　蒲原有明宛寛書簡

〔転載〕

先日はお蔭を以て三宅先生の御畫あまた拝借仕候、御禮申上候

「哀調」の御評と御玉吟と併せて次號へ賜るまじくや、拙作「うもれ木」兩三日中に差上候間内新體詩の拙なるもの御叱評被下之も次號に賜るまじくや、右御願ひまで。

二　日　　　與謝野寛

蒲原隼雄大兄

126　明治36年月不明21日　岡稲里宛寛書簡（推定）

〔封筒ナシ　毛筆巻紙　未採寸〕

拝白

御帰国被遊候よし委しく御近状お洩らし被下奉謝候　専門以外に文学を嫉み候事ハ人格の上より見て誠に高尚なる事に有之小生の如きも十餘年来その心得にて文章に従事し本業には何かと經營致居候次第に御座候　尤も文学には虚名の伴ふものなれは小生をも今の文壇の一隅に席を掛けさせ申候へども是れ決して小生の志には無之候　本社の社友ハ太抵この意を同じうする人々に有之　前田林外氏の如きは現に専門学校の旧生徒たる身を以てこの七年来帋商と質商とを兼ねいとまく〳〵に西詩を讀みつゝ近ごろは小生と共に韻文を研鑚せられをり候　如此きは大に小生の賛成を表する所に御座候　専門詩人など申す事ハ百年二百年の日本ならば知らず只今にては斯かる不生産的のものは不必要に御座候

韻文の近状ハ新体詩の不振なるに引替へ短形なる方の詩ハ免に角盛になる有様に御座候　詩風は各人まち〳〵に有之候故地方の人ハ趣嚮する所に迷はれ候べきもどの風がわろきなど申す事ハ百年の後の定評にあるべし　左様な氣のちさき事ハ云はず何れの詩体にせよ御研究希望仕候　先は右御返事までとり急ぎ如此に御座候　　艸々拝復

廿一日夜　　　鉄幹

稲里詞盈　梧下

【推定】 文中に「前田林外氏の如き……小生と共に韻文を……」とあることにより「源九郎義経」の合作発表の明治三十六年と推定す。前掲114の註①参照。

127　明治37年3月9日　蒲原有明宛寛書簡

〔転載〕

拝述「姫が曲」拂目して拝見致候　愛誦措かず候　印度まで手をお伸ばし被遊候こと迚も及ばぬ事とねたましくさへ存じ候　その後の御作を本月の編輯へ賜るまじくや伺上候　雨霽れて候へば少しは春めき申候　郊外へ御曳杖如何

九日

128　明治37年3月15日　田山花袋宛寛書簡

〔毛筆官製葉書縦14横9〕

消印　牛込37・3・15

（表）牛込、若松町百三十七　田山録彌様　御侍史

早速御快諾被下御禮申述候　五月の帋上とあれは今少し訂正加除も可致候間清書の上差出候は二十日までに可致候　猶御一讀の上未熟の處御容赦なく御引き直し奉願上候　艸々不一

三月十五日

府下、中渋谷、三八二　与謝野生

題ハ「観戦詩人」①として御豫告奉願上候

註①　観戦詩人――『太陽』（明37・5）掲載。

129　明治37年4月18日　伊原青々園宛寛書簡

〔毛筆葉書縦14横9〕

消印　37・4・18

（表）麹町区内幸町　都新聞社　伊原敏郎様

府下、中渋谷三八二　与謝野寛

緑雨氏の葬儀につき種々御世話被下奉謝候　猶この上とも御願ひ申上候事可有之よろしく願上候　○緑雨氏記臆《ママ》談を何卒来る二十二日中に「明星」のために御恵み被下度是非奉願上候　長きハ如何に長きもよろしく候　右必ず二十二日中に願上候　他の諸君の談話も有之候　艸々

十八日

130　明治37年4月21日　伊原青々園宛寛書簡

〔毛筆葉書縦14横9〕

消印　37・4・21

（表）麹町区内幸町　都新聞社　伊原敏郎様

府下渋谷中渋谷　与謝野寛　二十一日

御葉書御禮申上候　さては御言葉の如く都新聞御送り被下候やう奉願上候　転載を得候事忝く存候　猶林田君へ昨日電話にて願ひおき候が同君の稿も明二十二日中に願上候
○緑雨氏のあとじまひにつき昨夜二三友人の決議にて大兄その外へ御願ひに出で候事と相成候　右ハ小生の代りに坂本氏を御訪問させ可申候

131　明治37年12月1日　寺田憲宛寛書簡

〔転載――封書・印刷物・本文活版印刷〕

消印　下総神崎37・12・1

（表）千葉県香取郡神崎町　寺田憲殿

（裏）東京府豊多摩郡千駄ケ谷村五百四拾九番地　東京新詩社

与謝野鐵幹〔活版印刷〕

謹啓、朝夕霜威相覚え候折柄、愈御清穆の御起居奉欣賀候。偖甚だ乍突然得貴意候。従来御賛助被成下候新詩社の主張、及び雑誌「明星」の改善等、着々不相怠実行致し来り、当に又第六回の新年を迎へむとするに至り候こと、窃に小生の光栄と喜び居り候。然るに本年二月以来時局の影響を受け候て、文学雑誌発行の財政は甚だしき困難に陥り、毎月編輯印刷費の不足を告げ候こと夥しく、之が不足は社中同人の社費を以てして償ふ能はず、更に小生は自らの詩集及び其他の鄙稿を書肆に托し、其報酬を以てする等種々計畫致し候へども、微力の到底補ひ得る處に無之、目下頗る苦慮罷在り候。加ふるに来るべき「新年號」より一層「明星」の内容を充實せしめ度くと存じ、夫が為に要する處も少からず候へば、此際社外及び社中の同好諸君に懇請し、左の方法に依り、新詩社拡張費の御喜捨を願上げ候。何卒小生其の操持致候態度に就き御諒察被成下、何分の御援助を賜り候はゞ難有奉存候、早々頓首　明治卅七年十一月

東京新詩社に於て　与謝野鐵幹

寺田　憲様　御侍史

（此の分墨書）

一、新詩社拡張費は、一口金五拾銭とし、五百口を募集す。
一、募集期限は本年十二月二十日までとす。
一、送金の宛名は「東京府千駄ケ谷五四九新詩社与謝野寛」と記入せられたし。
一、本社は直ちに領収書を差出し、明春別に御応募諸君の名簿を印刷して送呈す。

別に在地方社友諸君に申上候。社費御滞納の方は、本社の苦境御洞察被下、至急御送附願上候。

久しく御無沙汰仕候乍唐突右御賛助（以下六字不明）

（印刷物余白に墨書追記）

御出京の節ハ一度御来遊被下度　千駄ケ谷停留場より五町弱に
候

132　明治37年12月12日　寺田憲宛寛書簡

〔転載――封書・巻紙・墨書〕

消印　武蔵内藤新宿37・12・13／下総神崎37・12・14

㊧下総神崎町　寺田憲様　御直披

㊤東京府豊多摩千駄ケ谷村五百四拾九番地　東京新詩社　与謝野鉄幹〔活版印刷〕

ひさしく御消息をうけたまはざりしが当方より唐突ニ申出でし御無心を御聞き下され早速御返事を拝見致候事御厚志万々御礼申上候　御書中の御様子にて御一層人事のうへに御健闘被有をり候大兄の上へを御想像申上心づよき事に存じ候小子も道ハ異れども人として空しく生きぬ覚悟よりいささか能ふ丈の刻苦を致居候積に御坐候へども頓と旧知諸君に対し誇るべき佳作も出来ず愧入候併しまだ十四五年間ハ小生も死せざるべきかと存候間その間にハ必ず何分の御報恩を期し申すべく候先ハ御礼までとりあへず如此に御坐候　　敬具。

十二月十二日

寺田　憲様　御侍曹　　与謝野　寛

（追い書き）

133　明治38年1月1日　寺田憲宛寛書簡

〔転載――絵はがき（絵は土器図）・墨書〕

消印　四谷38・1・2

㊧下総国神崎町　寺田憲様

初年のあさ　兄の御幸福をいのり上候　　銕幹

134　明治38年1月3日　森鷗外・峰子宛寛書簡

〔毛筆葉書縦14横9〕

消印　武蔵内藤新宿38・1・4

㊧駒込局千駄木林町　森林太郎先生　御母堂様　御侍史

府下千駄ヶ谷五四九　与謝野寛

恭賀新年

近々御稿を頂戴に罷出可申候間御戦地より御送りの御稿何卒頂戴仕り度候

正月三日

135　明治38年２月16日　河井酔茗宛寛書簡

〔毛筆絵葉書縦14・２横９（「藤島武二の女性の顔」）〕

消印　武蔵内藤新宿38・２・16

㊤千駄ヶ谷原宿一九五　河井幸三郎様

千駄ヶ谷五四九　与謝野寛

御見舞下されありがたく存じ候　すぐ前なる家に候ひしかばけんのんには候ひしかど事なくてすみ申候　ちと御来遊待入候

136　明治38年３月２日　滝沢秋暁宛寛書簡

〔転載〕

軽はづみなる国民は何事を措いても戦争々々と申候　この際野生等は大すましにすまし度くひそかに読書と吟味とに熱中致さむと致候はワルイ量見に候や如何

春雪の多きを嫌はず只花を催すの遅きを恐れ候好の時節御筆硯の清興おのづから圧へがたきものおはし玉ふべし　夫ともモウ御養蚕におせわしくなるべきにや

四月一日の「明星」は発行以来第五年の紀年号に候間何卒御稿を一篇（文芸の御論評やうのもの）御恵投被下候やうに希上候

我当《ママ》が桐一葉を演ずるなど文界にもこの類のマニアワセ流行致候は浩歎の外なく候

三月二日

恐々頓首

与謝野生

秋暁詞兄　御侍史

137　明治38年４月10日　森篤次郎宛寛書簡

〔毛筆葉書縦14・２横９〕

消印　京橋38・４・10

㊤京橋区南鞘町二三　森篤次郎様

府下、千駄ヶ谷五四九　与謝野寛

拝述　先夜ハ御枉駕被下御礼申上候　さて野生ども今後の心得としてこの度の演劇會[①]に対する御叱評を来る二十三日中に「明星」へたまはり度奉願上候や

註①　この度の演劇會――『明星』（明38・５）の「新詩社演劇会」参照。

138　明治38年4月24日　森篤次郎宛寛書簡

〔毛筆葉書縦14横9〕

㊤京橋区南鞘町二十三　森篤次郎様　御侍史　消印　38・4・24

千駄ヶ谷五四九　与謝野寛

御せわしかるべきおんなかよりわざ〳〵御寄稿被成候御礼申上候　御挨拶まで如此に御坐候

二十四日

139　明治38年5月1日　田山花袋宛寛書簡

〔毛筆絵葉書縦14・2横9（「丸内に花」）〕

㊤牛込弁天町四十二　田山録彌様　消印　38・5・1

府下千駄が谷五四九　与謝野寛

拝述　御無沙汰おゆるし願上候　さて六月の「明星」へ何か短き御高譯一篇賜るまじくや　御芳諾を乞ふ　〆切は五月十八日に御座候

艸々不宣

140　明治38年6月8日　森篤次郎宛寛書簡

〔毛筆葉書縦14横9（中沢弘光画）〕

㊤京橋区南鞘町二十三　森篤次郎様　消印　京橋38・6・8

拝復

真砂座の御催しには五人丈参上可致候

千駄が谷　与謝野　寛

141　明治38年6月12日　寺田憲宛寛書簡

〔転載――封書・巻紙・墨書〕

㊤下総国神崎町　寺田憲様　御侍史　消印　武蔵内藤新宿38・6・13

㊦東京千駄が谷五四九　与謝野寛　六月十二日

拝復日露両国ともに真実誠意より媾和を欲し候時機に達し候は人類の幸福のためうれしき事の至に御坐候　戦争の終局を見るに至り候はゞ文芸の事も又々一層の進歩を見るに至るべしと予期致し楽み申候　力は及ばねども能ふ丈は人後に落ちぬ心がけ

にて研鑽致度と存居候間新詩社同人今後の所作に就て何卒御一読を煩し度候　いつの世にも事理の分明ならぬ人々多数有之候ハ止むを得ぬ事に候かねがはくは我等のみは少数なるもの知りのあとより歩み申度候　時下不順の折柄御自重祈上候　御上京の節はちと御来話被下度お茶の水の停車場より十五分にて千駄が谷停車場へ着し可申候　艸々拝述

六月十二日　　与謝野　寛

（前欠か　以下別紙・朱書）

七月十五日亡き人のくるといふ火かげにて、与謝野生妄批。

近詠の中に

国々のいくさのなかに日のみはたまじるをミれば雄ごころ
いさむ

血にそみしいくさの旗につゝまれて佐世保にかへる君かな
きがら　（服部中佐）

山川女史の長逝ハ如何にも残念なる事を致候　古き「明星」を御存じの貴兄より御悼詞を賜ひ候は感慨多く候

近作中より拙きもの少し書き添へ御評を乞ひ候

大空のちりとはいかゞおもふべきあつき涙のながるゝもの
を

なわびそとさかしらだちて言ふは誰れ人と生れてなげかぬ
は誰れ

綿うすき黒きつむぎの羽織きて街のほこりをわびにけるか
な

岬なる赤き切崖雨の日もなミ立つ日にも入日にも見ゆ

その藝者よく酒のミき函館の大火事あとは行方しらずも

高光る日のいきほひにおもへども心は早くたそがれを知る

あらし吹くあしたに聞けば山川もわれにあわせて雄たけひ
ぞする

わが門の樫の並木の斜にもよきかげつくる夕月夜かな

下町のとたんの屋根の上にあるひくき二階の春のともし火

床ちかくかゞミはすへじわがなげくといきの白くふれもこ
そすれ

与謝野　寛

【備考】 文中の後半部分は「山川女史の長逝」（明42・4・15）のことが書かれているので本書簡は明治四十二年四月以降のものである。出典の掲載違いである。

142　明治38年7月4日　蒲原有明宛寛書簡（推定）

〔毛筆和封筒縦18・4横7・5　毛筆巻紙　未採寸〕

消印　不鮮明

㊤麹町区隼町八　蒲原隼雄様　拝復
㊦〔印刷〕東京府豊多摩郡千駄ヶ谷村五百四十九番地　東京新
詩社　與謝野寛〔毛筆〕七月四日

拝述
御集のいよ〳〵御製本相成候事奉賀候　数日来一冊の見本を送り貰ひ敬誦措かず高誨を得候事無量に御坐候　小生の心盲なる猶いさゝかは會得致し候に至らぬ處も候へども幾回も拝誦致候上に直接御質疑も仕り候はゞ更に分明可致と楽み申候　まこと立ちて我等を導き玉ひ候は大兄なりと敬服仕候　顧みれは詩界の全部ハ昏々として猶旧日の禁に耽り申候やに覚ゆ　幸に兄と薄田氏との激勵あり　又上田氏等の示教あり　眞実心を以て精進致候ものにハ大きに心づよく存候　こゝに小生の歓喜禁ずる能はず切に御禮申述候
猶御本ハ梁川氏へ一冊御贈り被下度同氏の批評を承りに小生まかり出候心積りに御坐候

次号の「明星」へ何卒「二十五絃と白玉姫」の御評ねがひ上候
「白玉姫」まだ御手許にまゐりをらず候はゞ直ぐに御一報被下度　金尾より送らせ可申候
艸々不宣
七月四日あさ
寛
有明詞兄　御侍史

御集の売捌の事ハ昨日吉田氏と相談仕り候外本日小生直接東京堂その他へ参り候筈に御坐候　申しおくれ候が「春鳥集」の体裁はなか〳〵に近日の詩集中の才一とうれしく存候

【推定】『春鳥集』の刊行は明治三十八年七月四日なので明治三十八年と推定す。

143　明治38年９月30日　窪田空穂宛寛書簡

〔毛筆和封筒縦20横7・6　毛筆巻紙縦18・3横145・5〕
消印　本郷38・9・30
㊤本郷区湯島天神町二ノ二十六　伏哉館　窪田通治様
㊦〔印刷〕東京府豊多摩郡千駄ヶ谷村五百四十九番地　東京新
詩社與謝野寛〔毛筆〕九月三十日

拝復
御高書の出で候日早速一冊を市にもとめ候て直ちニ先師直文の遺像の前ニ捧げ申候　かねて兄の御詩才ハ直文も感嘆罷在候事故とりあへず拝讀の歓びを共ニ致候次才に御坐候　然るに頃日又兄より直接ニ一冊御恵与を蒙り併せて御懇書をさへ御添へ被

下候御厚情忝く奉存候　申す迠も無之事ながら短詩界の亂離今日より甚しかりし時に当り率先新機の風体を詠み出で、一世の嚮ふ所を定められ候先覚者の一人として兄の御功労の多大なる事ハ具眼の人の認め候處小生も亦常に忘る、能はざる處に御坐候　今この御集を拝見致候て当時を回想致候へば感更ニ新たなるもの有之兄が当年の御英姿をもまのあたりニ忍び申候

御集に對する憚らぬ愚評ハ之を十一月の「明星」にて御覧被下度　何人よりも尤も兄の詩を能く知る者ハ小生なりとの自負定めて難有迷惑の御感じも候はむ乎　小生ハ兄が短歌の才気に服し候ものから長詩の御技挧《ママ》ニ至つてハ更に々々感嘆仕候事をこゝに申上候

定めて御多忙にも候はむがお茶の水より十五分にて達し得る處也　時々御来遊被下新詩社の方をも当年の如く御助勢願上候

先ハ御礼まで如此に御座候　末ながら晶子よりもよろしく御礼申上候

艸々　九月卅日

寛

窪田通治様　御直披

144　明治38年11月30日　森鷗外・峰子宛寛書簡（推定）

〔毛筆葉書縦14・2横8・6〕

(表)本郷区千駄木町　森林太郎先生　御北堂様　消印　○・12・1

千駄が谷五四九　与謝野寛

拝述

二日の夕刻参堂可仕候

三十日

寛

森御北堂様　御侍史

【推定】所蔵者の記録による。

145　明治39年1月14日　生田葵山宛寛書簡（推定）

〔毛筆和封筒縦20・0横7・8（上切れ）毛筆巻紙縦17・9横28・5〕

(表)〔切れ〕洲鎌倉小町横川方　生田葵様　御侍史　消印　不鮮明

(裏)〔印刷〕東京府豊多摩郡千駄ヶ谷村　五百四拾九番地　東京
新詩社　與謝野寛

昨日は失礼仕候　切角御来駕被下候ものをしみ〲御話も出来ざりし事残念に存候
別封甚だ些少ながら何か御菓子にても御買ひ被下度候
「小俳優」本日御読了致度と存居り候　艸々
一月十四日　寛
葵雅兄

【推定】 148生田葵山宛寛書簡（明39・5・15）との関連による。

146　明治39年2月23日　生田葵山宛寛書簡

〔毛筆和封筒縦20・5横7・9　毛筆巻紙縦17・2横159・9〕
消印　相模鎌倉39・2・23
(表)相洲、鎌倉、小町横川方　生田葵様　必御直披
(裏)〔印刷〕東京府豊多摩郡千駄ヶ谷村五百四拾九番地　東京新詩社　與謝野寛〔毛筆〕二十三日夜

拝述
この気候にては御地も冴え返り候事ならむと存候　君の御健康ハ如何
先日ハ両度の御葉書御遣し下され忝く存候　実ハ小生この二月の一日より面瘍を病み候て順天堂病院にて手術致候　引つゞき入院致をりし為めおくれて拝見致候
さて四月の號には必ず御作を賜り度今よりねがひおき候　又成るべく挿画を入れ度と存候間早く御遣しねがひ上候　長原氏①か中澤氏②に頼み可申候
本郷書院主人久しくまゐらず　兄の御本につき催促致候へどもまだ返事も寄越しまゐらず候は甚だ不埒に候　不埒なる人を相手にして怒り候も好ましからず　夫故先方より来訪致し候日を待ちをり候　本日金尾生まゐり候故夫となく聞き候にはどうも短篇集發行の結果ハどの店も何れもよろしからず　小説ハやはり一冊一篇のものがよろしきよしに御坐候　併し出来候丈ハ本郷書院より出さしめ可申候
「藝苑」次才に内容も体裁も整ひ申候　御よろこび被下度候
高村氏西遊致候ため小生どもの芝居も立役者を缺き候へは当分見合せ申し候
小生ハ三月早々飢饉地方へ旅行の考に御坐候　君は花が咲かば御來京被成候事と存候　艸々拝述
二月二十三日夜　寛
葵様
大阪の方にて「舞姫」③の御紹介を被下忝く存候旨荊妻より申上

候

○中村春雨氏④ハ四月下旬に出發し自費及友人諸氏の助力にて米国へ留学する事と成り候由　○薄田泣菫氏ハ詩界空前の長篇なる新体詩を製作中にて「早稲田文学」の巻頭に掲げらるべきもの、由に候　○小生の鄙稿を集めたる「心のあと」ハ四月中に金尾より出し可申候　○鷗外氏の凱旋土産とも云ふべき詩集『従征日記』ハ四月上旬に春陽堂より出づる由に候　○三月の「明星」には新詩社同人の才二回競争試作に成る短歌を公表致すべし　○四月の『明星』ハ春季増刊の大冊を發行致すべく、君の御稿の外に夏目漱石氏の小説、鷗外氏の評論、黒田清輝氏の新作画『浅間山遠望』（伊上凡骨彫刻五十回着色印刷）　三宅、長原、中澤三氏の繪画、上田敏、馬場孤蝶、草野柴二、蒲原有明諸氏の述作、及新詩社同人の第三回競争試作に成る新体詩十数篇を公表致すべく候

註① 長原氏――長原止水。
② 中澤氏――中沢弘光。
③ 『舞姫』――晶子の第五歌集。
④ 中村春雨氏――演劇作家中村吉蔵。

147　明治39年4月2日　生田葵山宛寛書簡

〔毛筆葉書縦14横9〕

(表)相州鎌倉小町　横川方　生田葵殿　　消印　本郷39・4・3
東京本郷大学病院　入澤内科　二十二号室　与謝野寛

四月二日

君の御健康如何　よき時候となりしに東京ニ来たまはぬハ何故ぞ　小生二月一日より病みつゞけて今ハ大学病院にあり　二三日前より發熱なく本日ハこの葉書を認むる迄になりぬ　但し本月中ハ退院しがたかるべし　さて本月ハ君必ず「明星」へ一篇御助け被下度小生病中故若き人達大まごつきに候間何卒御助勢願上候　乍軽少又乍失礼拾圓丈差出可申候間その御積にて一篇御恵与願上候　艸々

148　明治39年5月15日　生田葵山宛寛書簡（推定）

〔毛筆和封筒縦19・2横7・8　毛筆巻紙縦17・7横180・3（透模様入り）〕

持参便
(表)葵様
(裏)〔印刷〕東京市豊多摩郡千駄ヶ谷村五百四拾九番地　東京新詩社　與謝野寛〔毛筆〕十五日

先日は匆々としてお別れ致候　何か外にまだお話し致し度き事のありしやうの心地にてさびしく感じ申候ひき
本日伊豆より帰京致候處武田夫人来訪被下承り候處によれは御作の印刷、画、製本などの準備も出来候に係らず御作を拝見致候に大兄が近來のみならず従來より御苦心被成候尤も御得意御作ハ乍失礼御短篇の方に有之候事を感ぜられ成るべくその方を出版致し候はゞ武田氏御夫婦の文学的良心を満足し得る事多大なりと気が付き候由にて一旦さやうに氣が付きて見れば矢も楯もたまらずその方の御作を出版致し度き旨御相談有之　さりとて又元來武田氏御自身よりあれほどに望みしお作を今更とかく申す事甚だ赤面のみならず中《ママ》心相済まぬ事にも存ず　如何にせば如何との御相談に御坐候
就ては小生も色々考案の末武田氏に代りて小生よりも御願ひ致候が御都合相附き候事ならは兄も先日御話し有之候如く短篇の方を武田氏の御手にて御出版被成候事に被成上度右願上候　若し願はれ候ならバ小俳優、和蘭皿①、穢多村、灰色の花②其他兄御得意の短篇にて二百頁ほどの冊子を御作り被下度願上候　印刷の方も幸ひ三秀舎にて奮發致しくれ本月中にも刷り上げ候事を承諾致し候間右御聞入被下候はゞ迅速右冊子御整理被成上まじくや
かさね〴〵勝手なる申状に候へども武田氏ハ如何にせん不慣れの人にもあり又初度の出版にも候間大に御寛假被下御快諾願上候　御在京ならば小生拝趨可致に候へども武田氏夫人御自身に御出張を乞ひ右御願ひ申上候　猶委しき事ハ武田氏御夫人より御聞き願上候

五月十五日　艸々　寛

葵雅兄　御直披

猶「夜の雲」本月は必ず願上候や

註① 和蘭皿――『新小説』（明37・7）掲載。
② 灰色の花――『明星』（明38・11）掲載。

【推定】後便との内容的繋がりから明治三十九年と推定す。

149
明治39年6月6日　生田葵山宛晶子書簡

〔毛筆和封筒縦19横7　毛筆巻紙縦17・75横119・65〕

(表)相模国鎌倉小町　横川氏方　生田葵様　消印　39・6・7

(裏)〔印刷〕東京府豊多摩郡千駄ヶ谷村五百四拾九番地　東京新詩社　与謝野寛〔毛筆〕晶子

さきほど伊東よりたよりおはし候ひしかどさびしき夜に候
今日また武田のおくさま御越し下されあなた様の御本につきいろ〳〵御話しもおはし候ひし中に原稿料いかばかりいかにせむとのことも候ひしが、私あなたさまは印税とか仰せられしと申おき候ひしがまことはどのやうに申てよろしきや　御さしづ下されたく明後日つれたちて明治書院へまゐるはずにいたし候にそれまで御返事とゞき候やう御ねがひいたし申上参候
今日は只今一寸申せしのみに候　かなたにてはそれまことにあんじ居るよしに候　印ぜいは印ぜいにして今いかほど御入用とそれも御申越しいたゞかばや　かなたへすぐにてもよろしく候
今日蒲原さんがおいでになり候　おとなのとしよりのおぢいさまのやうなられしこゝちいたし候　うそに候　さうも思ふのに候へど　おわかき〳〵ところはむかしのとほりに候
むかし渋谷の山の上の家①にて、あなた様よりかの君をわかく見候ひしこともおはせし覚え居給ひてや
そのころあなた様たばこのみ給ふとて　かひにおゆきなされし今のやうに候へど

六日夜

しやう

生田様　ミ前に

註① 渋谷の山の上の家――与謝野夫妻は明治三十四年九月から三十七年四月まで澁谷村中澁谷にいた。

150

明治39年6月15日　馬場孤蝶宛寛書簡

消印　牛込39・6・15

〔毛筆葉書縦14横9〕

(表)牛込、弁天町一二三　馬場勝弥様
(裏)千駄が谷五四九　与謝野寛

帰京仕候
さて突然恐縮に存候へども「白羊宮」の忌憚なき批評を速記者を傍にして試み申度候間何卒御加入被下十七日の日曜の午後より御来駕奉待上候　猶夫れまでに御便りも有之候間此批評へ生田君などの御連中一二人御加り被下候やう大兄より御願ひ被下度奉願上候

六月十五日

艸々敬具

151　明治39年6月15日　馬場孤蝶宛寛書簡

〔毛筆葉書縦14横9〕

㊦牛込弁天町一二三　馬場勝弥様　　消印　新宿39・6・15

千駄が谷五四九　与謝野　寛

本月の「文章世界」の時評御覧被下度候
歸京仕候

六月十五日　　艸々

152　明治39年8月24日　馬場孤蝶宛寛書簡

〔毛筆葉書縦14横9〕

㊦牛込弁天町一二三　馬場勝弥様　　消印　牛込39・8・24

千駄が谷五四九　与謝野寛　二十四日朝

御夫人御病気奉案上候　久しく御看病の御気疲と存候が十分に
御攝養祈上候
下婢の義御尤に奉存候　当方ハ早速國元へ申遣し候間御放念願上候
次に原稿不足の爲め鈴木氏の承諾を得て「國文学」帋上の御高稿「同情」を轉載致度候　御快諾願上候　家人病気のため何かと閉口罷在候

艸々拝復

153　明治39年9月14日　馬場孤蝶宛寛書簡

〔ペン葉書縦14横9〕

㊦牛込区辨天町一二三　馬場勝弥様　御侍史　　消印　牛込39・9・14

千駄ヶ谷五四九　与謝野寛　十四日

尓後御病状如何奉伺候　本日はやっと快晴に相成りや、氣分を直し候が先般来の雨に日々脳を煩ひ困り候ひき　夫故「藝苑」への拙稿①もまだ出來ず本日ハ何か試み申度と存居候　御蔭により左久良書房主人に於て詩集の儀快諾致呉れ只今にてハ却て催促を受け候位地に御坐候　御礼申述候　「海國青年」といふものには少々閉口致候　銀月と云ふ男ハ何とか今少し改造出来ぬ人に候や　気の毒に御坐候　御移轉ハ未だ恰好の御宅見つかりかね候にや
御病中いかゞかと存候が「外光」少しにても御試み被下候はゞ幸に存候　併し目下ハ御移轉前にて御六つかしからむとも奉察

上候　秋の長夜を又々御邪魔に罷出可申候　艸々拝述

註①　拙稿――『藝苑』（明40・1）「黍」絶句五篇。

154　明治39年12月13日　森鷗外宛寛書簡

〔毛筆絵葉書縦14・2横9（「紅葉の模様」）〕　消印　青山39・12・13

㊤本郷千駄木町　森林太郎先生　御侍史
千駄が谷七四九　与謝野寛

拝述
新年号の「明星」へ何か一二篇　御近作至急おめぐみ被下候や
う願上候　艸々拝述
十二月十三日

155　明治39年月不明24日　馬場孤蝶宛晶子書簡（推定）

〔封筒ナシ　毛筆巻紙縦18横215・8〕

御つゝがなき御朝とぞんじ参候　とつ然文さし上候こと御ゆる
しあそばされたく候
寛ことこの度明星及び新詩社を他の人々にたくし自らは修養の
みちにつかむとのおもひたちこのことはすでに御承知の御こ
と、ぞんじ参候
私はじめのほどはうつゝのことばともぞんじよらず候ひしがそ
れより十日になり候　今はこの人のおもはくいかにともせむす
べなきをしり申候につけさま〴〵私おもひみだれ候て
としごろ夫の二なき兄とぞたのみきこえ居り候ひし御わたりに
いかにとくべきこのこと、御相談にまかり出でたくけふあすと
毎日おもひ申候へど　子供などに手おほくひかれ候こと、て今
は文して御判だんえたきこと申上候
御催の夜に候ひしか　萬里露花ちの大井などの人あつまり候ひ
しに候が私のその時皆と、もに新詩社につきての話いたし候ひ
しが
私今日は私としてあなた様に御相談申上ぐるのに候　皆様相談
の結果はうたを私見候こと、他を皆ニていたし候ことゝになり
しに候が　寛ははじめ平野様方へ新詩社をうつすやうとに候ひ
しが地方の人や　まどひ候ことおほからむとて　新詩社はやは
りこゝにおくこと、なりしに候が　寛こと一切関せずと申候ニ
つけては私何もいたさねばならず候があなた様いかゞおほしめ
され候や　夫と妻とそのやうのことしてあり候ことは不自然に
候はずや　不自然のことは、ひげきのもとに候まじくや
私も夫と、もに毎月うたおくるのみにてと　その前日までおも

ひ居りしに候が　それにては皆々ひきうけがたきやう申さるゝ、のに候　他に学校のあり職業のおはし候人々おもへばきのどくのこと、私その時ぞんじ申しゝに候　私は何れ（寛はあんぎやなどにおほく出づるの、よしに候）もうさびしき家にかなしくあるその三とせとおもひ候てはあらゆるくるしきこと　皆身ひとつにしてざつしも出し申さずとおもひしに候が
さてのちざつしよりも誰よりも私は愛こそいのちなりとおもひしに候　不自然なるしごとは愛の上に何ものをもかなしきことを加へ申まじくや
私は子守いたし候ともたのしくをりたきは家に候　子の生ひたちにつき候ても。新詩社をこゝにおきあるかたやがて帰りこむ日によきことゝもおもひ候へど（またざつしもさらばひきうけくれ候人もなく〱）それよりも〱私は恋の子に候　人ひとりのこゝろにすみ居り候ものに候
私はくるしく候　いまだくるしともわかき人たちに申さぬのに候が　このこと御判じ被下候ハゞうれしかるべく候　まこと寛こと三年のゝち宗教家になりて帰りまゐらばかなしく候かなさま〱おもひみだれ候
あんぎやに四月と申候をふた月にたのみ居り候へど志知氏①と同道に候まゝ何やらわかり申さず私はこころぼそく候
わかりがたき文字したゝめ候ことといく重にも御ゆるし被下度候
お奥様に何とぞよろしく御傳へあそばされたく　とりいそぎあらく〱かしこ

廿四日朝　晶子

馬場先生　御もとに

註①　志知氏――志知善友（晶子の妹里の夫）。
【推定】『明星』（明39・1）に善友の「救世宮」を載せ、「善友仏」などといって心酔していたことから「あんぎや…」と思い合わせて明治三十九年と推定す。

156　明治40年1月13日　角田勤一郎宛寛書簡（推定）

〔毛筆和封筒縦19横7・8　毛筆巻紙縦18・4横65・1〕
消印　切手切れ
㊤（大）阪市外下三番萩寺隣　角田勤一郎様
㊦〔印刷〕東京府豊多摩郡千駄ヶ谷村五百四拾九番地　東京新詩社　與謝野寛

御清栄奉賀候　当地は博覧會さわぎと春色日ごとニとゝのひ候とにて人ごゝろ俄ニ浮立ち候感有之候　この景氣を文界の方へも何とかして利用致したきものと存候　萬国基督教青年大會のためニ海外の諸名士が入京致候には何等かの反響可有之かと期待致居り候

「人我往來」の御稿甚だ恐縮ながら來る二十日までに御寄せ被下候やう願上候
「久米の仙人」といふ坪内博士の近作には少からず呆れ申候之を抱月氏などハ何と目し候にや　聞きたきものに候

艸々不宣

十三日　寛

角田詞兄①　御侍史

註① 角田詞兄――別名角田浩々歌客、評論家。晶子の詩「君死にたまふことなかれ」を擁護した。

【推定】文中の「人我往来」は『明星』(明40・2)に掲載されたことにより明治四十年一月と推定す。

157 明治40年1月16日　森鷗外宛寛書簡

〔毛筆葉書縦14横9〕

㊤本郷千駄木林町二十一　森林太郎先生　御侍史　消印　青山40・1・16

拝復
十九日夕方御招き被下忝く奉存候
必ず参上可仕候間右申上候

艸々

一月十六日　千駄が谷五四九　与謝野　寛

追て荊妻ハ失礼致候　参上致しかね候

158 明治40年2月7日　森鷗外宛寛書簡

〔ペン葉書縦14横9〕

㊤本郷千駄木町二十二　森林太郎先生　御侍史　消印　青山40・2・7／駒込40・2・8
千駄が谷五四九　与謝野寛

拝述
來る十日午後一時前より短歌即吟會相催し席上にて互評仕り度候間遠方甚だ恐入候へども御來駕願上候　何れ平野生まかり出で御供可申上候

艸々頓首

二月七日　千駄が谷五四九　与謝野　寛

159 明治40年2月9日　落合直幸宛寛書簡

〔毛筆葉書縦14横9〕　消印　駒込40・2・9

㊧本郷千駄木町二十二　森林太郎氏御内　落合直幸様
千駄ガ谷五四九　与謝野寛

家人分娩の事有之明日の會は突然見合申候。右森先生へも御傳へ奉願上候。

九日　艸々

160　**明治40年3月7日　河井酔茗宛寛書簡（推定）**

〔封筒ナシ　毛筆巻紙縦17・7横41・5〕

拝述

本月の「詩人」へ別帋廣告お載せ被下度奉願上候　貴下の分は十九日日中に御遣し奉願上候

先日は「帝國文学」拝借致し忝く奉存候

七日　艸々

寛

河井雅兄　御侍史

荊妻よりよろしく申出候

【推定】文中に「貴下の分は十九日…」とあるが、これは酔茗が『明星』（明40・4）の「文芸雑俎」に執筆している原稿を指すと思われるので、明治四十年三月と推定す。

161　**明治40年3月13日　森鷗外宛寛書簡**

〔毛筆葉書縦14横9〕消印　青山40・3・13／駒込40・3・13

㊧本郷千駄木町二十二　森林太郎先生　御侍史
千駄が谷五四九　与謝野寛

拝述

毎々乍勝手御近作一篇次号「明星」へ御寄せ奉願上候　何れ二十日前に平野生御伺ひ可致候

三月十三日　艸々

千駄が谷五四九　与謝野　寛

162　**明治40年3月17日　馬場孤蝶宛寛書簡（推定）**

〔毛筆和封筒　毛筆巻紙　未採寸〕

㊫〔印刷〕東京府豊多摩郡千駄ヶ谷村五四九番地　東京新詩社
与謝野寛

拝述

来月の「明星」は厚く致し候に就て御高稿何卒願上候　二十三日までに頂き申度候
生田長江君より小生に藝苑社の講演に何か述べよとの事に候が小生ハ殊に弁舌は平手《ママ》に候故お断り致し度候　併し大兄が御鑑定にて何か遣る方がよろしく候はゞ勇を鼓し申すべく候が御意見伺上候

十七日　艸々

寛

孤蝶大雅　御侍史

【推定】古書即売会（銀座松坂屋、昭62・5・14〜19）の記録による。

【備考】展示物の目録で封筒の表書は見られず。

163　明治40年3月22日　馬場孤蝶宛寛書簡

〔毛筆葉書縦14横9〕　消印　40・3・22

(表)牛込区弁天町一一三　馬場勝弥様
府下千駄が谷五四九　与謝野寛

先夜ハ長座仕り奉謝候　尓後御病状如何　明治書院鈴木よりもよろしく申傳候　さて女中の義若し御差支も候はずば両三日中に御遣し被下候やう願上候　荊妻の病臥致居候ため一層必要を感じ申候　併し大兄の御病中定めて御不都合とも存候間御差支有之候はゞ是非にとは申上げず候　宜敷きやうに、御取計らひ願上候　艸々　拝述　二十二日夕

164　明治40年4月1日　河井酔茗宛寛書簡（推定）

〔封筒ナシ　ペン巻紙縦18横35・2〕

久振に雨天に相成り欝陶しき事もたまには宜敷候
先日ハ御来駕被成下候に何の風情も無之御わび申述候
「女子文壇」の歌荊妻より差出候間又々御手数ながら御係の方に浄書願上候　次に申上候ハ歌の数も殖え非常に添削に骨が折れ候ため荊妻ハ添削に四日もかゝり後二三日ハ頭痛に悩み候有様に候間申上かね候へども次回より五円丈御報酬にあづかり候やう御社主へ御願ひ被下度右甚だ申上かね候へども荊妻に代りて申上候　宜しく御配慮願上候
「詩人」の御廣告本日中に御遣し被下候はゞまだ間に合せ可申候　当方のハ近日差出可申候

一日　艸

寛

河井雅兄　御侍史

【推定】『女子文壇』の晶子の歌は明治四十年五月に「ゆりばな」六首が発表されているので四十年四月と推定す。

165　明治40年４月15日　森鷗外宛寛書簡

〔毛筆葉書縦14横９〕

（表）本郷区駒込千駄木町二十二　森林太郎先生　御侍史　　消印　青山40・４・15

先日は遠方まで御光來被成候　忝く奉存候
御高作又々平野生まで御交附被成下度奉願上候　艸々拝述

十五日　　府下千駄が谷町五四九　与謝野　寛

166　明治40年６月13日　森鷗外宛寛書簡

〔毛筆葉書縦14横９〕

（表）本郷区千駄木町二十二　森林太郎先生　御侍史　　消印　40・６・13／駒込40・６・14

千駄が谷五四九　与謝野寛

毎々参堂仕り御芳情に与り忝く奉存候
さて本月「明星」へ御玉稿一篇又々頂戴仕り度右奉願上候
何れ平野生が相伺ひ可申

十三日　　艸々拝述

167　明治40年７月14日　森鷗外宛寛書簡

〔毛筆葉書縦14横９〕

（表）本郷区千駄木町二十二　森林太郎先生　御侍史　　消印　駒込40・７・14

先日は又々罷出御礼申上候
さて御高作一篇何卒来る十八日までにたまはりたく右奉願上候　艸々拝述

十四日　　千駄が谷五四九　与謝野　寛

168　明治40年８月17日　森鷗外宛寛書簡

〔毛筆絵葉書縦14・２横９〕

㊤東京本郷駒込千駄木町二十二　森林太郎先生　御侍史　消印　40・8・18
阿蘇山中　与謝野寛　八月十七日
〔阿蘇山の写真〕

169　明治40年9月6日　森鷗外宛寛書簡

消印　駒込40・9・6

〔毛筆葉書縦14横9〕

㊤本郷区駒込千駄木町二十二　森林太郎先生　御侍曹

御會毎々忝く奉存候
明夕ハ新詩社の吉井勇と申すわかき人を同伴可致候間傍聴者として御許し被下度候

六日　艸々拝復
千駄が谷五四九　与謝野　寛

170　明治40年9月7日　森鷗外宛寛書簡

消印　青山40・9・7

〔毛筆葉書縦14横9〕

㊤本郷区駒込千駄木町二十二　森林太郎先生　御侍史

本日の御會に罷出候考に候處突然田舎より上り候人のために借屋を探し候用事差起り候まゝ遺憾ながら失礼仕候　右とりあへず申上候

七日午後　艸々拝述
千駄が谷五四九　与謝野　寛

171　明治40年10月4日　森鷗外宛寛書簡

消印　駒込40・10・5

〔ペン葉書縦14横9〕

㊤本郷区駒込千駄木町二十二　森林太郎先生　御侍曹

啓上
明日の御會①には吉井勇、北原白秋、小生の三人罷出度候間御許容被下度候　右申上度まで

四日　艸々拝述
千駄が谷五四九　與謝野　寛

註①　明日の御會——観潮楼歌会のこと。

172　明治40年11月日不明　河井酔茗宛寛書簡（推定）

〔封筒ナシ　ペン山甚製原稿用紙縦24横32（1枚）〕

拝述
別帋廣告を特に十二月の「詩人」へ御載せ被下度願上候　一頁に組み改めて御載せ願上候　又貴方の御廣告ハ本月十五日中に御遣し願上候
　　艸々
　　与謝野
河井大兄　御侍史

【推定】『詩人』は明治四十年六月～四十一年五月。十冊で廃刊。『明星』の広告を「十二月の『詩人』へ…」とあることにより明治四十年十一月と推定す。

173　明治40年12月3日　森鷗外宛寛書簡

〔毛筆葉書縦14横9〕

消印　青山40・12・3

(表)本郷区千駄木町二十二　森林太郎先生　御侍史
府下千駄が谷五四九　与謝野寛

拝啓
来る七日の午後二時半頃に速記者を先きに差出可申候間何卒よろしく御口述奉願上候
昨夜平野氏より御傳言相承仕り候
　　艸々
三日

174　明治40年12月4日　森鷗外宛寛書簡

〔毛筆絵葉書縦14横9（版画）〕

消印　青山40・12・4

(表)本郷区駒込千駄木町二二一　森林太郎先生　御侍史
千駄が谷五四九　与謝野寛

拝復
七日の御會には吉井と小生と両人まかり出可申候　艸々

175　明治40年12月7日　馬場孤蝶宛寛書簡

〔毛筆官製葉書縦14横8・8〕

消印　牛込40・12・7

㊤牛込大久保余丁町砲工学校裏門前　馬場勝弥様
千駄が谷五四九　与謝野寛

拝述
下女一人もゐなく相成り困りをり候　夫故大坂より貴方へ送附の品当方まで到着致候へども持参致候事を得ず　両三日延引致すべく候
速記者より参り候はゞ何卒十日頃までに御訂正奉願上候
艸々
七日

176　明治40年12月11日　馬場孤蝶宛寛書簡

消印　青山40・12・11

〔毛筆葉書縦14横9〕

㊤牛込大久保余丁町砲工学校裏門前　馬場勝弥様

御稿御訂正出来候はゞ早速御送り奉願上候
艸々拝述
十一日朝
千駄が谷五四九　与謝野　寛

177　明治40年12月11日　森鷗外宛寛書簡

消印　駒込40・12・11

〔毛筆葉書縦14横9〕

㊤本郷区駒込千駄木町二十二　森林太郎先生　御侍史

先夜ハ忝く奉存候
さて速記参り候はゞ何卒御訂正の上すぐに御遣し奉願上候　右乍勝手御願ひ申上候
艸々拝述
十一日
千駄が谷五四九　与謝野　寛

178　明治40年月不明8日　大信田金次郎宛寛書簡

〔転載〕

拝復　薔薇は野艸と共に放つべからず候。又彼の東より出づる日は必ず西に向ひて直進致し候。詩人が詩人として行動するに何の愧づる所ぞや。今は貴意のまま御決行遊ばさるべく候、小生及ばずながら君のため百難の衝に當り申すべし。明日早天

より御來話を待上候。取急ぎ　艸艸。八日夕

寛

大信田君　御侍史

明治四十一年～四十五年（大正元年）

179　明治41年1月22日　内海信之宛寛書簡

〔毛筆葉書縦14横9〕

消印　播磨龍野41・1・25

㊄兵庫県揖保郡桑原村　内海信之様

東京　与謝野寛　二十二日

拝復本年は大に御努力可相成由刮目可致候　諸氏の退社ハ何等感情のゆきちがひにてハ無之候　全く社より独立して行動せむとてに候　御案じ下さらぬやうに願上候　艸々拝復

御佳什あまた御見せ被下度候

【備考】 現物照合す。

180　明治41年1月日不明　河井酔茗宛晶子書簡（推定）

〔封筒ナシ　毛筆和紙縦24・5横32・5（山甚製藍色罫）〕

おさむく相成申候

朝々の御つとめさぞとふかくすゐし上げ参候　この間は御るすにて残ねむにぞんじ申候ひしがかつら様の大きう愛らしくなり給ひしを見て心うれしく〳〵候ひき

選歌のなほしやうぞんざいニてすまず候ひき　つひこの月はいそがしさに清書いたしかね失禮いたし候

話も下書きもなしのかきばなしに候まゝ御取捨御かつてにねがひ上候

かしこ

奥様によろしくねがひ候

晶子

河井様

【推定】 河井酔茗は明治四十年一月以後の『女子文壇』編集担当、晶子は選者であった。「話も…」以下のことが『女子文壇』（明41・1）発表の晶子の「歌の作り始め」とすれば四十一年一月と推定される。

181　明治41年2月6日　三宅せい子宛晶子書簡

〔毛筆和封筒　毛筆巻紙　未採寸〕

消印　内藤新宿41・2・6

㊄府下淀橋町柏木四〇七　三宅誠子様　ミもとに

㊅千駄ヶ谷町五七九　与謝野晶子　二月六日

御文下されありがたくぞんじ候　先生も御旅行と承り候へば御からだもいつに変らぬ御すこやかさとおしはかりまゐらせまたあなた様にも御つゝがなき御ことをうれしきことに思ひ申候
昨年はあなた様御大病おそばせしよしのちに承りなほそのころも御病後のいと御よわげにいますよし人の申し候に胸とゞろかせ候てすぐにもうかゞはむとぞんじ候なかにちさきもの四人となり候てよりはかた時のまも手ばなしいたしかね心ならぬ失禮もいたし候　あしからず御ゆるし下されたく候
あなた様御歌あそばすこと　ことに私どもの派のを御とり下され候ことよろこはしきかぎりに候
金星會は平野萬里様主としてそのことを御とりなされ候ひしがこの君の玉野花子様亡くなられ　そのなげきまたは〔二字不明〕などニて七月まで休むやうに候へどあなた様の御詠草ばかりは拝見いたさるゝやう私より申送りおくべく候　なほこのことにつきても御目にかゝりて申上げたく候まゝこの十五日ごろまでに一度御うかゝひいたし申すべく候。
昨年は下女なしに二度三度なり候てそれやこれやにて一しほ失禮をかさね居り候ひしがくれにまち申候光の守をまた〳〵國よりよびよせやう〳〵安心いたし候　あなた様の方は御都合よろしく候や　先生いつも御急がしき中を明星を御かへり見たまはり候ことあるじなる人忘れぬ御恩にそんじ居り候　光が画をかき申候

さし上げ申候　御わらひ下されたく候。こゝへかゝむと申候光がかきぞこなひをいたし候
御ゆるし下され度候　何れそのうち御目もじのせつよろづ申上ぐべく候

先はあら〳〵かしこ　　晶子

せい子様　ミもとに　　ヨサノ光

【備考】子どもの描いた絵が付されている。

182　明治41年3月8日　石川啄木宛寛書簡

〔転載〕

御近状如何。

御地は猶雪あるべくと存候が御健康を祈り候　小生頑健に御座候が小兒ども増加致候ため病人たえず困りをり候。

久しく御作も無之候が本月は大に御試み被下、四月の「明星」特別號を御賑はせ被玉度候　時流を追ふ要無之毅然として貴君の舊調を御遣り被玉度候　二十二日頃迄に必ず御送りを乞ふ。

又募集の短詩の選おうるさき事と存候へども事後承諾にて御引受被玉度候　之は二十五六日に著くやうに御送り被下度候

随分忙しき事に候へども――
東上の御計畫はいまだ御著き被遊不申や萬事お察し致し御同情に不堪候。
荊妻より宜敷申上候。
御夫人も御一緒にや御兒様定めて大きくかわゆく成り玉ひしなるべく寫眞を欲しと晶子申候。
自然主義の大流行之には一得もあり一失もあり候が、大觀すれば文界の一進歩と信じ申候　但し平凡なる連中の口實に成り候事だけは自然主義のために氣の毒に候　此騒ぎの効果は徐ろに二三年の後に顯れ候べきかと樂み申候。
詩は小説とちがひやはり敍情詩――それもゲエテなどを宗とする――が正宗たるべく古くして而も新しき藝術ならむと存じ候　尤も自然主義も實は古きものなれども
御從事の新聞時時拜見致し度候。草草
八日　寛
啄木様　御侍史

183
明治41年3月8日　渡辺湖畔宛寛書簡

〔ペン葉書縦14・1横9〕
消印　佐渡41・3・8／畑野○・○・○／青山41・3・8

㊤新潟縣佐渡郡畑野村　渡辺林平様

拜啓
御清安奉大賀候
貴下の御作御寄せ被下度待入候
又御社費本年一月分以下御拂込被下度右願上候　詩界一寸沈靜に候へどもまことの我々の努力ハ是より以後に必要と信じ申し候
艸　東京　与謝野　寛

184
明治41年4月11日　石川啄木宛寛書簡

〔転載〕

御狀拜見仕候。

元氣よき文字を見て甚だうれしく感じ申候。

先日御選歌甚だ結構に存じ候　御禮申上候。

御東上の事何よりの好音に候　必ず御決行被下度候　おなじく苦闘被遊候ならば北海道のはてより東京がよろしく候　堅實なる文學的生涯に入られむ事を希望此事に候。

下宿はどうにか考へおくべく候　さしづめ拙宅へ御出で被下度候。

御地諸兄へよろしく御鳳聲被下度候　先日竝木君上京せられ候へども未だ來訪無く候　草草拜復。

十一日夜　　寛

啄木兄　御侍史

185　明治41年5月8日　森鷗外宛寛書簡

〔毛筆葉書縦14横9〕　消印　青山41・5・8／駒込41・5・8

㊤本郷区千駄木町二十二　森林太郎先生　御侍史

拝述

明九日夕刻この度佛国其他へ留学致候新詩社同人田中喜作氏を伴ひ拝趨可仕候間御差支無之候はゞ御面會奉願上候

艸々

八日　　千駄が谷　与謝野　寛

186　明治41年5月11日　真下飛泉宛寛書簡

〔毛筆和封筒　毛筆巻紙　未採寸〕　消印　41・5・11

㊤京都市烏丸一条上ル　真下瀧郎様　御侍曹

㊦東京　与謝野寛

若葉のにほひこゝちよく昼ハねむけもよほし候ほどにあたゝかに相成候。

大兄ます〳〵御健勝にて御精お出し被成候事賀上候。いつも家内にて平野君なと、共にお噂致しながら久潤に流れ居り御寛恕願上候　此ほど田中君上京の時まだ御子様の出来たまはぬよし聞き及びそれは御夫人ハ勿論小児好きの飛泉君がさびしからむと申し合ひ候　御礼を延引致しをり候ひしが先般ハ娘どものためにめづらしき有職雛御遣し被下御芳志忝く奉存候。東京の雛の今様なるに比べてこの古風なるはた精巧にして優婉なる西都の趣を喜び申し候　娘ども生ひ立ち候ても、片はしをも讀みならひ候はむ頃いかばかり嬉しがり候はむかと想像致し候。只今ハ娘よりも母が何より我物のやうに珍重仕候

此度はまた思出多き珍味を沢山お贈り被下日々少しづつ賞味致居候　毎々の御芳志御礼申述候　田中兄の外遊近頃われ等の間にて快心の挙の随一に御坐候　彼の温柔の人がよく〳〵思ひ立たれ候事と先づ敬服致候　彼地には我等の知れる處にても只今藤島武二上田敏高村光太郎の三氏あり　十年後の藝苑ニ是等の諸君が貢献せらるべき處を想像し常に意を強く致居候際梦虹兄の御奮發ハ尤も時を得られ候ものと存候

自然主義論の流行も本年の上半期にて打止めに候べし　この流行にも相應の利益ハ有之候　更に來るべきものは初めて歐洲の現状と（尤も形式だけにて）一致せるものなるべく旧文学を根

據として新文学の發生致候事疑も無之候　泰西にては既に自然主義を摂取したる新ロマンティックの気運大に動き居り候由歴史はいつも多少の新しきものを加へてくり返し候の故小生ハますく〵今後の藝苑ニ期待深く悠然として楽観致し候　さりながら今後の藝苑に頭角を出し候者は天分ゆたかなる新しき人才なるべく今日御覧の如く跳梁致候凡物諸君の内より現る丶ものには無之と信じ申候　晶子よりも深く御礼申述候　一書差上度と申し居り候へども四人の子持にて其方に追はれ此度は失礼仕候末ながら御夫人様へ宜敷御鳳声被下度候　いつか一緒に御写し被成候御写真御めぐミ被下度候

「明星」も此十月には百號の記念をもよほすまでに相成候　同帋上へ何か御一筆御認め被下候やう願上候

佐伯女史へ御逢ひの節よろしく御傳へ願上候

艸々

五月十一日　寛

飛泉雅兄　御侍史

187　明治41年5月14日　森鷗外宛寛書簡

〔毛筆葉書縦14横9〕

消印　駒込41・5・14

㊤本郷区千駄木町　森林太郎先生　御侍史

來る十六日の土曜日夕刻より速記さし出し申候　御さしつかへあらせられずは又々よろしく奉願上候

艸々拝述

十三日

千駄が谷五四九　与謝野　寛

188　明治41年6月6日　森鷗外宛寛書簡

〔毛筆葉書縦14横9〕

消印　本郷41・6・6

㊤本郷区駒込千駄木町　森林太郎先生　御侍史

拝復

本日の御會には風邪の為に缺席仕り候　乍遺憾右申上候

六日

千駄が谷五四九　与謝野　寛

189　明治41年6月16日　森鷗外宛寛書簡

〔ペン葉書縦14横9〕

消印　41・6・16

(表)本郷区駒込千駄木町二十二　森林太郎先生　御侍史

啓上
御多忙中恐入候へども小池速記者差上候時日を御示し奉願上候
艸々
十六日
千駄が谷五四九
与謝野　寛

190　明治41年6月20日　平野万里宛晶子書簡

〔転載――千駄ヶ谷五一《ママ》九より〕

　きのふより急にむしあつく候かな。

しけんいよ〱御すませ遊ばせしこととぞんじ申候。目出度御ことをよろこび申上候。あなた様にはそののちいまだ御目にかからず候へど、一昨日一寸茅野様御いでになり、かの方の御よろこばしげの御さま見まゐらせて、あなた様もこのやうにかとぞんじ申候ひき。さは申候へどもののさびしさは、かかるきはにきはまりなきことと、また片つ方にはおもひやられ候。

　いつぞやあなた様私に外國語をならへと、御すすめ下され候ひしが、その時はとてもあまりにむつかしければなどおもひ候ひしが、私このほどより生田様に英語をならひ居り候。讀本一冊の半ばかりやう〱ならひ申候。あなた様に申上げねば、すまぬこととやうぞんじ、一寸御しらせ申上候。

　小母様御氣嫌よろしく候や。子どもたち、土曜日ごとにまち〱いたし居り候。

　この間、吉井様北原様（紙しまひに候まゝ失禮ながら紙つぎ申候）御二人にて、おあそびに御出でになり、三時間ばかり御話あそばして、御かへりになり候。皆様むかしのとほりにて、うれしく候ひき。

　あなた様にまことにすまぬことに候へど、ちかごろに森さま⑤（註、鷗外博士）へ、おいであそばし候ときもおはし候へば、小間使一人御つかひ下されまじきか、御たづね下されまじくや。じつは今まではあまりしらぬ人にて候ひしが、私の何やらをよみ候ひしとやらむ、ぜひかたはらになどと申され、その人松平家に居りしを下りてまゐり、私もとにては何やらふさはしからず、今しばしまち給へと申居るのに候が、その人は十八にて字もよくかき候。

　顔も美くしき人に候　水戸の高等女學校に居りしよし、良家の子らしく候。もしおやとひ下され候ならば、御飯たきにてもいたすよし申居り候。つまり、さる方の御そば近くにありたしといふ、をさなきのぞみに候。しかしあなた様の御判斷にて、よろしからずとおぼさば、あなた様ぎりのことに遊ばし下され候て、くるしからず候。御いそがしき中へ、すまぬことに候へど、御ねがひいたし候。
子どもやかましく申候まゝ、筆とめ申候。時候を御いとひなさるべく候。おひまには御遊びにおこし下されたく候。
末尾様にもよろしくねがひ上候
その人文學の人ならば、どこへとても奉公いたすよしに候まゝ、都合によらばあなた様の下女にてもよろしからむ。
かしこ
晶子
萬里の君　おもとに

191　明治41年7月3日　森鷗外宛寛書簡

〔毛筆葉書縦14横9〕　消印　青山41・7・3

㊤本郷区駒込千駄木町　森林太郎先生　御侍史
千駄が谷　与謝野寛　三日

啓上
明日の御會御案内被下忝く奉存候
さて此程手放しかね候校正もの有之ゐざいそくを受け居り候ため乍残念缺席仕るべく候　猶平出修氏と申す人を代りに差出候やも知れず候間よろしく御許容願上候

192　明治41年8月1日　森鷗外宛寛書簡

〔毛筆葉書縦14横9〕　消印　駒込41・8・1

㊤本郷区駒込千駄木町　森林太郎先生　御侍史

本日の御會是非参上の心切に候處只今差支にはかに相生じ申候故失礼仕候
艸々
一日正午
千駄が谷　与謝野　寛

193　明治41年10月17日　内海信之宛寛書簡

〔毛筆葉書縦14横9〕　消印　41・10・17

㊤兵庫縣揖保郡桑原村　内海信之様
東京　与謝野寛

御作の一篇終刊号を飾り可申候
拝復
御芳情奉感謝候

明星を失ひ候には一味《ママ》の哀感有之候へども小生は却て之を進歩の一段階と楽観致候　但し詩界の事ハ再び擾乱時代に入り候口語詩などハ言語道断のくせ事に候　徐ろニ正しき大道を御進み願上候
艸々

194　**明治42年1月20日　落合直幸宛寛・晶子書簡**

〔毛筆葉書縦14横9〕　　消印　42・1・20

㊤熊本市外砂取町　内藤氏方　落合直幸様

天艸へ御清遊相成候御手帋拝見　小生曽遊の地に候故一層感ふかく存じ候。

〔印刷〕

新年の御祝詞申上げ候。

西歳一月

〔毛筆書き入れ〕

時分柄ことに御身お大事に被遊候やう祈上候

〔印刷〕東京千駄ヶ谷町五四九

與謝野　寛

與謝野晶子

195　**明治42年2月1日　森鷗外宛寛書簡**

〔毛筆官製葉書縦14横9〕　　消印　神田42・2・1／駒込42・2・1

㊤本郷区駒込團子坂　森林太郎先生　御侍史

啓上

本日左の處へ相移り申候。

二月一日　　　　拝具

神田区駿河台東紅梅町弐番地

与謝野　寛

196　**明治42年2月20日　平野万里宛晶子書簡**

〔毛筆和封筒　毛筆巻紙　未採寸〕　　消印　本郷42・2・21

㊤本郷区森川町第一高等学校隣　平野久保様　親展

㊥神田駿河台東紅梅町二　与謝野晶子　二月廾日夜

久しく御目もじいたさず　たゞ〳〵御いそがしきこのごろをおもひ御けんこうをいのりのみ居り候　すばるのことにても御心

づかひ下されありがたくぞんじ候　私も今月は小説にてもとぞんじ候ひしがこれは太田様のときに候へば気のはりてかけず候ひき　短歌すこしおほくよまむとぞんじ居り候ひしところ光をはじめに秀七瀬と三人に熱いで候てやう〳〵光のみは十一日ばかりにておと〻ひよりおきいで申候ひしかど秀と七瀬はまだわるく夕になれば九度以上の熱のいで候こと〻てむりばかり申私くるしめられ居り候　私の身もおもひしよりはくるしくなりこまり申候　三十首あまりニて御ゆるし下されたく候　さて今日平出様より寛にすばる初号の損害金八十円本月中にかへしくる〻やうとの御手紙いたゞき候

寛もいま〻で明星ニて毎月損になれ居りし時とちがひ細心になり居り候てこのお手紙によほどたうわくのやう相見え候　これは私の方にまだそのせめの幾分はあり候ことに候へど私もか〻るをりからどうしてよろしきやら　あなた様も御いそがしくいらせらる〻ことに候へばまこといかやうにいたし候べき　皆様と御相談の上の幾分は私も佐保姫のうれ候ハゞとおもひ居るのに候。

相談も私方にても寛のいたづらに心痛いたし候を見候もきのどくに候へば私は報告だけ御きかせ下されても必らずなすべきことはいたさむとぞんじ申候　このやうのわがま〻なることも御ゆるし下されたく候　私も來月七日頃より日本橋病院へ入院いたすことになり居り候　家さがしやらひつこしにてうまれぬ児のよわり候てほと〳〵死にかけ居り候ひしがまたすこしもちなほせしよし中山さんが申居られ候て平静に〳〵と口ぐせに云はれ候　二階へも上るなとのことなれどやはりそれも守りがたくよきほどにいたし居り候

すばるの詠草位はなほし候こと御たすけいたしてさしつかへ無きま〻御つかはし下されたく候　御からだ御いとひなさるべく候　用事のみ　　　　　　あら〳〵　　晶子

平野様

197　明治42年3月6日　森鷗外宛寛書簡

〔毛筆官製葉書縦14横9〕

㊤本郷区駒込團子坂　森林太郎先生　御侍史

消印　42・3・6

啓上

本日の御會に参上致候心得に御坐候處家内に取込有之候ま〻失禮可仕候。右乍延引御断りまで如此に御坐候。　恐々

三月六日朝　　　　　　与謝野　寛

神田区東紅梅町二

198　明治42年3月10日　弥富濱雄宛寛書簡

〔毛筆和封筒　毛筆巻紙　未採寸〕

消印　神田42・3・11／青山42・3・11

㊤青山局原宿一九五　弥富濱雄様

㊥神田区東紅梅町二　与謝野寛　三月十一日

啓上

平素の御無沙汰御ゆるし被下度候。小生今回表記の處へ移轉致候間御通り掛に御立寄被下候やう願上候。次に唐突ながら貴著「桂園遺稿」を至急拝見致度と存候處貧乏の為め購入の運びに到りかね候が友人中にも持合無之就てハ御手元御所蔵の本御坐候はゞ一週間程拝借仕り度右御願申上候御芳諾被下候はゞ使の者差出候てもよろしく候　右御願ひまで如此に御坐候

艸々

三月十日　寛

弥富雅兄　御侍史

199　明治42年4月19日　山川収蔵宛寛書簡

〔転載〕

消印　若狭小浜42・4・22

㊤若狭國小浜村雲浜　山川収蔵様　御直披

㊥与謝野寛　晶子

啓上

御尊書拝見仕り候。

登美子様御逝去遊ばされ候とは夢のさめ候こゝちにおどろき申候。昨年の末のお便りには餘程快方に赴きしとのお知らせにこちらの友人ハ皆々安心致居りしに候　当方よりも御無沙汰致し候ひしが登ミ子様よりもしばらく御便りの無かりしは此春になりて次第に御重体なりし故かと只今おもひ合され候て御生前にお手紙さしあげざりしことを悔い申候　過去十年の御交際をかへりミて万感胸にせまりまなこうるミ申候

御母上様はじめ皆様の御悲嘆さぞかしとおもひてよろしく御悔ミ御伝へ願上候

御葬式ハ何日なりしか　又御法名ハ何と申候や御聞かせ被下度候

当方にても知人相集り御追悼の小集相催し度と早速相談致居り候

猶又御臨終までの最近の御様子御洩し下され度御生前の御遺稿御日記など候はゞ拝借致して拝見致し度候
登ミ子様ハ早くより文学上の御才なミ〳〵ならずすぐれ玉ひしに多年の御病気のために十分その方面の作品をも収め玉はずして芳蘭空しく砕け候は哀しく存候　願くは小生どもの手にて遺稿を編し永く此君の御記念と致度候　此義御許し被下度それに関する御材料のあるかぎり御貸し願上又小生の雑誌「常盤樹」へ掲載致度候間近年の御写真一葉の御貸し被下候やう是又願上御侮《ママ》ミにかねての御願ひまで　此段に申述候。　艸々拝具

四月十九日　与謝野　寛

晶子

山川牧蔵様

【備考】「一葉晶子資料展」（昭26・11・3）出品の際の現物照合によって『山川登美子全集』下巻の表記を改めた。

200　明治42年5月4日　麗藻社宛寛書簡

〔転載〕

前橋の御仲間にて雑誌を御出し被成候由承り候。初號へ何か寄稿せよとの事に候へども、唯今詠み置きの歌も無之候間此度は御許し被下度候。

雑誌に二種あり、營業を目的にするもの、編輯者又は發行者の思想を發表する機關なるもの。今貴兄等の出され候ものは勿論この第二種に属することと存じ候。この種類の雑誌に就ては小生も多少の經驗を有し候が第一に編輯發行者に於て世に之を發表せざるを得ざる作物あるを要し、第二に主として發行費を支出し永久に繼續し得る後援者或は團體あるを要し候。若し第一の條件を缺かば全く雑誌發行の理由なきものに候。近頃地方より發行せられたる三四の文學雑誌を見るに、その雑誌の首腦たるべき編輯者發行者の作物を載することをなさずして、遠く寄稿を都下の文人に求め專ら外來の作物を優遇する傾あり。如此きは何ぞ地方雑誌を待ち候はむ、都下文人の作物は都下の雑誌を見れば足ることに候。地方雑誌は宜しく地方文人の作物を主として掲載し、之を以て都下の文人と拮抗するの意氣あるを特色と致したく候。若し又第二の條件を缺く時は謂ゆる三號雑誌の謗りを甘受せざるを得ざる結果に終り候こと從來の例によりて十分に知悉せられ候。微事と云へども以て人格の大小を窺ふ尺度となるべく候間、既に一たび雑誌を發行せし上は、痩我慢にも二三年は維持するだけの覺悟ありたく、輕忽なる振舞は心ある者の避くべき所に候。

麗藻社諸君は果して右二條の自覺の上に雑誌發行の擧あるや否や。小生は甚だ失禮なる申分なれども窃に之を危み申し候。

又思ふに文界に閥閲ありし十餘年前と異り、今日眞に伎倆ある青年文人は其の作物を發表するの機關に於て缺乏を感ぜず、都下の諸雜誌は何れも競うて新進文人を歡迎するの觀有之候。されば狭隘なる一地方に割據して文學雜誌を出だすはさまで利益ありとは思はれず、まして數年に亘りて繼續すべき財政の基礎なきにては全く徒勞たるを免れ難く候。但し麗藻社の諸君は之等の上に十分の自信ありて、小生の言の如きは一片の杞憂に過ぎざらむを祈り候。

「詩とは何ぞや」と云ふ問題に於て諸家の意見を聽かば、諸家自身の實修體得より立論せられたる所區區にして一定せざるやも知らず候へども、小生が詩を作る實際の態度を露骨に申せば、詩は自家の人格の最高處より發電する通信にして、この最高處に於ける「我」は、最も自在なる想像、最も鋭敏なる感覺、最も甘美なる陶酔、最も精緻なる歡察《ママ》、最も直截なる知感、最も昂熱し若くは最も凍結せる情感、最も普遍なる同情、最も新鮮なる驚畏、是等やや次位に在る諸種の「我」が齎らせる情報を直ちに取捨按排して言語の標號を以て打電する任務に就き居り候。この任務は嚴肅なる實感を取扱ふ最高の遊戯にして又最高の實務なりと小生は確信致し候。

小生の詩を理解せむとするには、理解せむとする人も亦小生と同程度若くは其れ以上の高處に其人の「我」を上せて、そこに受話器を装置するの準備を要し候。

ここに「最高處」と云ふは勿論小生の人格中の「最高處」を指すものにして、他の詩人には各人小生以上の「最高處」あるべく、小生の詩が他の詩人の製作に劣るものあるは、小生の「最高處」が他詩人に比して未だ矮小なる爲めに候。小生の「最高處」の「我」を益向上せしむるには常に努力を要し、即ち次位ある諸種の「我」を鞭撻激勵して各の職責を全うせしめざるべからず候。次位の「我」は常に肉身の直接經驗により、學術又は閲歴の間接經驗に由つて、精確にして複雜なる情報を齎らすの義務を遂行す。小生は之を詩人の修養と申し居り候。

さはれ人は各父祖の遺傳力、後天の境遇、教育等に統轄せられて、自然に定まる所の天分あり。如何に努力し修養すとも、矮小なる人格は矮小なる「最高處」の「我」を餘蘊なく発揮し得ば滿足に候はずや。此に於て小生の一生は一面努力精進の一生なりと覺悟して躍進致居り候。昨日までの我詩が悉く矮小なる人格の反影に過ぎざるを悲むと共に今日明日更に明後日の製作に於て層一層より高き第一位の「我」を發表せしむることを期し、眞の準備に微力の限を盡し候。

然らば昨日までの製作悉く棄つるかと云ふに、然らず。他人は之を一見して唾棄すべく、若くは初より一瞥の榮をも與へざるべしと雖、小生より之を見れば是れ皆自己の苦闘に由つてなされたる眞實なる収穫に候。小生は從來未だ低級なる遊戯と同様に輕佻なる娯樂態度を以て製作せず、一首の短歌一篇の小曲と雖小生の血の滴りならぬは無之候。他人はその効果の貧しきを見て、短歌新體詩の如きに二十年の歳月を費せるは徒労なり烏滸の沙汰なりとせむも、小生に於ては自家の天分を尊重して其れに全力を傾倒するの外なく候。されば昨日の拙劣なる製作も亦小生の爲めには多少の愛著を繋ぎ申し候。
右幾分の御参考にもとて書き添へ候。五月四日。

與謝野　寛

201　明治42年5月18日　寺田憲宛寛書簡

〔転載――封書・巻紙・墨書〕

消印　神田42・5・18

(表)下総国神崎町　寺田憲様　御直披
(裏)東京神田東紅梅町二　与謝野　寛　五月十八日

拝復　生平《ママ》の御無沙汰御寛恕被下度候　貴兄ますます御壮栄の御事およろこび申上候　小生ハ頑健なるのミにて何の著しき製作も出さず心のミあせり居り申し候　此度ハ御芳情ニ満ちたるお手紙と及び御贈りの品に接し忝く存候　貴兄とはしミじミ御物語致候機會も無く常に御疎情に流れ居り候にか丶はらず御心に掛けたまひ過褒の御言葉をたまひ候事まことに不思議なるやうに存じ感激致候　詩界ハ此後ますます新来の若殿原によりてめざましき発展をなし候事疑無之もはや小生などの鈍才が彼是さし出候時機にあらずと信じ居り候　たゞし此後はつとめて我身を磨砺し小生は小生丈の「自己」をどれ迄伸ばし得るもの乎夫れを試めし申度と覚悟致候間時々御目にふれ候悪作に對し御憚りなく御所存御洩しの上御叱り被下度候　実を申せば近頃小生の前に来て小生の作を是非し直言する人の乏しく相成候は小生の不幸と存じ居り候

寺田雅兄　御侍史

202　明治42年5月26日　寺田憲宛寛書簡

〔転載――封書・巻紙・墨書・二通同封〕

消印　神田　42・5・27／下総神崎42・5・28

(表)千葉県神崎町　寺田憲様　御侍史
(裏)東京神田　与謝野寛

啓上　このほどは十年ぶりにお逢ひ致しよろこびに心躍り候ひき　へだてなく小生の詩に関する管見を御聴き被下候御雅懐に敬服致候　曙覧翁の凧の歌は小生が童形の頃より父に教へられて諳んじ居りしものに候へど珍しき直筆を頂戴致候事何か因縁のあるこ丶ち致候　立派なる表装まで被成候御蔵幅を御割愛被下候御芳志御禮申述候ニ詞を知らず候　別に同翁の短冊二葉を

も御添へ被下難有存じ候
アラヽギ初めて拝見致候中の作者たちの摯実なる態度ハ羨しきほどに存じ候　たゞし例の標準のちがひよりなるべけれど何れの作も同じ色合にて個性の發露のいちじるからぬは残念に存候萬葉の或る一部（むしろ手本とは成らぬもの）をのミ眼中におきて萬葉詩人の全精神を汲まれぬはもの足らずとおもひ候　萬葉の歌は今日から見れば平民的なるやうに見ゆれども当時にありてハ第一流のハイカラであり貴族的（精神上の）作品に候此点を我々は萬葉より学ばねばならず候　明治には明治の複雑にして生気に富む感想情緒があるに係らず其れを殺してまで萬葉の技巧に迎合する理由なしと存候　アラヽギの趣味ハ勿論詩の一部として永久にあり得るものたるは小生も認め候へども他の廣大なる範囲を忘れてはあまりに単調に候　若し萬葉の詩人をして今に生れしめ候はゞ決してアラヽギの趣味にのみ満足せざるべしと存じ候　小生はアラヽギの諸詩人を敬重し今の片々たる多数の謂ゆる新派歌人の軽俳なる態度を喜ばぬ一人に候故特にアラヽギの諸君の覚醒を望む心の切なるを覚え候　決して自分の歌が尤も進歩せりとか申す慢心から言ふのにては無之候小生や荊妻の作ハ皆過渡期の所産にして識者より見候はゞ疵も厭味も似非歌もあまた候べし　小生共は一生を挙げて之を正し度しと努力致居候　毛頭他を罵る餘裕も自負も無之候　自他の個性を互に尊重してその長所をのみ發揮し足らざるは共に補はむ事を祈り候　茂吉君が荊妻の作の批難ハその理由に当らぬ所もあり当れる所も有之すべて承引致しかね候へども拙し、歌に成り居らずと云ふ結論ハ同感に候　彼の二首の如きは初めより自負の作には無之此度の「佐保姫」にも採り居らぬ駄作に候（かの批難中ネルは新聞社にてヌルとある所を誤りて植ゑしに候）茂吉君の結論に全く降参せし事を御序に御傳へ被下度候　御作拝見の上朱を加へ候　御赦し願上候
御上京の節ハ御来話被成下度小生の拙作に就て御評をも御聴かせ願上候

艸々不一
与謝野　寛

203　明治42年6月5日　森鷗外宛寛書簡

〔毛筆葉書縦14横9〕

(表)本郷区駒込團子坂　森林太郎先生　御侍史　　消印　駒込42・6・5

至急申上候。
六日の新富座は「假面」を特に最初に演じ候間午後四時半までに必ず茶屋㊄へ御出被下度候。

艸々
五日夕

神田北神保町二　昴發行所

204　明治42年6月21日　寺田憲宛寛書簡

〔転載――封書・巻紙・墨書〕

消印　神田42・6・23／下総神崎42・6・24

㊤千葉県香取郡神崎町　寺田　憲様
㊦東京神田東紅梅町二　与謝野　寛

梅雨の空いぶせく候　先般はいろいろ頂戴御芳情ありがたく奉存候　本日は御高書を賜り拝見致候　香取の宮ぬしより先師の遺墨を分ちくれられ候事うれしく存候　貴下の御計らひを謝しまつり候
御地へいつ来るやとの御事これも御礼申上候　しかと日は申上かね候へども八月に入らでは六つかしく候　左千夫君をも誘ひて参らば他日のおもひでにも相成るべくと存候故近日相談致すべく候
ときは木は本月休刊致候　来月のはじめに二号を出し可申候小児ども三人うちつゞき麻疹を煩ひ候事などありて止むを得ず休ミ申候　「昴」に出でし森先生の「魔睡」を御覧に相成り候や先生近日の小説中一番出色と存候　猶次号の日誌にも大作を出され候由大家の目ざめ玉へるは心づよくもまた怖しく存候御返事までとりあへず　艸々

寛

六月二十一日
寺田　憲様　御侍史
晶子より宜敷申上候

205　明治42年7月10日　寺田憲宛寛書簡

〔転載――封書・巻紙・墨書〕

消印　神田42・7・11／下総神崎42・7・11

㊤千葉県神崎町　寺田憲様　御侍史
㊦東京神田東紅梅町二　与謝野寛

拝復伊藤氏より香取にて御斡旋被下候先師の遺墨早速御遣し被下拝受致候　先般お目に懸り申上候事があまり速に事実となりて多年の希望を達し候事まことに大兄と伊藤氏との御配慮故と忝く事存候　先師の筆は俗臭あり歌も稚気多く候へども門下生たる小生には私情上別種のなつかしき理由有之いつ迄も壁上に掲げて伏拝み申度と存候　この度御配慮にあづかり候大幅ハ歌こそ拙けれ　書に筆墨淋漓とも申すべき勢ありて先師の覇気を表はしをり候ものとうれしく存候　かの持主なりし君へ小生ども夫婦の拙筆にて愧かしく存候へども近日中短冊相認差出す

べく候間右伊藤氏へ御伝へ被下候やう願上候　伊藤氏の御配
慮に対し又その持主なりし人ニ対し幾重にも感謝致し候　この
義も御次手に御伝言奉煩候森先生の井タ《ママ》・セクスアリスを御読
みに成り候事と存候があれならば一種の倫理小説とも見るべき
ものにて文芸の立場より書き乍ら人心の根柢にある道徳心にも
抵触せずと存候　御高見如何　　艸々不一

十日　　与謝野　寛

寺田　憲様

荊妻よりも宜敷申上候

206　明治42年7月20日　森鷗外宛寛書簡

〔ペン葉書　未採寸〕

㊤本郷区駒込千駄木町　森林太郎先生　御侍史　　消印　駒込42・7・20

啓上
同人高村光太郎の佛国より帰朝せるを機とし一夕の談話會相催
候間來る廿五日午後五時より上野精養軒へ御來會被成下度候
會費金壱円五十戋也

神田北神保町二　　昴發行所

207　明治42年12月日不明　北原白秋宛晶子書簡（推定）

〔封筒ナシ　毛筆巻紙縦17・5横110（破損大）〕

御かへり遊ばせしよし承りうれしくおもひ申候。さてもその、、
ちの御ありさまをことなげなりとことなげにき、居り　その下
にさま〳〵の流れはあり候を人の世はか、るものとおもひ申候
例もか、るさまに御大人らしくなり給ひしなどよくき、申候
大人か小児か何かはしらずわれや君や萬里〔不明〕もてるは、
おふけなくともしら玉のごときものとおもひ申候　されど君は
すでに〳〵ゲザにてはおはすまじく候　あはれなるゲザはいま
だ君の悲しさは知りえまじく候　さればかれにもまさるいかば
かりのものかなどおもひ上げ参候　ふかく〳〵すゐし上参候。
弟御様の御いたつきをまことに悲しく承りながらそのうち〳〵
とおもひてえうかゞはず候　すこしは御よろしく候や　私も心《ママ》
経こうしんより心ぞうあしくなり脳もあしくなり毎日〳〵くる
しくおもひ申候　されどこれは鉄雄様よりはあなた様にちかき
病に候べく末にうまれ候ひし麟と申候をいだきながらのこと、
て思ふこと何かきあへず候へど筆とめ参候　寛は十日より紀州
へ　行き江南様そのほどとまりにきて下され候ことに候　弟様
には申に及ハずばあやさんにもよろしくねがひ候　先はあら

く
　白秋様　ミもとに　　　　　　　　　　　　晶子
うき人のためには十年のなじミの妻とおもひ候へば自らやいば
あてがたく候　まして子らは百二まで生くるとかのとういんさ
んとやらを飲みくれなど申候　かゝる文は御さきすて下された
く候

【推定】『白秋研究Ⅱ』による。

208　**明治43年３月10日　徳富蘇峯宛寛書簡**

〔毛筆和封筒縦20横８・４　毛筆巻紙縦18・１横52・７〕
　　　　　　　　　　　　消印　神田43・３・10
㊧京橋区日吉町国民新聞社　徳富猪一郎先生　御直披急
㊮神田東紅梅町二　与謝野寛

啓上
唐突ながら御願ひ申上候
志賀先生の如く生駒艦に便乗致され候やう特別に御取計ひ願は
れ申すまじく候や　小生は別途の記事を以て「国民」帋上に報
答致し可申候　出發の時日も切迫致居候事と存ぜられ候が先生
の御取計にて幸ひに便乗の栄を得候やうならば早速旅装など調
へ申致候　右御懇願まで如此に御坐候。
　　三月十日　　　　　　　　　　　　　　　　艸々拝具
　　　　　　　　　　　　　　　　　　　　　与謝野　寛
徳富先生　御直披

209　**明治43年８月17日　吉井公平宛寛書簡（推定）**

〔毛筆和封筒　毛筆巻紙　未採寸〕　　　　消印　未確認
㊧京都府山科村　吉井公平様　御直披
㊮与謝野寛

　父の十三回忌に京に帰りて詠める　　　　　与謝野　寛
十あまり三とせ経ぬれば
そのかミの放埒の子も父を思へり
父の日をおもひて京に帰りきぬ
遊ぶも時に孝子の如く
子のかみも子のおともきて
香を焚く音羽の山のおくつき所
破れ庵のすき洩る風も
声呑みて泣くとわびけるあはれ己が父

天地をうたて楽しと手合せて謎の如くに死にし父かな
父なくば人とはならじよしあしも知らじ歌はじ天地も見じ
悪しき名は子等がためにも残さじと念ぜし父に習はぬや誰
岡崎は街となれども己が父はいよよ古りゆく知る人もなし
おもかげに見ゆる己が父破れたる黄袈裟《きげさ》を被き白菊を折る
兄達のしりへにつきて我もまた南無と申しぬ父母のため
御蕃社詠草の中へ之にても御加へ下され度候
　八月十七日　　　　　　　　　与謝野　寛
吉井公平様

【推定】寛の父礼厳の十三回忌とあるので明治四十三年と推定す。

210　**明治43年10月18日　白仁秋津宛寛書簡**

〔毛筆和封筒縦20横7・8　毛筆巻紙縦17・8横102・3〕
　消印　麹町43・10・18／福岡・三池43・10・21

㊤福岡縣三池郡上内村　白仁勝衛様　拝復
㊥東京麹町区中六番町三　与謝野寛

　啓上
雨多き年に候かな　杜甫が「秋来未曽見白日」と申せしよりも以上に候　東京の町は沼に化し候べきかとおもはれ候　御地方はこちらほどには無き事と存じ候へども作物などに多少の御被害もありしならむと想像致候　季候の不順にかゝはらず貴兄の御健勝は御作の上に窺はれ候　近頃は殊に毎月御作を御見せ被下大に心づよく感じ申し候　尤も小生の直截なる批評には御不満足にも候はんかと存じ候へども今姑く御辛抱なされ候はゞ御會得がまゐるべく候　いつの世にも多数の凡人が声を大きくして人をまどはしめ申し候　お互に一句一行も千古を想ひて筆を下し永久の讀者に對して愧かしからぬものを少しにても残し申し度候　十一月の「学生文藝」に晶子が認め候「歌を詠む心もち」を御一讀被下候はゞ我等が自重のほども御領解相成るべく候
小生は貴兄にせめて年に一度の御来京を勧め申度候　地方にのみゐたまひては自然雑誌学問の弊に陥り易く実力ある少数の文人の趣味見識と餘りに距離が出来申すべく候
本日は見ごとなる栗をあまた御送り被下御芳情忝く存じ候　小生初め一同の好物に候處東京の栗は小くして水臭く到底御送被下候栗のたぐひに無之候　汽車の便ありとは云へ遠路の御贈り

ものを幾重にも感謝致候　晶子よりもよろしく御禮申上候
文部省の画の展覧會開かれ候て天気だによくば東京の昨今はお
もしろかるべき時と相成候
　　　　　　　　　　　　　　　　　艸々
十月十八日　　　　　　　　　　　与謝野　寛
白仁雅兄　御直

211　明治43年11月10日　佐藤豊太郎宛寛書簡

〔転載〕

啓上。

いつしか冬季と相成り申候。貴家御一家ますます御清榮にあらせられ候事はるかに奉賀上候。御賢息様甚だ御元氣にて餘程著實に御通學致し居られ候。恰も拙宅へ參り候堀口大學と申す舊越後長岡藩士の令息も慶應へ入學致し、御賢息様と日夕親密に往來致し居り候故、常に御近況は堀口氏よりも承り、又直接觀察も致居り候。去る五日六日の兩日は、社中十餘人と御賢息様をも一緒に鹽原へ一泊掛にて遠足致し、温泉に浴し石影楓色をめでて無事歸京致し申候。先般御賢息御上京の節及び兩三日前と屢御國産の珍果をあまた御恵與被下、寒厨頓に生色を加へ申候。遠來の珍味に飽き候も御芳情の致す處と感謝致候。本日の新聞にて發表致され候公判①開始決定文によれば、御地の大石氏②も意外の重罪に擬せられ候様子、まことに浩漢に堪へず候。想ふに官憲の審理は公明なる如くにして公明ならず、この聖代に於て不祥の罪名を誣ひて大石君の如き新思想家をも重刑に處せんとするは、野蠻至極と存じ候。この上は至尊の宏徳に訴へて、特赦の一事を待つの外無之候。向寒の時節ますます御自愛のほど奉祈上候。

　　　　　　　　　　　　　　　　　艸艸不一。

十一月十日　　　　　　　　　　　与謝野　寛
佐藤大雅③　御直

註①　公判――大逆事件。
②　大石氏――大石誠之助。大逆事件で処刑された。
③　佐藤大雅――佐藤春夫の父佐藤豊太郎。

【備考】「塩原へ一泊」は明治四十三年十一月である。(『スバル』11・12号消息)

212　明治43年11月26日　角田勤一郎宛晶子書簡

〔毛筆封筒縦20・2横7・7　ペン原稿用紙縦25・2横35・6寛筆（1枚）〕

消印　麹町43・11・26／大阪43・11・27

㊤大坂市東区大川町　毎日新聞社編輯局　角田勤一郎様
㊧東京麹町区中六番町三　与謝野晶子

○　　与謝野晶子

山《やま》の瀧近《たきちか》づきがたしふれがたし二十《はたち》の恋《こひ》の如《ごと》くながるる

神《かみ》に似《に》る魔障《ましやう》に似《に》たる男《をとこ》にはへりくだるよりせんすべもなし

み心《こころ》の寒《さむ》き所《ところ》に戸口《とぐち》開《あ》けわれをむかへし君《きみ》にやはあらぬ

あぢきなし鏡《かがみ》の前《まへ》と云《い》ふことも知《し》らで寄《よ》りたる卓《たく》のうつれば

君《きみ》ならぬ大方人《おほかたびと》とある時《とき》は臆《おく》しやすくて刀自女《とじめ》のごとき

213　明治43年11月27日　本美鉄三宛寛書簡

〔転載〕

○

拝復

表紙の圖案は固より承知致居候。但し表紙は紙にや又はクロスにや、クロスならば金版に彫刻せざるべからず。紙ならば木版にてよろしく候。

又クロスならば御意見の如く「棕櫚」の如き小き形の圖案がよけれども、紙ならばも少し大きな形の方がよきかと存じ候。右御返事下され度候。（小生目下大多忙にて屢屢畫家と會合致しがたく候間御變更なきやう御定案を御返事下され度候。）

序文は無き方がよろしからん、何となれば小生が序文を書くことになれば一度貴下の御作を拝見せねばならず、若し拝見すれば小生の撰に及第する作が果して五百首あるや否やに候。たとへば大阪の○○氏の最近の集にて云へば「歌」として遇すべき作は纔に四十首内外に候。○○氏の如き有名なる人の作にすら数百首の似非歌若くば未成品あり。御反省下され度候。

貴下が眞に自家の藝術と人格とを尊重して歌集を出され候ならば五六十首を収めたる歌集にてもよろしく候故眞に藝術的價値あり　之を今日の少數の詩人（多數の凡物にあらず）に捧げて恥かしからぬ自信ある作を出されたく候。右様なる御自尊心があらば小生は喜んで御作を撰び又序文をも書くべく候。小生が從來多數の人人の序文の依頼を謝絶し居るは、小生が聲援を與へがたき作多き故に候。

自家の集を尊重する人ならば撰擇を嚴にせられたく候。吉井勇氏が「酒ほがひ」を擇ぶにその作の一千首以上を棄てたる心掛は敬服すべき自重自愛の心に候はずや。小生が八年間の作より纔かに一千首を「相聞」に採り晶子が最近二千首の作より「春泥集」七百首を撰べる、皆同一の心掛より來るものに候。晶子や吉井氏が捨てたる歌は皆多數の歌人の作に比すれば立派なる作物に候。而も之を捨てて省みぬは後の識者に對して恥づるが故に候。

右様の次第につき、やはり小生が拜見もせず、序文もつけずして、自由に御出版なされし方よろしからんと存じ候。小生が拜見すれば屹度貴下の心持と反對の事多からんと危まれ申候。何れ御出版の後に批評致すべく候。

さて挿畫も表紙も十分小生が監督し又和田英作先生の檢閲も乞ふべく候間御安心下され度候。用紙等に就ては何れ木版彫刻家伊上凡骨氏より御交渉致すべく候。早早。

寛

長司君御直

小生が親友と頼む處はその人が眞に藝術を愛し自己の人格を重んずるや否やに在り。新詩社に屬すると否とにて親疎を分ち候如き賤民の心を持ち申さず候。寧ろ今日新詩社に屬し居る多數の凡人は小生氣の毒に感じ居る位小生の心持と反對の人人に候　貴下も亦眞に小生と友人たらんとならば、輕佻なる行動言論を避け、高く天才の道を歩まれたく候　眞摯なる研究を遂げられたく候。

214　明治43年12月24日　本美鉄三宛寛書簡

〔転載〕

御返事申上候。

歌の組み方は三行なるもよろしかるべく候。近頃土岐哀果、石川啄木二氏も三行に致し候。併し何となく輕佻なる感じも致し候。何れにても貴意のままになされ度候。二行の時は一頁三首につき書物の體裁が薄く成らず候や　表紙の背の處の文字は背の幅が五分位あるものとして認めおき候故成るべく厚き紙を用ゐて厚味のあるやうに御製本下され度候。

畫の印刷は到底地方にては出來るものに無之、木版を專門に印刷する人の中より又特に洋畫の木版を印刷する人を擇びて刷らす次第に候。

部數は既に三百部として印刷を濟ませ居り候間致方無之候。數回の色刷につきその色をもはや三回まで印刷し終り乾きて待ちてあとの色を刷了致すべく候。記念とあらば三百部になしおき諸方へ御配附なされては如何。

小生は多分一月の八日の夜に東京を發し山口縣に向ふべく候。名古屋へ下車は往路か歸路か未だ一定致さず候。

二十四日　寛

長司君

215　明治43年12月日不明　本美鉄三宛寛書簡

〔転載〕

啓上。

表紙及挿畫外に包み紙の畫、トビラのカット都合四枚出來申し候。挿畫は海上の船に夕陽の紅を映つせる圖、（岡本一平氏作）に候。四度刷に候原畫はパステルにて書かれあり候故早速寫眞にとりて木版に彫刻致さすべく候。

表紙は棕梠の葉に夕陽のさせる黒と紅と二色の圖案に候。双方よく出來をり候。

トビラのカットは鴉と夕日之は二色にても一色にても出來候。包み紙は孔雀に候。之も濃淡二色に候。但し此の二つは君の印刷費の御都合にて省きてもよからん、御返事を待つ。表紙の背の處は、全體の本の厚味が幾分ある御積りにや　それを聞いて寫眞に縮めて彫刻致さすべく候。之も折返し御返事下され度候。

御承知の御事と存じ候得共畫料、及び彫刻料、木版印刷料、用紙代等にて小生の概算にて五六十圓は要し候事と存じ候。（部數三百部として）猶畫料以外の事は直接彫刻家井上氏より可申上候。彫刻も年内に出來候や甚だ懸念に候。

寛

216　明治44年6月4日　松原恭太宛寛書簡

〔転載〕

啓上。

孝六様御長逝の御知らせにあづかり意外の事にて驚き申候。永永御病氣の事は承知致しをりしに候へども、先頃孝六様よりの御手紙の御様子にては御元氣に御暮し被成候事と想像致され候ゆえこの秋などには御目にも懸られ候事かと存ぜしに候。皆様の御歎きもさぞかしと御想像申上候。私どもとは十年以上も親しく致し色色の思出多く候。まだ岡田博士のもとにゐたまひし頃より何かにつけて私どもへ御親切になし被下候御芳情忘れがたく候。寛に向ひ世人の嘲罵の頂上に達し候頃殊に繁繁と御訪問被下候事などは思ひ出でて只今涙に目をうるませ申候。寛と一緒に日光へ遊びし頃はまだ御病氣も無かりしかと存じ候。一昨年八丈ケ島よりの歸途御立寄被下かの地の土産に鸚鵡貝など贈られしが永き御別れに相成候　まだお若き君なりしを失意の中に短き生涯を送りたまひしこと　ただただ悲しく候。他日若し御許し被下候はば御墓の石のうらに私どもの歌を刻み候て永く哀悼の微意を留め申度候。又御遺稿の日記、歌など候はばいつか一部に御印刷被遊候やう望ましく存じ候。とりあへず御悔み申上候。
草草拜具

六月四日
寛

217　明治44年8月6日　白仁秋津宛晶子書簡

〔毛筆洋封筒縦14・5横9・5　印刷物縦18・5横42〕

㊤福岡縣三池郡上内村　白仁勝衛様
消印　44・8・6

㊥東京市麴町區中六番町三番地　與謝野晶子

〔印刷〕

拜　啓

いよいよ御清適のほど賀し上げまゐらせ候。さて唐突に候へども、此度良人の歐洲遊學の資を補ひ候ため、左の方法により私の歌を自書せし百首屛風及び半折幅物を同好諸氏の間に相頒ち申したく候間、御賛成の上御加入なし下され候やう、特に御願ひ申上げ候。早早敬具。

明治四十四年七月
與謝野晶子

白仁勝衛殿

規　定

一、「百首屛風」は二枚折屛風に晶子自作の短歌一百首を縦横に雜書したるもの。之を左の二種に分つ。

一、第一種は二枚折、竪五尺、幅貳尺五寸、緣墨塗の金屛風にして、堅牢なる箱入とす。此代價金壹百圓。

一、第二種は二枚折、竪五尺、幅貳尺五寸、緣墨塗の金砂子屛風にして、堅牢なる箱入とす。此代價金五拾圓。

一、半折幅物は薄紙に晶子の歌一首を自書せるもの。絹表裝の上、桐製の箱入とす。此代價金拾五圓。但し特に絹本に揮毫を望まるる人は別に金壹圓五拾錢を添へられたし。

一、加入申込期限は本年九月二十日とす。

一、申込書は代金全部を添へて下記申込所の内何れかへ送附せられたし。申込所は直ちに受領書を呈す。猶東京大阪兩市内に限り申込書のみを送附せらる時は集金人を差出すべし。其他の地方よりは振替貯金爲替にて送金せらるるを便とす。

一、揮毫は申込順に由る。

一、現品は申込順に由り三十日乃至五十日以内に各申込所より送附す。但し送料は申受けず。

一、代金領收の責任は與謝野晶子に於て之を負ふ。

一、之に關する用件は申込所の内特に金尾文淵堂へ御照會を乞ふ。

申込所　東京市麹町區中六番町參番地與謝野方
　東京新詩社
　振替貯金口座東京七貳四壹
東京市神田區北神保町貳番地平出方
　昴發行所
　電話本局四貳六四
東京市麹町區平河町五丁目五番地
　金尾文淵堂
　電話番町貳〇九三
　振替貯金口座東京參八壹七
大阪市東區備後町四丁目十二番地
　小林政治
　電話東五五五貳
　振替貯金大阪貳四四貳

一、追つて御交友の間へも御勧誘下され候やう併せて願上候。

【備考】晶子書簡であるが〔印刷〕以外は寛筆。

218　明治44年8月12日　渡辺湖畔宛寛書簡

〔毛筆和封筒縦19・5横8　毛筆巻紙縦18横47・5〕

(表)新潟県佐渡郡畑野村　渡辺林平様　急　　消印　麹町44・8・12
(裏)東京　中六番町三　与謝野寛　十二日朝

啓
旅行より帰りて疲れ居り候ため評論ハ平出君に代つて認めて貰ひ候　之はやがて詩歌にも応用致さるべき事に候間巻頭に御載せ被成候てよろしくと存じ候
晶子の歌と山本氏の評詩とを差出候　山本氏へハ
　兵庫縣尼崎町宮町五十番地
　山本得兵衛
として雑誌を御送り被下度候　新詩社の同人に候　艸々
　十二日朝　寛
湖畔様
御令弟へよろしく御鳳声被下度候

219　明治44年9月6日　渡辺湖畔宛寛書簡

〔毛筆和封筒縦20横8　添削歌稿　未採寸〕
　消印　麹町44・9・6／新潟畑野44・9・8
(表)新潟県佐渡郡畑野村　渡邊林平様
(裏)東京　中六番町　与謝野寛

歌稿（湖畔歌稿に朱筆入り）

220　明治44年9月19日　渡辺湖畔宛寛書簡

〔毛筆和封筒縦21・8横8・5　毛筆巻紙縦18横80〕

㊤佐渡國畑野村　渡辺林平様　御直

㊦東京市麹町区中六番町三　与謝野寛

消印　麹町44・9・19／新潟畑野44・9・21

啓上

いかゞ相成りしやとおもひをりし「微光」本日接手致し安心致候　如何にも印刷の美くしくなきは貴下の御不満さぞかしと存ぜられ候　次に假名づかひの誤り語法のあやまりの多きにも困り入候　之は中学の國文の先生にも笑はれ申すべく候　何卒かかる些事にも御注意被下度候

本日両人の拙稿さし出し候　随分まづきもの、みに候間あとの餘白へ六号活字にてなりとも御埋め被下度候　富田などいふ人の拙き作をあまた御載せ被成候はおもしろからずと思ふ人も可有之候　巻末の社告（貴下の筆）も今少しあつさりと御書き被成候方いやみなかるべく候

小子の渡欧は來る紀元節の正午横濱出帆と一決致し申候　姑く御目にも掛りがたく候　何卒御雄健に御活動のほど希上候

新詩社の詠草は晶子が専ら拜見致すべく候　晶子よりよろしく申上候

御地諸君子へよろしく御鶴聲被下度候

原稿は本日別封にて御郵送致候

艸々

十九日　与謝野　寛

渡辺湖畔様　御直

221　明治44年9月22日　小林一三宛晶子書簡

〔毛筆洋封筒縦14・7横10　毛筆巻紙縦18横46〕

消印　大阪池田44・9・23

㊤大坂府下豊能郡池田町　小林一三様　親展

㊦〔印刷〕東京市麹町區中六番町三番地　與謝野晶子

啓上

こゝちよき秋の日となり申候　先日書面にて申し上げ候ひし私の書の屛風ぢくもの、ことその、ち申込の候ひしかずはかねておもひ居り候ひし四分の一にもたらず候へばはなはだかゝること申し上げ候は心苦しく候へどぢくものの一つにても御加入被下候ハゞとぞんじ御同情を乞ひ上げ申候。

かしこ

廿二日に
小林様　ミもとに
晶子

【備考】印刷物同封。

222　明治44年9月25日　北原白秋宛晶子書簡（推定）

〔封筒ナシ　ペン原稿用紙縦26・2横36・2（1枚）〕

啓上
この間はお手紙下されありがたく存じ候
また芝居にてお目にかゝりうること、ぞんじ申候　御病気のほどつねに存じながらえうかがはず候ひしことなどもそのせつ御わび申上ぐべく候　ざぼんと（さう覚えて居り候へば）云ふもののことは吉井様よりうかゞひ御ゆかしく存じ居りしに候　はなはだよろしからぬものばかりにて申わけなく候へどよろしくねがひ上げ候。
かしこ
廿五日
晶子
白秋様
そのうち静かになり候へばきずのかほどまでならぬをさし上げうること、たのみ候もはかなく候へど

【推定】『白秋研究Ⅱ』により明治四十四年九月と推定す。

223　明治44年9月30日　小林一三宛晶子書簡

〔毛筆洋封筒縦14・7横10　毛筆巻紙縦18横43・6〕
消印　大阪池田44・10・1
㊤大阪府豊能郡池田町　小林一三様　親展
㊦〔印刷〕東京市麹町區中六番町三番地　與謝野晶子

啓上
再度の御文拝し参候
あつかましき御ねがひに候ひしを御ゆるし給はり御送金までなさせ給はりし御志のほどあつく御禮申上候
仰せの繪は中沢弘光氏に依頼いたし申すべくそのうち出来上り候ハゞ早速御送りいたすべく候　とりあへず御禮まで　かしこ
九月卅日
晶子
小林様　ミもとに

224　明治44年10月15日　白仁秋津宛寛書簡

〔毛筆官製葉書縦14・1横9〕

(表)福岡縣三池郡上内村　白仁秋津様

消印　麹町44・10・15

〔印刷〕

啓上

小生來る十一月八日正午横濱出帆の郵船會社汽船熱田丸にて渡歐致候に就ては出發前拜趨の時間無之候につき甚だ略儀ながら寸楮を以て御告別申上候

草々

東京市麹町區中六番町参番地

與謝野　寛

〔毛筆書き入れ〕

留守中は荊妻に於て御作を拝見致すべく候。

225　明治44年10月19日　菅沼宗四郎宛寛書簡

〔転載〕

(表)横濱市西戸部町四七二

(裏)東京市麹町區中六番町三

啓上、荊妻への御手紙御禮申上候。荷物の儀は郵船會社の當市芝口出張所にて引受積込みくれ候事に取り決め申候。

船宿は見送人も少き事と存じ候故定め申さず候へども御必要の節は、鷹野氏方に致しくれと同氏の友人小島烏水氏より來書有之候。

右の都合に候へども猶船中の御友人へよろしく御配意奉煩候。

會社よりまだ常陸丸に變更せし旨申來らず候。何れにしても八日出發と確定致居候。

何れ埠頭にて拜芝を得べく、その節御禮可申述候。

荊妻よりよろしく申上候。

艸々

十月十九日夕

與謝野　寛

石引夢男様　御直

226　明治44年10月23日　佐藤豊太郎宛寛書簡

〔転載〕

拜復

御高書拜讀の榮を得申候。寒氣相もよほし候折柄、皆さま御清健の御事奉賀上候。小生は常に御無沙汰申上候に毎毎御子息様へ御傳言被下、猶御手書及び御土産等を頂き恐縮に存居り候。さてこの度小生の渡歐に御同情被下、夥しき御餞別をたまはり候事、甚だ意外と感じ候までに感激致し候。御辭退致すべきに候へども御芳志に從ひ、忝く拜受仕り候。昨日御賢息様へも萬萬御禮申上候。小生今回の旅行は全くの赤毛布黨①に有之、頭腦も無く財力も無き東洋の一措大が茫然として伊佛の文明と自然とを仰視しつつ遍歴致すのみ、歸來何の御土産話も無之事と今より流汗致し申候。今後滿一年間ほどは御高風に接しがたく候。何とぞ御日常の御自愛を祈上候。春夫君へはかねがね申上居り候が、三田の大學を是非御卒業なされ、徐ろに文界に出でられ候やう希望仕り候。早進早退は近時青年文人の病に御座候。猶出發前三田の諸教授へも可然御賢息のために注意致くれ候やう申おくべく候。元氣と才氣とに於て申分なく候へども、ただそれに任せて實學の蓄積を怠られぬやうと御勸め致居り候。晶子よりも萬萬御禮申上候。猶留守宅の御世話など春夫君その他諸氏を煩し候事多多あるべくと存じ申候。南清の變は思ひしより重大なる結果を生ずべき形勢相見え甚だ痛快を感じ候と同時に、東亞の事特に我國の前途に鬼胎を抱き候處も多く候。海陸軍の擴張派はますます跋扈致すべき乎。艸艸敬具。

十月二十三日　寛

佐藤雅兄　御侍史

註①　赤毛布黨――赤ゲット、都会見物の田舎物、おのぼりさん、明治時代におのぼりさんが赤毛布を用いたのでいう。

227　明治44年10月26日　白仁秋津宛寛書簡

〔毛筆官製葉書縦14・1横9〕　消印　麹町44・10・26

㊡福岡縣三池郡上内村　白仁勝衛様　御直

〔印刷〕

啓上

小生來る十一月八日正午横濱出帆の郵船會社汽船熱田丸にて渡歐致候に就ては出發前拜趨の時間無之候につき甚だ略儀ながら寸楮を以て御告別申上候草々

東京市麹町區中六番町參番地　與謝野　寛

〔毛筆書入れ〕

栗の小包着致候。沢山に見事なるを御遣し被下御礼申上候　小生の好物なるを御承知にやと存ぜられ候　御礼まで　艸々

十月二十五日

228　明治44年10月28日　内海信之宛寛書簡

〔毛筆葉書縦14横9〕

　　　　　　　消印　四谷44・10・28／庫龍野44・10・29

㊤播磨国楫保郡楫西村　内海信之様

　東京麹町区中六番町三　与謝野寛

御無沙汰申上候。ますく御健勝の御事と奉賀上候。さて本日は見事なる松茸あまた遠路の處御恵み被下貧厨も頓に生きく致候。御芳情御礼申上候。小生も近日より一寸歐洲へ行脚致し申候。歸国後久ぶりに御目に懸り申度候。時下御自愛を望み申候。　　艸々

229　明治44年10月日不明　西村米三宛寛書簡（推定）

〔封筒ナシ　毛筆巻紙　未採寸〕

啓上

ますく御清栄のほど賀上候　先日は御懇書と共にめづらしき御品を晶子へ御送り被下両人より御礼申上候　小生の出發ハ十一月上旬に御座候　その後の御作は直接スバル發行所へ御披稿被成下度候　編輯諸子にて撰抜致くれ候筈に候　この度の御作は掲載するに到らず候　御諒察願上候　來月に入りて京都に短歌會有之候　何れ發起人より御案内致すべく候成るべく御出席被下度候　晶子よりくれぐくも御礼申傳候　同人も小生が不在となり候はゞ一層多忙を極め候事と存じ候

秋冷に御障り無きやう願上候

あまり小くひねくれずに力めて好書と直接の人生とに御親み被成人格の大を期候ハヽ御製作相成り致候　　艸々

　二十五日夕　　寛

西村君　御直

【推定】「小生の出発ハ十一月上旬」とあるのは渡欧は明治四十四年十一月八日出発の渡欧のことなので明治四十四年と推定し、また文中に「秋冷に御障り無きやう」とあることから十月と推定す。

230　明治44年11月5日　西村米三宛寛書簡（推定）

〔封筒ナシ　毛筆巻紙　未採寸〕

啓上

御高書御礼申上候　小生の歸朝は満一年の後に候
貴下の御健勝を祈り上候　艸々

十一月五日　寛

西村君
御直

【推定】「歸朝は満一年の後」とあることにより、明治四十四年と推定す。

231　明治44年11月12日　与謝野晶子宛寛書簡

〔転載〕

今十二日の早天に門司へ著き候。門司は雨に候。上陸もせずに静①や赤松②の方の人は午後に參るならん。神戸にてのお別れはまことに別れらしき厭な氣が致し候。東京へいつ御歸り被遊しかと最早、日本にては聞かれぬ身と相成り申候事かなしく候。歸京早早御忙しき事と存じ候。光、秀、八峰、七瀬におリコウにせよと御傳へ被下度候。修、生田氏、阿部、佐藤、江南、御夫婦の諸氏へよろしく御傳へ被下度候。日本船に乗るには日本服が必要なりしやうにも思はれ候、併し巴里に著かば不用と存ぜられ候故、やはり持つて來ぬが氣が利き居る事に候べし。

保險會社の受取は御持歸りの事と存じ候。小生は決して病氣など致さぬ自信有之候故、御安心被下度候。君も健康上には勇者と存じ候へども、多忙のために脳を氣遣ひ申候。何卒よく御安眠被下度候。若し御淋しくば（光が淋しがり候はば）古小尾《ママ》さん③に泊つて御貰ひ被下度候。郵便は古小尾《ママ》さんに表書をして貰ひ、巴里大使館宛にて御出しおき被下度候。（その上書へ日本字にて「本人が十二月末に著したる上、御渡し被下度しと御書きおき被下度候。西比利亞經由の事）猶、明朝出發前に一書認め可申候。金尾へは神戸にてよくよくダメを押しおき候。君旅の疲れお心の疲れが出ずは致さずや。草草。

十一月十二日朝雨中、熱田丸にて　與謝野　寛

君御手に

註①　静――田上静（寛の妹）。
②　赤松――赤松照幢（寛の次兄）。
③　古小尾さん――古小屋《ふるおや》の誤りか。233与謝野光宛寛書簡（明44・11・13）による。

232　明治44年11月13日　白仁秋津宛寛書簡

〔毛筆官製葉書縦14・1横9〕

消印　門司44・11・13／福岡三池44・11・13
㊤福岡縣三池郡上内村　白仁勝衛様
㊦門司熱田丸にて　与謝野寛

啓上
小生本日正午当門司より暫時日本と訣別可致候　ますく貴下の御清安を祈り明後年の春こゝにての御再會をたのしみ候
十一月十三日　艸々

233　明治44年11月13日　与謝野光宛寛書簡

〔転載〕
㊦与謝野寛　十一月十三日午前

イマコノアツタマルニオシヅノオバサンモ①、ミオクリニキテヰマス。門司モヨイ天氣デス。シゲル、八峰、七瀬、麟モ風ヲヒキマセンカ。フルヲヤ先生ニヨロシクイツテ下サイ。フネニハ畫ヲカク人ガタクサンニノツテヰマス。

カアサンガサビシイデセウカラ、イロイロオハナシヲシテ、ナグサメテアゲテ下サイ。ケンクワヲセヌヤウニタノミマス。モモトマツトクワンサントニ、ヨロシク云ツテ下サイ。上海へツイタラ、ヱハガキヲダシマセウ。トウサンハタツシヤデス。アベサン、サトウサンニモ、ヨロシク。エナミサンニモヲリヲリアソビニ来テオモラヒナサイ。サヨウナラ。

註①　オシヅノオバサン——寛、晶子渡欧中は妹の田上靜が子供達の面倒をみた。

234　明治44年11月15日　与謝野晶子宛寛書簡

〔転載〕

本日は小林、徳永二氏の縁故により、三井物産會社支店の厚遇を受け、二等客十二人は五臺の馬車に分乘し、會社員の案内にて終日見物致し、杏花樓と云ふ第一の料理店にて四十餘種の支那料理を饗應せられ、只今（午後九時半）歸船致し候。

船に歸れば領事館の武田甲子太郎氏より招待状參り居り同氏が當地に在職とは意外に驚き候。明日は同氏を訪ひ可申候。

之は日本人の多く住める呉淞路《ウウソンロ》附近の有名なる朝市場に候。此處を小生は湊《みなと》より馬車に乗りて見て通り候。

十五日夜　上海にて　與謝野　寛

235　明治44年11月15日　与謝野光・秀宛寛書簡

〔転載〕

コレハ上海ニテ、一バンヨイマチデス。東京ノ銀座ノヤウナトコロデスガ、馬車、人力、自動車、一輪車ナンカガアブナイホドタクサンニトホリマス。ミチハセメントデキレイニカタメテアリマスカラ、車ノオトハ少シモキコエマセン。馬ノアシオトトアルク人ノ靴オトトガスルダケデス。マチノ名ハ南京路《ナンキンロ》トイヒマス。マチノカドニハ赤イハチマキヲシタ印度人ノ巡査ガタツテヰマス。支那ノ巡査モタツテヰマス。

トウサンハ今日アサカラバンマデ三井物産會社ノオカゲデ馬車ニノツテケンブツヲシテマハリ、マタリツパナシナ料理ノゴチソウニナリマシタ。ココニハ日本ノ人モタクサンヰマスカラ、日本ノ小學校モアリマス。リツパナヒロイ公園モタクサンニアリマス。

十一月十五日夜上海港熱田丸ニテ　寛

236　明治44年11月17日　北原白秋宛寛書簡（推定）

〔ペン葉書縦14横9〕

㊤麹町区飯田河岸二八　金原屋へ

麹町区中六番町三　（寛）

海こえんいざや心にあらぬ日をおくらぬ人とわれならんためかゝること云ふ人もかたときのゝちには涙をこぼすものに候

給はりし御はがきのうつくしさにけふはめいりし心をすこしとりなほし候

よきうたはとてもむつかしく候へどありのすさびのにくがらるゝにてもさし出し申すべく候　御目にかゝるせつこの頃は如来様と内儀のやうにておはなしの少くなり候ひしなど思ふことの候　この間の御礼も申しおくれ候御ゆるし被下度候　かしこ

【推定】『白秋研究Ⅱ』による。

237　明治44年11月18日　北原白秋宛晶子書簡

〔転載〕

㊤麹町区飯田河岸二八　金原屋
㊦麹町区中六番町三
へびはあたしにもかけ候。
正月号のしめきりはいつに候やらむ。あまりはやく承りおかば却つてわすれ申すべくよきころにまたお心づけ被下度、昨日上海へ電信にて歌おくらむといたし候ひしが使の人あまり高価なりとて用事のみうちてかへり申候ひし。
かしこ

238　明治44年11月19日　与謝野晶子宛寛書簡

〔転載〕
晶子殿　明治四十四年十月①十九日南支那海にて　寛
御變りも無く候や。いろいろお忙しき事とおもひ候。歌集や、雑誌新聞の原稿、源氏、さぞさぞとお察し致居り候。小生は至極壮健にて航海致居候。明二十日は早天に香港に入るべく候。昨夜臺灣海峡を過ぎ、今朝は漁船の數百艘、海に浮べる壮觀を眺め候。船内にては、滿谷氏等のパックの發行ありて各人の失策を、ポンチにてあらはし大喝采に候。香港を過ぎて後は俄に大暑に入るべく矢張り専用の椅子を香港にて買ふ積に候。日本にて五、六圓のものが香港にては二圓位との事に候。日本船に乗りしお蔭にて、いろいろの便利有之昨夜などは特に一同神戸肉のスキ焼にて、日本飯を喫し漬物を味ひ候。カメリアを持来りしは大変な失策に候。上海にて買へば上等の煙草が日本の五分の一の値段にて買はれ申候。尤も佛蘭西にては、反対に高価のよしに候へど、船中の喫み料には誰も上海にて買入候。
ボオイなどには、申合の上マルセイユ著の一週間前にて、一人、七圓の割にて、與ふる事と致し候。船中にて何か書かんとすれば、船暈を感じ候。又何の感想も浮ばず候。ネルのネマキを、今二枚ほど持來る方便利なりしと思はれ候。平野氏の病氣はいかが。よろしく御傳へ被下度候。
上海にて武田甲子太郎君と、領事館書記生の西田耕一君とに、非常に世話になり申候。十七日の夜は兩君と一緒に、支那芝居を見申候。武田氏は昨年の春より上海に在任の由に候。光に、よく鼻を咬むやうに御話し被下度候。野村の細君も多分、回復せぬ事とおもひ申候。折折御見舞ひに御出で被下度候。修方、明治書院、江南、栗山、高村、古小谷諸君へよろしく御傳へ被下度候。今後は郵便物が次第に後れて、到着致す事と存じ候。
「朝日」へ上海より書きしものは、甚だ拙くて、氣がさし候。アンナものにても、御切抜きおき被下度候。灌腸器を失念し困り候。香港にて買ふ積に候。女中達にも、よろしく御傳へ被下度候。
子供に風邪を引かぬやう、くれぐれも、女中の注意を御頼み致候。あとは、香港より認め申すべく候。之は食堂の卓上にて認め候。

今夜は一、二等客に「熱田演芸会第一回」の催しあり、船員も加り大騒ぎに候ひき。二等客にて、長谷川氏の歌澤、徳永氏の踊り、近江氏の追分、三好氏のハモニカ、尤も振ひ候。小林、三浦、二氏と小生とは無藝につき見物のみ致候。今夜船は既に香港港外に著し候へども、明二十日の早天に入港致すべく候。

（十九日午後十二時、入港前）

註① 十月――十一月の誤り。

239　明治44年11月20～25日　与謝野晶子宛寛書簡

〔転載〕

先刻夕方香港の見物より船に歸り此電報を受取りて初めて安神致候。急病の電報にはあらずや、此處より歸國せねば成らぬ事かと心配致候。諸友も皆案じられ候。上海より回送し來り候故、回送料を墨國銀にて三圓十五錢取られ候。之はわざわざ江南君を煩して御打ち被下候事と存じ候。之にて東京の無事なりし事もわかり大安神致候。この後の御手紙は四十日の後、巴里ならでは受取りがたき事と斷念致候。ここにても小林、徳永、三浦三氏の關係より三井物産會社より社員を附して、案内し呉れ鄭重なる饗應を受け候。猶、明夕は支社長より特に招待さるる事となり候。六千尺からの山をケイブルカア（京都のインクラインの如き鐵の縄にて引上ぐる車）に乗りて昇降致し、港内を一望に集め候は驚く外無く候。傾斜は四十五度に候故、東紅梅町の家の梯子段程の急な所を昇降する割合に候。降る時は思はず肝を冷し候。

小生昨夜より（先日來便秘の反對に）下痢あり。本日の見物は大分に悩み候が、今夕は絶食して服藥可致候。船中より望みたる香港の夜景は珠玉金銀を全山にちりばめたる如く萬草一時に輝き居り候。港内の大船の燈火も美しく候。港内には暹羅の戴冠式に列せらるる宮様を載せし軍艦二隻外に宇治艦と都合三隻の日本軍艦も碇泊中に候。今日事務長に托して椅子を買ひしに大きな寢椅子が一圓五十錢に候。方外にやすく候。小生よりも「スベテアンシンセヨ」と申すべく候。

寛

240　明治44年11月26日　与謝野晶子宛寛書簡

〔転載〕

啓上。今二十六日の初夜に新嘉坡へ著し、明朝上陸の筈に候。此手紙を食堂の旋風器の下にて認め候時は午後二時に候。この邊の晝夜は目下平分致居り候。日本ならば夜が長き事と存じ候。

小生香港出帆後腸も痔痛も全快し、食事も適常に取り居り候。日本を出立して以來、一度も風波に逢はず、眞の船暈らしきものを感ぜしこと無之候。一年中最も好き航海時季に旅行せしものと皆皆幸福を感じ合ひ候。赤道直下と云ふべき處へ參りしも、日本の九月頃の季候にて甚だ凌ぎよく候。室内は暑く候へども、旋風器にて凌ぎ申候。海上の旅をつづけ候故、皮膚と呼吸器とが健かになりしにや、頓と風も引かず候。目下は晝は夏服（チヨツキを著けず）夜は單衣にて一枚の毛布にて眠り候。窓は開け放ちて眠り候。蚊も居らず、日本の夏よりどれ丈凌ぎよきか知れず。併し今夕以後陸へ著きて停船致し居り候間は定めて熱き事ならんと思はれ候。又上陸して歩きまはり候はば熱き事に候べし。兎に角非常に好都合にてここまで參り候間、御安心被遊候事と想像して自分の今の爽快をよろこび、そこの朝夕のいぶせさをお氣の毒におもひ候。皆皆御無事と存候へども、巴里へ著くまではまことに片便りなるが残念に候。君が寒がりゐ給ふこと、目に見ゆるやうに候。此頃、船内にては折折日本食が卓上に竝び申候。又御菓子もモナカなどが出來申候。三浦工學士携帶の奈良漬を冷藏庫より出して一同賞味致候。平野氏より貰ひし懐中汁粉はまだ開かず、甘納豆はすでに食し候。某氏携帶の羊羹は腐らず候へど、甘納豆の類など熱帶にて妙にふやけ出し候。カルタ、デツキビリヤアド、棋などの類に流行り候。第二回熱田演藝會有之又都都一、語呂合、狂句等の競技互選會有之、小生は二等と四等の賞に入りて賞品（ラムネ券）を貰ひ候。本日の如きは海上絹を布きし如く、ただ熱帶の特色たる雲は多く浮遊致し、驟雨屢來り候。上海出帆以來、全く東洋の形勢及び東京の事情を知るを得ず候。支那は如何になりしや、南京は陥落せしにやと空しく想像致候のみ。平野氏の病氣は如何。一昨夜啄木君の死にし夢を見て甚だ氣持をわるく致し候。勿論その様なる事は無しと存じ候。君の夢、光の夢などは見候へども麟が頓と夢に見えず候。小生の拙き原稿「朝日」に出で候にや。既に四回分ほど書きしに候。港へ著かねばきく事も無之候。よく此の長途の旅に出で來りしものとおもひ候。來て見れば、見聞の博くなる事も多きと共に、日本の區區たる毀譽は何でも無くなり候。文界にて彼等爭ひ居り候人人が滑稽に見え候。船中にて案外小遣が要らず候。上陸致候てもマルセイユまでは三井物産の小林寛氏のお蔭にて一切會社の饗應及び案内に預り、甚だ好都合に候。諸君へよろしく御傳へ被下度候。申すまでも無之候へども御からだを大切に祈上候。さぞ御忙しき事と夫のみ案じ申候。新年物などいろいろ御煩さき事に候べし。煙草はカメリアを持ち來りしを悔い候。熱帶の下にては風味なく候。夫より各港に廉價（日本の三分の一）にてうまき煙草いくらにても有之候。ヒカルサン、シゲルサン、ヤツヲサン、ナナセサン、リンチヤンにもよろしく。修殿夫婦へも小生の無事を傳へ相願候。

十一月二十六日

新嘉坡著前
洋上にて
寛

晶子どのみもと

追記、今夜は一同浴衣がけにて食堂に出で日本飯を喫し候。鱧の味噌汁、鯛の煮附、マグロの刺身、タコと瓜の酢の物、日本酒、澤庵、奈良漬に候。何れも冷藏庫より出でし品に候。菓子には饅頭の新製。

今夕、二等客のみにてこの會を作り、永遠に東京にて一年一度記念會を催す事と相成り候。この中、小兒を伴れて良人の許に赴く土居千代子と云ふ婦人は不思議にも伏見駿河屋の近き親戚に候事を只今發見致候。伏見駿河屋の話を委しく聞き候。午後八時半すでに新嘉坡港の沖に著して碇泊致候。當地は零度三分と云ふ緯度につき全く赤道直下に候。星の色は眞の黄金色を美しく輝かせ居り候。委しくはあとより認め可申候。ここに明後日（二十八日）の午後四時まで碇泊可致候。夫より彼南《ペナン》へ一日、あとコロンボへ六日を要し候、紅海が尤も暑しと云ふ事に候。死海の海水は華氏の九十五度の熱さのよしに候。（十一月二十六日夜）

241　明治44年11月27日　与謝野晶子宛寛書簡

〔転載〕

新嘉坡及び馬來半島は、一般に低地にて、土人（馬來人）は概ね沼の中に家をかまへて住み居り、ためにマラリヤ病も本場に候。水も惡ろく候が英人は水道を設け居り候。護謨と錫とが最大の産物に候。本日植物園と共に護謨林も見物致候。バナナにまはり一尺長さ一尺位のものも有之、その他果物の珍しき物、花木、鳥獣の奇なるもの多く候。ベコニヤなどは草として自生致居り候。

この右に見え候は扇椰子に候。莖の形、扇の如く横に竝び美觀に候。

家屋の美は香港及び上海の英佛租界に比して劣り候へども、すべてに大規模なるはやはり英人の經營の遠大なる故と感嘆致候。尤も巴里などを見ての歸りには定めて當地も穢かるべく候。植物園も博物館もすべて無料に候。又酒と煙草の外は關税無之、さすがに自由貿易國たる英國の施設に候。小生よりの葉書は一切御保存おき被下候やう御注意を乞ふ。

向つて右の白衣の人は馬來人（男）が赤き更紗の腰巻をしたるもの。左の帽を著たる土人は支那巡査に候。巡査は支那人、印度人、英人、三種有之、みな心附の銭を欲しがり候。

十一月二十七日　　寛

242　明治44年12月4日　与謝野晶子宛寛書簡

〔転載〕

啓上、この手紙は印度洋にて認め候。明日はコロンボに著くべく、そこにて行きあひに日本へ帰る平野丸に托し横濱より投函の筈に候故、御手に入るは一月二、三日頃と存じ候。小生思ひしよりは無事なる航海にて病氣も致さず御安神被下度候。日本は此手紙御覧の頃、正月にて御寒かるべく候。小生もその頃は、やはり巴里にて極寒の生活を致し居るべく候。印度洋は、さすがに暑く、又少少波も有之候故、頭痛を感じ、文章はとても作れず、又物も讀みがたく強ひて運動を致し、あとは横臥致し居り候のみ。中中安眠も成しがたく候。ペナンよりは一等室に移り申候。石引君及び永井荷風氏より同氏の父君へ傳へられたる厚情の致す所と存じ候。部屋は一人にて、占領し、郤《ママ》て淋しく候。食事その他すべて二等に三四倍する優待に候。船は一等に乗るべきものと驚き候。日本の事は一切新聞を見ねば知らず、ただ君と子供の上のみ案じ候て毎夜厭な夢を見申候。明日は人人と汽車にてキヤンデイと申す釋迦の舊跡へ參る積に候。ペナンより西には、日本人の勢力、皆無にて印度人ばかり見申候。熱帯の植物にも最早倦き候故、早く歐洲の風光に接したく候。昨朝印度の乗客一人死去し、重りをつけて水葬致せるは無残に感ぜられ候。日本客には幸ひ一人の病者も無之候。一等客は西洋人三十五六人、日本人は大抵新嘉坡にて下船し、目下小生を加へて五人に候。皆海員の家人に候。小生は重に二等へ遊びに參りて暮し居り候。マルセイユにて二等の諸君と記念の撮影を致す筈に候故早速御送り可致候。君のも至急一葉新しくとりて巴里へ御遣し被下度候。子供達のも願上候。修その他諸君によろしく

草草。

十二月四日　　印度洋にて　寛

晶子殿

「朝日」へ既に十回分以上送りおき候

243　明治44年12月17日　杉山孝子宛晶子書簡

〔転載――ペン洋箋（黒インキ1枚）〕

㊤表河内国富田林　杉山孝子①　　消印　44・12・17

㊤裏麹町区中六番町三②　与謝野晶子

神代のこととなりし日もなつかしくおもひでらる、御文の

あとをうれしくおもひ申候　まことにあなた様の消息誰もきかせくる、人もなく自らはたことにまぎれ承る期をつくらずきぎくしらぎくを白きリボンに束ねて給はりし日をふかく忘れずに居るばかりのことに候ひし　私の唯今はまことにさびしくあぢきなく候③　それに二三年弱くなり候て命の不安さへ子ゆゑには悲しまる、ことの多く候　あなた様お子様はお出来にならず候や　この頃はスバルと云ふものもとの新詩社の人の手にてつくられ居り候へばそれを一月より御おくり申すべく候　唯今は子供七人にて六人目の女の子④昨日里よりかへりまゐり候ひしがあまりに泣き候へば今日またあづけにゆき候　世はうきものなどか、ることにもおもはれ候

かしこ

十六日夜　与謝野晶子

孝子の君　みまへに

註① 杉山孝子——石上《いそのかみ》露子の本名。
② 六番町三——出典では「印刷の三の文字を消して十と訂正」とあるが「三」が正しい。
③ さびしくあぢきなく候——夫渡欧中で不在のためか。
④ 女の子——佐保子。

244　明治44年12月17日　与謝野晶子宛寛書簡

〔転載〕

啓上。この手紙は只今十二月十七日に紅海の中ほどにて認め、二十日の朝、ポオトサイドにてシベリア便の郵便に托する積に候。コロンボより平野丸に托し候郵便は一月の初に御覧になるべしと存じ候が、此手紙は一月の十四五日過ぎに御手に入るべし。さてコロンボを發して以來十二、三日の閒海上にのみ生活致候が、紅海に入りて餘程涼しく相成り候故、少し筆とる氣持にもなり候。小生の健康は頗るよろしく候間御安心被下度候。只夜分は淋しくして神經がたかぶり寝られぬ事多く候へども、健康を害する事は毫も無之候。ポオトサイド以後は北に向ひ候事故、日本の寒さと大差無之事と存じ候。

俄かに寒くなり候事なれば、健康上の注意を怠るまじく候。御安神被下度候。昨夜夢に歸國致候へば、狹き家へ引移りありて驚き候。夫れから目が冴え候て、いろいろ留守宅の經濟上の事が氣になり出し、金尾が果して實行致くれ居り候やなど案じ申候。光や其他へはポオトサイドより繪葉書を送り可申候。寒く相成候事と存じ候が君の御健康は如何。用心もよろしく候や。江南君の生活はいかが。大分骨が折れ候べし。有朋堂①よりの歌

集②も一月には出で候や。歳末の御忙しきを想像致居り候が、此手紙の著く頃は既に二月の書きものに御忙しき事なるべし。さて小生が此度の旅行に遺憾に思ひ候は君を伴はざりし事に候。日本船に乗れば（さうして冬季に乗れば）海上の生活もさまで苦しからず、一人にて見學致候より、二人にて見學致候方よかりしものをとつくづく殘念に思ひ候。併し出立時の經濟事情にては夫れが六かしかりしに候が、何卒明年の冬までには、二千圓ほどをどうかして御作り被遊候て高村君とシベリアにて御出で被下度候。さうして三、四ケ月にて歐洲を巡回し、歸りに埃及へも遊び、再び、日本船にて一緒に歸り申度候。小生の申す事は空想的なれど、併し往復五六ケ月ならば留守宅の費用は五百圓も殘しおかば、よろしかるべく候。語學は特別に御學びにならずとも、巴里へ著けば不自由無之夫までに小生が可なり會話の出來るやう勉強致しおくべく候。尤も事情が許せば、古小谷氏③に少し御習ひ被遊候方よろしく候。日本を出で參り候へば、全く意想外の事多く、心持が新しくも相成り、初めて廿世紀の難有さを知り候。是非その方針にて御設計被下度候。修方へよろしく御傳へ被下度候。出發以來、高村、栗山二君へ御無沙汰致居り候。巴里著の上、御挨拶致すべしと、御傳へ被下度候。とにかく如何やうにもして來年の冬は出立すると、御決心の上（人にも明言し）は必ず最後に目的を御達し被遊候事と信じ候。さて君が御出で被遊候事ならば、小生は夫れまで儉約して巴里の下宿にのみ留り、専ら勉學致すべく、伊太利その他英、獨へは、君と二人にて參り申すべく候。右の御決心を至急巴里大使館宛にて御知らせ被下度候。君と子供の御健康をひたすら祈上候。

十二月十七日　　紅海にて　寛

萬年筆が痛み候ため、頓と字が書けず候。巴里にて買ひ申すべく候。

註①　有朋堂――有明館の誤り。
②　歌集――第十歌集『青海集』（昭45・1）
③　古小谷氏――正しくは「古小屋氏」。

245　明治44年12月26日　与謝野晶子宛寛書簡

〔転載〕

地中海に入りて少し荒れに逢ひ、一日おくれて今二十六日の正午にマルセイユへ著致し候。船やつれは致候へども健康には異状無之、御安心被下度候。今明兩日は當地を見物し、明後日、巴里に著する積に候。こちらも全く冬季の氣候に候。皆様へよろしく。栗山君と高村君とへよろしく御傳へ被下度候。草草

寛

246　明治44年月日不明　河井酔茗宛晶子書簡（推定）

〔封筒ナシ　毛筆巻紙縦18横124〕

啓上
今月の婦人世界に私のしつさく話として蒸篭そば云々の記事の候ひしかば私はその無根なることを申おくりかつ筆者を誰様なりやとたづね申候ところ有本氏のよしにて同氏はあなた様より御き丶なされしよしのことを高信氏より御通知あり候。蒸篭そばは堺にも昔より候を私がさることいたすいはれもなきこと丶ぞんじ候
私の出京いたせしもはや十年の昔になりて候へばその當時たれかに御き丶のことがあなた様　そのうちに御自身御覧になりし、ことのやうに御記臆なるにてはなく候や
私の性質はよく御存じに候へばことをまげておのれをかばふ如きいさぎよからぬことはいたさぬものと御おもひ下され度候。滑稽をとほりこせしあまりなる不作法に候へばとりけしも申しおくりしことに候
さ候へばあなた様より電話にてなりとも有本氏に御口ぞへ下されかのことを分明になし下されたく候
へだてなきあなた様ゆゑこのやうなることを申上げ候。決して私につきて御心づかひ下さるまじく候
御妹様のこともよくこころえて居り候
先はとりあへずあら〳〵　晶子
河井様

【推定】文中に「私の出京いたせしもはや十年の昔になって」とあり「出京」は明治三十四年なので四十四年と推定す。

247　明治45年1月1日　白仁秋津宛寛書簡

〔ペン絵葉書縦13・8横8・7（「パリ・ノートルダムの写真」）〕　消印　20・1・12

(表)福岡縣筑後国上内郡銀水村　白仁勝衛様
M. K, Shirani Fukuoka
Japan

新年の寿詞申述候　小生旧臘二十九日に無事巴里へ着致候
貴下のます〳〵御健勝ならんことを祈り上候　御作は東京の晶子のもとへ御遣し被下度にスバルは当地へも参り居り候
正月一日　与謝野寛

〔裏〕
ノオトルダム寺の屋上の怪物に候。この傍に登りて巴里を先づ

一望致候。

248　明治45年1月1日　菅沼宗四郎宛寛書簡

〔転載――シベリア経由　Millet. Les Glaneullsの絵葉書〕

㊤横濱税關新港出張所　シベリア経由

明治四十五年正月元日

巴里より新年の賀詞申述候。ますます貴下の御清福を祈り上候。小生無事巴里へまゐり候まま御安心被下度候。船中の便宜非常なりしは一に泉本氏と貴下とに奉謝候。

このミレエの名品の前にも佇み申候。この寫眞は明るすぎ候。原畫はもつとうすぐらくしてもつと重き調子に候。

與謝野　寛

249　明治45年1月4日　与謝野晶子宛寛書簡

〔転載〕

啓上、無事に正月を御越し被下候事と存じ候。こちらは旅中にて頓と新年らしくも無之ただ元日の夜の大使館の新年會に、日本料理の御馳走になり、餅を二きれ食べ候丈が正月に候。石井君の案内にて日夜見物を致し居候。目下毎日冬曇にて薄暗くルウブルの畫もよくは見がたく候故、まだ十分の一も觀ず候。よき下宿の見つかり候までは、このスフロオホテルに止まるべく候。下宿もホテルも入費にはさまで相違無之、只下宿へ行けば家庭の事情が少しでも解る位の事にて、下宿の食物は粗末なる由に候。

此ホテルは下の中位のもの故、部屋代丈二十円に候。食事は外にて致居り候。食事に毎日二円位支拂候故、いつも月末にのみ支拂をせし身には、何となく氣が引け申候。只今は萬朝の徳永君と同じ部屋に候。四十圓程の部屋に二人で居れば二十圓につき候。一ケ月の後徳永君が畫室を借りて移れば、小生は下宿へ移るか又はこのホテルにて、他の二十圓位の小き部屋へ移るか致すべく候。氣候は京都の一月の氣候に候。底びえが致候へども、東京の如く風は吹かず候。室内はまことに温かに候。小生は二階なれど滿谷、長谷川、柚木三人は下の部屋に三人同宿致候。パンテオンと云ふ有名なお寺（ゾラ等の名士を葬りある寺）の側につき鐘の音が近く聞え候。リユクサンブルの公園にも近く候故毎朝散歩致候。石井君のホテル、小林萬吾、和田三造、ルンプの畫室等も五六町以内にあり候。言葉が日本にて本にて習ひしとは餘程ちがひ候故、一寸解りかねる事多く候。次の週より語學を教へるお婆さんの處へ滿谷君等と少しの間、通ふ事に決め候。一週に三回、一時間に二フラン（八十錢）のキメに候。芝居、寄席、オペラ又婦人の服装、美術品のかずかず驚く事のみに候。之を小生一人にて観るは一一遺憾に思ひ候。何とか先便に申上候如く御計畫の上、往復五六ケ月の積にて御出掛被下候やう致度候。

子供等の事は氣に成り候へども、御出立の前にお静をお呼び被下候はば女中も居り候事故、五六ケ月はすぐに無事に立ち候事と存じ候。

一、シベリヤ線にて御出で被下候はば二等は新橋より巴里まで通し切符六百圓以内に候。（敦賀よりの船賃を含む）伯林まで十二日にて著し伯林より乗換て巴里へは一日餘りに候故、急行列車に乗れば十三、四日にて參られ候。

一、旅行券を至急東京府へ願ひて取りおくこと。（二十錢の切手を封入して京都の役場より戸籍謄本を取りし上にて）

一、服装は袴と靴との外、何も作るに及ばずあり合せの日本服にて巴里に著し、こちらにて直ぐに洋装を作ればよろしく候。洋装も程度のものなればいくらでも廉くて見よきものが出來候。荷物は小生とおなじやうなる革包を大小二つに限ること。

一、路づれは田中喜作、高村光太郎二君の中に依頼すること。

一、錢は正金銀行より巴里に送らせ、切符は新橋にて買ひ、（特別急行の汽車の時間を問合せたる上）途中の小遣は佛國の貨幣に正金銀行にて代へて貰ひ、二百圓も持ち居ること。實際に入用なるは五六十圓に候へども。

一、時季は成るべく早きがよろしく候。若し高村氏の路づれが差支候はば單身敦賀までお出で被下度、さすれば必ず船中にて路ずれの日本人有之候事と存じ候。ウラジホの本原方には左田覺眠氏も居り候。御渡歐の事は空想の様に御感じ被遊候事と存じ候へども是非斷行しようと御決心被遊候はば、何とかその方法が開け相に思はれ候。（尤もその事は和田、赤松の小生に對する金子を受取つたあとにて小生の兄共へ御發表被下度候。）巴里著の時は小生が伯林まで迎ひに行きてもよろしく候。成るべく田中、高村二君と一緒に御出でがよろしく候。語學などは御修めに及ばず候。只何とかして（留守宅の入費は寄稿にて出來候へども）渡歐費二千五百圓程を御作り被下度候。歐州は二人にて旅行する方餘程やすく附くべく候。堀口の父よりも大學君よりも大使館宛に手紙まゐり候。来る四月に大学君は当地へ来る筈に候。

若し郵税が高く附かぬならば京都の白エンドウ、小カキモチ、甘納豆などを鑵に入れ密封をさせて御送り被下度候。永住の日本人は何れも其等の送附を受けて喜び居り候。（當地への小包は一一郵便局へ呼出され官吏の前にて開封し、物によりては課税致され候故、タバコ、キヌモノ、茶などは送らぬがよろしく候。）君に逢ひたしとのみ日夜おもひ候。郷愁と云ふものに候べし。

當地の小學生を見れば、光をもなつかしと思ひ候。三月中旬までに送金の事を本日赤松、和田双方へ頼み遣り候　まだ急がず候へども貰ふものは早く致しおき度候。桃、松、闢三さんによろしく御傳へ被下度候。香川はいかが致せしにや。「スバル」を發行所より送らせ被下度候。君と巴里に相見る日をのみ想像致し候。

晶子殿　十二月四日　寛

【備考】「与謝野寛書簡抄（二）」（『冬柏』、昭10・5）では明治四十四年十二月四日になっているが、本文に「正月」の語があることにより明治四十五年一月四日にした。

250　明治45年1月6日　与謝野晶子宛寛書簡

〔転載〕

十二月十六日發の御手紙昨五日に届き候。發熱なされしよしながら早速御直り被遊候はうれしく候。佐保子の事いかばかり御心配被遊候事ならんと、その夜の光景を思ひ浮べて御氣の毒に存じ候。年末の御せはしかりしことも目に見えるやうに候。光の丈夫なること、何より安心致候。試験も無事に通り、正月も無事に皆と一緒に致候事と存じ候。手紙をありがたうと御傳へ被下度候。寫眞落手致候。その内に新しきのを願ひ候。小包も昨日著き候よし通知有之候。今日は土曜、明日は日曜につき、明後日受取に遠方のノオル停車場まで參るべく候。一一受取に行かねば成らぬが不便に候。「スバル」の事は成るやうに御任せ被遊候方、よろしからんと存じ候。小生船中の疲勞にや又、當地に來りて餘り四圍の光景の激變せしためにや、少し頭がぼんやり致候へども、至極健康に候間、御安神被下度候。湯も既に一度入り候。一度三十二錢に候。石井、小林萬吾、藤川（津田君の友人）梅原（高村君、田中君の友人）等にいろいろ知らぬ事を教へられ世話に成り居り候。その内或はモンマルトルと云ふ（梅原氏の居る附近）賑かなる町の方へ下宿するかも知れず候へども、本月中はこのホテルに止まるべく候。郵便は大使館より直ぐに轉送しくれ候。金尾の景氣いかがに候や。支那問題のために日本の不景氣想はれ候。夜毎、寢ざめがちにて君の來給はん事のみ想像致し候。この願眞實と成れかしと祈り候。兎に角、至急に旅行券を御取り被遊、いつにてもシベリアにて出發せられ候やう、御準備被遊度候。背水の陣を布かねば英斷は出來ず候。お靜を呼ぶことは出立の前一ケ月になりて頼みてよろしく候。お靜に子供等の性質をよく御話しおき被下度候。往復六ケ月はすぐに立ち可申候。大車輪になりて渡歐の御計畫を被遊度候。新橋より伯林までは直通にて十二三日に候。ロシアのモスコウまでは十一日に候。モスコウにて一泊してもよろしく候。田中喜作君がシベリヤより來る筈につき成るべく御同行被遊度候。又高村君とでも。君の來給ふものと信じ居り候。小生は君の來給ふ日を待ちて相共に何れの國へも旅行致すべく候。若し出來る事ならば、四月中にも來給へと願ひ候。英國へ參るは五月がよろしきに候。巴里は目下陰晴常なく、昨晩より大分寒くなり候。タバコをマルセエユ上陸と共に廢し候。頓と苦痛にて無之候。その代り燒栗などを買ひ來りて机の上に置き候。散髮はまだ致さず候。船中にて一度せしのみに候。當地に居る日本人は一年中、湯に入らぬ者多く候。自炊し居る人も多く候。併し小生は自炊の時間が惜しく又それほど、日本食が戀しくも無之候。巴里の洋食は京都式の味多く、必ず君にも適し申すべく候。巴里の花屋には百合が咲き居り候。温室が完全なる故と存じ候。

かくばかり君を戀しとおもふこと十年の後に巴里にて知る

少し出發をのばし候ても、君を伴ふべかりしにと思ひ候。巴里へ來れば、日本にての纒綿たる俗事を忘れつつひたすら君を戀しとおもひ候。長島より葉書參り候。以上、平野、別所君へよろしく御傳へ被下度候。修へも。

正月六日　　寛

晶子殿

251　明治45年1月11日　与謝野秀宛寛書簡

〔転載〕

アナタハモウネツガデマセンカ。タツシヤデスカ。ミジカイテガミヲニイサンノヤウニカイテヨコシテクダサイ。ゲウセイノ一ネンノセンセイニトウサンカラヨロシクイヒマシタト申シアゲテクダサイ。トウサンハタツシヤデ、マイニチビジユツクワンノヱヲミタリ、パリヲケンブツシタリ、ホンヲヨンダリシテヰマス。

コレハオ父サンノヤドヤノチカクニアル「リユクサンブル公園」ノナカノ池デス。今ハ冬デスカラ木ハミナ葉ガオチテヰマスケレド、ヒトハコノ寫眞ノトホリニタクサンキテヰマス。池ニコドモガフネヲウカベテアソンデヰマス。

トウサンハヨクコノコウヱンヘサンポニキマス。

一月十一日　　巴里にて　寛

252　明治45年1月14日　与謝野晶子宛寛書簡

〔転載〕

啓上、十二月廿四日御出しの手紙を昨日見ました。正月前の御忙しき有様がよく分り目がうるみ申候。それ程にまで忙しくしたまひて果して安安と歳が越せ候やと案じ申候。光の目も氣になり候。何事も善かれと祈り申候。當地はセエヌ河少し洪水の模様に候。併し人は驚く色なくその川邊を逍遙し石垣の上にて賣る古本屋を冷かす人多く候。小生は風邪一つ引かず、一日おきに語學の老婆（前のスフロオホテルの主婦、高村氏の御存じの人）の許へ通ひ候。

その他の日は公園（幾つもあり）や小き展覧会、博物館等にて暮し候。芝居へは近日より続けて各劇場を廻りたしとおもひ居り候。先日「流行」と云ふ雑誌を送り候が、明日は芝居の雑誌を二つ御送り致すべく候。何れも御保存おき下され度候。此ホテルへは一ケ月のきめにて泊り候が此月の末には素人下宿か或は他のホテルか又は貸間かへ移り申すべく候。同行の畫家達は大抵畫室を借る約束が出來候て、本月末に引移るべく候。石井君は月末よりスペエンへ旅行致す由に候。此間歸朝の途次大谷繞石君が突然尋ねくれ候。小林萬吾君方にて二度日本飯を焚きて喫し候。當地には日本の米、醬油を賣る家有之候。小林君方には鰹節もあり、氏は自炊生活を致居候。鯛、海老、かき、ひらめ、さば、あぢなども多く又小生の好物のむき豌豆も八百屋に有之候。小生は日に一度洋食屋にて豌豆を食べ居り候。一體に巴里の食物の味は、日本的にて君の來給はば必ず不自由したまはぬ事と信じ候。冬曇りのみ續き候ひしが昨日と今日は珍らしく日光がさし春の來れる心地致候。寒しと云ひても霜さへ降らず候。固より氷などは知らずまことに凌ぎよく候。女が概して薄著なるは日本風なりと思はれ候。服裝の千差萬別に面白く、裝飾の上手にして且つ自由なるを見れば、日本の女は氣の毒に候。君に是非この光景を觀せでやはと思ひ候。小包とどき候。丈夫なる箱に封蠟まで施したまへる用意おもひやられ候。（この後は手紙にも封蠟に及ばずよくゴム糊を御つけ被下度候）隨分受取る事が面倒にて半日を停車場の税關に費し候。ドテラまことに温かに候。「文章世界」の無禮きはまる文章を見て終日心もちを悪くし、金さへあらば一家を擧げて日本に住まじとまで思ひつめ候。併し今は早一笑に附し居り候。

平野君はいつまで東京に留り候にや。スバルのことを同君がよく森先生と相談しおきくれ候やう希望致候。今頃は東京の寒さに皆皆困り居り候事と想像致候。君よ、湯ざめなどしたまはぬやうに祈上候。炬燵よりも皆湯たんぽに被遊度候。小生はストオブが日夜たきづめにつき温かに候。湯へはまだ一度しか入らず候。當地の日本人には半年に一度位の人も有之候。散髪も大抵四月に一度位のよしにて髭のみ自ら剃り居り候。されば皆の人相、否頭の姿は東京にある支那の學生のやうに候。勝手なる事ばかり申候へども成るべく早く日本を御立ち被遊候やうと希望致候。シベリヤよりならば、いつの時候にてもよろしく候。

併し費用の事、留守の事などさまざま御心配被遊斷然御決め被遊候こと六つかしくも候べしとおもひ候。兎に角目を閉ぢて御決斷被下度候。高村氏が必ず同行しくれ候事かとおもひ候。兒どもの事は小生も氣になり候へども往復五ケ月ほどならば、靜と女中とに任せて直ぐに經過致すべく候。その後「朝日」へ何も書かず候。實は書くべき事が無きに候。小生の珍らしとおもひ候事は澤山に有之候へども、夫れを書きては上海の記事と同じく高村君などに笑はれ候べし。何か特別なる事をつかまへて二三日の中に認め候べし。會話が出來ぬため面白き種に困り候。半可通を竝べたく無き故に候。

　先日、小林萬吾氏方にて日本の新聞を讀み候に大分昨年末は不景氣なりし様子に候。さぞさぞ御困り被遊候事とおもひ候。小生は然う云ふ氣苦勞も致さず、ただ君と歐洲諸國を遊び、巴里の生活を共に致候日をのみ、空想して心頼みに致居候。まだ込み入つた會話が出來ず候故どの文學者にも逢はず候。栗山君の貰ひくれし添書もまだ用ひず候。君の腦の安まり候事と光の目の癒り候事とを祈り候。郵便はやはり大使館宛に願ひ候。大使館よりは直ぐに回送してくれ候。若し出来る事ならば「朝日」を七日分づつ（厚き塵紙にて帯封）し御送り被下度候。別に御手元にて小生の記事のある分丈御切抜きおき被下度候。併し別に新聞を買ひ夫れを封じたり被遊候事は面倒に候故どうでもよろしく候。諸君へよろしく御傳へ被下度候。大倉の佛和新辭典を一部郵便にて御送り被下度候。携帯せし分に落丁ありて困り候。

　御出で被遊候時は小生の度位の金の眼鏡を御持ち下されば芝居などを見るのに便利に候。

　　晶子殿　正月十四日　　　寛

253　明治45年1月17日　与謝野晶子宛寛書簡

〔転載〕

啓上

元日に認めたまひし手紙は早くも今十七日に著き候。シベリヤ直通の汽車は一週に二度なれば、従つてシベリヤ経由の手紙も東京を一週に二度發する譯にて、其れに都合よく間に合へば十六日に當地大使館へ著する次第に候。

　お顔色の悪ろくて御淋しかりし正月の様子想像にあまり候。小生は絶對に煙草が止《や》まり候に君が「タバコの正月」は異様に思ひ候。變化なき日本の生活にては煙草がせめての刺戟劑かと思ひ遣りて君を早く此地へ呼びだ《ママ》しと思ひ候。小生も案外、心の底は淋しく候。まだ會話が自由に出來ぬ故に候べし。尤もこの二ヶ月中にはほぼ出來申すべく候。又一つは同行の友人は皆他へ畫室を見附けて移り候に自分一人だけはホテルずまゐにて、氣が落ちつかぬ故もあり候。下宿はいろいろあり候へどもよきは高く、安きは室が氣に入らず夫故まだ定らず候。併しこの月の中にはどこかへ落ちつき候事が出來るとおもひ候。(但し此ホテルに居ても不經濟には無之候。同室せし徳永が本日から他へ移り候故、小生は全く一人ぽつちとなり、今夜から一層淋しき事と思ひ候。今日小林萬吾氏方にて、十二月廿九日までの日本の新聞を見候。支那が共和國に成り相な事も承知致し候が、電気のストライキは君の文にて知り候。

とにかく經濟上無事に年を御越し被遊候事かと想像致候へども、その御忙しかりし事を思へばなさけなく候。この上、君の健康を害し候やうの事なかれかしと祈り候。力めて美食と運動と睡眠とを十分に被遊度候。スバルの宣言には岩野氏ならぬ小生も石井柏亭君と一緒に巴里で笑ひ申候。今日小林氏方にて、一月の「心の花」を見候がスバルの廣告文の顔ぶれの淋しきを厭に思ひ候。高村、木下二氏は書かざりしにや。今日たまたま市場を過ぎ候が、魚は鯛、イワシ、ホウボウ、カレエ、鮭など皆新しくてあり、野菜も日本に似たる物多く候。鯛は東京にて一圓もするものが二十五錢位に候。イワシは一尾が二錢に候。小林萬吾氏が自炊する理由を知り候。君の來給ふ時、ともに日本の食事を致す事も出來候事とほほゑみ候。石井君は二十日頃より三ヶ月ほどスペインと伊太利亞の北とへ旅行致候筈にて明日ルンプと三人にて別に寫眞を取るべく出來次第御送り致すべく候。君のは寫眞よりも御自身の御出でを望み候。君と別れ居り候事、我等の生涯の大缺陥のやうに思はれてならず候。光をおきて來給ふこと氣掛ならば、半年學校を休ませて伴れて御出で被下度候。呑氣なる事を云ふと思ひ給ふべけれど是非この歐洲の光景を君と共に見たく候。君に見せたく候。此機會ならでは六つかしと思ひ候。事を急ぎて四月中に巴里に著くやうにもしたまふべし。さすれば五月の英國を見、六、七を伊太利、夫より巴里に歸りて、オランダ、ベルギイへ十日、ベルリン、スイツルへ二十日、スペインへ一週間と旅行し、又巴里に歸りて巴里の秋を見、それより船にて歸國致さば、本年中に歸り候事十分に出來候。止むを得ずば、六月頃までに佛國へ著きたまひてもよろしく候。何はあれすぐに旅行券だけ御取り被遊度候。倫敦へは朝立ちて夕方に著き、伯林へも、スペインへも四十時間ほどにて著き候。イタリイは少なくも一ヶ月半を見物に費さねば成らず候。

川上君の添書まだ著かず候。小生芝居や寄席踊り場等を見候へど、大きな芝居はまだ行かず候。よい席（安くてよい席）は前より買はねば成らず、そんな事が一寸面倒に候。この間九里四郎君と國立劇場の切符賣場口へ一時間、珠數つながりに待ち居りて、順番が來たかと思へば希望の席は賣切となり居り、寒き日に馬鹿を見て歸り候。オペラと云ふ第一の芝居にて、土間のうしろを買はんとすれば四圓かかり候。國立劇場にて小生と九里とが買はうとせし席も土間のうしろにて之は一圓に候。之より廉き席は天井より見下す事となり候故、やすくてよき席と云へば、土間の直ぐうしろのみに候。寄席にても、竝の席は八十錢より一圓かかり候。夫より廉き處は見にくく候。併し夫れ丈の價値は十二分にありて見てしまへばいつも安價なりと思ひ候。大使館は小生のホテルより遠方につき二度しか行かず候。高村君の友人の梅原君①がよく世話を致しくれ候。梅原君は尤も遠方に住み居り候へども和田三造君と共に尤も巴里に通じ居り候。

　まだ正金銀行より送りし八百圓に手を附けず候故、御安神被下度候。この月末にはホテルの拂や下宿の前金、語學教師への禮に少し引出し可申候。間借をして自炊をすれば五十円にても暮され候へど長くも居らぬ自分はその自炊時間の空費がいやに候。さればかれこれ百円はかかり候べし。尤も君の来たまはば間代が半分になり候故二人にて八十円宛、即ち六十円にて巴里に滞在し得べく候。旅行の費用は汽車賃を除き、日に四円ならばよしとの事に候。君が巴里に着きたまはば一寸服装に二百圓（一切にて）位を要すべく洋服は隨分ヤスクても買はれ候。成るべく儉約して土産と書物とを買つて歸りたしと思ひ候。米さんへよろしく御傳へ被下度候。光の畫は教師に解らぬ事と存じ候。少しも落膽するなと御傳へ被下度候。やはり藤島②さんへ御遣し被下度候。ポオトセイドよりの手紙を正月の初に見給ひし事とおもひ候。御渡歐の御決心の手紙が早く見たく候。今日は寒き雨が降り居りて早く歸宅し、がらんとせし部屋にて之を認め候。

　昨夜また湯に入り候。今日は散髪も致候。御出での時上茶を一鑵御持参被下度候。小生の紙はまだ此秋までも有之候。昨日「朝日」へ二回分③書き候。其内何か材料が出來候事とおもひ候。くれぐれも御攝生を祈り上候。

　晶子殿（明治四十五年一月十七日）寛

註① 梅原――画家梅原龍三郎。
② 藤島――画家藤島武二。
③ 「朝日」へ二回分――「東京朝日」（明45・2・9、10）掲載の「巴里だより」（一）（二）のこと。

254　明治45年1月17日　与謝野晶子宛寛書簡

〔転載〕
九里君①が遊びに來た。今朝梅原に會つたら非常によい廣いパンシヨン（下宿）で晝めしを拔いて百六十フラン位（六十圓）の所が見つかつたと云つて居た。梅原から知らすだらうと話す。間もなく梅原の手紙が著いて明日午前に見に來いと云ふ。夫れで明日、見に行くことに決めました。若しよければ引移る積です。場所はモンマルトルと云ふ所で、東京なら日本橋、浅草、神田を一緒にした様な所、生粋の巴里ツ子の住む所です。今のホテルのある處は一寸、本郷と駿河臺とを一緒にした様な、田舎出の大學生などの多い所で、シヤレた所では無いのですがモンマルトルと云ふ反對な方へ行けば、寄席や、カフエエや踊り場などに氣の利いた所が多く、巴里の美人と粋人とが見られるだらうと思ひます。夫れに高村君の親友で芝居通の梅原が近所であれば、利益があらうと思ふのです。尤も梅原は二月の末から伊太利へ四ケ月ほど行く相です。僕はモンマルトルに一ケ月ほど居て、夫れが厭になつたら又、麹町の様な所だと云ふパツシイと云ふ上品な方で一ケ月も住みたいと思ひます。――今は夜の十二時です。宵に九里と詩人や美術家がよく行くリイル（琴）と云ふカフエエへ行つて熱いカフエエを喫み乍ら、九里の持つて居る一月の「白樺」を讀んで、あの雑誌の實《み》のあるのに感心し、九里に別れて、一人で歸つて來て之を書き添へます。寒い晩は、カフエエへ行くのが温くて廉上りで面白い。一杯十二錢（日本錢にして）とボオイへ六錢ほどやる丈でいくら遅くまでも遊んで居られるのです。リイルでは原稿紙が、出してあつて卓の上で何か直ぐ作つて居るらしい詩人もあります。手紙を書いて居る人、スゴ六やカルタを弄んで居る人などが居ます。女も立派な人が來て酒を飲んで居ます。他の大きなカフエエでは怪しい女が澤山來て男とふざけたり、又男を釣らうと頻に秋波を四方に送る様ですが、リイルは上品です。明日の下宿の事は直ぐお知らし（ママ）ます。繪や彫塑を毎日見て歩きますので、大分に解り出しました。畫が描きたくて仕様がありませんけれど、全くかけ相にありません。光を羨みます。古小屋君によろしく云つて下さい。同君に習つたのが、本を讀むのにも、會話にも大變強味になります。君の健康を祈り候。君を巴里に迎ふる日の早くあれかし。十七日夜一時半。

高村君に貰つた茶が大變な御馳走です。來た客も皆よろこびます。巴里へ御出では高村君とも御相談被下度候。

晶子殿　　　寛

註①　九里君――九里四郎（画家）。

【備考】「与謝野寛書簡抄」には「二月十七日」となっているが、文中でモンマルトルに「引移る積り」とあり、本書簡258に「ここへ（編者註モンマルトル）は昨日（一月廿六日）午後に移り」とあることにより一月十七日とする。

255　明治45年1月21日　与謝野晶子宛寛書簡

〔転載〕

寫眞が出來ましたから送ります。和田、赤松へもあとから一葉づつ送る積りです。十二枚九フラン（三圓六十錢）のヤス物だから葉書になつてゐます。何れもつとハイカラになつてよい寫眞を取りませう。こちらへお出でになる時は何か汽車でお讀みになる書物を用意なさらないとシベリヤの汽車の書が退屈だ相です。夜は寢臺（二等以上に）が附いてゐますから寢られる相です。旅行券を早速御取りの事を望みます。背水の御覺悟でなければ來られませんよ。巴里へ君が來たまはば如何ばかり君が若返り玉ふならんと思はれます。詩を一つ譯して「三田」①へ送りました。また外へも譯詩を送る積です。「ザンボア」につたあなたの歌②は、こちらの日本人間で大變な評判です。一昨夜「氷すべり」を見に行きました。踊り場が一面の人造の氷で、すべる上で巧に一般の男女が踊るのです。觀て居る者さへ踊つて見たくなります。光の目はもはや全快せし事と思ひます。巴里よりも東京の寒き事が悲しい。君の健康を祈り皆皆の無事を祈ります。高村君は巴里へ急に來ないのでせうか。同君が來ずとも屹度誰かが來るでせう。京都の田中、東京の中澤弘光氏など。まだ一月の雜誌が來ません。和田三造君の處へ君の文章の載つてゐる元日の「大坂毎日」③が來たと聞きましたが見に行きません。この手紙は紀元節前に著くでせうが、東京はその頃まだお寒からうと案ぜられます。煙草は害があると云ひます。成るべく控へ目に願ひます。僕は全くのみません。その代り、夕飯によい葡萄酒をのみます。日本には、ほんとの葡萄酒は無いと思ひます。藤岡長和君から年賀の葉書を貰ひました。まだホテルに居ます。二十六日に下宿へ越します。一月二十一日夕　寛

晶子殿

註① 詩を一つ譯して「三田」――「木靴師」（『三田文学』、明45・3）
② あなたの歌――「ただごと」十九首（『朱欒』創刊号、明44・1）
③ 元日の「大坂毎日」――「大阪毎日」（明45・1・2）の「良人への手紙」である。

256　明治45年1月21日　与謝野晶子宛寛書簡

〔転載〕
十二月廿七日東京發の手紙が遲れて著きました。川上氏①のかずかずの紹介状を謝し候。よろしく御傳へ被下度候。ザンボアも石井氏へ來りしを本日見ました。平出氏、藤岡長和君の手紙も著きました。
元園町へよろしく御傳へ被下度候。平出君の手紙の元氣なの

に安心しました。平野君によろしく御傳へ被下度候。巴里は小生などよりも平野君などの若い人が來るべき處に候と御傳へ被下度候。このブツテイイパレエには市設の美術館があります。この向ひにグランパレエがあつてそこで春の美術展覽會が開かれることに決つてゐます。

廿一日夕　寛

註①　川上氏——川上賢三。

257　明治45年1月23日　与謝野晶子宛寛書簡

〔転載〕

（初めを缺く）君と光との淋しがり玉ふこと目に見えるやうに候。戀しきは、少しも君に讓らず候。光の手紙にも涙ぐまれ候。フランス語をはさみ候はうれしく候。あとより巴里の繪葉書を光始め皆皆へ送り申すべく候。轉宅なされしこと安心致候。定めて用心もよろしき事と信じ申候。君のなし玉ひし事をすべてよろしきやうに感じ候は小生の底の心と思召さるべく候。平出氏の病氣、何卒小生の歸り候まで、せめて待《ママ》ちこたへ候やうと祈り候。（萬一氏の上に不幸あらば、平出家は如何になり候やらんと心配に候。）平野君の歸京せしこと、うれしく候。何にも同君と御相談被下度候。

「スバル」も今一、二年つづけ申度候。（あの雜誌より純益は無くなるとも）江南氏を勵ませて前途の收入の道を漸次に考へ候やう御忠告被下度候。野村の妻も、小生の歸朝まで健康を保たせたくと存じ候。御序によろしく。「青海波」と云ふ名は醉茗氏などの合作詩集にありし名に候。伺《ママ》か（間に合はば）改め玉ふべく候。堺へ御歸り被遊候頃のこと委しく解り安心致候。小生への小包ありがたく候。まだ屆かず候。猶この後は何も御送りに及ばず候。澁川君へ兩三日中に禮状差出可申候。コロンボ以後、通信をきかず候が、兩三日中に何か認め可申候。虚子君が書きし「ホトトギス」の「鐵幹君送別會」は如何なる事を書きしにや切抜きおき被下度候。船中より申上候ごとく、高村君又は京都の田中君と一緒にシベリヤより（伯林まで汽車はウラジホより十一日）御出で被遊候やう、大英斷に御計畫被遊候事を御勸め致候。留守宅は御靜を呼び一任被遊度候。此機會を利用するにあらざれば君の外遊は六かしくと存じ候。この文明國を見ざるは非常の不幸と存じ候。君が御出で被遊候と決らば前便に申上候ごとく小生は何れへも旅行せず巴里にのみ在るべく候。小生のあとの費用は、明年三月上旬に屆くやう、和田、赤松兩家へ賴み遣るべく候。君の來給はば四五ケ月にて伊太利、瑞西、ベルギイ、オランダ、倫敦、ベルリン、スペイン之だけを見て歸りに郵船會社の船に乘り、印度その他を一瞥して歸國致度候。當地の下宿料（部屋だけ）は一ケ月二十圓、外へ出での食費は、一ケ月六十圓、芝居其他の雑費二十圓、併せて百圓を要し候様に考へられ候。祝儀を遣ることの多きに大分おどろき候。何れ委しき事はあとより直ぐ可申上候。平野、江南、古小屋、高村、武田、佐藤、栗山諸君へよろしく。　寛

晶子殿　　（明治四十五年一月二十三日）

258　明治45年1月27日　与謝野晶子・光他宛寛書簡

〔転載〕

モンマルトルのリウ・ギクトル・マツセと云ふ街の廿一番地の三階で煖爐の眞赤に燃えるのを右にしながら此手紙を認め候。ここへは昨日(一月廿六日)午後に移り候。馬車にて着き、此家の女中に手傳ひ貰ひ候て重きトランクを二人にて三階へ上げ候時は泣きたくなり候。一ケ月ほど人の住まぬ部屋とてその間ストオブを焚かねば部屋中の寒さは一時に身を咬み、がたがたと慄き候。女中が煖爐を焚き呉れ候へども中中温まらず、やうやく夜の八時頃になりてホテルに在りしと同じ温かさになり候。隣の七階の上の梅原君が来て女中に差圖致しくれ大助かり致候。先のパンテオンの側の街よりは全く反對の地にて日本人と云へば梅原君と小生と二人きりかと思ふと淋しくなり候ひしが、八時の晩餐に家族と同じ卓に著き候に主婦なる人も下宿人の令嬢も外から夕飯を食べに来る細君も揃つた變り物《ママ》にて小生の不完全なる佛語をよく解しくれ少しの隔てもなきかと思ふほど親切にて、三人の女は何れも食事中何かと云へば直ぐに歌をうたひて踊る眞似を致すなど滑稽家ばかりに候。その上料理も街の料理屋にて食べ居りしに比べて種類はちがへど別の味ありて舌に適し、けちけちせずして潤澤に致候。例へば卓上の酒も白と赤の兩方の葡萄酒とアブサントを出し、食後のくだものも蜜柑に林檎など惜気なく出し候。佛國婦人のけち臭きに似ず候。斯様に一種の趣味ある家庭に入る事を得候へば俄かに気が引立ち先刻の淋しさを忘れ候。居心地のよろしき家に候へば、ホテルに在りしとちがひ、少しは心もおちつき候かと存じ候。併し毎夜一時間位しか眠られず、頻に君の上兒供の上が戀しく、夜明を待ちわび候事ホテル以來の習はしに候。君が一月十日に認め玉ひし手紙、いと早く廿四日に届きしに候。君の戀しと思ひ玉ふと我の心と何のけぢめあるべきとほほゑみ候。日本に居たまひて兒供の事が直接氣になつては一寸御決心も附きかね候事とおもひ候へども、靜と金尾とに任す事として目をつむつて御決心下され度候。併し金子の都合にて万万一御渡歐が六かしくば一人にて伊太利その他に遊び必ず来年中に帰り申すべく候。（心の内にて直ぐにも帰り度候。もはや佛蘭西が小生には領解

せられし心地致候。）とは云へ金子の都合は君の御決心次第にて何とか成り候べし。君の精神上の幸福のためは勿論、將来對世俗的のためにも御渡歐を勸めたく候。アヅマコオト①に靴ばきにて來たまへ、洋裝は巴里に著きて一日にて整ひ申候。小生は今日初めて巴里の靴を買ひ候。帽もやうやく見苦しきを感じ初め候。その内に買ひ候べし。洋服は歸る時に作る積に候。此秋は石井君と和田三造君とが歸りて日本の畫界を騷がせ候事と存じ候。小生も此秋までには巴里の文學者と話の出來るやうにしたしと思ひ居り候。若し出來る事なら何か論文を佛文にて發表したしとも思ひ候。近日、ソルボン大學へも通ふ積に候。（當地の大學は聽講が自由に候。）光の目の直り候ことうれしく候。風を引きて鼻を痛めずやと案じ申候。この下宿の拂は七十五フラン（部屋代）八十フラン（朝めしと夕めし）合せて日本の金子にて六十五圓六十錢に候。その上當分は石炭代が要り、又、石油、マツチ、蠟燭、タキツケ、女中への心附などが掛り候故、七十五圓は少くも掛り候。外に晝めしが平均一フラン半（六十錢）之が十八圓に候。

小遣や芝居の見料等を加へ候に、當分百二十円は入用と思はれ候。シヤンブル（部屋）を借りて自炊しても八十円は掛るべく、長くも滯在せぬものを自炊やランプ掃除に時間を空費して僅か二十円を儲けるにも當らずと定め候。今に温くならば石炭は不必要と存じ候。成るべく錢を餘して澤山の文學書と多少の土産とを買ひたしとおもひ候。日本飯を自ら炊ぐ連中は六十圓位にて暮すとも聞き候へども、折角巴里人の生活に親まず、巴里人の食事をせぬは氣の利かぬ事と思ひ候。大使館への郵便は直ぐ當方へ廻り來る事に候へば御安心被下度候。中六番町②の留守宅の部屋のありさまが、目に泛びかね、どんな處へ歸るかと好奇的に考へ候。石井君は西班牙へ立ち候。小生も是非西班牙を見て歸りたしと思ひ候。リヨンへの添書は無効かも知れず、五時間の路程に候へど文學の無き地なれば行く氣がせず候。君の來給ふ日を待ち焦れ候。必ず此部屋へ君を迎ふる日のある心地致し候。メキシコの堀口も此春には巴里へ來る由に候。堀口君の父③と當地の大使代理安達氏とは親友につき小生へ便宜を與へくれ候積の由なれど何だか大使館へは足が向かず候。栗山と古小谷二氏へよろしく御傳へ被下度候。かの二氏の心添が次第に役に立ち候。「太陽」④へ譯詩を送りおき候。「スバル」⑤へも平野氏へあて、送り候。小生はどうもまだ佛蘭西の小説を讀む余裕無之候。――辭書を引くことの多ければ――書物を買つて帰り、東京にて讀むべく候。

詩は讀み易く候ため兎角その方へ引附けられ候。もはや短歌を作る積は全く無く候。恐らく小生は詩の外に長所なしと思はれ候。歸國の上はやはり詩にて立ち殘業としては三田へでも森先生にお頼み致すべく候。詩人と云ふものの何よりも尊敬せらるる事を巴里にて知り甚だうれしく候。君の渡歐し玉ひて歸り玉はば日常の生活にまで一大變化あるべしと樂まれ候。お互の後半生を何卒世界的に暮し、いきいきしたる人生を共に樂み申度候。江南君へ一度も手紙を出さず候。よろしく御傳へ被下度候。巴里の女は盛に酒をのみ候。ラムネの氣持にてのみ候。衞生上よりは知らぬ事ながら惡しき事にあらずと思ひ候。尤も日本酒の如き強き酒はわろく候。この國の葡萄酒なればこそよろしきに候。

「青海波」は出で候にや。支那問題にて日本は不景氣ならん。夫れを思ふと歸る氣持になれずと在留の日本人は申候。當地に在る畫家にて尤も有望なるは和田三造、九里四郎、安井の三君に候。（滿谷は先輩なれば別として）此三人の前途が羨まれ申候。日本の女にて一人留學致居り候畫家もある由に候。畫は小生に大分解るやうに成り候。おもしろく候。併し小生には到底描けずと殘念に候。光に是非餘業として遣らせ度候。山縣悌三郎の長男（海軍大尉）が留學致居りて親切に尋ねられ候。御渡歐の際ハンケチ、手拭は一切御持參なきやうに御注意致候。小生は多くてもてあまし居り候。靴足袋も二、三足にてよろしく、こちらに廉くてよきものがあり候。巴里の女は一體に厚化粧にて女優などは草色などを目のふちにさし居り候。

併し十六七の頃までは殆ど化粧をせず、此頃は日本の兜形の帽が大流行に候。三四日中に文章世界⑥、早稲田⑦、ザンボア⑧等へ譯詩を寄せたしとおもひ候。君のおせはしきは、勿論ながら、小生も不相變なんだか心が忙しく候。短日月の中にあれやこれやと欲深く知りたしと思ふ故もあるべく候。

ヒカルサン、シゲルサン、トウサンハジドウシヤニ、二ドノリマシタ。タイヘンニキモチノヨイモノデス。パリニハ飛行機ガタクサンニトビマス。マダシケン中デスカラオチテ死ヌ人モタクサンアリマス。パリノマチハバシヤトジドウシヤデ一パイデス。シカシ人ノトホルミチトクルマノミチトベツデスカラアブナクハアリマセン。オトウサンハヤドヤデナク、ヨソノウチデ一マヲカリテ、ソコノ人ト一シヨニゴハンヲタベテヰマス。ニホンゴヲスコシモツカヒマセン。フランスゴバカリデス。ヒカルサンニトケイトパステルノヱノグト、ソノホカノオミヤゲヲイロイロモツテカヘラウトオモヒマス。シゲルサン、ヤツヲサン、ナナセサン、リンチヤンニモ、タクサンミヤゲヲモツテカヘリマセウ。パリニハ日本の學生ガ百人モキテヰマス。カゼヲヒカナイヤウニナサイ。

一月廿七日夜　　サヨナラ

晶子様

光様その外皆さん

夜ふけて壁なるストオブの燃ゆるもおもしろく候。歸らば是非西洋間を一つ持たんなどおもひ候。

註①　アズマコオト――和服用の婦人の外套の一種。ラシャ・セルなどで作る。明治二十七、八年頃から広く用いられた。
② 中六番町――明治四十四年十二月三日、麹町中六番町三から七へ引越した。
③ 堀口君の父――堀口九万一のこと。渡韓時人の友人。
④ 「太陽」――同誌（明45・３）に訳詩「世界統一」発表。
⑤ 「スバル」――同誌（明45・３）に訳詩「世界統一」発表。
⑥ 文章世界――『文章世界』（明45・５）に訳詩「死」発表。
⑦ 早稲田――『早稲田文学』（明45・４）に訳詩「巴里モンマルトルより」発表。
⑧ ザンボア――『朱欒』（明45・５）に訳詩「New-YoRKの晩霞」発表。

259　明治45年２月２日　与謝野晶子宛寛書簡

〔転載〕

啓上、之が佛蘭西の原稿紙に候。この五六日、君の手紙が著かざるため案じ候。こちらへ移りし故かと思ひ候故、明日は前のホテルへ尋ねに參るべく候。大使館へは早速この町の番地を云ひ送りし故、不著の筈は無し、郵便汽車の都合かとも思ひ候。此處へ引越して參りて後、一月二十九日の夜より發熱し今朝まで床の中にありしに候。初は例の性癖より肺炎かと驚き中山君①の發汗劑を服し候が、直ぐに喉が痛み初め候故、扁桃腺が脹れしためと解り安心致候。併し、一時三十九度まで上り候熱には悲觀致候。二葉亭の事②などを思ひ、身ぶるひ致候。床の中にて君と光との名のみを呼び居りしに候。此家の主婦非常に親切に世話しくれ、日本と同じく風邪には驗ありとて橙を入れし熱き酒など夜中に飲ませくれ、滋養にとて牛乳と鶏卵とを澤山に呉れ候。さは云へ、洋食を悪しく思はぬ小生も粥と梅干が欲しく候ひき。梅原君は番茶を煎じて瓶に入れ、含嗽用に持參し呉れ候。この人、隣の七階の上にありと思へば心細さも少し慰み候。金尾の様な顔にてもつと若く、京都人丈に好男子にて深切なる畫家に候。（高村君の紹介しくれし人）今日は遠方の徳永が見舞に來て呉れ候。明日は外出したしと思ひ候。床の上にて讀書を致し居り候へど、動もすれば君のみ戀しく何しに洋行などを一人で思ひ立ちしやとまで女女しき心にもなり候。先程氣分の少しよろしかりしゆゑ、「朝日」③へ一回分を書き、次いで此手紙を認めかけ候。あまり面白くも無き原稿によく稿料を呉れ候事と、澁川君の親切が思はれ候。如何なる事ありても年の内に神戸へ著き申度候。君の渡歐如何とその返事のみ待ち焦れ候。小生は此モンマルトルに一ケ月居て、再び前のパンテオン附近に下宿し、いろいろの大學へ聽講にも參らうと思ひ候。聽講は日本とちがひ自由に候。當地の日本人間にて、今度新しく日本から來た一行は何れも堅人《かたじん》だとの評判を致候由。一月の雑誌まだ何も届かず候。尤も日本の物は讀む必要も無之候へども君の物出でたるを見たく候。當地の文學者には何時にても面會は出來候へども、まだ語學の上より差ひかへ居り候。秋になりて一時に逢ふべく候。その秋と云ふも君の歐洲へ來たまふと思へばこそ、それまで留る心地も致せ、萬萬一君の來たまはぬとならば隨分堪へがたきまで、長き未來なるべく候。歸りは汽船にやはり致度候。荷物が自然多くなり候故、汽車にては面倒くさく船の方が經濟にもつき候。日數も三十五日④ほどなれば、餘程樂とおもはれ候。但し今より歸る事を思ひ居るものは小生一人なるべく候。昨夜、見舞に來りし九里は併し（小生より一ケ月早く來りし人）もはや歸りたしと語り居り候。妻子なき若き人にも家郷は戀しと見え候。至急、芝の郵船會社出張所へ葉書を御出しに成り本年の初冬に日本へ歸る歐州航路の日取書を二通御受取被下、一通は小生へ御送り被下度候。その乘船の心積りを致しおき度候。光が鼻から耳を悪く致さずやと自分の風邪に就て案じ申候。外の女の子達も、さぞさぞ寒がりゐる事ならんと想像致候。早く日永の春になつてほしく候。少し書物を讀み居り候と直ぐ暗くなり困り候。どうも熟睡が致されず候。この手紙は二月の十七八日頃に著くべきかとおもひ候。當地へはうまく行けば十五日目に著き居り候。今更手紙のみ待ち焦るる身とならんとは思ひがけざりし事に候よ。別紙の譯詩は相馬昌治氏へ御遣し被下度候。或は北原氏へなりとも。明治書院へ頓と手紙を出さず候が、書くべき事が無き故に候。「朝日」の拙い通信に譲りて、何れへも無沙汰致すべく候。修方へも右様に御傳へ被下度候。赤松、和田兩方へも、まだ手紙を書かず候。あの寫眞の葉書もまだ送らず候。

坡火西土《ポオトセエド》にて出せし以後の手紙の御返報に接したしと待ち焦れ候。女中は一人きりに候や。何だか不用心なりと思ひ候。誰か佐藤君⑤にても泊つてお貰ひ被遊ては如何。御健康を祈り候。

晶子殿　二月二日　寛

註① 中山君――中山梟庵、医者で新詩社同人。

② 二葉亭の事――二葉亭四迷の死（明42・5・10）。享年四十五歳。「朝日新聞」特派員として露都ペテルブルグに赴き、病を得て帰国途上船中にて死去。

③ 「朝日」――明治45年3月の「東京朝日」紙上には頻繁に寛の欧州の記事が載せられている。

④ 日数も三十五日ほど――当時、欧州から日本までの船旅で三十五日間。

⑤ 佐藤君――佐藤春夫。

260　明治45年2月4日　北原白秋宛寛書簡（推定）

〔封筒ナシ　ペン洋紙裏表縦20・6横13・2（1枚）〕

啓上
御健勝の上に佳什の多き事を喜びます。巴里に着いて以来何かと気ぜはしく、どこへも御無沙汰を致して居ります。十二月のザンボアを難有く存じます。若し發行所の方にて多數を厭はずば下記の宛名にて一月号を御遣し被下度候。巴里へ来て見て叙情詩の方面もまた他の文学に劣らず旺盛なのを見て小生も矢張詩をつゞけたしと今更のごとく心跳り候。詩人の羣にはまじりて杯をとり候事殆ど毎夜ながらまだ親しくする處に致らず、會話が拙いために候。若い詩人も壮老時期に入れる詩人も一つに成つて真面目に而して快活に騒いでゐるのが側目にも愉快を感じます。つまり藝術が巴里人の生活の日常趣味に太く編み込まれてゐる所から何の遠慮もなくのび〱と各種の藝術が發達し行くものと頷かれます。吉井君は相変らず元気と存じます。太田君へも御無沙汰して居ります。諸君へよろしく御序にお傳へ下さい。小生は明日から九里四郎君と一緒に一寸近郊を泊り掛けて游び廻ります。気に入ったら謝肉祭までは旅をつゞける積です。九里は谷崎君の小説ばかり愛讀し、又巴里の夜景ばかりを繪にしてゐる男です。こゝに同封しました拙譯は何れも青年詩人の新作です。ザンボアの片隅へ御納め下さい。この手帋の着く頃は東京も追々よい時候に成りかけませう。早々。

二月四日　　　与謝野生

北原兄御直

【推定】文中に「巴里へ来て見て…」とあることにより四十五年と推定す。

261　明治45年2月5日　木下杢太郎宛晶子書簡

〔ペン洋封筒　ペン用箋　未採寸（1枚）〕　消印　駒込45・2・5

㊧本郷区動阪町三五八　太田正雄様　御もとに

㊩〔印刷〕東京市麹町區中六番町十番地　与謝野晶子

〔ペン〕二月五日朝

啓上
この間は御手紙被下ありがたく存じ申候　私こと氣管支炎にて三度もなほりかけてはあともどりいたし昨日もなほ發熱いたし困り申候　それらのため失禮をばかりいたし申候　あなた様も學校が御すみになりしよしめでたく存じ申候〈いろ〱の意味

において）　良人は一月の二十六日よりモンマルト《ママ》と申ところに下宿するよしを申候ひしかど郵便は大使館あての方都合よろしきやう申候　かしこより轉送いたしくるゝよしに候　私は汽車にせんか船にせんかといろ〳〵と考へ居り申候　時間のあまりにちがひ候へば結局はシベリヤを通り候ことに候べし　五月頃にとおもひ申候へど何かといまだ決めがたき他の事情もあり心痛いたし居り候

北原様へも御ついでによろしくねがひ上げ候　病氣にてこの頃たよりもいたし申さず候へばかのどいつのめうとの君はいつぞや有樂座にてちらと御顔を見し君達ならざりしかなどおもひ居り候

今日そのことも申送るべく候　地下一尺とはおもしろき名に候かな　地下二尺三尺といくらにても似し名のつけられ候ことかななどとおもはれ候て

あなた様も御健康にていらせらるべく候　　かしこ

晶子

太田様

みもとに

262

明治45年2月9日　与謝野晶子宛寛書簡

〔転載〕

啓、光と秀との手紙の同封されたる御手紙を今朝拜見致候。（同時に田村、吉小神二氏の葉書と水落露石氏の封書と著致候。）君の風邪を引き相なりとあるが氣になり候。巴里は兩三日非常に暖かにて（之は勿論變調）外套が煩きこともあり、部屋のストウブは三日ほど焚かず候。夫れに引きかへ東京の寒さを思ひ遣り候。尤もこの手紙の著く月の末には少しく春らしくもなり候はんか。木沢病院の焼けしには夜間ならば驚き給ひしならんとおもひ候。大阪の火事と云ひ、日本には火事の多きが氣に成り候。小生今日はセエヌ川の上流にある植物園（その中に動物園）に赴きその歸りに四五日前巴里へ（郊外の寄留地より）歸られし和田垣博士を訪ひ、博士と徳永と三人にてテアトル、フランセエ（佛蘭西國立劇場）を觀て只今（十二時）歸り參り候。和田垣氏はシベリヤより來りし人なるが、接續がよくばモスコオを通過し得る由なれど、大抵一泊せねば成らぬ事に候。同行の日本人は切符を買ふ時新橋停車場にて既に解り候由にて、大抵四五人の日本人は一汽車毎に有之候よし。

又敦賀の汽船にてその人人と出合《ママ》ひ候故、不都合など無かるべしとの事に候。二等に乗れば食堂へ行かれ（日に四五圓）候。寢臺は乘り居る處が直ぐ夜分は寢臺となる由に候。ベルリンまで迎ひに行くと申候が、夫がうまく落合ひがたしと存じ候。されば誰か巴里まで來る人と一緒に御出で被下、ベルリンより「何時に巴里へ著く」と一電さへあらば停車場へ迎へに參るべく候。荷物はくれぐれも多く無きがよろしく候。金尾に敦賀又はウラジホストクまで送らすこと最上の策に候。さて光と秀とを寄宿舍に預け候こと、病氣の時などが氣掛りに候。何卒宅にて靜に御任せ被下度候。闢三さんは留守中平出氏へ歸すがよろしくその代りに誰か男の人に（佐藤氏など）泊つて貰ひては如何。

桃を御するることは十分靜に出來候。都合にて桃は歸してよろしく他の女中を御雇ひ被下度候。或は靜と米さんの母とを呼びては如何。

留守中靜の外に金尾に泊り貰ひては如何に候や。闢三さんにいじめられ候事は忍びず候故、何卒闢三さんを御返し被下度候。（子供と折合がわろき故と云はずに留守中の經濟のためにと云ひ、歸朝の後は又世話すべしと云ひて）君は顏の黄なるを云ひたまへど、小生も佛國人にまじりては黄に候。併し概して佛國人は日本人に似たる皮膚の人多く、英人のやうに白からず候。化粧が上手故それでも非常に美しく見え候。尤も美くしき人も多く候。君も巴里に著したまはば、西洋風の化粧をし給へと御勸め致候。化粧をせぬ女は哀れに候。之も小生が歐洲へ來て感じ候処に候。こちらには上手なる髪ゆひあり化粧も上手に致しくれ候故、その點は御安心被下度候。文藝院が君に錢をくれ候事もはや事實となり居る頃とおもひ候。小生はその後達者に候。君の健康を祈り候。光へこの葉書をお遣り被下度候。雜誌を送る時は宛名に手紙の封筒の印刷したのを御貼りつけ被下候が便利とおもひ候。

晶子殿　二月九日夜　寛

263　明治45年2月9日　与謝野光宛寛書簡

〔転載〕

おてがみをありがたう。光さんのびやうきをしないことをとうさんはよろこびます。でんしやにきをつけておのりなさい。あわてないやうになさい。今日ぱりの植物園と動物園とをみましたからこの葉がきを上げます。くまがおどけて木にのぼつてゐます。

二月九日　巴里にて　寛

光様

264　明治45年2月12日　北原白秋宛晶子書簡（推定）

〔封筒ナシ　毛筆半紙縦24・6横33・3〕

この度の二行はとりけし給はらぬや　逢ひまさぬ〳〵とかき給ひしことに候。

御ゆるしうれしくは候へどかのことはおもひとゞまり候。自らさばかりのあたひなしと知りしに候。三人四人の君の目にふれぬものならばさもあらばあれに候へど。ふたつにいたすべく候。ざんばうの御散文拝見いたしたく候。こはかのうたのあまりつたなきものなりしまゝ今までえ申いでざりしことに候。

おついでに東雲堂へおたのみ被下度候。

かしこ。

御朝夕がうらやましく候。

十二日こたつにて。

晶子

白秋様

【推定】『白秋研究Ⅱ』による。

265　明治45年2月15日　与謝野晶子宛寛書簡

〔転載〕

啓。一月廿八日、熱の中に認めたまひし御手紙只今、拝見致候。日本はことに東京は、よくよく病氣する處と思ひ遣り候も澁面が作られ候。巴里の方、はるかに氣候がよしと思ひ候。在留の日本人に風を引く人の格別なきにても、然か思はれ候。小生はその後、壮健に候へどもいつか此月の初に凍りゐし石段をすべりて膝を打ちし處が、此頃になりて少し痛み、氣持わろく候へども大した事もなく、直ぐに癒え候べし。二人の男の子を寄宿舎へ入れることは小生不賛成に候。病氣などせし時の事を思へば宅がよろしく候。必ずシベリヤにて御出で被遊度候。費用は船に比べて五十圓も餘計に掛り候位ならんと思ひ候。誰か必ず、同行者は出來申すべく佐藤、金尾二人の内、誰かにウラジオストクまで見送つて御貰ひ被遊度候。（袴は汽車中丈にてよろしく候。）一寸敦賀からの船が荒れる由に候へども夏は荒れず候。成るべく四月に（もつと早くも）御出掛被下度候。今頃は大阪へ御出掛被遊候頃と想ひ候。何卒都合よく參るやうにと祈られ候。今日佐佐木信綱氏の葉書、茅野君の手紙、長島君の葉書が届き候。昨日、メキシコの堀口君が五月に巴里へ來ると申し參り候。「三田文學」の新年號が「シベリヤ經由」と無かりしため、米國を經て同時に著き候。「スバル」はまだ届かず候。「シベリア經由」と特に書くやうに「三田」へ御傳へ被下度候。猶、こちらより出し候出版物は「シベリア」より參らず必ず米國を經過する由に候故、小生の出せし雜誌は遲く御手元へ届きし事とおもひ候。一昨日、徳永君の處へ赴きて「萬朝」を讀み、文部の授賞の記事を發見致候。果して君にも呉れ候ひしや、貧乏なる政府のする事故と危み候。小生少し巴里の「冬」に飽き候故成るべく早く（君の到著を待ちて）伊太利亞へ參りたく候。巴里の「春」及び「秋」も見たく候へども、常にかかる處に留る必要無之候。倫敦は一週間、スペインは十日、ベルギイ、オランダに二週間と云ふ風に參りたく候。餘り長くてはホテルの費用が掛り、又あまり長く滯在の必要も無之候。伊太利亞は一ケ月半を要し候事とおもひ候。夫れにしても、君だに早く來たまはば本年中に歸られ申すべく候。君の御出でが遲くなれば、歸國は來春にも成り候べし。もう小生は常に、君と巴里に在る心地さへ致居り候。文界の形勢が目下「三田」や「白樺」「スバル」などの餘裕派にあるは、一寸面白き事に候。他日必ず、又この反動が參るべく、我我は、その時に敗け候に忍びず候故、相當の準備がしたく候。そのためにも君の洋行は、必要に候。若し船にて御出で被遊候ならば、必ずマルセエユまで迎ひに參るべく候。（著船の日取を手紙にて前に御知らせ下さらば）併し成るべくシベリヤがよろしく候。小生はシベリヤを經驗したしと斷念致居候故、君だけ是非、經驗したまふべく候。家は如何なる事ありても、今のままがよしとおもひ候。纔に往復、四五ケ月のみの留守なれば、靜と桃と外に誰か男に泊つて貰へば、よろしからんと思ひ候。平野君はまだ赴任致されぬにや、よろしく御傳へ被下度候。來る廿日は謝肉祭にて巴里は無禮講の祭日に候が、君に見せぬを遺憾におもひ候。此家は居心地よろしけれど、部屋代が（勿論立派なれど）高く候故、來月は又又外の方面へ移らんと思ひ候。「朝日」へは書くことが無いので困り候。書く事は多けれども書く氣になれぬに候。小生は何うも詩の人にて文の人にあらずと、つくづく感じ候。寫眞と小包、何れもまだ届かず候へども、三、四日おくれ候事ならん。小包は、もう此度にて御見合せ被下度、双方手數に候。熱田丸が三月の初か、四月の中頃かに横濱を出る筈に候。若し船ならば熱田丸がよろしく候。事務長の永島氏、會計の牧野と云ふ人、何れも深切に候。併し、海上にて少しも日本の便りを聞かぬ五十餘日は君に苦痛とおもひ候。船は歸りに被遊度候。段段よろしき氣候に相成り候事とおもひ候へど、皆皆からだを御注意被下度候。幸ひ、巴里の二月は調子外れに暖かく天氣がつづきて、うれしく候。今日は之より「朝日」へ何か書くべく候。茅野夫婦へ御序によろしく御傳へ被下度いろいろ日本の事を手紙に認めくれ候。君には帽が似合ひ候事とそんな事をおもひ居り候。

化粧を致しくるる家、幾軒も有之候故、初めは二、三度夫れに行く必要ありとおもひ候。こちらの人は隨分京都人のやうに倹約に候故、銭を掛けずに立派に装飾をする事を知り居り候。白粉を濃くし、口紅をさし、目のふちに繪の具を塗り候ことも、西京風にておもしろく候。此家の主婦も、下宿人も小生を高尚な美男なりと申し候。日本でほめられずに、巴里でほめられ候は、少し得意に思ひ候。一笑。とにかく我我は思ふ所を成し遂げ候事が愉快に候。君の洋行も、必ず出來候事と信じ候。速に旅行券を御取り被遊度候。修、古小谷《ママ》、田村、佐藤、江南諸君へよろしく御傳へ被下度候。巴里の葡萄酒のうまさを諸君に知らせ度候。君の健康を祈り候。　寛

二月十五日

晶子殿

266　明治45年2月17日　平出修宛晶子書簡（推定）

〔封筒ナシ　ペン洋箋縦21・2横13・2〕

啓上

御文かたじけなく存じ申候　今朝も電話ニて御帰京の日をうかゞひに上けんとぞんじ居りしに候　只今の御からだのありさまはよく想像の出來申候　熱と云ふ熱のなくて朝起き候ときなどの手のひらのあつく、ねち〳〵としたる御こゝちなど遊ばすそのほどの御不快さよりはやく御すくひ申上げたくぞんじ申候

さ候へどそれもいつまでつゞくことにはおはすまじ　おはさざれといのられ申候　人をまへへおきても十分二十分すや〳〵とねむられ候ことなどもおはすべく夢の世界と申候ことはまことはそれほどよきものにてもなく病後などに實験のされ候よ私も先月の二十一日よりこの十三日頃まで気管支炎にて四五度もあともどりいたし候へば紀元節の日など子供をつれてもうよからんと一寸外出いたし候にからだのつかれ候ことなほせきのいで候ことなどに心細くなり、肺せんかたる位までになり居るにあらずやとおもはれ候ひしが煙草を一時的にやめ候にその結果よろしくやうやく平日の身となり申候

菊屋と必ず消息いたし上んと存じ候ものからよくおぼえ居りながらそんなことにて手紙かゝむとぞんじ候ころは大阪へ御いで中ならんとおもはるゝ頃となりて候へば失禮いたし候　あなた様にそのことを申さんとぞんじ候ひし一月の十四日（洋行の決心の外発的にきまりし日）電話をかけ候ておたちまへに申上げんとぞんじ候ひし日は丁度あなた様おたちのあとにて候ひし四五月に来よと良人は申し候へど九月になるやも費用のてんにつきてはかられぬことゝなり居り候　一人にて何も考へていたすことに候へば底力なき運動にて効の少なげに候　三井の波多野氏とやらも間々接に費用をいだしやらむと云はるゝ話のある

よしもき、候へど唯座して待ち居るばかりに候　千円だけは日日新聞社より義侠的に贈りくる、ことにはなり居り候　私がまゐらば家の毎日のかゝりもおきてゆかねばならず、女は衣服もいり申候へば良人の時よりもよほど金を多く集めねばならずとおもひ居り候　青海波も源氏もとくにまゐり居り候こと、ぞんじ候にさうならぬげの御たよりにおどろき候　今日は日日社より芝居を見にゆくことになり居り候ひしかどものうくてことわり申候

関三さんがかりそめの風とおもひ申し候に血のたんをはきしと申され候に　おどろき申しのそまる、ま、ともかくもそのほど丁度私のねてありし頃に候ま、御かへしいたし、もしけつかくなどに候ハゞお子様などにうつり候てはすまずならずとおもひ小田原へまゐらる、やう江南氏にそんなことをいろ〳〵とおたのみして行き貰ふことにいたせしに　のんきなる人とて関ちゃんがろくまくえんがもうよしと私方へかへられし日に御宅へゆかれしよしに候　どうぞ親御様のところにてもとの御からだにならる、やうといのり居ることに候　病気のため文藝委員會のことなどにて神經過敏になれるためにむやみにおもひすごしをいたすのやも知れずとよく合点もいたし居り候　やきごてを病中なるにかゝはらずあてなどいたし候にきみじかにあつきをあて候へば毛のきれ申してます〳〵みすぼらしくなり申候　さ候へど波うたせ候ときのおもしろさはまことにかぎりもしられず、年の五つ六つなどたちどころに若がへるこゝちもいたし候ひしよ　私は文藝委員會の賞に落選いたさはエンチヤンテレスと云ふ煙草をのまんとおもひ申候　それほどにてなぐさめえらるべく候　佛語を三回ならひ申候　むつかしくもおもはれ申候かにかくシベリヤの汽車にて一人旅をいたさんとするにて候へば暴擧に近きことゝは自らもおもひ居り申候　金尾のあとの原稿をかき居り申候

両先生の序文はあのざつとかきしものにもつたいなしとも何とも申されぬほどにて赤面いたされてよむをえず候

奥様は御変りあらせられず候や　何とぞよろしく御傳へ被下度候　かしこ

二月十七日　晶子

平出様　ミもとに

私よりいく度あなた様の御病気はもはや大丈夫と申しおくり候てもなほ案じ申せしよしに候があなた様の長き御文をえて初めて安心いたせしよしを巴里より申しまゐり候　下宿につりしよしに候がやはり郵便は大使館あてにてよろしきよしに候

【推定】『平出修集』による。

267　明治45年2月23日　与謝野晶子宛寛書簡

〔転載〕

寫眞が著きました。君を初め子供等まで、毎日眺める事が出來るやうになりました。どれも出立の後の顔ですから、初めて見る様な珍しさで眺めました。君の髪を此下宿の細君が褒めます。桃を佛蘭西人が美くしいと褒めます。併し子供等（ことに光と秀）がうまくうつりませなんだ。まづい寫眞ですね。小包はまだ著きません。謝肉祭がありました。まだこの一週間はつづいてゐるのですが、もう二晩であきあきして出て見ようとも思ひません。尤も二晩は、友人と面白くコンフエツチを投げてグランブルバアルと云ふ第一等の街の人込の中を練つて歩きました。僕の足の痛みは直りました。大使館や其外に「東京日日」を見て居る人があつて、君の渡歐がこちらでも評判です。早く來て下さい。一月のスバルも二月の諸雑誌もまだ届きません。面白い文士の決闘がありましたから、其事は「朝日」①へ書いて送りました。ここにその決闘の寫眞を入れておきます。光に見せて下さい。僕は君を待ち焦れる。お手紙が明日にも著くだらうと思け《ママ》のですけれど、夫を待ちかねて、この手紙を出します。皆の無事を祈ります。巴里は一切ストオブを焚かないやうに成りました。この原稿は「スバル」か「臺灣」②か「早稲田」かへ送つて下さい。どれも今の詩人の最新の作です。小包も二三日中に著くでせう。二月二十三日　寛

晶子殿

註① 「朝日」――「巴里文人の決闘」を「東京朝日新聞」（明45・3・25～26）に上下二回掲載。
② 「臺灣」――『台湾愛国婦人』という雑誌。

268　明治45年2月23日　与謝野晶子宛寛書簡

〔転載〕

啓上　今朝御手紙が届き候。小生の病氣致し居りし頃に君も發熱被遊候とは妙におもひ候。小生が日本を立ちて以來、とかく御病氣被遊候は氣掛りに候。併し最早御直りの事と存じ候。

あまり夜更しをして物を御書き被遊候と、忙しさと、安眠不足とのためならんと存じ候。今日、同時に平野、江南、吉井公平、田村諸君の御手紙も届き候。木下杢太郎君に添書をよろしく御傳へ被下度候。（小包はまだ著かず候。）文藝委員會の結果は一寸驚き候。併し初から文藝委員會に審査を乞ふ積にて書き

しにあらねば怪むに足らず候。さて半分以上渡歐費の出來候事めでたく候。あとは何ともなり候べし。小生は君をこのモンマルトルに迎へんか、或は本郷とも云ふべきもとのホテルの附近に迎へんかと考へ候。君の著き給ふまで小生は何處へも旅行致すまじく候。京都の和田よりも本日手紙有之五月ならでは送金しがたしとの事に候。

旅行を新に延し候故、夫にてよしと申送る積に候。御越しの節御受取なされ候て、御持參被下度候。こちらは、めつきり温かに相成り候。温室が完備致居候故、桃、つつじ、石楠の如き日本と同じ花も咲き亂れ居り候。尤も温室の花のみに候。汽車より來たまふ事と一決しおきて、つれを御探し被下度候。必ず巴里までのつれがあるべく候。田中喜作君も來ると云ふ評判有之候故、御問合被下度候。旅裝は出來るだけ單純にして、一切金子にて御持參がよく候。又女の髪は日本と大してちがひし事無之候間、決してちぢらせたり、前髪を切つたり被遊候事は御見合せなされ度候。すべてこちらへ來てみれば、日本的なる點多く、致つて簡單に御座候。汽車中は勿論、日本服にて（但し靴を穿く事）よろしく候。夏にかかる事故、單衣を御持ちに成り又歸りは船中にて冬になり候故、冬の衣服を一組御持參被遊度候。

成るべく荷物は少きがよく候。シベリヤは度度、汽車中にて稅關の調べがあるとか申し候。

歸りには巴里にてトランクを今三つも買ひ、土產を入れ申すべく候。萬一船に被遊候時は荷物はいくら澤山にても面倒なる事無之候。又、船賃も往復を買へば廉く候。併し之は萬一の事に候。熱帶地方の風波の時節に渡航する事は大困難と存じ候。何卒汽車に被遊度候。家の事は呉呉も靜と桃と今一人誰か男の人に御任せ被下度候。金尾にウラジホまで是非御送らせ被下度候。森先生へは、未だ手紙を書かず候。二三日中に認め申すべく候。

下宿の人人君を美くしと噂致候。小生は「否、否」と申しおき候。こちらへ來て、巴里の化粧をしたまふ君を早く見たく候。金ぶちの目鏡（銀座の松葉屋にて）は小生位の近眼の度の低いのを目に合せて御拵へがよろしく候。平生は掛けずに芝居などに御掛けになるやう致度候。二十日の謝肉祭は翌日雨にて腰が折れ、あとは振はず候ひし。併し來月のミカレム祭こそ、巴里が沸き返るよしに候。スバル一月のも二月のも著かず候。送らざる事と存じ候。巴里の女の服裝は猶黒つぽく候へども、三月中旬に成り候はば色彩が一變されるよしに候。モンマルトルは噂ほど怖しき所には無之候。尤も巴里は、どこでも夜更けて小い横町へ這入る事、危險なりと申す事に候。巴里へ何時に著くかと云ふ事は伯林あたりより電報を被下度候。電報の文案は高村君に御頼み被遊、汽車中にて時間を記入しボオイに御頼み被遊度候。右の手數は同行の人が致しくれ候事と存じ候。巴里のステエシヨンへその時間前に迎に出で可申候。荷物は赤帽が都合よく致しくれ候。服装は一日にて調ひ可申候。この同封の女優の葉書は、田村、佐藤、江南、萬造寺、四君に御頒け被下度候。君の健康の快復を祈り候。小生は安眠が出來ぬに困り候位に候。辭書を至急に願上候。普通の郵便にして。

草草

二十三日夜　寛

晶子どの

269　明治45年2月29日　与謝野晶子宛寛書簡

〔転載〕

啓、今二月二十八日の夕方小包を受取り候。此度は品物が小き故か中も改めず、且つ鐵道の郵便係より大使館へ配達しくれ候。（尤も配達料、その他の手數料一圓四錢かかり候。）大使館より到著の通知に接し候故、すぐ受取に參り候。堅固なる箱や郵便局の手數やさぞさぞ骨の折れ候小包と御禮申上候。菓子は早速友人にも頒ち可申候。甘納豆を第一番に食べないと腐るかと思ひ候。皆久振りの故國の味にて、東京へ歸りし心地致候。又「青海波」三冊は三日前に届き候。製本はよけれど、箱の印刷がわろしと殘念に候。大使の夫人に一部贈らんとおもひ候。巻頭の佛蘭西語は栗山氏に候や、氣が利きたる事とおもひ候。殊に、こちらの詩人などの土産にする時に都合よく候。「三田文學」の二月號も今日届き候。二十六日の誕生日は文豪ユウゴオの誕生日記念として國立劇場にユウゴオの劇を演じ候故、見物に參り、そのあとにて第一流の老優ムネ・シユリイの樂屋を梅原君と兩人にて訪ひ、優《ママ》が夜食を共にせんとの事にて芝居前の料理屋にてムネ・シユリイ、一人の女優、俳優ドンニグル夫妻、都合六人にて一卓を圍み、翌日の午前三時まで語り申候。自動車にて下宿へ歸れば、四時前に候ひき。まことに思はぬ歡會にて、ムネ・シウリイの話に面白き事多く、よい記念を得候。何れ「朝日」[1]へ兩三日中に書きて送るべく候。平出君が日本の政治、その他の近状を細かに書きて送りくれ候が、病氣に障りはせずやとおもふまで長き手紙に候　親切なる人と思ひ候。江南君にも手紙を謝し候と御傳へ被下度候　森先生へは、まだ手紙を書きません　改つた手紙を書くのが一寸臆劫なのです

君の手紙のみ待ち焦れ候　堺へ行きたまひしや　夫れが知りたく候。御出での時の持物の中へ「風邪、下痢どめ、君の腦のわろき時の藥」を御加へ被下度候。又佛蘭西人への土産に友染を幾通りも端切にてよろしく候故、御持參被下度候。夫から森先生の小説集にて「花子」（ロダンの事の書いてあるもの）と云ひしと思ふ小説のあるものを一冊、之はロダンに逢ふ時に贈りたく候。靜へ手紙を御遣り被下度、少し早く上京し貰ひて慣れ

させてお置き被下度候。小生は此下宿へ君を迎へ、君の都合にて又外へ引越す積に候。成るべく年内に歐洲の旅行を終りて、來春早早歸りたく候。君さへ早く御越しが出來れば、年内にも横濱へ著かれ可申候。新聞の選歌は、留守中休み貰ふか又は北原、吉井二氏の内へ御譲り被遊度候。巴里は非常に温かに成り、青空の日が多くなり候。君にこの地の春を見せぬが殘念に候。旅行券を御取りなされ候や。早くなされたく候。シベリヤの十四日は少し骨が折れ候事と存じ候へども、初旅に船に搖られ玉ふ事に比ぶればよろしく候。歸りの船は小生が介抱致候故、安心に候。光、その他の子供の病氣の時は、必ず神田の岡崎先生を迎へるやうと、靜に御命じ被下度候。藥禮などの事もこまかに御言ひ聞かせ被下度候。小生はこの二三日安眠致候。辭書を徳永に返濟せしため、書物が讀めず、そのお蔭にて安眠が出來るかとおもひ候。洋傘は日本の方が丈夫に候故、東京にてよろしきのを買つて御出で被下度候。雨に堪へるのがよろしく候。旅先の用に候へば、美くしき上に強きがよろしく候

　今は女に關係せぬ日本人は巴里にて、小生一人となり候。その代り小生は書物を買ひ、少しよき席にて芝居を觀候。ひたすら君のみ待たれ候　同じくは君と共に觀たしと思ふ事のみ多く候。帽を著たまふ君の姿を想像して樂み居り候。巴里の女の七分までは黒又は褐色の髪にて、金髪は珍らしきほどに候。顔も巴里人は、日本人に近きが多く候。粧《ママ》飾さへこちら風にすれば日本の女は屹度立派になるべしと信じ候。背丈の低き人間も巴里には多く候。辭書は既に御送り(二部)被下候後と思ひ候が、御出での時、猶一部御持參被下度候。常に引き候故、夫までに破損するかも知れず、用心に今一部ほしく候。(一部は徳永君へ返す分に候。)原稿紙などは御持參に及ばず候。途中汽車の中にて物を御書き被遊候ために、手帳と鉛筆（ナイフ）を御持ち被遊度候。汽車には多分、手紙などを認める室がある筈に候。留守中に新聞に出でたる我等の原稿を、正しく切りぬき置くやう、雜誌を保存しおくやう、くれぐれも靜に御命じ被下度候。汽車中の用に清心丹の如き腦の藥をも中山君より御貰ひ被下度候。猶兩三日に著く君の御手紙を見て御返事を認め可申候。修へよろしく御傳《ママ》へ被下度候。小生は痔に困り候外、全く達者に候。君も御元氣の直ると共に丈夫になり玉ひし事とおもひ候。

　　二十九日朝したためをはる　　寛

晶子どの

註①　「朝日」へ――「ムネシュリイ㈠㈡㈢㈣」を「東京朝日新聞」(明45・3・9、13、16、17)に発表。

270　明治45年２月日不明　与謝野晶子宛寛書簡（推定）

〔転載〕

啓上、一月十五日に認めの手紙巴里へは二月一日頃に著きゐながら、小生の番地が“2/B/B　と書くべきをまちがひて單に二番地と書きて大使館へ届けしため、近所まで來ながらその近所の家に二日ほど、更に大使館へ逆戻して二日ほどを費し漸く六日の只今手に入り候。

2/B/S　とは二番地の附屬と云ふほどの事に候。さて死海にての手紙（ポオトセエドにて投入したるもの）を御覽被遊候よしにて安心致候。御渡歐の事をよくも七分まで御決心下され候ひし、あとの三分は如何にも金次第と存じ候が小生よりその後に差出し候手紙にて金の方も何とか御決心が著くべくと思ひ候。とにかくその御決心がつきしからは萬難を御排し被下度候。留守宅の事は寄宿舍説よりも靜に直接君より御頼み被下同人に御任せが子供にもよろしかるべく候。靜も東京へ參らば、それが縁にて、他日、身の振り方もきまるやも知れず候。

次に御出發の時日は、成るべく早きがよし、早き丈、早く歸られ申すべく候。九月とは甚だ遲く候。小生は今直ぐにも來て欲しく候。又道はウラジホストクより十四日間の汽車なれば是非汽車に被遊度候。船は十月から二月一ぱい位ならでは、印度洋が荒れ申すべく甚だ苦痛に候。併し苦痛と云ひても死ぬほどの事でもなし、一等の優待を永井氏の父上に乞ひて御乘り被遊候はば食事は部屋ばかりでも致され候故（食堂へ出るが苦痛ならば）どうにかマルセエユまでは著かれ候べし。さは云へ幸ひ同行者があらば矢張シベリヤを御勸め致候。苦しと云ひても東京出發以來十六七日間にて巴里に著かれ候なれば、船の五十日近きとは異り候。船はコロンボまでは興味もあり候へど、印度洋紅海等の長きと地中海の荒れ候とに飽き飽き致すものに候。

荷物は小生の持來りし如き革包を二つも御持ちにならば十分に候。トランクには及ばず候。都合にて一つは柳行李にてもよろしく候。決して柳行李は破損せず候。歸りに土産物などを入れ歸るには柳行李が甚だ便利に候。錢はすべて英國の貨幣に正金にて替へて貰ひ、自ら御持參被遊候てもよろしく候。英貨は當地へ來て、兩替すれば少し儲かる位のものに候。又途中の小遣は汽車ならば露貨に正金銀行にて百圓換へて貰へば十分と思ひ候。（食事丈なれば）又船ならば、日本の紙幣にて百円持ち居れば十分に候。

船中にて事務長が兩替も致しくれ候。又上海にては日本の紙幣がよく通用し、香港にては同地の錢に小遣丈を（船へ換へに來る人より）換へるとよろしく候。シンガポオル、ペナン、コロンボも同樣、兩替屋が船へ參り候故、必要な分（大抵一圓位、畫葉書代に過ぎず候）丈を換へるのに候。成るべく小生は汽車を御勸め致候。海は歸りに見てもよしと思ひ候。（若し萬萬一錢が餘計に出來れば太西洋より米國に渡りて歸る方がもつと早く歸られ候。）小生は君の決心を知りて只今頻に血が湧き立ち候。希望を持ちて巴里に生活し居る心持になり候。その御決心を何とかして急に御貫徹被下度候。急に旅行券を御取り被遊度候。旅行券の願書の書き方は宅にありし筈なれど、今一度、府廳へ江南君に寫しに行つて御貰ひ被下度候。和田の兄は中中慈悲ぶかき處有之候故、萬一の場合に歐洲より金を送り貰ふはあの兄一人とおもひ候。文部省の錢の貰へ候が事實ならば夫れを旅費の土臺とも被遊度候。

旅費は二千圓、留守宅へ五百圓殘しおくこと併せて二千五百圓必要に候。以上あるに越したる事は無けれど。中山氏の兄が亡くなり候よし御序によろしく御傳へ被下度候。小生は手紙を諸方へ書く時間が惜しく候故、久しく無沙汰致居候。何れ伊太利あたりへ行きし時、又又諸方へ發信致すべく候。平野君が、とにかく轉地し得る程度に回復せしとは意外によろこばしく候。小生は頻に髪が抜け候。食物の加減か氣候の加減か、歸る時には可なり禿げずやなどと思ひ候。香水などは一切用ゐず候へど、湯にも明日あたりは入らんとおもひ候。之で巴里に來て、三回目に候。如何にも巴里は、二月に入りて寒さが加り候にや、先夜は、薄雲が降り候。又昨日の朝はみぞれの如き小雨ふり路が凍り候て歩けばすべり候。巴里人は人道へ灰や沙を撒きて滑るのを防ぎ候。

今朝この手紙を投函する閒ぎはに一月のスバルと天佑社報告とが著きました。

【推定】文末に「二月に入りて寒さが加はり候にや」とあることから二月と推定す。宛名も書名もないが、内容から晶子宛寛書簡と推定す。

271　明治45年3月1日　与謝野晶子宛寛書簡

〔転載〕

啓上　二月十二日の御手紙届き候。同時に太田正雄、永井荷風二氏の葉書と野村伊助の手紙も著き候。又今日は辭書も一冊確かに届き申候。御禮申上候。君の御病氣の直りしと知りて安心致候。文藝委員會の事などは何うでもよけれど、夫丈新聞が書いて呉れ候へば賞金を貰ひしよりも君の名譽と存じ候。又苟も前内閣の一大臣が反對せしと云へば惡い氣持は致さず候。光が上席となりしはうれしく候へど秀が十番に落ちしは何故にやと怪み候。年内に歸る事として速に君の來たまへと祈られ候。船にて來たまはば經濟（往復切符にて、その上一等へ優待し貰ふ事。二等は動搖はげしくて迚も堪へられず候）なれど夫は萬一の策と存じ候。必ず靜を御呼びなされ度候。去年門司にて一寸靜には承諾を得あり候故、同人も喜んで上京致す事とおもひ候。「朝日」の小生の通信の載りし分だけを一部餘計に買ひて御送り被下度候。封皮は状袋を御貼り附け被遊度候。二三回ためて一度に御送り願上候。宅へは常に御切拔きおき願上候。辭書の來りし上は譯詩を又又「三田」や「早稻田」へ送り可申候。鬪三は再び雇はぬがよろしく候。靴は日本のが丈夫に候間日本にて買ひて御穿き被遊度候。尤もこちらの流行の品も御著の上御買ひ被遊度候。麟が父を覺え居り候事おもへばかはゆく候。千代紙なども少し御持ち被遊候はば土産によろしく候。栗山氏によろしく御傳へ被下度候。

　氏の處の分らぬため手紙を一度も出さず甚だ不本意に思ひ候。御序に氏の處を御知らせ被下度候。別紙の譯詩は早稻田へでも御遣し被下度候。「三田」へは先日遣し候故。「スバル」へでもよろしく候。病氣したまはぬやう祈り上候。

寛

三月一日

晶子殿

272　**明治45年3月2日　平出修宛晶子書簡**

〔ペン洋封筒　ペン洋箋（1枚）　未採寸〕

消印　45・3・2

㊤神田区北神保町二　平出修様　ミもとに　親展

㊦〔印刷〕東京市麴町區中六番町十番地　與謝野晶子

啓上

昨日はお手紙をありがたく存じ申候　いろ〳〵御親切に仰せ被下うれしく存じ申候　さて、かの件につき、すべてかのことに附帯いたしたることにつき　私をして黒きまくを御ひかせ被下度く、くれ〳〵も御ねがひいたし上げ候。いづれ御目にかゝりて御わびを申し上ぐべく候。そのうち伺ふ日の来れかしとのみおもはれ候へど、時のまづしき因縁ある身とおもはるゝ私のはかなさは何も思ふにえまかすまじく候。

かしこ

奥様によろしくねがひ上げ候。

三月二日

晶子

平出様　ミもとに

273　明治45年3月3日　平野万里宛晶子書簡

〔ペン洋封筒縦19横12　ペン原稿用紙縦17横26〕

消印　駒込45・3・3

㊤本郷区、駒込千駄木町三七　平野久保様①　ミもとに

㊦〔印刷〕東京市麴町區中六番町三番地　與謝野晶子

啓上

お変りは御座いませんか、また風をひいたりして居ましたが私もやうやく人並に今日あたりからなつた気がいたします。この間うちはいろ〳〵とかつてなことばかりおねがひ申し上げまして申しわけがありません。おかげさまで思つたやうになりましたのですから、私は夢のやうにおもひます。けれども先方からの言葉②がございますからかの件は黒い幕につつんでしまひます。そのうち千駄木へまゐります。

三月二日

晶子

平野様

註① 平野久保様――平野万里の本名。

② 先方からの言葉――書簡の追伸のように誰の筆か不明だが、「鷗外先生の口利で三越から洋行費の一部が出ることになった件に関するもの」と記載あり。

274　明治45年3月4日　与謝野晶子宛寛書簡

〔転載〕

啓、「東京朝日」を御送り被下、うれしく存じ候。さぞさぞ御手数の事と存じ候故、小生の文章の載りし分丈を折折、御送り被下度（一部別に買ひて）候。君御出立の後も、あとの者に右の如く御命じ被下度候。尤も御出立後の分は「朝日」を全部あとの者に御送らせ被遊候てもよろしく候。

どうせ留守の者はひまな事と存じ候故。さて森先生の部下の軍醫正　英《ハナブサ》と云ふ人（俳句も小説も好きな人に候。その細君は君の歌の愛讀者の由、又旅中にも同君は「三田文學」と「スバル」とを、缺かさず讀み居り候）が本月中に東京へ歸り候。此人は昨年十月にシベリヤより來り「伯林へ」又此度もシベリヤにて歸る人に候。此人は君の渡歐に頗る同情を表し、必ずシベリヤがよしとの事に候。汽車中の事を此人より委しく御聞き被下度候。同行者も陸軍省側又は外務省側にて必ず見つけるとの話に候。英君は本日伯林へ歸り、四五日して日本へ立つ筈に候。同君と昨日ゴルサイユと云ふ巴里の郊外、京都奈良とも云ふべ

き處へ遊び、宮殿、公園等を見物し、世界一の遊園地に背かずと感服致候。宮田と云ふ軍醫（熱田丸の一等客なりし人）も同行して巴里へ來り候。此人は猶、數日巴里に滞在して瑞西に向ひ夫より倫敦に引返して米國へ廻り候豫定の由に候。この人はこの一月に一週間にて伊太利を見物せしと云ふひとに候。君出立の後は初めて子供等が淋しがり候事とおもはれ哀れに候。是非、靜を呼びて少し前から七瀬、八峰、麟などに、御慣らせ被下度候。目をふさぎて背水的に御越しなされ度候。早く來て早く歸る事にしたく候。年内又は來春一月に歸れば、船路も穏かに候。巴里は又又温かさを増し候。併し此手紙の著く頃は、東京も温かになる事と思ひ候。日本の冬が去りしかと思ふと安心致され候。さるにても出發以來もう四ケ月立ち候。思ひしよりも速かに候。その間の君の御心遣ひを想像致せば暗涙に咽び候。君の來給ふ事と信じ候てより、只その日のみ、待たれ候て希望ある日送りを致候と共に、甚だその日が待ち遠く候。御目に懸り候にはまだ百日の空な日が横たはり居り候。赤松より送金致候はば、やはり御出發の前に一緒に「正金」より御送り被下度候。汽車中の小遣（ウラジホまでの船中は日本錢）はどこの國の錢を持ち行くべきかといふ事も英君にお聞き被下度候。小生は君と一緒に歐洲が見たさに、こんな呑氣らしい手紙を書き候へど、君はまだまだ渡歐費のために御心遣の最中と思はれ候。

巴里に來て以來、君の手紙のみ待たれ申候。君が十日間に二度書きたまふ事、まことに嬉しく候。昨夜は英、宮田、兩人と一緒にコメデイ、フランセエズ座にて、ユウゴオの「エルナニ」を觀て最後に戀人の重なり合ひて死に候が悲壯に候ひし。巴里の日本人間に貞奴が女優をつれて巴里へ來ると云ふ評判が有之候。又猿之助が來る、とも評判致候。君の御出立後に小生の手紙の届きても無駄につき「凡そ何時頃までは手紙を書きてよきか」御知らせ被下度候。（巴里より十七日間に届くものとして）五月に入りては最早書く必要なきかとおもひ候。君は都合にて四月の末にも立ちたまふならんと樂み候。巴里の夏は東京より涼しけれど芝居が少くなり候。

又人も大抵避暑に行きて減じ候由。成るべく初夏の中に御出で被遊度候。伊太利へは「秋」を見に行き、夫までは一寸、英國や、ベルギイ、オランダ、ベルリンなどに參り候べし。併し巴里の夏の夜も決してわろく無き由に候。平出君に無理をせぬやう御傳へ被下度候。郵船會社の船の日附表を御序に御送り被下度候。右にて本年末の歸國の豫定を決したく候。成るべく「熱田丸」に乘りたく候。若くは平野丸、加茂丸にしたく候。都合にて荷物はマルセイユより先に送り、伊太利より再び、巴里へ來ずに土耳古、埃及を見て、ポオトセイドより日本船に乘りてもよろしく候。御健康を祈り候。諸君へよろしく。英君はすぐ宅を訪ひ呉るる筈に候。

晶子殿　三月四日　　寛

（明治四十五年）

275　明治45年3月9日　与謝野晶子宛寛書簡

〔転載〕

啓、二月二十日の手紙は昨六日に卻て十五日の手紙が今朝又辭書もあとの分が今朝とどき申候。新聞は少し遲れて來るらしく候。森先生の御世話の事、波多野氏の事うけたまはり何れも心跳り候。それで大坂へも御歸りには及ばぬ事と思ひ候。原田君が案外に親切に致しくれ候事忝く候。よろしく御傳へ被下度候。森先生へはまだ手紙を書かず候がその事の略ぼ決定せし上にて御禮状を差出し可申候。（實は改つた口上の手紙を書くのが厭なのに候。）平野君よりよろしく小生の傳言を森先生へ御傳へ被下度と御頼みなされ度候。御出ではシベリヤと御決定被遊うれしく候。先使《ママ》に申上候 英《はなぶさ》と云ふ軍醫正に委しく御聞き被遊度候。靴は日本の方が穿きよく候。猶、千代田草履①も御持ちになりてよろしく候へど、あの足袋の姿は汽車中はともかく市街にては見ぐるしく候べし。又ウラジホ其他にて雨中の泥濘の場合などには無論靴がよろしく候。（ゴム糊を一つ御持參被下度候。）若し旅裝費に餘分が出來候はゞ、友染ちりめんを二三反、やはり御持參被遊度、若し女優などに逢ふ場合、それに越す土産無之こちらにてはチヂミに厭な友染模樣を附けたものまでが珍重せられ候。日本風のキモノは下著に大流行にて、中中高價に候。時候がよくなり候て、公園には既に連翹が咲き亂れ、小米櫻も咲き、柳の葉も一寸以上のび居り候。かくよき季候となりてはじつと巴里にのみ留り居り候こと、何やら惜しく候。君と伊太利の春を見るならばよきものをと思ひ候。夏の伊太利は暑くて到底行くべきにあらず候故、かしこは秋に延ばし、君の著き玉はば直ぐに倫敦へまゐり、夫より伯林へ行き、巴里に引返してベルギイ、オランダを見たしと思ひ候。眞夏は巴里の郊外に下宿してもよろしく、又巴里に全く留りて、ここの夏氣色をめで候てもよろしく候。五月には堀口君も參り候筈ゆゑ賑かに成り可申候。秋、スペインを經て、伊太利へ赴き、も一度巴里へ歸りて巴里の冬を見るか、旅費の都合にては伊太利より、土耳古へ一寸渡り、ポオトサイドより埃及のカイロへ廻り、引返してポオトサイドより日本船に乘り、印度その他に寄港しつつ歸らんか。一切は君の來給ひて後、決すべく候。此家に其れまで留るか又は君の來たまふ前にホテルへ移るかは本月の末に決定して申上ぐべく候。此家は中中親切に候故、君の著きたまひし當座のためには便利かとも思ひ候へど、實は少し間料が小生のためには高過ぎ候故、他へ移るかも知れず、何れ四月の初には決定の上申上ぐべく候。（ここの番地は別紙に認め候。若し此處に居るならば電報は此宛に御打ち被下度候。）昨日、滿谷君の處にて「讀賣」を見て「黒猫」を讀み候ひし。切拔いて御保存なされ度候。帽は夏になるほど廣くなり候由、又現に廣きものを著る人も多く候。小生も廣き方が賛成に候。金尾に御見送らせ被下度候。高村君は渡欧の容子無之候や。梅原・九里などと常に噂して待居り候。（以上は八日に認め候。）九日になりて「新聞」も届き候。周防よりも手紙有之候。（金子の事は何とも書いて無之候。）静よりいつでも東京へ御手傳に行きてよしと申來り候。小生を静と門司まで見送りに来りし小野山と云ふ坊さんが突然死亡せし由に候。一昨夜、詩を初めて作り候まま、發行所の方宛にて江南君へ送りおき候。あの結末の方の二三節はうそにつきさう思つて御覧被下度候。巴里の通信を褒めてくれる人があると聞いて寒くなり候。いやいや書いて居るのに候ものを。君の氣管支炎はすつかり直り候や。十分お氣を附けて達者に御成り被下度候。フランス語は然うお習ひ被遊候に及ばず候。とてもかくても巴里に君のゐたまふは三四ケ月に候ものを。九日朝　寛

晶子殿

（明治四十五年三月）

與謝野八峰宛

カアサンノオテガミヲミマシタラヤツヲサンモ七瀬サンモオトナシクシテサウシテビヤウキモシナイサウデスネ。クリスマスニハナニヲモラヒマシタ。オシヤウガツハオモシロカツタデスカ。オトウサンハオフネカラアガツテキシヤニノツテフランスノパリイトイフトコロヘツキマシタ。コレハパリイノニギヤカナマチノケシキデス。ソノマチニアルガイセンモントイフリツパナゴモンデス。ゴモンノナカハコウヱンデス。ヤツヲサンモダンダンジガヨメルサウデスカラトウサンハヨロコンデヰマス。リンチヤンヲカハイガツテヤツテクダサイ。ケイコサンニヨロシクイツテクダサイ。

トウサンカラ

註① 千代田草履——明治末期から大正初期に流行した安物の空気草履。表を友禅の別珍裏を組麻にしたもので、ばね仕掛けにして台の中間に空気のはいっている感じを出した。

276

明治45年3月15日　平出修宛寛書簡

〔転載〕

啓上　此頃は御帰京中と承り候。大阪の御旅行も御からだに障らざりしが大慶に候。何卒御辛抱なされて気永に御健康を全く御回復被下度候。日本は不相変議会の乱脈に人心を腐敗させ候事と想像致候。その上米価の騰貴など打つづき、面白からぬ御日送と察せられ候。小生はお蔭にて世界の游民と相成り日夜好きな芝居やキヤツフエに通ひ居り頓と東方の島国の夢を見ず候。時候もよく成り候事故之より巴里は全く世界の楽園と一変致すべく、世界の游覧客にてホテルの宿料は倍額にも上り候由

に聞き候。文芸委員会が果して文部省を困らせ候結果となりし様子、快哉を叫んでよろしく候。屢窮地に陥らしめねば日本の官人は目が開かず候。宗教利用問題なども実は彼等自身の教育によろしき事に候。遣らせて失敗させ申度候。此際貴下の一論を「太陽」あたりにて拝見したく候。

森先生初め諸君の御蔭にて荊妻が渡欧致す事と相成る様子、まことに御礼の申様も無之候。何卒貴下よりも森先生へ御礼を御伝へ被下度候。平野君を経て御伝へ被下度候。さて留守中例の差押などの事件の発生致候時（岡野と外に行方不明の債権者一人、及び一度全部を償却しながら公正証書を受取りおかざりし分の三口）はよろしく御配慮願上候。留守宅は多分田舎の妹が参りて世話しくれ候べく、猶金尾と明治書院とへもよろしく依頼致しおき候。本年中若くは来春早々には遅くも帰朝致すべく夫れまでの処を何かと御心附け願上候。

荊妻が参り候とすれば伊太利亜の旅行は秋に延ばし申候。夏は巴里に留りて、時々英国、ベルギイ、オランダ、巴里の近郊などへ旅行致すべく候。巴里にて何が第一貴下に見せたきかと云へばコメデイフランセエズの芝居に候。次には画、次には数多きキヤツフエに候。実際を観るのでなくてはとても手帋や話では想像の附かぬ事どもに候。平野君に早く欧洲を見せ申度候。独身時代にこそ来るべき処と思ひ候。小生は頓と勉強をせず、毎日游び暮し候。書物は日本で買ふのとちがひ、廉く候故とかく手が出て困り候。歸つて後に読む時間の無い事は知れて居ながらやはり買ひ度候。芝居も勿体ないほど廉く見られ候へど度々見ればやはり金高になり候。夫故予算の額では暮されず、一ケ月百五十円も掛り候に少々心細く存じ候。

昨日は巴里随一の大祭ミカレエムにて、〔以上は現物照合す〕沢山の山車が出で、仮装の人々が大通に満ち、例のコンフエッチは花の如くに降り候。小生も満谷画伯等と応戦して歩き候。無礼講を知らざりし小生は巴里へ来て初めて児供心になり申候。別紙のコンフエッチを御嬢様へ御見せ被下度候。貴下の小説はいかが相成り候や。あとを御つづけ被下候よう御勧め致候。谷崎氏などの持上げやうは変調に候へども、自然主義の反動と見れば不思議にもあらず候。只怖るることは、うつかりすると此後の大反動に泳ぎ遅れる人の生ずる事に候。三田、スバル、白樺が窮地に落ちぬ用心が大切に候。太田、平野、高村三君さへ健在にしてますく\発展せられ候はば大丈夫と思ひ候。永井君などが今のあの絶頂より如何に展開せられ候にやと汗を握り候。

荊妻の渡欧致候時、帝劇の女優も二三人同行して巴里の芝居を研究に来ては如何にや、此事を貴下又は森先生などより西野氏へ御勧被下度候。欧洲の女優を見ずに日本丈で女優を仕込まうとするは無理に候。第一流の女優に便宜多く候故、若し参らば小生が紹介して無駄にならぬよう取計ひ申すべく候。平塚明子など云ふ御嬢さんも、晶子と一緒に来させるがよろしく候。「洋行」を役人と教育者とに限るは最も日本の不幸に候。あらゆる社会の階級の人を寄越して世界を観せ申度候。又巴里にはまだ日本の商店が一つも無之候。日本の呉服、美術品等が之くらゐ歓迎せられ乍ら、日本人の店のないのは不都合に候。御宅のトウジサンなどが一度御来仏の上御計画なされ候はば、吃度おもしろき事あるべしと思ひ候。巴里の女にて日本の「キモノ」を知らぬ者は一人も無之、競うて日本のチヂミ類（模様のある粗末なるもの）を下着に致居り候。此流行はます〳〵日本より上質の絹布類を輸入するに従つて発展すべく候。

令夫人によろしく御伝へ被下度候。荊妻の留守中は猶更何かと御世話に相成り候事と存じ候。江南君によろしく御伝へ被下度候。

三月十五日　寛

平出兄　御直披

この手紙は貴下御一人にて御覧被下度候。一九一二年三月十四日のミカレエム祭に、巴里のグランブルバアルにて予の投げかけられたるコンフエッチのいろいろ。翌朝予の服の間より出でたるを貼りて置く。　寛

【備考】 前半現物照合す。

277　明治45年3月21日　与謝野晶子宛寛書簡

〔転載〕

啓上、四五日以來待ちに待ちゐし御手紙（三月三日の分）が只今届き候。うれしく思ひ候。さて宮崎丸にて來たまふべきよし小生は猶、シベリヤを勸め申候。船は五六月が荒れる時でもあり、又印度、地中海の熱さを思ふに恐らく君を病氣に致すべく候。シベリヤは決して君の憂ひたまふ程のものにあらず、委しくは先便に申上げし英君に御聞き被下度候。車中は必ず巴里までの同乘の日本人（英君が見附けくれ候筈）有之候間、荷物なども安心に候。又何よりも早く巴里へ著け候故、右に被遊度候。反對者の言よりも經驗家の言（英君の）を御信じ被遊度候。併し萬一、船ならば必ず往復切符を御買ひ被遊度候。一割の損にて引取りくれ候なれば、若し米國へ廻るとしても無駄には無之候。マルセエユへ船の著く朝既に小生が參り居りて船へ迎へに行くべく候。船は二日同地に滞在致候故、船中にて御待ち被遊度候。（船の時は又又永井君の父上に頼みて一等へ優遇して御貰ひ被遊度候。二等室は風波に逢へば地獄の心地に候。）

マルセエユには、日本人にて杉山と云ふ案内者が居りて案内も致し色色世話しくれ候。併し必ず小生が先きに參り居るべく

候。又汽車ならば萬事委しく英君に御聞き被遊度候。又金尾にウラジオまで御送らせ被下度候。下宿は君の來たまふまで、此處に居るべく候。ホテルも廉き所を見附けおき候故、君の御都合にて著佛後、引移るべく候。若し船ならば確實なる同行者なくては途中にて御上陸なさらぬやう、又決して船中にて「水」を飲まぬやうに被遊度候。

お靜は早くお呼び被下度候。火の用心その他よくよく桃に御命じ被下度候。文藝院の逸れしは當然と思ひ候。猶必ずひと紛擾起り候ならん。「朝日」へは此月も少しなまけ候故、今より勇を皷して四回ほど書くべく候。小生は最早君と此處にある夢を幾度も見候。先便に光の事を申し候へども、矢張御伴れにならぬが安心に候。外國にて若し病氣をさせ候ては大變に候。又巴里の市街は自動車と其他の車とで、子供は甚だ危險に候。鞄二個の内一つは力めて大きなのがよろしく候。夫は途中にて明けぬ事にして巴里まで預け切る事。又日用品を入れるには、大きな信玄袋もよろしかるべく候。五十餘日も船にある事は女の身にて冒險なり必ず汽車に被遊度候。和田垣博士、その他の經驗家は皆其方がよしとの事に候。よくよく英君（森先生の部下の軍醫）に聞きて同君の説に御從ひ被下度候。今日君の文と一緒に京都の赤松兄弟、長島、茅野、田村諸君の手紙や葉書が届き候。新聞、雜誌は二三日遲れ候ならんか。日比氏の出しくれしこと全く森先生のお蔭と存じ候。猶、波多野氏は如何に候や。原田君の運動を頼み候。この手紙書き候までに既に其等も決定し居る事と思ひ候へども、猶案ぜられ候。この間も封入致候へども、今一度小生の處を別紙に認め候。電報を打つことなどは同乘の日本人が致しくれ候事と存じ候。陸軍省、外務省何れかにて必ず同行者を見附けんと英君、受合ひて歸り候。但し電報文は高村氏に書いて御貰ひおき被遊度候。小生は必ず、時間前にステエシヨン（ギヤアルノオルと云ふ）に待ち居るべく候。手荷物は赤帽に御渡しなされ御降車あるべく候。スペエンへ旅行せよとの事なれど、右は伊太利亞へ行く時に先きに廻る方が經濟に候。夫より早く君を待受けて一緒に六月の初に十日ほど、倫敦へ參り彼地の展覽會を見たく候。君の紀行は何れへ御約束なされしにや、「東京日日」へ出す約束とは思ひ候へど。小生の見ぬシベリヤを見、モスコオにて下車して（少しの時間ある筈）世界一の「冬宮」を大使館附の朝鮮人の案内にて見たまふ事よき記念と思ひ候。君一人にあらず屹度同行の日本人も一緒なれば、面倒も不自由も危險も無かるべく候。歸りは（米國、若し廻らねば）十二月十四日、マルセエユ出帆の熱田丸か遲くも明年一月十一日發の宮崎丸に致度候。そんな事は君の來たまひて後ゆるゆる話の出來る事に候。萬一船の場合にはボオイへの心附は皆に相談なされて御遣り被下度候。日本人一同と合併して遣るがよろしく候。猶、上陸前二日位に遣るのに候。

部屋のボオイ、湯のボオイ、食卓のボオイ之丈に候。女の旅なれば特に心附も致しくれ候べければ、單獨に御遣り被遊てもよく候。その時は部屋ボオイ十圓、湯のボオイに三圓、食卓ボオイに五圓で十分に候。汽車にしてもボオイに心附を遣らねば成らず、その額は英君に御聞き被遊度候。藥は必ず御持參被遊度候。又汽車中にての「ゼム」の類も。君を待つ身に五十餘日もかかる船の旅――しかも苦痛多き船の旅は勸めがたく候。五月の初にも巴里へ著いて欲しく候。諸君へよろしく御傳へ被下度候。修へも兩三日中に手紙を認め申すべく候。高村君はどうしても來られぬにや。京の田中君の事は如何。御健康をいのり候。實はあまりに手紙が遲く候ゆゑ此五、六日大變に心配致し不眠をつづけ候。小生は一昨夜、何に當りしか一寸腹痛をせしが、中山君①の藥にて癒り候。（もう藥が少くなり候。船中にて下痢の節に多くのみ、人にも頒けしため）朝日は引つづき靜に御送らせ被下度候。猶小生の原稿の記載の分は二枚買ひ一枚は切り拔く事。雜誌も保存をするやうに御命じ願上候。巴里はこの四五日不順にて、雨ふり又今日は雷鳴し、外出も致しえず候。併しもう木の芽が盛に燃え出し候。藤島先生へ光の行くには必ず供を御つけ願上候。子供等に決して水を飲まぬやう御命じ被下度候。又つとめて牛乳と牛肉、野菜を御遣り被下度候。小生は隨分餘計な事まで書き候かな。近日、「三田」へ又又譯詩を直接、送るべしと佐藤君に御傳へ被下度候。三月の「三田」②に小生のものが出でしにや。何かと御心せはしき事と思ひ候。何卒それを切り拔けて一日も早く御出で被下度候。草草

三月廿一日夜　寛

晶子どの

註① 中山君――中山臯庵。
② 「三田」――『三田文学』（明45・4）。よさのひろし訳「冬の歌」（カミイル・ドサン）「春の歌」（トクロワア）他二篇。

278　明治45年3月23日　北原白秋宛晶子書簡

〔転載〕
㊤浅草区聖天横町二一
㊦麹町区中六番町三

啓上
久しく〳〵何も承らず候ひし私の方は〔不明〕被下度候音づれきかせ給はざりしことだけをうらませていたゞきたく候先月は原稿を《ママ》しめきりを忘れさし上げず候ひしやはり私の方が罪がおほく候かな母君妹君に変りもあらせられず候や御住居気に入りてくらし給ふや吉井様に昨日御目にかゝり候ひし昔のさびしき人にかへり給ひしがかなしきよりも多くうれしくおもひ候ひし木蓮が千ほども花をつけ申候憎からぬこ、ちのいたし候

かしこ。

三月廿二日　　晶子

白秋様

【備考】「白秋は一月母及妹家子が上京したので共に浅草聖天町に住むことになった。これはそれに触れている。吉井勇は当時父の家を出て放浪生活をしていた」（以上『白秋研究Ⅱ』、木俣修註）

279　明治45年3月26日　北原白秋宛寛書簡（推定）

〔封筒ナシ　ペン洋紙表裏縦18横13・6（1枚）〕

啓上　三月の「朱欒」が今朝とゞきました。お蔭で君の新しい御住居が分りました。東京では度々藝術家の假装會があつた相ですね。巴里でもこの春もう二度（謝肉祭とミカレエムと）全市の大假装會大無礼講が行はれました。又外にロオランスのアトリエでは男女の藝術家が五百人以上集つて夜通し騒ぐ美術祭の大假装宴がありました。中にも女は大抵丸裸でした。男にも特にも腰部以下を丸出しにしてゐる者が多数でした。決して若い者ばかりではありません。白髪の先生もにこにこしてまじつてゐるのです。目下アンデパンダンの画の展覧會がセエヌの河岸にバラック式の建物を新たに拵へて開かれてゐます。一人二十フランさへ出せば誰でも無審査で三枚だけ出陣が出来るのですから自由を通り越した悪平等の珍畫も多いのですが、どれも酔興やいたづらで描いてゐず、大眞面目なのがたまらなく嬉しくてなりません。今日君の雑誌と前後して伊太利亜のミラノに滞在してゐる柏亭君から葉書が着きました。僕に早くヹニスへ来い、一緒にマカロニを食べようと云ふのです。相変らずあの男は元気らしいから御安心下さい。帝劇の森律子が巴里へ来ると云ふ噂があるのは何うか真実にしたい。律子の歓迎會を開きたいと若い画かきさん達がもう下相談をしてゐます。僕は若し律子さんが来たら大好きな老優ムネ・シユリイと女優ウエエベル嬢とに紹介したいと思つてゐます。其れから猿之助が巴里へ来ると云ふ評判も何うか早く実際にしたい。巴里は此四五日青い空がつづいて日本の五月頃の陽気になり、公園の人出の上を折々飛行機がよい音を立てて通ります。黒い木立のマロニエが一斎に若葉を着け出したので巴里の空気は俄に緑となり、其れを透して見える石造の層楼の美くしさ、そして云ふまでもなく女の服と帽とが冬から春へ移つて派手になりました。三月の雑誌に出た新作の中から又少々拙譯を試みました。太田、吉井、外諸君へよろしく。

三月廿六日　　よさの、ひろし

北原様

【推定】『白秋研究Ⅱ』による。

280　明治45年３月30日　与謝野晶子宛寛書簡

〔転載〕

啓、新聞が著きました。文藝委員會の事などもよく分りました。（小生の通信が切抜かずにありましたから別紙の如く送ります。御貼りおき被下度候。）支那問題がますます紛糾するのに驚かれます。日本はさぞ不景氣だらうと思ふのです。さて金子の集り次第御出發の事と存じ候が、シベリヤならば度度申上候通り英君に一切御聞き被遊、同行の人をも見附けて御貰ひ被下度候。船にての婦人の一人旅は當地在留の日本人にて船の經驗ある者が皆危がり候。

氣候の變化と、波にて船酔のつづく事と、食物の欲の減ずるための疲勞とを氣遣ふのに候。汽車は退屈と存じ候へども、讀書位は出來申すべく、又早く巴里に著く希望もありて辛抱が出來候べし。併し經濟的にのみ考ふれば、船がよろしく候故、萬一、金子の額が少くば、航路を我慢して御取り被遊度候へども、小生は君に海路を勸め候事は一大罪惡のやうに感じ候。地獄の路を取れと申すやうにも思はれ候。船の場合には夜は室内より錠を御下し被遊度候。船員にも船客にも無禮なる男が有之由に候。シベリヤの場合にはモスコオを是非見物なされたく候。多分同行の日本人が皆見物致すべく候間、御一緒に被遊候はばよろしく候。モスコオには一泊せずとも汽車と汽車との間の時間にて見物が出來るかと思ひ候。英氏に御尋ね被下度候。（もう、こんな事をくどくどと書く必要もないかと思ひ候。既にこの手紙の著く前に英氏と御逢ひなされ候なるべし。）小生は昨日、洋服と夏の外套（と申しても兩方とも四季に著られるもの）を新たに誂へ候。兩方にて八十圓に候。あまり手持無沙汰につき、ステツキを一本奢り候。どうも何かと豫算より多く要るらしく候故、困り候。何が高きかと云ふにやはり食物が一番高く候。つひ、うまい物を食べる故に候。石井君の手紙に伊太利亞の旅費は汽車賃をも入れ、一切にて一ケ月二百圓を要し候よしに候が、二人ならばも少し、安くつき候べし。即ち、宿屋の部屋代が二人も一人も同じに候故。

されば伊太利亞の旅費は君と二人にて（一ケ月半と縮少して）四百圓を要し候事とおもひ候。

五月二十日前には逢はれ候事として樂み居り候。小生より出す手紙は、四月十日の發信が最終となるべく候。君は立ちたまふ四五日前まで猶、御書き被下度候。　草草。

三月三十日

寛

晶子どの

281　明治45年3月日不明　与謝野晶子宛寛書簡

〔転載〕

巴里は全く春になつてしまひました。櫻も純白のが少少咲き居り候が、一體に高き木の花は市内に少く、木蔭の草花が何れも見事に咲き居り候。マロニエの竝木が一齊に青みわたり候て、春と云ふよりも我我、東方の者には初夏の感じに候。「春泥集」を二、三冊、御持ち被遊度候。（、猶あまり荷になると思ふ物は此家宛に先きに小包で御出し被遊度候。）この手紙のつく頃は色色の御用意と原稿などの跡始末とで一層お忙しき事とおもひ候。その代り巴里へ來て少し、呑氣に御遊び被下度候。

282　明治45年4月2日　与謝野晶子宛寛書簡

〔転載〕

啓、巴里は四月一日に大雪が降りました。一寸、不順な氣候が來たのです。そのために、前夜から小生咽喉を痛めて發熱し、之で二度目の淋しい思ひをしながら君の早く來たまふ日を祈りました。今夜（二日）は熱が引いたやうですから、起き上つて此手紙を書きます。何れ、三月十五日頃に御出しの手紙が、明後日あたり著くでせうが、其れを待ちかねて此手紙を書きます。さて小林と、徳永の外に、長谷川の宅からも、女の著物を二、三枚、君に托すさうですから、革包の底へ入れて御出で被下たし。其れから相聞二冊、檞の葉二冊、禮嚴法師歌集を一冊、春泥集を三、四冊、之も御持參下さい。又京都の茅野へ、京の舞子の畫葉書（こちらの畫家への土産）を二、三十枚、君に托せよと云つて遣りますから、其れも御持參下さい。若又、金尾が、歌麿の版畫を見附け出してくれるなら、二十枚ほど持つて入らつしやい。大變なよい土産になります。汽車の中で腦貧血の氣味の時は食堂で葡萄酒を少し御飲みなさるやうに。又その時の藥も中山君に御貰ひ被下度候。巴里はこの一週間は春休みで學校などが休みます。パアク祭の前後だからです。光や秀も進級した事と思ひます。席順を御知らせ下さい。光に鼻を啜らぬやう、寢冷せぬやう。電車に注意するやう、よく云つて下さい。「朝日」へは到頭三月中、何も書きませなんだ。君が萬一、船で來るやうに成つて六月まで待たねば成らぬとすれば、僕は痩せ相です。併し何も君の自由に任せます。（若し船の時は船員に云つて机（テエブル）を部屋の中へ入れて御貰ひなさい。）汽車ならば伯林より電報を御打ち被下度候。その文案は高村君に書いて貰ふこと。君が巴里に御著きになつて後の、空想ばかりして慰めてゐます。六月早早に英國、オランダ、ベルギイへ赴きて一應、巴里に歸り、巴里郊外に遊び、秋になつて伊太利へ行き、成るべく十二月十四日、マルセイユ發の熱田丸か、一月十一日の宮崎丸かで歸りたいと思ひます。どうしても七瀬、八峰の入學前に歸りたく候。金尾、原田諸君によろしく。四月二日深夜。　寛

晶子どの

三月の「スバル」が著きました。只今。三日朝。小生の熱は無くなりました。

283　明治45年4月4日　与謝野晶子宛寛書簡

〔転載〕

啓、三月十七日の御手紙とどき候。松居君が訪れくれしよし、此度の事は同君の盡力も多き事と喜び候。旅費が、ほぼ確定致し候やうなれば安心致候。もう此手紙の著く頃は何事も、決し居り候べし。船か汽車かの大問題も一に君に任せ候。船の方が經濟的にして且つ晝も部屋の中に横臥して居る事が出來、又食物をボオイさんに云へば、三度とも部屋へ運んでも貰へ候。かかる事を考へ候へば、（時日はかかり候も、又多少の波は候とも）船も便利に候。一に君に任せ候べし。船ならばいくらでも荷物が持參せられ候。柳行李も中中物が這入りてよろしく歸りに物を詰めて歸るにも便利とおもひ候。

「早く逢ひたし」と願ふ心には汽車を何より御勸めしたく候へども、經濟上その他婦人のからだと云ふことを考へ候に横臥しつつ載《ママ》り居る事の出來る船の方が安全かとも思ひ候。封筒は何もタイプライタアに限らず候。すぐに別紙を三秀社へ送りて二三百枚印刷をおさせ被遊御靜にお渡しおき被下度候。宅は決して轉宅の必要無之候。子供等を陽氣に且つ素直に育てられるやう靜にお話し被下度候。學問などは中學二、三年後になりて欲が出ればよろしく、なるべく、干渉せぬがよろしく候。小生の今度の風は大分こたへ候。誰も非常に痩せたりと申し候。目が落ち込み少し肥えゐたりし頬がくぼみ候。下宿はここに居りて、君の著きたまひて後、又他へ移りてもよしと思ひ候。モンマルトルには日本人が梅原と小生と二人なれば、あまり日本人が尋ねて來ず、至極、氣樂に候へど、パンテオンの側などへ移らば常に日本人倶樂部となるべく候。君の好きな昆布を少し小さな袋に入れて荷物の隅へ入れおきたまふべし。大阪の水落氏、深切に常に手紙をくれられ、今日は又手紙の外に中央公論、カブキ、日本人、三冊を送られ候。光と秀との先生に繪葉書でも送りたく候へども、姓も名も忘れ、處も知らず候。若し解らば、書きとめて御出で被下度候。その他、こちらから手紙を出すべき人の住所も必要のあるもの丈、書きとめて、御出で被遊度候。外國へ來るとよく覺えゐし人の住所も名も忘るるものに候。若

し船にて御出での節は小生の絽の羽織を御持參（紐をも）被下度歸りの船中にて著たく候。併し小生の希望するは汽車にてと祈り候。今日此頃多分、英君が尋ねて參るべく、さすれば何れか御決めになる事とおもひ候。和田赤松へは「先輩と友人との世話にて良人のあとを追ひ往復五六ケ月にて渡歐する事となれり。」と御通知なされ、猶「良人へ御送り被下候あとの金子を私の出發前に御遣し被下候やう願上。《ママ》」候と御申送り被下度候。海上は六月はまだあまり大荒れをせずと聞き候。ただ如何にも熱からんとおもひ候。又必ず、一二度は船暈に悩むほどの大波があるものに候。夫さへ御覺悟ならば船にて御出で被下度候。本の校正を濟ませて御出でとすれば、五月の二日、三日に御立ちは六かしからんと思はれ候。如何にや。君の健康を祈り候。小生の洋服はもう四五日で出來る筈に候。英君がハルピンから葉書をくれ候。尋ねて來られ候はばよろしく御傳へ被下度「ベルリンの武者小路子への添書を難有く」とも御傳へ被下度候。光が四年生になり秀が二年生になりし事と想像し、親心のうれしさを覺え候。上海にて（若し船の場合に）スリイカツセル（鑵入）と云ふ英國製のよい匂ひの煙草を買つて船中で御飲み被遊度、日本にあるものより品がよくてうまく廉く候。すべて煙草は上海、シンガポオル、香港、皆やすく候。佛國は非常に高く候。

四月四日正午。　寛

晶子どの

284　明治45年4月10日　与謝野晶子宛寛書簡

〔転載〕

啓上、只今（十日夕）御手紙たしかに届き候。汽車と確定せしを喜び候。若し加藤大使と一緒ならば、大變好都合とおもひ候。伯林より電報を是非御打ち被下度候。猶又大使館の處がきは高村君に書いて御貰ひ被遊度候。萬一、時間のまちがひにて小生が迎ひに出で居らぬ時は大使館へ御出でがよろしく、大使館より更に馬車を雇ひ貰ひて御出で被遊候とも、大使館より電報を御打ち被遊候とも、なされたく候。大使代理の安達君夫婦及び書記生の鮫島と云ふ人に何れもよく頼みおくべく候。併し必ず小生が迎ひに出で居るべく候。もう此手紙の著く頃は靜も參り御出發の二三日前と存じ候。桃を成るべく引きとめて留守させたく候。萬事よろしく願上候。鈴木君と修とに常に見廻つて御貰ひなされたく候。途中の事は英君に十分御聞きの事と存じ候。金尾に必ずウラジオまで御送らせ被下度候。子供等の風邪にあらずして發熱の時は灌腸（リスリン）をせよと靜に御命じ被下度候。蟲下しも隔月に一度御のませ被下度、（その分量、各兒によりて差あるべし。それも靜に御話し被下度候。）汽車よりと決せし上は、荷物は御減じがよきかも知れず、之も英君に御聞き被遊度候。日本の箸を二十人分も御持ちになればこちらの日本めし黨がよろこびませう。皆箸に困つてゐるのですから。小生は風が盛返し、一日から昨日まで寝てゐました。醫者を取替へたり（少し神經も手傳ひて）大騒ぎをして友人梅原君を煩し候事多くお蔭にて熱が引き申候。つまり喉の焼き方が足らざる故の發熱に過ぎぬを肺炎か、中耳炎かと煩悶せしに候。中山君に頼みて「喉を焼く藥」を丈夫な瓶に入れ、手提の隅へよく包んで御持參にならば、大便利と存じ候。君も小生もいつも此喉に悩まされ候。五月中には遲くも君の著き給ふものと安心致候。途中の脳貧血を御用心被遊度候。（尤も之は小生の取越し苦勞なるべし　）最早之にて君宛の手紙は認め申さず候。とり急ぎ。

草草。

四月十日夜　　よさのひろし

晶子どの

285　明治45年4月27日　有島生馬宛晶子書簡

〔転載――中六番町より〕

啓上、わかばの上をきたなき風のふきまよひ候よ。御うかゞひいたし候ておねがひいたすべきすぢに候へど、御ゆるし給はりし文にて申上げ候。良人よりあなた様に、私夫妻をロダン氏に御紹介たまはる文頂かれうれば、頂戴いたしこよと申しまゐりしに候。まことにあつかましきこと、ぞんじ申候へど御ゆるし被下候はゞうれしかるべく候。私は五月五日にたち申候て、シベリヤ線を汽車にてまゐるはずに候。かの地へ御用もおはし候はゞ承りおくべく候。

かしこ

四月二十七日　　晶子

有島様　みまへに

286　明治45年4月29日　北原白秋宛晶子書簡

〔ペン葉書縦14横9〕

㊤浅草町聖天横町二一　北原白秋様

消印　45・4・29

〔印刷〕

いよいよ五月五日の夕刻の汽車で新橋から立たうと存じます。あちらへまゐりましてからの消息は昴や東京朝日には書きます筈で御座いますけれども、何分に短い月日の間に出来ますかぎりさまざまのものを見てまゐりたいと存じて居りますので、あるひは一一の事をお便り致しかねますやうなことも御座いませうけれども悪しからず思しめし願ひます。
明治四十五年　月　日　與謝野晶子
〔書込みペン〕
人のうはさになどと云ひたまひ私のまたかゝるものをさし出し候よ
かゝる中に候へどいかにもして歌さし出さむとおもふ哀れなる心のあり候へど今はまことなるべしや知らざるべしや

287　明治45年5月3日　北原白秋宛晶子書簡

〔転載〕
㊤浅草区聖天横町二一
㊦シベリヤ　晶子

啓上
汽車のゆれ候へば字もまんぞくにかけ申さず①もうお宅がへ②をされしこと、おもひ申候けふは東京を立ちしより九日目に候シベリヤはおもひしにことなりよきところに候さいへどまだ湖も川も半は氷り居り候雪がふることもあり候雨は二日ほどに候ひし斎藤さんと云ふ人が一人伴れになりくれ候この人ともモスコウにて別れ申すべく候平野さんに顔ものの云ひもよく似し人に候白樺の林を昨日よりつゞきて汽車の走り居り候紫の花きなる花白き鈴らんなど多く候牛や馬が人のやうにあちこちに居り候今日の朝までろしやの美人と同室いたし候ひしこの人先程うつりゆき候この車に二十人位の女が居り候へどこの人が一番きれいに候私を女役者かなどと云ふ人のあるよしに候二十六七に候とよ
日にやけ候てその上湯にも入らず候へばはづかしくて私は運動に停車場へ降りることもなく候ろしやの田舎少女が切れをかぶりてうりにまゐりし花封じまゐらせ候③うたも何もかき申さず日記さへ。吉井さんによろしくねがひ上げ候かしこ

註① 汽車の…――シベリヤ鉄道の車中に認めたものであるからペンがおどっている。
② お宅がへ――白秋が浅草から京橋の越前堀へ引っ越すことをいったもの。
③ ろしやの…――花はこの手紙の中に残っている〔以上は『白秋研究Ⅱ』木俣註〕

【備考】木俣注の日付が五月三日になっているが、東京出発は五月五日であり、文中に「東京を立ちしより九日目」とあることから「三日」は誤りである。

288
明治45年5月20日　森鷗外宛寛書簡

〔ペン絵葉書（「裏絵リユクサンブール美術館」）〕　消印　45・6・7

(表)東京市本郷区千駄木町　森林太郎先生

御侍史Via Sibérie Mousieur R. Mori Tokio Japan

啓上　昨十九日午後晶子事到着致申候。いろ〳〵の御高慮を煩し奉り候事御礼申上候。

本人は少々疲労致居り候ためとりあへず小生より御礼申上候。

五月廿日　与謝野　寛

289
明治45年6月12日　菅沼宗四郎宛寛・晶子書簡（推定）

〔転載――（「Paris–Musíc du Luxembourg」）絵葉書〕

(表)横濱市西戸部町四七二

啓、五月六日に御出し被下候御手紙を晶子と一所に拝見致し申候。御芳情のいろいろ御禮申上候。巴里にありて小生の尤もうれしきは、矢張りルウヴルとこのリユクサンブルとの両美術館に候。此處へ來ればいつも自分の幸福を感じ申候。この彫刻の中にはロダンの作が尤も多く候。泉本氏へよろしく御傳へ被下度候。

與謝野　寛
晶子

【推定】『鉄幹と晶子』には「千九百十三年六月十二日附」とあるが、次便との関連から明治四十五年とする。

【備考】シベリア経由書簡。

290
明治45年6月27日　菅沼宗四郎宛寛・晶子書簡

〔ペン葉書縦13・8横9・6〕　消印　○・6・27

(表)横浜市西戸部町四七二　石引宗四郎様

Mr. S. Ishibiki Yokohama Japan Via Siberia

晶子よりもよろしく申上候。

倫敦へ参り滞留致居り候。同行は小林万吾、石井柏亭二君と晶子とに候。博物館の多きため夫れに忙殺せられ候。昨日はテエトガレリイにてタアナア、ロセッチ、ワッツ、ジョンバアンス、ミレエス等の英国近代の大家の逸品に接して多年の飢を醫したる心地致候。

一昨日雨をついて倫敦塔へ上り申候。今は武器の展覧場になり居り候へども、四壁に残れる昔人の愁深き手跡に凄惨を感じ申候。

よさのひろし

石引夢男様

（晶子肖像の絵葉書にて）

今日の世にあゆみ入りける日のはじめかすかに見ゆるひなげしの花

晶子

【備考】 同日二通。与謝野晶子没後五十年記念特別展（堺市博物館）にて現物照合す。

291　明治45年6月日不明　蒲原有明宛寛書簡（推定）

〔転載〕

バルザツクの生れしツウルへ參り候、文人にゆかり多き地だけに小生の泊り候宿の前には「ゾラの廣場」あり、此並木路もへランジエの名を負ひ候、小生は此街の古本屋にて一七九八年版のペランジエの詩集を見つけ記念として十フランを奢り候、十三世紀の古塔を初めロア川に沿ひたる古城址など見物致す處も多く葡萄酒の産地にてヴウヴレエ酒の芳烈に飽き申候。

よさのひろし

蒲原隼雄様①

【推定】 文中に「ツウルへ參り候」とあるが、『巴里より』中の「ツウルの二夜」は「東京朝日新聞」（明45・6・6）に掲載されたことにより六月と推定す。

註① 蒲原隼雄様――蒲原有明の本名。

292　明治45年7月7日　与謝野光宛晶子書簡

〔ペン葉書縦14横9〕

消印　未確認

七月七日

アキコ

ヒカルサマ

カアサンタチハキノフノユフカタパリイヘカヘツテキマシタ。ソシテウチカラノタクサンノテガミヲヨミマシテアンシンヲシマシタ。アナタノ四バンニナツタコトモシリマシタ。ヱノグハアブラヱノヱノグデスカ。カアサンハオミヤゲニタクサンヱノグヲモツテカヘリマス。ヱノグデドンナヱヲカイテヰマスカシラセテクダサイ。シゲルニハシヤシンキハカヒマセン　シゲルニハズヰブンヨクアガルヒカウキヲカヒマス。

293　明治45年7月26日　平出修宛寛書簡

〔転載――封書（明四五・七・二六）〕

㊮パリより　与謝野寛

啓上　御繁忙中岡野の件につき御手数相煩し恐縮千万に存じ申候。元利の総額には意外の感有之候へども致方無之候。たゞ直接貴下と御面會して御相談致しがたき事を遺憾に思ひ候。さて愚案を申述候。

一、此金子は凡て内海氏の便用せられしものにて実は一回も小生が岡野に貸借の際面會せし事すら無き性質のものなる事を御含み被下度候。

二、従来内海氏より度々莫大の入金ありし上に猶要求し来るものなる事も御含み被下度候。（併し此二つは徳義問題に過ぎずと承知致居り候。）

三、さて小生が此元利を皆済する事とせず、内海氏と債務を折半する事、成るべくは小生の印だけを抜く事として御相談被下度候。

四、一時金ならば参百圓乃至参百五十圓。之は明年一月帰朝後参ヶ月間に実行す。（小生は帰朝後収入の目当なきと同時に月賦の口他に二ヶ所あり、されば勿論一時金の目算などは立申さず候へども、旅装を売拂ひなどしてなりとも之丈の額ならば結局支拂ひ得べく候。）

五、月賦ならば、小生の印を抜く料金の額を六百圓と定め、之を毎月十円乃至十二圓とし、確実に貴下の御手を煩して先方へ償還す。尤も之も帰朝後二ヶ月より実行致候事。

右の外如何とも致し様無之候。若し先方が之に応ぜずば何とかして小生の帰朝まで御延ばしおき被下たく、帰朝後の相談に致したく候。成るべく出来る範囲にて返済致したき小生どもの誠意に候間先方も小生の出来る範囲にて辛抱致しくれ候やう御頼み被下度候。

帰朝後と申しても晶子は洋行費の負債償却に筆を執らねば成らず、又目下の留守宅も預算より餘計に失費有之夫が一々明治書院の負債と成り居り候故之も月賦にて返さねば成らず、全く帰国後の小生の經濟は混沌に御座候。右御諒察の上前記の範囲にてよろしく御協議願上候。貴下が御入《ハヒ》り被下居り候上は岡野が差押などを致すものにては無之と存じ候。其辺の事もよろしく御取計い願上候

北原白秋君に就いて意外の噂①伝はり候。真相を知らねば懸念致候。

巴里も大分に暑く相成り晶子は外出に悩み居り候。

令夫人様へよろしく御傳へ被下度候。御子様方御変りも無之候
也。東司《トウジ》君へ御無沙汰致候。よろしく御鳳声被下度候。
晶子より別に御手帋さし出すべきに候へども兎角失礼致候。
御海恕被下度と申候。
天皇陛下の御大患を電報にて承知し在留の日本人何れも不安
に襲はれ居り候。　艸々。

七月二十六日夜

よさの、ひろし

平出修様御直

註①　意外の噂――明治四十五年七月五日、白秋の恋人松下俊子の
夫から姦通罪として告訴された。

【備考】現物照合す。『平出修集』では大幅に省略あり。

294　明治45年7月28日　森鷗外宛寛・晶子書簡

〔絵葉書縦14横9〕

消印　28JUILET／1・8・13

㊤東京本郷区千駄木町二十一　森鷗外様

Dr. Mori　Tokio Japan

独、墺、伊、瑞〔不明〕の地に流れ込み申候。言葉が通ぜぬの
で便不便交々有之候。〔不明〕
あないみじとなりの卓の赤鼻と白い鼻とはすでに近づく

晶子

先日ロダン翁と會し先生の御上を噂致候。其折先生の「花子」
を見たしと語られ候。

よさの、ひろし

【備考】シベリア経由書簡。

295　大正1年8月12日　田山花袋宛寛・晶子書簡

〔ペン絵葉書縦14横9・5〕

消印　Tokio　12・8・12

㊤東京日本橋区本町三丁目　博文館　Tokio. Japan.

Via Siberia　田山花袋君　Mr. Tayama.

くれなひの杯に入りあなうれしこひしなど云ふ白きむぎわら

晶子

漸く此の地まで流れ込んだ、面白い處だ、君も早く來いよ

天渓

巴里へ來てゾラの銅像と貴兄と酷似する事を感じ今更の如く
有縁に驚き候。

寛

296　大正1年9月10日　森鷗外宛寛・晶子書簡

〔ペン絵葉書　未採寸〕　　消印　1・9・27

(表)東京市駒込千駄木　森林太郎様　御侍史
Sr. Excelency　Herrn Mori
(裏)与謝野晶子　飯田宗蔵　堀部禎二

巴里以外に別天地あるを知り候て毎夜こゝに飲み更し申候。
よさのひろし
九月十日

【備考】シベリア経由書簡。

297　大正1年9月28日　平出修宛寛書簡

〔転載〕

啓上　御手紙忝く拝見致候。貴下の御健康を全く回復せられし事を喜び申候。九月号の「スバル」の太田兄の小説と貴下の小説とを拝読して、契合する所多きを感じ候。何となく日本に帰るのが厭になり候。二小説に現れたる如き空気の中に、喩喁致候が不快なのに候。本日当地の新聞の電報にて大颶風が日本を横断せし事を承知し戦慄致候。明治天皇の崩御に次いで災厄の日本に降り候事、何ぞ苛烈なるやと痛歎致候。東京は無事と存じ候が名古屋、京坂、中国九州の惨害如何ばかりにやと案じ申候。〔中略〕

次に貴下の御手紙によりて詳細を知り得べしと期待せし北原白秋君の災厄[1]に就いての御報道に接せぬを遺憾に思ひ候。この両三ケ月間小生の念頭を去らずに憂慮致候事柄の一つは、実に同君の身上に候。仄かに聞く所によれば、同君は未決檻にありとも申候。誤伝ならん事を只管祈り申候。何卒詳細を御聞かせ被下度候。才人同君の如きを此一事にて沈淪せしめ候様の事ありては恨事に候。事ここまでに致らずして防止する友人は無かりしにやと憤られ申候。

荊妻は思郷病のため、先きに帰国致させ申候。但し此事は秘密に願上候。同人は神戸及東京へ着して直ぐに新聞記者に襲はれ候事を怖れ居り候間、帰国後十日位は静養致させ度候。同人は伊太利だけを見残し候。

小生は十月艸々《ママ》伊太利へ一遊可致候。何か訳詩にても羅馬あたりより御覧に入れたしと存じ候。此二ケ月は荊妻の思郷病に悩まされて、何も手に附かざりしに候。

小生の滞欧期も残り少くなり、又滞在費も殆ど欠乏致候。而して今に到り、猶一年専ら仏文学の研究に従事して、巴里若くは仏蘭西の田舎に留りたしとの念禁じがたく候。千五百円の留学費を更に工面したしと存じ候。晶子の東京に着き候上にて、猶御配慮を煩したく候。小生は石川照勤氏に渋川玄耳氏を介して依頼せんかとも考へ居り候。今すぐ日本へ帰りたればとて小生のために香ばしき事も無しと存じ候と同時に、少し仏蘭西語が解り掛け候今日に候へば、欲な事ながら猶一年を欧洲に費したしと切望致候。

日本の文壇にて真に新しき人と云へば、高村君と太田君との二人位なるべしと存じ候。太田君が早く渡欧致され候事を望み候。

石井柏亭氏が新帰朝者として盛に気焔を揚げ候日の近づきしを日本のため祝し候。此人は常識的なれども甚だ公平なる観察を欧洲の画界に試みし人なれば目下の日本に尤も有益なる人と存じ候。画家としては柏亭君よりも和田三造、九里四郎、長谷川昇等の天才肌が巴里に控へ居り候。

日本の詩界は短歌や俳句を棄てざれば真の革新は来らずと存じ候。あんな物が流行してゐる様では真面目に詩を発表する気には成りがたく候。短歌は晶子一人に任せて他は撲滅致したく候。如何にや。

天候順調と相成り巴里の秋は絵の如くに候。そこへ今二三日にて秋のサロンが開け申候。芝居の季節にも入り候へば是も亦見逃しがたく候。

晶子に帰られて四五日俄かに淋しさを感じ候ひしが又もとの元気に立戻り申候。

「スバル」の財政は如何に候や。一般に益々不景気ならんと、遠く日本を悲観致居り候。

石川啄木君が死後いろ〳〵と珍重致され候は、遺友のお蔭とうれしく存じ候。併し小生は死なぬ中に一度褒められて見たく候。

江南君へよろしく御伝へ被下度候。御夫人様御変りも無之候や。よろしく御鳳声願上候。

高村君の詩と葉舟氏の詩とを比較する様な日本は、想像するさへ厭に候。羣小の跳梁を許さぬ欧洲の文界が羨しく候。

晶子は大分に巴里にて持てはやされ候。今後猶滞在し居らば、文人、女権主義者、新聞雑誌記者の襲来に忙殺せられしならんと存じ候。突然の帰国を惜まぬ者なく候。女は重宝なものと存じ候。

御健勝をますます祈上候。

九月二十八日　　よさの　ひろし

平出兄

御一読後必ず御破り被下度候。

註①　北原白秋君の災厄——293平出修宛寛書簡（明45・7・26）の

註①参照。

【備考】現物照合す。

298　大正1年10月3日　河崎夏子宛晶子書簡（推定）

〔未採寸〕

消印　○・○・3

(表)河崎夏子様　　つかはしてミもとに

(裏)与謝野晶子　十月三日

啓上

御本をもたせて子供らをさし上げます。長くお目にかゝらないで居る氣がしゞゆういたします　かたはら、こんなではどんなにおつかれになるであらうとお案じもいたして居るのでございます。秋の青いそらのもとを何人かで話しながら歩きたい気がいたします。それで自身まゐりたいと思ふのをこれは抑へたかたちでございます。

また拝借の出きます本がお手もとにございましたらよろしく御はからひ下さいませ。竹友さんの本をことづかりましたからお届けいたさせます。本は女子大学の圖書室へといふことでございました。おひまにおいで下さいませ。湖畔氏もこのごろきておいでになります

三日　　　　　　　　　　晶子

夏子様　ミもとに

【推定】所蔵者の記録による。

299　大正1年10月15日　与謝野晶子宛寛書簡

〔転載〕

十月十五日、此手紙の著く頃は既に神戸へ著きたまふ事と想ひて筆とり候。ポオトサイドよりの御手紙を見し後、全く君の御便りを見る望無之候ため、日夜案じ暮し申候。途中の御無事なりし事を早く君の筆にて聞きたく候。小生は十月一日にスフロオの五階へ移り候。電燈あり、スチイムありて狹けれども、十分に起き臥しが出來候。一ケ月四十五フランに候へども、冬になれば、スチイム代を加へて五十五フランとなるべく候。君に別れし後の小生は全く氣ぬけせし心地致しなぜ先きに返せしかと後悔に暮れ候ひしが、今は光達の喜び候事を想像して無事にだに東京に歸り玉はば君も如何ばかり安心し玉ふならんと思ひつつ心を慰め候。あの後いろいろの新聞雑誌が君を尋ねて參り候又君の寫眞が乃木將軍と竝びてオペラ附近の寫眞屋にて賣

られ候。新聞雑誌記者の中にもフワロオが尤も君の早く歸りしを惜み居り候。大新聞の「タン」にも又いつぞや一緒に行きし雜誌社の雜誌にも君の記事出で候。寫眞は甚だ不出來に候ひし。小生は君に別れて以後殆ど通信を書かず候。巴里の事を書く興味無き故に候。伊太利か西班牙かを書きたしとおもひ候。併し「朝日」へ濟まず候故、明日にも何か書き候べし。その代り小生も日日、繪をホテルの五階にて書き居り候。下宿を引拂ひし後に再び洗濯代を支拂ふため、モンマルトン《ママ》へ赴きしにかの部屋の寝臺の下より出でしとてマダムの渡し呉れしが紛失せし筈のかの繪の箱に候ひしが縁となりふと畫を描く氣になりて靜物ばかりを描き居り候。小生が想ひしよりは案外「形」も樂に取れ候。之を以て君に別れし後の心なぐさみに致居り候。

併し君の居たまひし時ほど費用も掛らず候故、御安心被下度候。唯だ伊太利又は西班牙へ行く費用と土産、書籍費に若し都合が附くべくば參百圓御送り被下度候。御都合むづかしくば、伊太利も西班牙も一切斷念して十二月の熱田丸に乘るべく候。安井、澤邊、長谷川三人が目下西班牙を旅行中に候。小生も今や頻に日本が戀しく君の上のみ日夜おもひ候なれば、熱田丸にて必ず歸るべく候。(既に倫敦へ申込みおき候)。船中及御歸國後の御からだの樣子御聞かせ被下度候。金尾初め諸君へよろしく御傳へ被下度候。お靜も當分お手傳をさせ被下度、君一人にて此年末を處したまふは、骨の折れ候事と御察し致候。皆皆風を引かぬやうに御注意被下度候。光の眼を軍醫學校の長野文治(一等軍醫正、最新の眼科醫、澁川氏の親友)氏に御見せ被下度候。

草草。

十月十五日　よさのひろし

晶子どの

300　大正1年10月25日　平出修宛寛書簡

〔轉載――封書（大元・一〇・二五）〕

啓上　日本には悪疫が大変に流行すると当地の新聞で知りました。旅先の身には児供等の上が案ぜられ、又晶子が無事に神戸へ着くか否かが案ぜられ、あれやこれやにて未だ伊太利旅行を延ばしてゐます。先日のお手帋も拜見しました。勉強堂へは既に晶子が歸つたあとですから返事を致しません。併し晶子も多分船中の疲労で弱つてゐるでせうから　少くも一ケ月間は休養させる様に致したい。勉強堂及文淵堂主人へよろしく右の旨をお伝へ下さい。

十月号スバルの巻頭の御作　正に拜見、もつと突込んで書けない国の作家がお気の毒です。女の方がよく書けてゐました。男はもつと思想家らしい所が出して欲しいと思ひます。貴下の文章のうまいのに実は意外なほど敬服しました。日本にゐても勉める者には天恵があると、自分の以前が悔まれました。別帋は巴里文科大学の教授で、ランソン氏と並んで二大批評家と称せられるフワゲエ氏の新しい論文の一つを直訳しました。

〔欄外〕フワゲエは文学史を尤も得意とする教授であり批評家です。

論旨は兎も角文章の巧妙なのに感服して訳したのです。此人は日本なら三宅雄次郎氏と云ふ格で此人が書く時には売高が増す人気者、一行に二フランの稿料を取る人だ相です。十二月号の隅に載せて下さい。横文字の校正をよろしく願ひます。お宅は皆々御無事ですか。御夫人によろしく。江南君夫婦に御無沙汰致し申訳がありません。手帋を書く時間が実は惜しいのです。お赦し下さい。　近日メエテルリンクに逢ふ約束をしました。小生は今半年も欧洲に居たくてなりません。お序に森、上田兩先生によろしく。

艸々

よさの　ひろし

平出兄御直

（この手紙は公開御無用）

【備考】現物照合す。

301　大正1年11月1日　与謝野晶子宛寛書簡

〔転載〕

啓上、コロンボよりの御手紙やうやく今十一月一日の夜に届き候。發熱などなされし由、驚き候。その後を案ぜずに居られず候。無事に神戸へ著きたまひしや如何と心亂れ候。船中にては定めていろいろ御悩みなされし事と存じ候。神戸へ誰誰が迎ひに參りしやと案じ候。

併しもはや東京へ著し給ひし頃なればやや安心も致候。小生は只だ伊太利さへ濟せば歸國致したきに候が、又一面に兒供等の事をおもひ候へば、小生が活動力を十分養ふには今少し佛語佛文に通達する必要あり、それがため來春の三月中旬頃まで巴里にて一心不亂に讀書致したきに候。伊太利へは月の半に立ち度候。

君の手紙を見し上にてと存じ候。又君より送り玉ふと云ふ金子もその頃には届き候べし。伊太利は必ず二等にて行くべきものの由にてどうしても十五日間にて汽車代とも二百圓は必要と存じ候。徳永氏より借金せんかと存ぜしが、同氏は桑重氏に貸して非常に困り居り候際と聞き見合せ候。日本へは歸りたくなけれど君と子供の許へは早く歸りたく候。修、靜へよろしくお傳へ被下度候。何か巴里にて御入用の品あらば御申越し被下度買つて歸るべく候。繪を船中にてお書きなされしや。小生の健康はお案じに及ばず候。皆皆へよろしく。くれぐれもおからだを大事にして當分御靜養被下度候。金尾の近状如何にや。草草

ひろし

晶子殿

小西先生の御傳言を難有く拜見しましたと秀にお言はせ被下度候。この序文を坂本君に送つて下さい。校正を取つて御覽被下度候。（大正元年）

302　大正１年11月８日　与謝野晶子宛寛書簡

〔転載〕

啓上。無事にお著きと存じながら氣にのみ掛り夜も安眠致しがたく候。併しもう一週間後には、お手紙の著く事と存じ候。金策が出來ずば、勿論十二月に出立致候。伊太利も止めてよろしく候。君なくてはまことに淋しく候。早く君と子供等の許に歸りたく候。君のおからだを案じてのみ居り候。せめて君に酬いるためと存じ、少しづつ詩を譯して諸方へ送り候。光の目は如何に候や。靜は御都合にて小生歸國まで或はその後の數ケ月までも御引留め被下度候。早く御著後の事が聞きたく候。小生のからだは至極達者に候へば御安心被下度候。梅原と和田とが入り替りに轉宅致候。小生は歸るまでにもつと本を讀みもつと詩人を訪ふ積に候。土産は買ふ資力なし。必要もなき事と存じ候が如何にや。西班牙へ行き居りし澤邊、安井、長谷川が歸り候て大變おもしろき國なりと申候。徳永外諸君皆無事に候。山本が頻に君の畫に感服し、何事にも非凡の人なりと評判して歩き候。何卒畫を止めずにおかき被遊度候。金尾、江南、外諸君へよろしく。巴里はもう大變寒く候。光と秀の時計丈は買ひ申すべく候。皆皆うまい物をおあがり被遊度候。米よりも肉や魚を。草草。十一月八日夜

ひろし

303　大正１年11月日不明　与謝野晶子宛寛書簡

〔転載〕

羅馬を程よく切上げてナポリへ參り候。ボンベイへも一寸半日遊ぶべく候。この分にては十二月一日までに巴里へ歸られ候事と存じ候。伊太利はすべて物價高く夫故に早く引上げ申候。皆皆の御無事を祈り候。地中海の風光、まことに春のごとく長閑にて氣候も外套を要せず候。

よさのひろし

晶子殿

304　大正１年11月日不明　与謝野晶子宛寛書簡

〔転載〕

大隅為三氏も既に日本へ歸り候。若し此人が訪ねて參り候はば君の歌をうまく譯しくれし事を御禮お云ひ被下度候。皆川檢事も本月出立します。「文章世界」に新詩社の事が出てゐる筈です。窪田君が書いたのです。御保存おき被下度候。この寫眞は川島の畫室開きの會で取つたのです。

寛

晶子殿

305　大正１年12月１日　後藤是山宛晶子書簡

〔ペン封筒縦13横８・５　ペン洋箋縦22・５横15〕　消印　１・12・３

(表)熊本市、上通町五丁目　九州日日新聞社編輯局　後藤祐太郎様　ミ返し

(裏)与謝野晶子　十二月一日

拝復

東京は木がらし吹きまはり寒くなり申候。南の国の桐立てるたいしやのあた、かき十二月には似るべくもなく候。仰せのこと承知仕り候。題は、『醒』『曉』のうち御えり被下度候　とりいそぎ用事のみ

晶子

十二月一日朝

後藤様

ミもとに

306　大正１年12月７日　与謝野晶子宛寛書簡

〔転載〕

啓上、君の神經の靜まりて、小生を恨み玉はぬ事のみを祈りて、心は早鐘をつく如く忙しく苦み申候。十三日の巴里出發がまだ五六日の後なるがもどかしく候。さて前報に明治書院より送金ありしやうに認め候ひしが、あれは小林氏より送られしものなる事、後に分かり申候。明治書院よりは何の返電も無く候。思ふに小生の名を書かざりし故と存じ候。土産も碌に買はぬに何かと日常の費用が入り、人人と別れにカフエへ參る事などあつて小林氏よりの送金のみにては心細く候故、澤邊氏より百圓丈借入れ候。之は來年二月中に返せばよろしきに候。之にて東京までの費用もあり船中にても困らぬ事と存じ候。光と秀と

の時計も買ひ候。毎夜別れのため各友人の宅にて馳走され、辭退するも心苦しく候故、行き居り候。來る十日には送別會がある由に候。君の上のみ案じ候心には何事も浮の空に候。君よ再び若く、再び熱情の人とお成り被下度候。小生に對してむら氣を起さぬやうな人とお成り被下度候。新年の書き物に、今頃はお忙しき頃と存じ候。何かと他より頼みにも參るべしと推察致候。併し年末の支拂の不足は何卒明治書院より御借入おき被下度この儀は既に鈴木氏へ依頼致しおき候。この手紙の著くは大晦日の前に候はん。その頃、小生は印度洋にさしかかり居るべく候。費用が掛り候故、神戸へは誰も迎へに參るに不及候。併し若し金尾にても參るならば、光を神戸までお出し被下候てもよろしく候。小生は神戸にて君を見たく候へども、それはアキラメ可申候。二十一日の晝頃には中六番町にあるべく候。京より智城が信玄袋を提げて船へ參る事を望み候。小生は獨逸その他の旅行の代りに君と先きに伊太利へ行き、マルセエユより一緒に歸らざりしを悔み候。さすれば君を淋しがらせ、苦しませ、歎かしめし事も無かりしものをと存じ候。今はひたすら歸朝後の再び樂しき日を夢み可申候。東京の寒さに比ぶれば巴里の室内は暖かに候。君のおからだ何卒御大事に被遊度候。

十二月七日

ひろし

晶子どの　みもと

櫛の形よく分らぬながら買ひ候。毛あみも二袋買ひ候。

307　大正1年12月13日　与謝野晶子宛寛書簡

〔転載〕

啓上、いよいよ今夕、巴里を立ち可申候。十一月二十四日に御認めの手紙、昨夜受取り申候。君の御元氣のやや回復したるらしきをうれしくおもひ候。貧乏なるは何よりも日日御氣にかかり候事とかなしく候。如何にして十一月を越し玉ひけん、又十二月を越し玉ふらんと心苦しく候。七瀬の發熱は風と存じ候へども、（或は腸胃）長引はせざりしやと案じ候。もはや香港にてならでは御手紙を見がたき事となり候。

小生の金子、マルセエユより乘船後、二十フランを餘す位になりはせずやと案じ候。十分に有りしとおもへど、日日の食事の料の今更に大なるを覺え申候、とにかく金尾か誰か迎への人に三十圓丈、船へ二十日の早天に持ちくるやう御頼み被下度、（茅野君へでも）赤松の姉①が病氣なるからは、神戸より一寸、京都に立寄り見舞を述べてその夜の汽車にて東へ歸り可申候。新橋へは光、秀、七瀬、八峰を迎へにお遣し被下度候。二十一日に神戸著の豫定なれど、一日早くなるべしと存じ候が如何にや。小生は内藤理學士と兄弟のやうに親しくなり此人にいろいろ世話にもなり候。畫家中には徳永君梅原君が尤も親切に致しくれ候。巴里は思ひしより寒からず候が、東京の寒さに皆皆の健康を案じ候。湯たんぽを君も入れて寝たまふべし。大喪中にて不相變東京は不景氣と存じ候。春にもならば、一陽來復の望みも候はんか。如何にもして、年を御越し被下度候。ヹルハアレン翁に逢ひ候。レニエよりも感じのよい詩人に候ひし。春泥集の體裁を非常に褒めくれ候。日本へ講演に來る事を望まれ候故、歸國の上取計ふべしと申おき候。何かと忙しく通信（羅馬の分）を書きかね候が船中にて認め、ポオトサイドより出さば一月分に載せらるべく候。平野君より親切なる手紙を貰ひ候。小生の東京へ著く日に湯をわかしておくやう女中へ御命じ被下度候。草草。十二月十三日正午

ひろし

晶子殿

註①　赤松の姉――寛の二兄赤松照幢の妻安子、義姉。

308　大正１年12月14日　与謝野晶子宛寛書簡

〔転載〕

十二月十四日

今朝マルセエユに著し、暫く埠頭に待ち居りしに、熱田丸到著し、無事に乗込み候。今度は西洋人の客二等室に少く、又日本人の乗客も少く大きな室を本山氏と云ふ醫師（君とウインにて深瀬氏を病院に訪ひし時、そこに居合せたる人）と二人にて占むる事となり候。臺灣海峡が荒れる場合には二十一日、神戸著に延引するやも知れず候。コロンボに著く一日前に元旦を迎へる筈に候。小生出立後に君の手紙が著かば破り棄てくれと内藤理學士に頼みおき候。汽車代（マルセエユまで）四十六フラン六十、外に荷物の預け料賃を十二フラン取られ、實に馬鹿馬鹿しく候。澤邊氏によく借り來りし事とおもひ候。只今、懷中に六十フラン（二十四圓）あり、船中の小遣は之にて十分と存じ候が、神戸へ上陸せし時の車代などが心細く候故、金尾に船へ二十圓ほど持參するやう御話し被下度候。船は明早天に出帆する由に候。ポオトサイドまでの閒に通信を認めんかと存じ候。猶同地よりも、手紙を認め可申候。皆皆無事に御越年を祈り候。君は新年の書き物に少しはお忙しき事と想像致候。修の宅へよろしく。

ひろし

赤松の姉を一寸見舞に京都へ下車すべく候。

一月十三日

晶子殿　みもと

【備考】『冬柏』（昭12・5）に一月十三日とあるのは十二月十三日

の誤り。

309　大正1年12月17日　東京朝日新聞社社会部宛晶子書簡

〔ペン葉書縦14横9〕

消印　不鮮明

㊟京橋区瀧山町四　東京朝日新聞社社会部　御中

与謝野晶子　十二月十七日朝

拝復

ひろしこと熱田丸（十二月十五日発一月二十一日着）にて歸國いたし候ことはほゞきまりしやう申居りしに候へど、じつはいまだきのふけふのたよりはローマあたりよりのものに候へばよく分り申さず候

そのうちたしかなることを御しらせ申し上ぐべく候。かしこ

310　大正1年12月19日　与謝野晶子宛寛書簡

〔転載〕

啓上、この手紙の著き候は一月の十日頃ならんと存じ候。ポオトサイドへ著く前夜に之を認め候。マルセエユ以來、全く波無く内海を行く心地に候。併し俄に食物や氣候の變り候ため、便通わるく夫れ故頭痛ありて、思ふ様に筆を執りかね候ひしが、本日やつと四回の通信を認め候へば、之をポオトサイドより「朝日」へ送るべく候。船中は餘りに二等室は無人にて淋しく候。夜はどう云ふ物かよくよく眠り候。もはや日本へ歸りし氣持にて、安心せしならんと存じ候。夢も既に巴里を見ず全く東京の宅をのみ見申候。如何にして正月を迎へ玉ふらんと心配致候。神戸へあてお手紙下されたく候。少しも早く留守宅の様子を知りたく候。その手紙は金尾に御ことづけ被下度候。金尾が迎へに來る事六つかしくば智城のみにてよろしく候。小生所持の錢は只今五十フラン有之候へども、洗濯料、散髪、ベルモット代、小遣及び神戸上陸前の船員への心附に之では不足と存じ候。小林氏へ手紙をお出し被下、三十圓ほど船まで持參しくれらるる様、御頼み被下度候。（金尾が持參すれば、夫れでよろしく候へども）さて君の御からだは如何。少し健康を復し玉ひしやと刻刻に案じ候。何卒、御無事にて小生の歸るをお待ち被下度候。ポオトサイドに近づき候まま俄かに暑くなり、少少妙な氣持が致候。慣れ候はばよろしかるべし。印度洋も紅海も無事の由なれど臺灣沖が少し荒れ候べし。或は二十一日に神戸へおくれて著き候はんか。唯だ早く早く歸りたしと念じ申候。光と秀が金尾氏に伴れられて神戸へ迎へに來りし夢を一昨夜見申候。併し實際には經費のかかる事故、迎へに來ずてよろしく候。新橋へ

皆皆お出で被下度、神戸よりも、京都よりも電報を打つべく候。「三田」へも「スバル」へも「臺灣」へも巴里への雑誌を送らぬやうお傳へ被下度候。君のために葡萄酒を數本買ひて船の冷藏庫へ入れあり候。土産も何かと相應に買ひ候ひし。何も何もお目に懸りて申すべく候。くれぐれも寒さにあたり玉はぬやう祈上候。修その他皆皆へよろしく御傳へ被下度候。小生は至極達者に候へば御安心被下度候。七瀬八峰も麟も見たく候。光の晝も。猶、三十日以上せねば東京に入りがたしとおもへばうんざりと致候。十二月十九日深夜

ひろし

晶子どの　みもと

只今（二十日午前八時）ポオトサイドに著し候。一寸上陸して此手紙を出し、何か買物にても可致久し振にカツフエに憩ふべく候。

311　大正１年12月28日　後藤是山宛晶子書簡

〔毛筆和封筒縦21横8・5　ペン洋箋縦26・5横21・2〕

消印　１・12・29／１・12・31

㊤熊本市上通町、五丁目　九州日日新聞社編輯局　後藤祐太郎様　ミもと

㊦東京麹町区中六、十　与謝野晶子

啓上

丁度お手紙とゆきちがひに原稿さし上げしこと、て選者のうたまにあはず申わけなく存じ申候。

そのゝちなほこちらの新聞の方などにて手のあかずついへ失禮いたし居り候ひき

こゝちよく御越年のほどいのり上参候　かしこ

十二月廿八日夜

晶子

後藤様

大正二年

312　大正2年1月19日　北原白秋宛晶子書簡（推定）

〔ペン葉書　未採寸〕

消印　〇・１・19

㊤京橋区越前堀三丁目　北原隆太郎様

㊦よさのあきこ

肋と云ひ給ひしより縁日の蠟づくりの女の内臓の見せものおもひいで候。

神経衰弱になりて候どろばうに殺されぬため夜三時頃まで座り居り候。

鐵雄様のおかげんはもうよろしく候や。ざんばうをあとにて拝見せしに候へば三崎の旅人をも私はさばかりお案じ申上げず候ひし　かしこ

一月一九日あさ

【推定】『白秋研究Ⅱ』による。

313　大正2年1月19日　白仁秋津宛晶子書簡

〔ペン和封筒縦21・3横7・5　ペン洋箋縦22・5横28・5（青インキ1枚）〕

消印　２・１・19

㊤福岡縣三池郡上内村　白仁勝衛様　御もとに

㊦麹町区中六・十　よさのあき子

啓上

御たづね給はりしすぢの御親切なる御こゝろを謝し上参候。さ候ふに熱田丸は外海より紀淡海峡を入る順路と知り居り候へば門司上陸の相かなはず候ことくちをしく候。

只今やつくしの海すぎつつあらむとおもはれ申候。光が今夜むかへに下ることになり居り申候。皆様に何とぞよろしく御つたへ被下度候。とりいそぎ御返事まで。

一月十九日朝　　晶子

白仁様

ミもとに

314　大正2年2月10日　河井酔茗宛寛書簡

〔毛筆絵葉書縦14・1横9・1（「太子河鉄橋」遼陽金堂発行）〕

(表)青山局青山北町五―四七　河井幸三郎様　消印　神田2・2・10

与謝野　十日

拙稿歌話は明十一日午前中に御手元へ届くやうに差出可申只今執筆中に候　右よろしく願上候

艸々

与謝野

315　大正2年3月30日　毛呂清春宛寛書簡

〔転載〕

小生在歐中は何れへも御無沙汰致候ため、貴下へも自然失禮仕り候。田園に御歸臥なされ候は一面お氣樂の事ならむも何かとお淋しくは無之候やと折折晶子とお噂申上候。お子様方のおからだには地方の御すまひがよろしき事と存じ候。小生の兒どもらは七人が何れか斷えず病氣致し夫れが氣掛りにて小生どもの外遊も不本意ながら短く切上げ申候ほどの事にて家族の捕虜となる親の身の上を時に惘然に感じ申候。

今年は覺束なく候へども明年の秋は大嘗會の御大典の頃京都へ參り候序に兒どもと一緒に御地の親戚と山水とを一訪致度し《マ》た《マ》しと存じ居り候。

近頃何か御著作をまとめ居り候や、或は御腹稿を携へて重來の御計畫中にや。成るべく早く御出京なされ候事を祈上候。都會の生活はますます困難を極め我我下層社會の者は眞にその日送を免れず候。併し我我の如き貧しき天分の者が猶餓死を免れ居り候は日本の有難き處と感じ候。歐洲に在りては我我風情のものは全く勞働者の最下級に堕するより外なきに候。

故萩之家先生[1]の御年忌をこの秋少し早く取越しして催したしと存じ候。その頃御出京被下候はば皆皆一堂に會し候事も出來好都合と存じ候。

歸來まだ内海服部の兩兄に會ひ申さず候。舊門の人四方に相離れ候と云ふにもあらねど各自その生活に追はれて半日の清談をも共に致しがたきを常に不本意に感じ申候。

御夫人様の御清健の御事賀上候。併し東國とちがひて風俗の大差ある土地にて何かと東の空を御追想せられ候事と拜察致候。御夫人様のためにも速に御出京を祈上候。

來る五六日頃小生は一寸大阪まで參り七日中に歸京の筈に御座候。御地まで參りたく候へどもいつも時日と旅費とに困り殘念に存じ候。

ますます御健勝を祈上候。艸艸。

三十日（大正二年三月）　寛

毛呂大兄②　御侍史

註①　故萩之家先生──落合直文。

②　毛呂大兄──毛呂清春、新詩社同人（歌人）。

【備考】『冬柏』（昭11・7）に大正二年三月とある。

316　**大正２年４月８日　小林一三・令夫人宛寛書簡（推定）**

〔ペン葉書縦14横9〕

㊟摂津国池田町　小林一三様　令夫人様

東京市麹町区中六番町十

消印　未確認

あめつちの中にやすまず遊びごとする小きものうつくしきかな　晶子〔毛筆〕

過日唐突に参上致し候をお咎めなく御懇情を忝うし御礼申上候。

四月八日　よさの、ひろし

【推定】所蔵者の記録により大正二年と推定す。

317　**大正２年６月10日　沖野岩三郎宛寛書簡**

〔ペン洋封筒縦14・6横10・2　ペン洋紙縦18横22・5（4枚）〕

消印　麹町2・6・10／新宮2・6・14

㊟和歌山縣東牟婁郡熊野町　坪井基一郎様気附　沖野牧師殿

必御直披

㊮東京麹町区中六番町十　与謝野寛

拝復

その後久しく御無沙汰に流れ甚だ愧入り申候。大兄の御健闘は増井君より傳聞致し常に欽慕致居り候。さて御申越の義につき本日石井君を訪ひ快諾を得申候。就ては同君は本月末に東京を立ちて大坂へ赴き御地へ着は七月初旬に候。滞在ハ一ケ月位の豫定に候。猶同君ハ海外にて書きし氏の画を携へ行きて御地にて小展覧會らしきものを開きてもよしとの事に候間西村兄に於て御賛成ならば直接同君へ御返事被下度候。まだ確定せし事に無之候へども性路丈ハ大和より山越えをして十津川、瀞などを写生しつゝ、新宮に出でんかとの事に候ひし。大和よりの順路を委しく同君へも知らせ被下度候。猶途中何處かまで迎へにお出なされては如何とも存じ候。

次に之は小生より注意まで申上候が、若しお差支なくば御書中にお示しの旅費其他を直接同君宛に前以てお送り被下候はゞ同君に於て便利を得候事ならんと存じ候。文学者や画家ハ太抵旅費にも差支へ候状態に在り候ゆゑ小生の愚存として申陳候。

西村君へよろしく御傳へ被下度候。新宮は小生もなつかしく忘れえぬ處に候。いつか荊妻を伴ふて参りたしと存じ候。

石井君には御都合にて欧洲の藝術談を（有志の諸君に公開する御積りにて）御依頼なされたく、氏は非常に其方の見聞も博く候。

猶この後は左記へあて、直接に御通信被下度候。

　東京市本郷駒込林町一八三　石井満吉氏
以上御返事まで。艸々。

　　よさのひろし
沖野学兄　御直

318　大正2年6月21日　沖野岩三郎宛寛書簡

〔ペン洋封筒縦14・5横10　ペン洋紙縦18横22・3〕
消印　麹町2・6・21／新宮2・6・23
(表)紀伊國熊野新宮町　沖野岩三郎様　御直
(裏)東京市麹町区中六番町十　与謝野寛

啓上
御高書の旨拝承致候。明夕巴里會の席上にて石井君と晩餐を共に致すべく候間猶貴意を相傳へ可申候。小生にもお勧め被下御厚情を拝謝候。本年ハ已むを得ざる事情有之候ゆゑ見合せ候へども明年の夏あたりハ荊妻と共に又々お邪魔申上ぐべく候。
さて妙な事を御相談申上候が御寛恕被下度候。小生手元ニ或る機會に認めし二枚折金砂子の屏風一双有之、小生及荊妻の歌を百首づつ半双に各々自書せしものに候。右を何卒西村伊作兄にお買ひ被下候やう貴下より御願ひ下され候事相叶はず候や。実は之にて当座の生活を至急に補ひたきに候。何れも箱入に相成り居り候。代價ハ半双五十円併せて百圓に候。運賃ハ当方にて負擔致すべく候。甚だ汗顔の儀に候へども御諒察被下一応西村兄へ御頼み下さらば幸甚に候。いまだお目に懸らず候へども荊妻よりも併せて御願申出候。
東京の梅雨そらに閉口致居り候。南國の汐かぜをなつかしく思ひ申候。
ます〱御雄健ならん事を祈上候。　艸々拝具。
　廿一日　よさの　ひろし
沖野雅兄　御直

319　大正2年6月23日　西村米三宛寛書簡（推定）

〔封筒ナシ　毛筆巻紙　未採寸〕

啓上

御近状如何、伺上候。

小生事歸朝以来なにかと事多く何れへも御無沙汰致し申訳無之候。お作を拜見致すことも大に延引致候。

歌は小生の見る處にてはおひ〳〵新しき変化を示しをるやうに候へば最早小生などが世話を焼く必要無之と存じ候。また小生目下の心境を申せば卅一字は小生の精神生活の表現としてハ不適当なるを感じ候。小生の今後は他の形式にのみ依りたしと心掛け候。併し之ハ短歌を嫌ふにはあらず他の諸君が短歌を作らる、事ハ賛成に候。猶ます〳〵佳作の出でんことを祈る次第に候。

艸々

よさの　ひろし

六月廿三日

西村学兄

【推定】文中に「歸朝以来」とあることから大正二年と推定す。

320　大正2年7月4日　沖野岩三郎宛寛書簡

〔ペン洋封筒縦15・2横10　ペン洋箋縦18横23（2枚）〕

消印　麹町2・7・4／新宮2・7・7

㊤和歌山縣熊野新宮町　沖野岩三郎様　御直

㊦東京市麹町区中六番町十　与謝野寛

拝讀致し候。

御友人ニお議り被下候御懇情を深く御礼申上候。またその御友人が快くお引受け被下候御厚誼にも甚しく感激致候。何卒よろしく貴下より小生夫婦の感謝をお傳へ被下度候。

お命じの絹地をお遣し被下候はゞ相認め候て屏風の箱の中へ入れて併せて御送り致したく候。

御送附致候には横濱よりの汽船便に致すを尤も安全なりと存じ候。之は此雨天の晴間を待ちて通運會社と相談し荷造り致させ申すべく候。石井君はまだ御地へ到着無之候や。既に大阪へ出發の後に候。

西村兄へよろしくお傳へ奉煩候。

艸々。

よさの　ひろし

七月四日

沖野学兄　御直

石井氏が描きし荊妻の肖像の写真を一葉封入致候

321　**大正２年７月４日　白仁秋津宛晶子書簡**

〔ペン官製葉書縦14・1横9〕

消印　2・7・5

㊊福岡縣三池郡上内村　白仁勝衛様

七月四日

よさの晶子

青海波は

神田区表神保町福岡書店

へあふせ下されたく候。

私どもよりも御無沙汰をいたし居り候。良人は八月一日頃より三宅博士などとともに長門の六連嶋へ講演にまゐることきまり申し候へばあるひはお逢ひ遊ばすべくと存じ申候。かしこ

322　**大正２年７月22日　白仁秋津宛寛書簡**

〔ペン絵葉書縦14横9（「晶子の肖像（石井柏亭）」）〕

消印　2・7・22

㊊福岡縣三池郡上内村　白仁勝衛様

七月廿二日

珍しき御品を沢山お恵贈被下忝く存じ候。小生の好物ゆゑ早速美味を賞翫致候。

石井柏亭氏の描きくれし荊妻の肖像の葉書を一枚さし上候。

成るべく六連島にてお目に懸りたく候。

よさの　ひろし

323　**大正２年８月27日　北原白秋宛晶子書簡**

〔ペン葉書縦14・2横9〕

消印　2・8・27

㊊相洲三崎、向ケ崎　北原白秋様

よさのあき子

船は小田原よりに候や、東京よりにや、陸はまゐれぬや。すさまじき雨となり申し候。船もさまでこはしとはなく候へど。金尾の返事まゐりてのちのことを申し上むとて今日にまでなり申し候。きつと金尾ならずともかの人の世話にてよき家のあり候こと、私は楽観致し居ることに候。てつをさまによき菓子まゐらせたく候よ。

今日九十九里より帰りくるはずに候へどこの天気にてはむつかしかるべく候。

御詩集ありがたく存じ参候。

【備考】晶子筆による魚のような形の絵あり。

324　大正2年8月日不明　北原白秋宛晶子書簡（推定）

〔封筒ナシ　毛筆巻紙縦17・5横320〕

お文いたゞき心おちゐ申し候　私はこれよりよきことをいたし初め申すべく候。鉄雄さまより御様子少しはうかゞひ候しかど、弟のしらぬ心も人はあり候へばおもひたちや給ふいかにとばかり存じ居りしことに候。おやくそくいたし候こと、初めは旅費ほどの金子にてもお立ち下さること、それは必ず五百円以上なること、あとの送金をもとより通信などの御勞はかゝる儀なれど必ず私のおくりいたし候をお信じ下さること、千円はともかくも旅費としてあつまり候見こみなれど最小を五百円としておき考へおきをねがふこと　ある一つか二つにて五百円の出きし上のいろ〳〵のことはあなたと二人でうんどういたすこと（私一人にてあなたの出きぬことうけあひたるなどしてはあとにておこまりと存じ候へば）私にしてはその用けんをたのむ人達にだけより申すまじけれどあなたより人にそのことをおはなし出し下さるとも御自由なること（その方がゆくのに責任が出きてゆくはこびがはやくつくかもしれず候かな）など御承知下されたく候。私は御旅装のことなどさへ机の上にて肱つきながらかれこれとゆめのやうに考へ居り候。かばんなどは私のがあり申し候。しべりやのあつき毛ごろももたれに借らむなどさま〴〵心に描かれ申し候。あとにても少しおのばしになりてもすみ候へばともかくも一月頃におたち故と申して話をはじめ申すべく候。なほさむく候べく心ぐるしく候かな　そのやうなることはまたお目にかゝり候せつ御相談いたし上ぐべく候。私はつるがへおゝくりいたしたく候。かの北の海を見まほしく候。私の心には外国のやうにのこり居り申し候。良人にこんどのことは私がたのしみてする一つの事業を見物せよと申し居り候。

昨夜かの音楽会にまゐり候。歌手のやなだ氏はあなたのと私のと同じにて候ひき　あなたのは薗部といふ女の人にうたはせたく候ひき。船は船夫さんのとまちがひ、歌手が度をうしなひ居り候ひしことをかしく候ひき。城がしまの水仙の根をきつとおもち下されたく候。私の三人の女の子は笑ふべき人間にも通らぬ白痴に候。このことの忘れもえでかくもかきなどいたし候はくるしく候。「夜の宿」を見にひろしはまゐり候。台湾愛国婦人と申すざつしは稿料がよほど多くくれ申候へば（かゝることわられたさに申し候は労に多くむくはれ候いみに候なれどはづかしく候かな）お小づかひになるべくぞんじ候。何か一ぺん二へん女のよみものらしきやさしきもの十五日位までにおゝくり下さらばとおもひ申し候。婦人評論と申し候もの吉井氏もよく出さるゝものに候がこれも五首のたんかにて二円の禮をくれ申し候へば御労少きものゆゑお思召によりてこれもその時分におつかはし下されたく候。久しぶりにて筆にて字をかき申しむやみにながくなり候におどろかれあぢきなくなつてしまひ候。

かしこ

晶子

北原様

ミ前に

【推定】『白秋研究Ⅱ』による。

325　大正2年9月1日　森鷗外宛寛書簡（推定）

〔ペン葉書縦14横9〕

消印　未確認

(表)本郷千駄木町　森林太郎様

与謝野寛　平出修

漸く涼味が加はりました。お変りもゐらせられませんのは誠にお芽出度いことに存じます。江南君今般千葉中学へ赴任致すこととなりましたに就いてハ来三日午後四時頃より　昴發行所に於て親近の者十二三名集り送別會を兼懇話會を相開きたいのですが、もしお繰合せ出来ますなら　當日御臨席仰上度いと存じます。

九月壱日

〔印刷〕東京市芝區芝公園五號地十二

昴発行所　電話芝四七七一

【推定】所蔵者の記録による。

326　大正2年9月6日　平出修宛晶子書簡

〔転載〕

消印　2・9・6

(表)芝区、芝公園五号地十二　平出修様　ミもとに

(裏)六日　よさのあき子

平出様

六日　晶子

啓上

御ここちいかゞおはしますらむ。

さく日は御心配相かけしみ〴〵申しわけなきことと夜も日もおもひ居り申し候。はや翌朝はつねの人になり居り申し候ひき。何も〳〵御ゆるし被下度かくしたゝめ候にも面そみ申し候。奥

様にも御わびの意を表し申し候。
原田氏より婦人画報のことかくきめて申しまゐり候　つまりあの四つ一だけが出きしことにて、あとはおひ〳〵運動いたすよしを伯林の君へ御伝ひ被下度候。婦人の読物をつう信すればそれにてよきよしを御云ひ被下度候　十枚程にてよろしきに候。いづれそのうちうかゞひ申すべく候。何やらいつもまゐりたき気のみいたし候　かゝること神田にいませし時にこよなくまさり申候

かしこ

【備考】 現物照合す。

327　大正２年10月22日　涌島長英宛晶子書簡

〔ペン官製葉書縦14・2横8・8〕　消印　2・10・22

(表)鳥取縣東伯郡西郷村　涌島長英様

拝復
御芳情を拝謝致します。
小包ハ既に到着します。併し決して御配慮下さらぬやうに願上ます。

艸々

東京、麹町区、富士見町五―九
与謝野　内

【備考】 晶子書簡であるが寛筆。

328　大正２年10月25日　白仁秋津宛寛・晶子書簡

〔ペン官製葉書縦14・1横9（紫インキ）〕　消印　2・10・25

(表)福岡縣三池郡池《ママ》内村　白仁勝衛様

東京中六番町十　与謝野寛　晶子　十月廿五日

啓上　御清栄奉賀候
めづらしき御國産の栗をあまたお遣し被下遠路よりの御厚情を感謝仕り候。兒ども等いづれも大きなる栗におどろきてお伽噺のなかの栗のやうに思ひ居り候。御礼まで

艸々

【備考】 全文寛筆。

329

大正２年11月９日　白仁秋津宛寛書簡

〔毛筆封筒縦21・3横8　毛筆巻紙縦17・7横152〕

消印　麹町２・11・９／福岡三池２・11・12

㊤福岡縣三池郡銀水村　白仁勝衛様　御侍史

㊤東京市麹町区中六番町十　与謝野寛

啓上

御高書に接し御雄健の御様子を想像しおよろこび申上候。御近作お出來被成候よしいつにてもお遣し被下候はゞ拜見致すべく候。歸朝後ハ全く断り居り候へども旧友諸君の御作に就ては愚見を述べたしと存じ候。

小生は自己を建て直す積にておひく創作に從事致すべく候。御批評と御鞭撻とを願ひ上げ候。

晶子の「新譯源氏」は下巻の貳を發行し既に書肆の店頭に有之候。之にて完結致したる次第に御坐候。同人よりよろしく申傳へ候。黄葉時節の昨今は御地も快晴の日は小春の趣致に冨み候事と存じ候。

園田君へお序によろしく御傳へ被下度候。冬季に朝鮮の生活ハ同君の健康を毒し申さずやと掛念致し候。尤も寒さは満州にて試錬を積まれ居る事とも存じ候へども病後の静養はやはり南國の暖地がよろしかるべし。

大兄の御健勝を更に祈上候。

艸々拜具。

十一月九日夕　　寛

白仁学兄

御侍史

330

大正２年11月10日　北原白秋宛晶子書簡（推定）

〔ペン洋封筒縦14・3横9・6　ペン洋箋縦22・8横29・5（４枚）〕

㊤相模国三崎見桃寺にて　北原白秋様　ミもとに

㊤よさのあき子　十日夜

消印　○・11・10

風邪をひいてゐまして失禮しました。発熱しましてから却て気分はいい方になりましたが、ちやうど一週間ほどです。私はじつはあなたにすまないことをそのまへに申し上げたいと気が気ではなかつたのでした。それは原稿のことです　あのことはとりけします。許して下さいな。あのあとですぐさう思つたのでしたがおくられたならしかたがないとあきらめて居ました。もうあのことはあなたからもどうぞ云はないでおいて下さい、私ははづかしくなりますから。

あなたのおくさまのこと、よくおうちあけ下さいました。私の心にもう忘れない人としておくさまはゐられておしまひになつた。もう絵でも字が現はして見せるものでもないのです。

私はけれど良人にはまだ話しません。こんなことおくさまも一緒にこの手紙をごらんになるでせうからごかいを遊ばしてはいけません。深いわけも人の子めいたおもんばかりでも御坐いません、あんな人ですから冷熱の気分がその折々でちがひますから私とおなじだけの同情をさせないとおかないつもりなんですからなんです。（これはまあないしよごとのやうなものですね）

私はなんだかおくさんも一しよにふらんすへやつて上げたいなんかおもひます。

しかしそんなことを云ひだしてあなたとおたがひに話をとけないなぞにしてしまふかもまあいけないことでせうね。一月でなくてもよろしいわ。五月頃まで（船はなつはあついさうですから）おくさまと一しよにおいでなさいな。さうすればざつしの方も（いつそ秋にしますか）都合よくゆきませんか。ざつしもおるすの方のことを御仕末なさるといふことはかしこいことゝおもひます。

良人は年のくれは人の心が金の上にゆとりがないから一月になつて話をはじめてはどうかと云つてます。良人にたのむ方（長谷川天溪氏により博文館よりいく分とのことまあまかせて下さいな。唯だあまり條けんは沢山つけません）はさうもしませう。私の方のは二三日のうちにその中へ入ることに来てもらふことにしてあります。

それからあのN氏にも云ひませうか、あなたにこれだけは相談します。むろん私の考でだけと云つてはやりますが。

東京へいらつしつて（あるところまで進行いたしてから）ふらんすごをまた一寸おならひになりませんか、私達の先生が出張してくれてそれは熱心に個人教授をしてくれますから（一時間と云ふきめでも三四時間もをしへてくれます）その人にでもおたのみになつたらなどとおもひます。

おくさまのことなどお考へやうで何も東京へお伴れになるのに御躊躇なさることもあるまいとおもひます。姉がほと仰つしやつたことをふと今おもひ出しました。そんなところがあつたら私の性質だと思つてゆるして下さい。それからまだひみつのことですがすばるはいよ〳〵万造寺さんの方へひきとられることに（平出氏病気のため）なりましたので（一月から）万造寺さんは今度は皆様に原稿料をはらふざつしにすると云つて居ます。私がさうだん役なんですから助けて下さいましな。十二月七日頃までにおねがひいたします。私等の考へがおもひ通りにゆき金を出す人がおもひ通り出してくれる日がまゐつて、あなたの外遊もその方からいく分のおたすけが出きればいいなどとおもつてゐます。

あなたはふらんすで絵の上手にもなつていらつしやるでせう。あまりながくなりますのでうらへかきます。

私はお妹さんを誰かと結婚おさせしたいとも考へて居まして、鋳雄さんに一度ともかくも逢はせて下さいと云つてます。まんてつのやとへで（高等商業出）（その人は大連にゐるのです。）およめさまをほしいと云ふ人が親るゐの方へあったと云ふことをきいたりしましたし　またその外でも考へればあるかもしれないと云ふのです。こんなことはあなたにおきかせするよりてつ雄《ママ》と話します。

おくさまによろしく。何とお名をお云ひになりますか。あのう藤岡と云ふ人をおしりですか。その人はある権利者から女の情人になったことを訴へられて大学をおはれましたが、去年からまた復校しまして、そして今年いよ〳〵その人とけつこんしました。その人にもあひました。

晶子

白秋様　　良人は芝居へゆきました。

【推定】白秋が松下俊子と三崎へ移ったのは大正二年一月であることから、大正二年と推定す。

331　大正2年11月13日　沖野岩三郎宛寛書簡

〔ペン洋封筒縦15横9・5　ペン洋箋縦29・5横29・5（2枚）〕
（表）和歌山縣新宮町　沖野岩三郎様　御侍史
消印　麹町2・11・13／新宮2・11・15
（裏）麹町区中六番町十　よさの、ひろし

啓上
御令夫人様よりの御懇書にあづかり御礼申上候。御病気のよし拝承致候がもはや御快方ニお復しの儀と拝察致候。

東君ニ御托し被下候品相忝く拝受致し候。拙悪なる筆に對し毎々過分なる御礼ニあづかり大兄の御親切を重々感激致し居り候。

東君に今一度お目に懸る約束に候ひしが本日まで御出で無之候を以て考ふれば既に御帰國被成候事と想像致候。お序の節よろしくお傳へ被下度候。

先日差出し候荊妻の「源氏」は御令夫人様まで拝呈致せしものに御坐候。猶本日書肆より下巻の二を拝呈致させ候間御納め被下度候。

先般西村君に久々お目に懸り快心の事に候ひし。その節同君へ申上げおき候が今回新たに帰朝せし青年画家にて小生の考にては画家中の尤も天才的なる一人ニ存じ候梅原良《ママ》三郎氏を石井氏の如き方法にて御地へ十日間ほどお呼び被成候ては如何。同氏は明春一月に大阪の三越より懇望されて洋行中の画を同所にて展覧會に出だす計画有之候。その節、丁度序でなればその画の殘部を携へて御地へ游び呉る、やう依頼致してもよろしく候。実は一昨夜も一寸同君へその事を申しおき候が西村君さへ御望みならば多分快諾致しくれ候事と存じ候。猶その節には小生も同游して御地にて一回公開演説を試み藝術談を致したく候。一月の末又は二月の初めの事に候。此儀を西村君へ御相談被下度候。

西村君が繪を再び熱心に試みられ候事、甚だ結構なる事と存じ候。何卒イヤにならず氏一流を發揮せられたきものに候。

西村君より貴下の御近状も拝承致し候。清節を羣疑の間に御持しなされ候御勇気と御信念とに敬服致し候。小生も来年は少しく自家を發表致したくと奮激致居候。猶いろ〳〵と御訓戒を御与へ候やう願上候。

荊妻より御二人様へよろしく申上候。　艸々。

十一月十三日　寛

沖野雅兄

御直

令夫人

332　大正２年11月21日　白仁秋津宛寛書簡

〔毛筆和封筒縦21横８・５　毛筆巻紙縦17・８横125〕

㊤福岡縣三池郡銀水村　白仁勝衛様　御侍史　消印　麹町２・11・21

㊦東京市麹町区中六番町十　与謝野寛

啓上

御盛栄の御事と存じ申候。

さて唐突に候へども至急錢に困り候事相生じ候まゝ左の儀を御相談申上候。

金砂子の二枚折屏風に一つは荊妻の歌百首今一つは小生の歌百首を認め候物を五十金宛づつにて誰か御買取り被下候やう御周旋被下候はゞ幸に候。右屏風は何れも丈夫なる箱に入れあり候。銕道便にて差出し候運賃ハ当方にて負擔可致候。若し御友人中にて御所望被下候同人有之候はゞ十二月十五日までに御世話願上候。かゝる事を申上候事甚だ失礼に候へども御諒察願上候。一月より「我等」と題する雑誌を出だす積に候。同誌上へ御歌をお寄せ被下度候。荊妻よりもよろしく申上候。　艸々。

十一月廿一日　寛

白仁兄　御直

時下ます〳〵御自愛を乞ふ。

333 大正２年11月27日 白仁秋津宛寛書簡

〔ペン洋封筒縦14・9横9・6 ペン洋箋縦22・7横14・5（1枚）〕

㊤福岡縣三池郡銀水村 白仁勝衛様 御直 消印 2・11・27
㊦東京麹町区中六番町十 与謝野寛

拝復

早速御返書を忝うし御礼申上候。

お尋ねの二枚折屏風は貳個有之、一個は小生の百首歌を、一個は晶子の百首歌を認めあるものに候。即ち一双にて小生ども両人の歌屏風と相成り候次第に候へども御希望の人の御考にては荊妻の分のみとか小生の分のみとかを離してお買取を願ひてもよろしく候。

流行感冒に罹り居り候まゝ病床にて御返事まで 艸々。

よさの、ひろし

廿七日

白仁学兄 御直

334 大正２年11月27日 三ケ島葭子宛晶子書簡（推定）

〔封筒ナシ 毛筆巻紙縦17・4横182（青インキ）〕

お手がみを唯今拝見いたし候。

良人も原様にやなどと申してともによみ申候て詩集のこと仰せられ候にいとこゝちよげに自分も序文をかゝむと申し候。

良人は誰にもあなた様の御作をほめて居り候。先日も中央公論より六人の歌人に正月は五十首づゝうたをよませむとて相談にまゐりしにも良人はあなた様を女にて唯一人すゐせんいたし居り申候ひき かしこの人もいたく賛成いたし居りしかど雑誌は營業本位なれば何とも君に申し上げざりしやもしらず候。

すばる詩社のことにつき候て初めより私は少しの不快を覚え申さず候ひき いづぞやも吉井様にあなた様のことをよろしくとてたのみ申せしことに候

青鞜が君の御作をつまらぬ人ほども優遇いたさざることをそは私もうれしからず眉ひそまるこゝちして見すごし居ることに候。そのうち何かあなた様方の作をのせ申し候機関をつくりてさし上げたしとおもひ申候 スバルも、まだ発表いたさず候へど十二月にてやめるはずに候

明星の再興と申すこと二三の人の口にのほり申し候へどいかに

なり申すべきかハまだたしかなることは分り申さず候（誰ニもまだおもらし下さるまじく来年三月頃にあるひは私から申すべきか）
つまりあなた様などにいろ〳〵と心つかはせ候も私等の力のかすかなるためとこの頃おもふことおほく候。
東京へお上りにならばおより遊ばすべく候。山ふもとの家の人はあまりに心の餘ゆうなしと君が少しのことに我等いかにおもはむなどとり給ふゆゑにおもひ候。いつまでも〳〵変り申さずお力になり申すべく候。つねはいそがしく候まゝ心ならぬ失禮をいたし居り候。原様にも失禮をいたし居り候。子供が一人二人いつも風邪ひき居り申し冬はいとはしく候　肺に病のおはするならば君もあたゝかき里もとめて住み給はばよけむなどおもひ候　申し上げ候ことつきずくやしく候へど筆おき候。

かしこ

廿七日

晶子

よし子様

【推定】遺族の記録により大正二年十二月と推定す。

335　大正２年12月14日　白仁秋津宛寛書簡

〔毛筆和封筒縦20・5横7・9　毛筆巻紙縦17・8横97・5（紫色）〕

㊤福岡縣三池郡銀水村　白仁勝衛様

㊦東京中六番町十　与謝野寛

消印　麹町２・12・14

啓上

御懇書を拝し御芳情に感激致候。御多繁の中に意外なる私事のため御配慮を煩し恐縮に存じ候。さて明年に相成り候てもよろしく候間自然御志望の好事家有之候はゞ御周旋被成下度候。併し是非御配慮を乞ふべき性質のものに無之候ゆゑ右御含みおき願上候。若し偶然に御話の序に誰かへ御相談被下候はゞ難有候。雑誌を小生が發刊致すことは或る事情のため見合申候。

御健勝に御越年を祈上候。都門は既に炬燵を要し候ほど夜中は寒く候。南國の冬を遠くお羨申上候。

艸々。

十二月十四日

寛

秋津雅兄　御直

336　大正2年12月17日　渡辺湖畔宛寛書簡

〔毛筆和封筒縦20・9横8・3　毛筆巻紙縦17・7横131〕

消印　新潟畑野2・12・20

（表）新潟縣佐渡郡畑野村　渡辺金左衛門様　御侍史

（裏）東京中六番町十　与謝野寛　十二月十七日

啓上

年末御多繁と奉存候。

さて屏風の事が一寸急に六つかしく候はゞ別帋大阪の柳屋と申す書肆にて荊妻の歌を同好者に頒ち居り候　例に習ひ小生夫妻の短冊各五十枚宛即ち百枚を御地にて（御舎弟様の御店などにて）特に御頒布下さるる事叶ひ申すまじくや。百枚に對する御報酬ハ七十五圓頂き度候。短冊は京都よりとりよせいろ〳〵撰定の上認め申すべく候。

右御許諾被下候はゞ御電報にて「セウチシタ」と御返事被下度当方は年内に御手元へ届くやうにして御郵送致すべく候。

猶屏風も手元に認めたるものが既に有之候間これは來春になりて若し好事の人有之候はゞ御世話願上候。

――――

近頃御作はなさらぬにや。小生も久しくなまけ候ひしが來春よりハ歌も詩も試み申し度と存じ居り候。尤も目下の主として狙ひ居る處は小説と脚本とに候。

久々御地方へも來年の夏頃は一遊致度候。

艸々拝具。

十二月十七日　与謝野　寛

渡辺湖畔兄

御侍史

【備考】　印刷物「晶子女史 春の歌百首」の広告文同封。

337　大正2年12月26日　白仁秋津宛晶子書簡

〔ペン洋封筒縦15・1横9・8　ペン洋便箋縦22・8横17・2（1枚）〕

消印　麹町2・12・27

（表）福岡縣三池郡銀水村　白仁勝衛様　ミもとに　廿六日

（裏）中六、十　よさのあき子　麹町　東京

啓上

としのくれのあわたゞしき夜ひる、わが其時や人の見候らむと折ふしはづかしくもあぢきなくもおもはれ申し候。

御文たまはり、なほおひたゞしき御おくりものをいたゞきまゐ

らせ候ことかたじけなく存じ参候。
まこと御情に涙ぐまれ申し候。ひろしよりもよろしくと申しいで候。私の夏より秋へ年内には出き上り申すべくそのせつさし上げ申すべく候へば何とぞ御一讀遊ばされたく候。今はうづまきもやうだんだらぞめとともに人よりは忘られしものなれど。

廿六日　　先は御禮まで。　　晶子

白仁様

ミもとに

よき御としをおむかへ遊ばすやうと

大正三年

338　大正3年1月17日　平出修宛晶子書簡（推定）

〔転載〕

㊤相模鎌倉、長谷　平出修様　ミもとに
㊦中六、十　よさのあき子　十七日

昨晩はおもひがけないうれしいおもひをしました。十一時半頃に良人がパウリスタで佐藤さんに逢つて手紙を貰つて来たと云つてかへつて来たことです。その前にもうこたつに火がなくなりましてね、何だか修業者になつたやうな気で寒気をがまんして仕事をして居ました私はすつかり気がゆるみましてね、（いい心もちに）火鉢のある方のまへゆきまして、そこの二しよくの電燈でおんぞうの前の女のやうな昔ごころでお手紙をよみました。良人は詩集の評だらうと申して居ました。それでもうれしかつたでせうがもつといいものをその時は私が灯にかざしてよんで居るのである、良人はしらないのだなどと思つて居ました。

よく御病気のけいくわが今ではさうざうできます。力づよいきがいたします。私もあなたもうまれ年がいいなどとそんなはかないなぐさめは申し上げるひつえうもございいんせん。

私はあの日曜にまゐりたくてなりませんでした。良人はどう申し上げたかしりませんが、良人も前の日までは私をすゝめて居ましたが、アウギユストがかはゆいものですからあの朝になつて私に両親ともるすにしてはかはゆさうだなあ〳〵とばかりいふのです。少しかぜはひいて居ましたが出るに出られないことはなかつたのですがそんなとき一しよに出ますと子供のことばかりを云はれましてどうしたらいいかといふやうな気にさせられますんでよしました。今にざんねんでございます。

源氏の下の二をおよみ下さいましたのですか、およみもの、多い中で、ありがたうございました。浮舟は私が一番好きな女でございます。内のにほひのゆたかにする近代的の人でございませう。死の勝利の女主人公にちかいほど。

その話でおもひ出しましたが、有馬さんが我等の石川さんの評についてのばくろんをおかきになりましたさうです。白樺へでも我等へでも何かの新聞へでも石川氏のつがふのいいものへのせると交渉をしておいでになるさうです。伊太利語とてらし合した評なんでせう。あの方のお話に、ダンヌチオがかいたイボリイタと石川氏のイボリイタの違ひやうなどはけんきうする評が面白いであらう、同じものでないのがほんとうで、そこで初めて譯者によつて面白く原書のとりあつかはれることがうなづかれるのであるなどと云つておいでになりました。萬造寺さんもお見えになつて、急所を外れてある批なんであることに校正のときすでにきがつきしと云つておいでになり、石川さんにおわびがしたいが云ひにくいとのお話でした。私などもじつは石川さんへ手紙は當分一寸かきにくい気がします。私はよく〳〵正月のざつしだけは目をとほしました　こんなことはまあないことですからお目にかゝつたらそんな話も出きるなどと思つて居りました。

私に芝居をしようと云ふ人があります。おきゝになりましたかもしれません、（梅原さん有嶋さんなどなんです）私がどんなに出きないせつ明をしましてもひげまん（卑下慢）だとばかりとられますからおもひきつて（百人位ものうちわだけに見せるのださうです）して見ようか若くなる方便になどともおもひます。高村さんもおさそひするとのことで（九里四郎氏と）白樺、新詩社のれん会のしばゐになりさうです。

とまりがけで伺ふことは夜だけにこまりますからむつかしいかとおもひますが朝から晩までゆつくりと一寸伺ひたうございます。私はとき〳〵ね平出さん、晶子さんはあの時は平気な話をして居たがとう〳〵自殺したかと人が云はないであらうかなどと人と話ながら思ふことがあります。今度からあなたにはそんな気のする時、私は死なうと今は思つてますなどと申し上げませうね。私はこの間もまさ子さんに云つて上げたのですが、私が友人としてほんとうに話の出きるのはせんじつめるとちの、ひらの、ひらいで、女ではあなたよりないと云ひましたのです。あなたは同い年でおありになるんですから何か目に見えない通ひ路も御たがひの魂にあるきがして居ます。私はこんなことをかきまして自殺と云ふことであなたをひどく〳〵ご心配させないかと思ひますが、それも共通てんで御判だん下さつて、とても死ねさうでないとおゝもひになつて頂きませう　平塚さんが若い繪師と同せいする（かんいな共同せいくわつ）と云ふつうちがきました。

良人はとき〳〵いいちゑを出してくれます。昨日も子供のことなどで一人くよ〳〵いたして居ますと、あの不具の白痴の子は小学でも田舎でさしたあとで尼寺へ弟子にやらうなどと妙案を出してくれました。私はとき〳〵良人にあなたは二三萬円のかねがどこかにかくしてあるといふ催眠術をかけてら《ママ》れておいでですと云ふのです。それだけでも良人は私にいじめられてると思つてます。おどろくべき人でございます。つまりつみのない人でせう。

せおふにあまることを生れるながらどうにかなしてやつてゆくことはそれもあなたおく様私の共通な哀れなところなんでございませうね。

いつもお話したいと思つて居ますこともすぢみちがよけいなきがしてまあいいといふ気でひきこめてしまひます。とまりがけででもまゐつたらいろんなことをお話できるであらうとおもひます。こんど私のまゐる時金尾さんもすゝめてつれてまゐりませう。この間川上さんがおいでになりました。お子さんが十一日に生まれたさうです。くれのいそがしさにまぎれ、正月になり漸く忘れしなど云つておいででした。

渋川玄耳と云ふ人が洋行前からひじやうに世話をよくして下さるのです。良人のこともよく考へてゐて下さるのです。

自殺の話などはどうぞあなたからのお手紙にはおかきにならないやうにねがひます。

栗山さんの送別會をかまくらへもつて行つてしましたらあなたは三橋位までおいでが出きるでせうか。

もしさうでしたら會費のよていがくを奥様にきめて頂いて下さいませんか。

お子様方がおまち遠でせう。しかし奥様とお二人きりの時などはかへつて御新婚の時のやうなきが遊ばしませんか。私はいつかあなたに身躰がひじやうにいいといふ暗示を与へられましてから健康を気にしない人になりました。

さつきから二階に女の人がまつて居るのですが私はいつまでも〱このだら〱とした話を申し上げて居たい。

夏より秋へは中の巻のいれどころがまちがひ同じうたが二首あると云ふのにおそれて私はよく見ません。

私のしようと云ふしばゐはイブセンの幽れいです。私は母親ださうです。

逢つて来ておあげよと良人がまた云ひますからごめん下さい。

晶子

奥様によろしく

平出様

【推定】 遺族の記録により大正三年一月と推定す。
【備考】 現物照合す。

339　大正3年1月21日　北原白秋宛晶子書簡

〔ペン洋封筒縦14・6横10　ペン洋紙縦21・5横27・3（2枚）〕

消印　3・1・21

㊤相模国三崎見桃寺にて　北原白秋様　御侍史
㊦二十一日投　東京　中六ノ十　麹町区　よさのあき子

ながい御ぶさたをいたして居りました。一日に一度位はきつとあなたのこと、思ひ立つていらつしやるあのことを私は思ふのでしたが手紙をかくまがなかつたのです。とし子さん[1]もお変りがありませんか、私は七日ごろとお云ひになつたものですからこの間おはがきを下さるまではずつとおまちして居たのでした。それよりまへに御都合でとし子さんを私のうちへたうりゆうして下さいと云つてお上げしようとも思つてゐたのでしたが例の私のむごんの手紙だけになりました。

朝報社からざつしがまゐつたはずですがどうですか。私はお金のことは女記者にあつた時に云はうとおもひましてざつしのことだけを云ひました。私はその記者がぜひ正月にくるはずであつたものですからざつしをおゝくりすることも一々〱云つてやらなかつたのです。丁度おはがきをいたゞきました三日ほどまへになつて云つてやつたのです。その人は風邪でもひいて居るのかもしれません、哀れな世の中ですから。私昨日も柴田（時子の）さんに相逢ひました。いつか私の要求したことは出来ないことになつたと〔以下切れ〕

註①　とし子さん――松下俊子

【備考】途中切れ。現物照合す。

340　大正3年1月24日　平出修宛寛書簡

〔転載〕

㊤相州鎌倉、長谷　平出修様

㊥中六番町十　与謝野寛　一月二十四日

啓上

お変りも無之ことと拝察致候。さて墺国より参り候手帋に就て申上候。

該文意は貴下の「逆徒」を「幸徳に関する論文」なりと誤解致居り候。又右の論文を「英文若くは仏文に飜訳の上送りくれよ、自分は幸徳を知らんとする者なるが、幸に貴下の論文に由つて幸徳を知ることを得ば幸也、猶飜訳に要する費用（稿料）は貴命のまゝに支払ふべし」と有之候。

就ては貴下より一応御返事をお出しになりて「論文にあらず、小説なり。小説なれども殆ど事実の小説なり。さればそれを飜訳せよとの事ならば飜訳者に依頼すべき稿料を幾金送れ」と御申送りなされ候ては如何。その返事は独逸語か仏文にてお出しなされ候事をよしと存じ候。想ふに発信者は書肆に関係ある人にして且つ社会主義者なるべく候。

有島氏の石川氏弁護論は「我等」へ載せ申候。但しあの誤訳指摘は大部分石川氏に弱点有之候。

―○―

猶墺国よりの来書中に、「貴下の論文を独逸語（お好みならば英仏語にて）に訳して出版する積りなり」と記載有之候。之は甚だ御名誉なる事と信じ候ゆえ早速右の御返事を書かせて御送り被下れ候ては如何。

令夫人様へおよろしく。

艸々

一月廿四日　寛

平出兄　御直

【備考】現物照合す。

341　大正3年1月29日　平出修宛寛書簡

〔転載――封書〕

啓上　墺国へ送る手紙は友人が仏文にて認め候事を依頼致候。両三日中に御送り可致候間御署名だけをなされて御発送被下度候。飜訳料（仏文に）としては五百フラン（二百円）を要求致しおき候。今回帰朝したる友人に訳させ候べし。（尤も返事の参りて後。）

別巻十五円也差出し候お手数恐入候へども岡野へ御遣し被下度候。

――〇――

金尾には二三日の内に荊妻が出掛け候故、その節「瘢痕」の義を相談致させ可申候。

海軍問題の勃発にて少し日本がおもしろくなり申候。

艸々

一月廿九日　寛

平出雅兄

御侍史

【備考】現物照合す。

342　大正3年2月25日　田中智学宛晶子書簡

〔毛筆和封筒　毛筆巻紙　未採寸〕

消印　3・2・25

㊤千葉縣、市川真間、大門　田中巴之助先生①　御もとに

㊦東京、麹町区、富士見町五ノ九　与謝野晶子

粛啓

このたびの衆議院議員の総撰挙に、最も正大なる御趣意に由り、立候補の御宣言をなされましたことを、こゝに感謝致します。政界の游泥に先生の足を汚さしめますことハ、世に之を遺憾と致す人々の多い事と存じますが、その游泥を浄化するためにハ先生の如き高潔なる理想と、熾烈なる忠愛の感情と、百錬の鐵に等しき実行力とを持たる、人格者の出現を要するのですから、私ハ先生の壯擧を國民の名に由りて感謝せずにハ居られません。また先生を推し給ふ人々の熱誠と聰明とをも忝く存じます。人天の加護に由りて、先生の御当選ハ疑ふまでも無く、必ずその結果ハ天下の耳目を驚かすであらうと存じます。私ハ既に先生の獅子吼を衆議院の壇上で聞く光景を想像し、獨り破顔を禁ずることが出来ません。

近年衆議院議員の人格ハ最極度に低落してゐます。先生今回

の御宣言を讀んで、これまで政界に伍するを潔しとしなかった高村の士も、意を強うして立候補を思立つであらうと存じます。いろいろの意味で先生の御出現ハ闇夜に太陽の昇る喜びを覚えます。

書中にて、失禮で御坐いますが、とりあへず私の感激を申上ます。

奥様にも御嬢様にもよろしくお傳へ下さいまし。草々拝具。

二月二十五日夕　　　　与謝野晶子

田中巴之助先生　御もとに

註① 田中巴之助先生――田中智学（一八六一～一九三九）、明治一三年、横浜で蓮華会、明治十七年立正安国会を創立し、明治、大正、昭和の三代にわたり、仏教の近代改革をめざした。

【備考】晶子書簡であるが寛筆。現物照合す。

343　大正３年２月日不明　北原白秋宛晶子書簡（推定）

〔封筒ナシ　太ペン半紙縦24・5横33・3（2枚）〕

こんな紙でも原稿紙へかくよりとおもひ候てかき直し候。あわたゞしい日送りをいたし居り候へばお別れいたし候てよりの日かずもそれほどにおもはれず候へど、あなた様には船の便ごとにまゐるたよりに私のがないのをもういく度もさびしくお思ひ下されしこと、おもひ申候。北原様何もお忘れになつて、昔のジヨンが一代男の与の助になつて（清浄な）嶋へわたつたとお、もひになり、中にありしいろ〳〵はお忘れなさるべく候。としＸさんはむろむおからだにそこがあひしこと、おもひ申候。長田氏があなたのことを劇にするとか（云ま、の）いふことのいでし新聞なども君はまだ見給ふまじく候へど、そんなこともお忘れなさるがよしとおもひ候ひとつ。

銕雄さんがわうだんになられしよし　優しき人なれば病床にて金尾の店のことをあんじ給ひ、私にそこの主人をなぐさめやりくれとの手紙貰ひ候。私はかへつてその人をなぐさめて上げ候。わうだんはうちのアウギユストさへもいたしたればと私は楽くわんいたし居り候へどもと〳〵胃のわるき人ゆゑそれのいでしならむとてひろしは重大におもひ居り候。平出様がのうけつかくのうたがひ九分もかゝり候てその急変におどろきし家の人は麻布谷町の額田病院へいれ申候。ひろしは日日その方へまゐり居り候。私もまゐり候。私を見、かの人の面くもり候とき悲しく候ひき。

まだいしきはたしかに候。二週間よりは保証しがたしと醫師の申さる、よしに候。君はまた見給ふまじく候。づつうがひどい〳〵ものらしく候。

私などまゐれぬところに候へど　行く工夫は〳〵と折々そんなちゑをさがし申候。こんな風に〔絵入り〕嶋の上に只四人の人のみ見えるところが私の小笠原嶋に候よ。この間三崎が大火事なりしよしに候。ひろしがその新聞をよみまあよかりし北原君が居らぬことなればと申し居るを見、この人もさばかり忘れざるやなどおもひ候。あなたの心がうつり候てあなたにつきてのひがみ根性は姉ぶる人ももつやうになり候。麟と云ふ子六つの男の子に候。その子しやうこう熱のちやうかうありと云はれ、今はよけれど傳染のおそれある時期にならば入院させよと云はれ候て片心にかゝりて仕方なく候。私は神經つうのためかほの注射をしてもらひ候が今日は却て注射のためにからだがいたく候。ふは〳〵といたし居り候　こゝろもその時、あのしらかばの實川延童の死をおもひ候。何か欲しとおもひ給ふものなく候や。この月の末にならば少し小づかひが出き申すべく、何かおゝくりいたしたく候。

今日は小笠原嶋のやうなあたゝかい日に候　つひ五六日まへまでまだ雪ののこり居り候ひしかど。（あの日のあとの雪もう一度ふり候）けふはこんな紙よりないのですからとし子さんにはべつにかき申上さず候。よろしく。

晶子

白秋様

【推定】文中に「麟と云ふ子六つ」とあるので、明治四十二年生れの麟の年齢から大正三年と、平出修の病状の「急変」ということにより二月頃と推定す。

344　大正3年2月日不明　平出修宛寛書簡

〔転載——封書〕

啓上

前田が公けの手段を取り参り候ゆへ御相談のため荊妻参趨致候。下宿代の払ひ残りなる反証を挙げて異議を云ひおき、而して其間に円滑に大兄の御手元にて示談月賦になし被下度候。かの飜訳の手紙は明日御送り致し得べしと存じ候。

艸々

寛

平出学兄

島村抱月氏への駁論敬服仕り候。

【備考】現物照合す。

345　大正3年3月2日　平出ライ宛寛書簡

〔毛筆葉書縦13・8横8・6（朱色）〕

消印　麹町3・3・2

㊤麻布区今井町廿二　額田病院にて　平出御夫人様

㊦中六番町十　与謝野

小生今朝より喘息に悩み候処へ小児が俄かに猩紅熱の疑ひ有之家内ども大騒ぎ致候ため甚だ失礼申上候。電話のなきためお見舞も申上げず御赦し被下度候。明朝は必ず拝雛致し得る事と存じ候。

二日夜

346　大正3年3月22日　平出ライ宛晶子書簡（推定）

〔ペン和封筒　ペン洋紙（1枚）　未採寸〕

㊤平出頼子様　ミもとに　持参便

啓上

昨日はぜひ西洋のゑを見ておかねばとてさそひ出され、また友人の方の中食をともにせむと申さるゝにあひわざ〱日本橋までまゐるやうになり候て一時間ほどにて帰宅のこともあだになり、つひには奥様にもお目にかゝれぬことになり申候。おみやげ頂きかたじけなく存じ申候。

今日は今一度御家を見ておきたく良人には同行いたしたく頻りに思はれ候へど、昨日のしごとのとりかへしがなか〱出きず候てくやしく候。

かの終りの御式のかなしかりしこと忘れがたく候。

しづかなる終りの式にこと〱と足ぶみするは君が次郎ぞ

われおもふ終りの生の半月のいたましさよりすくはれ給ふ

晶子

らい子様　ミもとに

【推定】 平出修の永訣式（大3・3・21）の直後の書簡という遺族の記録により大正三年三月二十二日以後と推定す。

347　大正3年3月28日　沖野岩三郎宛寛書簡

〔毛筆和封筒縦19横8・2　毛筆洋便箋縦23横15・5（6枚）〕

消印　丸ノ内3・3・28／新宮3・3・31

㊤紀伊國新宮町　沖野岩三郎様　御直

㊦東京中六番町十　与謝野寛

啓上　御無沙汰申上候事お赦し被下度候。友人平出修氏の病気引つゞいて逝去、夫れがため先日のお手帋に御返事をさし出す時間も無之甚だ失礼致候。

さて四月十日より廿日までの間に東京を發し小生一人御地に向ふ積りに候處友人渋川玄耳、坂元雪鳥、高浜虚子、画家徳永柳洲（昨年末巴里より帰れる人）四君の賛成を得五人にて御地に（横濱又は鳥羽より）参る事に決し候。就てハ御地に三日ほど滞在し文藝学術講演會を一二度劇場ででもお開きを願ひ、夫れより滯を観、険を冒して山路を吉野に出で大阪京都を經て帰京の豫定に候。右につき貴兄の御斡旋を求め候。

（一）御地滞在費を我々五人のために御負擔下さるべきこと。

（二）前述の講演會をお開き下さること。

（三）都合にて田辺にても一日講演會を御開き被下候てもよろしく候間貴下より柴庵氏へ御照會下されたきこと。

（四）四月十日より廿日までの間にて幾日に御地へ着するやう我々が東京を出發致さばよろしき乎　時日を御決定下されたきこと。

右ハ貴下より西村兄へお傳へ被下同君の御配慮をも煩したく候。（坪井、西川二君へもお傳へ願上候。）猶講演の題目ハ澁川君は「新道徳論」虚子君は「俳論」、雪鳥君ハ雪門の「謡曲論」徳永君ハ「欧洲藝術談」小生は「歐洲所観」を述べ申すべく候。晶子も参りたく候へども此度は覚束なく候。

右西村君と御相談被下折返し御返事被下度候。

先日の晶子の短冊ハ四月に入りて御送り致すべく候。

令夫人様へよろしく。

三月廿八日　寛

沖野兄

小生は特に西村君に御面晤を得たき用向有之候ゆゑ是非同君の御都合よき日をお撰み被下度候。

348　大正3年6月1日　沼田笠峰宛晶子書簡（推定）

〔封筒ナシ　ペン原稿用紙（青色罫1枚）　未採寸〕

とりいそぎおかへし申上げ候。

仰せのこともとよりよろしと存じ申候。この、ちも御さいそく下され候ハヾ五六首のうたはいつもさし上げ申すべく候。

かしこ

六月一日夜　晶子

沼田様

ミもとに

【推定】次の349の書簡との関わりにより大正三年と推定す。

349

大正3年6月8日　沼田笠峰宛晶子書簡

〔毛筆和封筒縦14横9・8　毛筆和紙用箋縦17・8横27・7（1枚）〕

消印　東京中央3・6・10

㊤日本橋区本町三丁目　博文館にて　沼田笠峰様　ミもとに

㊦中六番町　与謝野晶子

啓上

御機嫌よろしくいらせられ候や。毎度少女世界を頂戴いたし子供等大よろこびをいたし申すことに候。夏のうた少々おうめくさにもとぞんじさし出し候。かしこ

八日　晶子

沼田様

ミもとに

350

大正3年8月22日　北原白秋宛晶子書簡

〔ペン洋封筒縦14・5横10　ペン洋紙縦20・8横27・5（4枚）〕

消印　3・8・22

㊤相州三崎向ケ崎　北原白秋様　御直披

㊦よさのあきこ

二十一日よる

秋の風はや吹くらしもさがみのや三崎のはまにふぐつる

人を

御文うれしく拝参候。わたくしこの四月に病院にあり候てしきりに君に文まゐらせたき心すゝみ申し候ひし日二日三日つゞき候ひしがはたし申さず、そのゝちもまたそのこゝろ折ふしにおこし申しながら御無沙汰にをはり申し候。それをまた一月程まへよりはしきりに気にいたしにくみ給ハずやとこれまでに例なきことまでおもひ申し候ひき。今寺の鐘なり候。午前の一時まへに候。まして波の音はさびしく候ならむ。私は九十九里へまゐらず候。子供五人とひろしがまゐり居り候。私もまゐれるたいにいたしおき候へどまだしごとがかたづき申さぬにて候。何処にても一夜どまりほどにてそのうち旅いたさむなどおもひ申し候。ふいにみさきにまゐらばなど思ひ候は病院にて文かゝむ〳〵とゆかしさすゝみてのことに候へばおゆるし被下度候。都の南の隅よりわが葬式いだされし日君を見まつりしがをはりに候ひしかな、君におくられ候ひしかはゆき酒のびんモンマルトルの家の大理石のたなにあり候こともなほ目に見え申してはは巴里もこひしきに候。「夏より秋へ」と申し候本来月のはじめには出き申すべく候。

いつぞや石井さんが繪にかき給ひ候。そのいんさつせるものそのうちまゐらせ申すべく私よりもうつくしく候。

末の男の子は玉のやうなる顔をいたし居り申し候。三つの女の子はだるまとひやうたんの子のやうに候。その子おもひしとおなじくいつのまにやら行方をなくしてしまふ心の思ふことに候やらむ。

君のこと二三子がかたり申し候。あまりに物語めくすぢをもてかたるもあり申し候ひき。私のきゝしなれどひろしにもまだ語り候へず、何となればすこしふさはしからぬ人の口によれることを口をしと思へるにて候。

弟の君けふも痩せ給へるや。少女の君のやうなる心弱さに物おもひし給ふらむなど、いつぞやさかなやになり給ひしときゝしも涙こぼれ申し候ひき。妹の君どのやうなる條けんをもて他家へいだし給はんとするや。交じゆん社などのものもち多く集るところへまゐる人にそれとなく話しおき申せしに候が、あなかしこひろしへのお文を私のぬすみよみいたせしに候。

里よりかへらざりしならば九十九里に私もまゐりしことに候ひしか。その子のかほ見候とき世の中の何も〳〵わびしくなり申し候。されど心はわろからず候。その上の里よりかへり居りて今また里にゆき居れるは私を泣かせ候ほどの気づよき娘にて候ひき。子ぢごくのもう者がこんな話も申し候　御ゆるし被下度候。


何やかや色のおほくのそみつきぬ初秋の日の女ごころに

二十一日にても二日にてもよし　晶子

白秋様

351　大正3年8月29日　沼田笠峰宛晶子書簡

〔ペン洋封筒縦14・6横9・8　ペン与謝野用箋縦22・2横14・5（1枚）〕

消印　3・8・29

㊤日本橋区本町三丁目　博文館編輯局にて　沼田笠峰様　御直披

㊦与謝野晶子　八月廿九日

啓上
今日初めて書斎の机の前におちつきて居り申し候にあなた様へさし上むと心づもりいたし居り候ひし例のうたのことが頭にうかびまゐり、今となり候てはおわびを申し上ぐるより外なきにおどろき申し候。あまりに〳〵暑かりしためと御ゆるし下されたく候。

かしこ

九《ママ》月廿九日　晶子

笠峰様

352　大正3年9月27日　河井酔茗宛寛書簡（推定）

〔封筒ナシ　毛筆巻紙縦18横45・7〕

啓上
御手帋拝見致候
さて先日一寸噂致候某中学教師と申す人は今春結婚致候旨本日返事まゐり候　右御了承被下度候
猶心がけ可申候

艸々　拝具

九月二十七日

寛

河井兄
御直

追伸
荊妻より申上候「私の貞操観」の御稿料を何卒一両日中に御届け被下度候。
又続稿は十月五六日に差出可申候。

【推定】文中の「私の貞操観」は「雑記帳」（『女子文壇』大3・3～4）所収であることから大正三年と推定す。

353　大正3年12月18日　高村光雲宛寛・晶子書簡

〔毛筆和封筒　毛筆巻紙　未採寸〕

(表)本郷区駒込林町　高村光雲先生　御侍史　　消印　3・12・18
(裏)麹町区中六番町十　与謝野晶子　与謝野寛

拝復
御令息様御成婚の御披露にお招き被下光栄に奉存候。当日出席の御通知までとりあへず申上候。
いづれお目に懸り御祝辞可申述候。

艸々

与謝野　寛
晶子

十二月十八日

高村先生　御侍史

【備考】全文寛筆。

354

大正3年12月23日　後藤是山宛晶子書簡

〔毛筆和封筒縦21横8・3　毛筆巻紙縦19横131〕

消印　3・12・24

㊤熊本市上通町　九州日日新聞社編輯局　後藤是山様　御もとに

㊦〔印刷〕　東京市麹町區富士見町五丁目九番地、與謝野方「明星」編輯所　振替東京七二四一番　電話四谷一〇二三番

東京市神田區駿河臺袋町十二番地、文化學院内　「明星」發行所　振替東京六七壹五五番　電話神田三三三九番

〔毛筆〕与謝野晶子　十二月廿三日夜

啓上
世の中いかになり候ことにか唯今も号外賣の鈴のなり居り候。御無沙汰ばかりそれのみならず撰のおくれなどよからぬことのみしてあなた様の御めいわく多きを心にはつねにすまぬこととのみ思ひ居り候。
まだ御上京はなされず候や、旅の日につねに御心にかけて御消息給はり候ことを深くよろこび居り候。わがかこは勝手のみしてかくて人に忘られゆかばさびしからましとよくおもひ候。かにかくに御健康にて御越年遊ばすべく候　老いにけるかなといふうた今夜初めてよみ申候へどまことはさもおもはず候。正月にはまた諏訪へ多分まゐること、なるべく、せめて中央線の汽車にておいでのかなふところならばうれしく候べし。主人古典全集にていそがしくのみいたし居り候
撰者吟のみ唯今同封いたし他は明日第四種にてさし出すべく候。
賞の人のかずはよく覚えず一より十までの順をつけおき候まゝこの順にて一等よりいく人か別をあなた様おつけ下されたく候。何とぞよろしくねがひ上げ候。　かしこ
　　廿三日夜　三更
晶子
是山様　ミもとに

大正四年

355　大正4年1月12日　有島信子宛晶子書簡

〔転載――使便〕

啓上

何時も御心にかけさせられ、お尋ね頂き辱けなく存じ上げ候。先生をはじめ皆様の御機嫌うるはしきさまを伺ひに出で申したく、暮のほどよりいつも鎌倉へと、ものにふれて思ひ申すにて候。クリスマスより風邪ひき申し、そのために海邊へアウギウストを伴れてまゐらむとのことも、やめにいたさねばならぬこと、なり申せしに候。良人のみ一日より十日まで西國の方を旅行いたし京にも上り、舞姫も見て歸りまゐり候。そのほど子供もなほ悪く、私も弱り居り申し、隨分苦しき正月をいたし居り候ひき。①奥様へもそのため御無沙汰いたし申わけなく候。御ゆるし下されたく候。子をねかせなどいたし候ふて、二階へ上りほつと息を致し候ひき。奥様の御繪が、いろ〳〵の話をいたしくれ候。去年の繪具のにほひもこひしく思はれ候。私の机には何時ぞや先生が、繪具の見本に御ゆびもておつけ下され候ひし、黄と紅のつきし紙があり申し候。先生の指紋をかたみにときをり拜し居り候。坂の下八番地には、友人の吉井と申す人も居り候。昨年は源氏の繪を、先生のお忙しき中へ御無理申上げお願ひいたし候ふて、まだその御禮もしみぐ〳〵申し上げず候上に、又か丶るおねがひは申上げにくきことに候へども、私の詩集「櫻草」と申すもの近々東雲堂と申す店より出で申すにて候ふが、その表紙の繪と名ばりの繪と挿繪一枚とを、ぜひ先生におねがひを私より申上げてくれと書店主人申し、またわたくしのおねがひもいたしたく存じ申すにて候ふが、あなた樣より先生の御意のほどを伺ひ頂け候はばうれしかるべく候。勝手なことをかく書きつらね申しながら、心ひかる丶こと多く候。何も何もお許し下されたく候。書物の大きさは、かの縮冊の源氏と同じとのことに候。奥様はお描き遊ばされ候や。田中館様も伊豆にても、おほく描きてお歸りなされし由に候。私はまだ正月の雑誌も多く得見ず候。お寒く〳〵候て、零度以下幾度とか聞くも恐しき心地いたされ候。一番小さき子②は石井氏の筆なる私の繪によく似て居り候。夜などアウギウストと二人にて泣き立て候には、弱き身體もてる時など悲しく狂ほしくなり申し候。先生に何とぞよろしくねがひ上げ候。ひろしよりもくれぐれよろしくと申し出で候。かしこ

十二日　　　　晶子

有島信子③様

註①　私も弱り…――寛と晶子の喧嘩（『与謝野寛晶子書簡集』、65

～68頁参照）

② 一番小さき子――エレンヌ（大3・11生）

③ 有島信子――有島生馬夫人

356　大正4年1月12日　正宗敦夫宛寛書簡

〔ペン葉書縦14横9〕

消印　麹町4・1・12

(表)備前國和気郡伊里村　正宗敦夫様　御侍史

(裏)東京中六番町十　与謝野寛　正月十二日

啓上　旅行より帰り候て初めて御恵与の「鶏肋」一巻を拝見致し申候。通讀の後の感想を申し候へば「温雅」の二字を以て賛辞と致したく候。御英断を以て小数の御選歌のミを御出版なされ候自重自愛の御態度にも敬服仕り候。旧作に對し毛頭未練無之事ハ大兄も小生も同様に御坐候。舊吾を脱して新吾へ、祈る處ハ之に外ならず候。

艸々。

357　大正4年1月18日　有島生馬宛晶子書簡

〔転載〕

(裏)中六番町十より　晶子

昨夜御繪頂戴仕り候。うれしく候てけさまで眠りがたく候ひき。一日もはやく本[1]になれかしとのみ今はおもひ申し候。あつく御禮申し上げ候。東雲堂の若あるじ先程まゐり申し候まゝわたし申し候ひしにそれもいたくよろこび居り申し候ひき。多くみこゝろに違はぬさまをたれも〳〵しいでよかしとさすがに心にもかゝり申候。奥様お嬢様御なつかしと存じ候こと、このごろのつねのことにてはやく鎌倉の馬車にのらばやとのみ子供とも心やりに語り申すことに候　女中は漸くまゐり申し候ひしかどかの撰挙[2]のこと何時電報などにて騒ぎとなさねばならぬこともしれずとおもひ申候へばあるじへ心かねられなほうかゞひかね候　よろしく御傳へ下されたく候。とりあへずおうけまで。

十八日　晶子

有島先生

あるじよりよろしくと申いで候。

註① 本――『桜草』（晶子の第十二歌集。大4・3）

② かの選挙――寛の選挙出馬の件。

【備考】 現物照合す。

358　大正4年1月31日　三ケ島葭子宛寛書簡（推定）

〔封筒ナシ　毛筆巻紙縦17・4横7・7〕

〔切れ不明〕　ため　〔切れ不明〕

〔切れ〕意ながら御無沙汰に流れ申し候ひき。

仄かに承れば御安産遊ばされ候よし萬々御よろこび申上げ候。

既に日も立ち候へばお二人様とも御すこやかにお過ぐしなされ候こと、拝察致候。

旧臘原稿と共に御送り被下候品忝く奉存候。この後は全くあのやうなるお心遣ひ無之やう願上候。御稿ハ二月中旬までにお返し可致候。

御歌集の事いかゞ相成り候や。一陽来復と共に出版界の模様も少しは活気を呈すべきかと期待致候。

一昨日田中王堂氏御来話被下又昨日は同氏と神田にてお目に懸り申候。話中計らず貴兄のお噂にも及び申候。

別封の品甚だ愧入り候へども晶子より御子様へ拝呈仕り候。

艸々　拝具。

一月卅一日

寛

倉片様

よし子様　御侍史

晶子より萬々御よろしく申傳へ候。

【推定】文中に「御安産遊ばされ」とあるのは大正三年十二月二十三日の倉片みなみの出産なので大正四年と推定す。

359　大正4年2月20日　小林一三宛晶子書簡

〔毛筆和封筒縦19・5横7・7　毛筆巻紙縦8横103・8〕

㊤大阪府下池田町　小林一三様〔切レ〕披　消印　大阪池田4・2・22

㊥東京市麹町区中六番町十　与謝野晶子　二月二十日

啓上

お変りも御座いませんか。

さて此度慎重な考慮と冷静な判断との上に良人は郷里の京都府郡部から代議士候補者として立つことに決しました。勿論必勝を期してのことで御座います。しかるに出来るだけ理想的撰挙に近い方法を取りますにしましても四千円の實費を要します。それには良人の方で二千円の出資の道はあるのでございます。あとの二千円を私は少数の篤志の方にお願ひして作りたいと思ふので御座います。あなた様に私が折入つてお願ひ致します。

帝國議會へ一人の新思想家を送ることに御賛成下さいまして何卒百円を私にお恵み下さいまし。

御厚意に對しましては私は終生出来るだけの御報恩を致します。

突然で恐れ入りますが必要が迫つて居ります。折返しお恵み下さらば忝う存じます。

私も来月早々京都へ参つて良人と一所に戸別訪問を致します。

何分とも御同情を願ひ上げます。　かしこ

二月二十日

晶子

小林一三様　ミもとに

360　大正4年2月22日　有島生馬・信子宛晶子書簡

〔転載〕

皆さんがそんなに御病氣を遊ばしては、どんなに御心配でございましたでせう。でもまあ前のこととして、伺つたのでよろしうございました。晴れました日に一日位どんなにかしてまゐりたいものでございます。久しぶりで繪も描けましたらなほ、面白いであらうなどと頻りに思はれます。ひろしはあなた様へだけの話でございますが、代議士にならうといふやうな氣になりまして、一寸外のことが手につかないやうでございます。今夜大阪からまゐる電話で、あからさまに名乗つて出るのでございますやうです。（私の郷里の堺でございます）詩集の繪のことを、私はどんなに申上げにくく存じながら、奥様にお願ひいたしましたことでせう。御承知下さいましたのを良人に語りました時、私は涙ぐましくなつて居りました。良人に繪のことだけをかかせましてございます。どうぞよろしくねがひます。書物屋がかつてに先生のお名を、早く廣告いたしたりいたしましたことも、私より改めておわび申上げます。まだ校正にも實はかからない本なのでございます。明日あたりかと思つて居ります。神經衰弱で不健全なことばかりが、ひよい〱頭に上つてまゐります。死んでしまひたくもよくなります。こんなことを書きまして、お優しいお二方に御心配をかけてはすまないと、背中が寒くなるほどまた後悔をいたしました。アウギユストが蜜柑をたべたべ眠りかけて居ります。曉子様の御きげんよくお遊びになる日なれといのり上げます。　かしこ

二十二日　晶子

有島先生
令夫人様　みもとに

【備考】「大阪朝日」（大4・2・27）と「大阪毎日」（大4・2・23）に出馬の記事がある。

361　大正4年3月6日　沖野岩三郎宛晶子書簡

〔毛筆和封筒縦21横7・5　毛筆巻紙縦17・5横276・6〕

消印　麹町4・3・3／新宮4・3・5

(表)紀伊、新宮町　沖野岩三郎様　御直披

(裏)東京　中六　与謝野晶子

啓上

ひろしが京からもどりました。其時ゆるりと話も出来ないので御座いますがだいたいにおいて選挙地の様子がいつはりなのです。すでに千二百位のよやくがつくられたと申しますが實さいの時はそれでちやうど八百位にはなりませう。もう三千票だけぜひとらねばと申す話です。それも見込がたつさうです。ひろしのこのかへりましたのは資を寄せて持参するためだつたのは云ふまでも御座いません。けれど公認となるのにはあまり考へて居ますことに時がおくれ、そのためによし公にんだけは十五日位には出きても金は今のところ他のを使ひくれなどと云ふ話なのです。もうそんな方はたのまずに獨立でとおもひ立つたのですが、前に出資せんと申しくれました人も公認されないでは必勝ならぬもの、資金は出しやりくれと云ひにくゝなどと云ふ話になりました。ひろしも今さら手をひくことも出きません。夜もねずに二日ほどほんさうしましたことは皆むだになりましたので昨夜私が紀洲へまゐらんと申し出しました。良人は二十五日前にはとてもゆかれないのですから佐藤春夫さんに同行していつてもらはうとおもひまして同氏をよびに上げました。同氏はいつでもと承知をしてくださいました。私がその時少しさびしいかほをして居ましたのはアウギユストを京のやどにのこしてゆけと良人が申したからでございます。私はそつと春夫さんにアウギユストを伴れてまゐることをねがひました。いいでせうと春夫さんは云ひました。私はそれでまゐります、あなた様をたよりまして。しかしさうはお思ひ下さらない方がいいかもしれません。私はあなたに責任などをお感じさせてはすみません。只なつかしい紀の山をしらしのはまをふみにゆきます。私はもとより俗の人では御座いません。さうした日に失望もたしかに主観的にはいたしません。あなたにおちかひいたします。しかしながら良人のことを思ひますとまたあくまで御助力をおねがひいたしておかなければなりません。私の一生の中ほどにすらこれはかなり忘れられないおもひでごとになるので御座いませう。この間のお手紙は良人に聞かせますのも惜しい心がいたしました。ぜひとつておいてくれとひろしは申して居ります。ひろしは今夜たちまして私は明後日たちます。九日にはひと夜京に居りまして十日の夕方に和歌山を立つのださうでございます。子供と二人（もりの女と）をどうぞおさしきのひとつにお

とめ下さいまし。私は変名してまゐります。

これにつきましての御都合で急を要しますことは東三本木信楽《しからき》方与謝の《ママ》へ電報にておしらせをねがひます。ひろしは九日に丹後へ立つのださうです。こちらにおきます子もお金が十分安心出きませんから初めのけいくわく通り寄宿舎へあづけたりしますことは出きないのでございますから相當に心もひかれます。

今日は東京にうぐひすがなきました。

紀洲を私は見にゆくのです。うれしくおもひます。奥様によろしくねがひます。

六日　ひる二時　　晶子

沖野様
ミもとに

【備考】「京都府郡部有権者諸君に謹告す――私の理想的立候補宣言　与謝野寛」の一文同封。

362　大正4年3月31日　沖野岩三郎宛寛・晶子書簡

〔毛筆和封筒縦19横8　毛筆巻紙縦17・5横229〕
消印　麹町4・3・31／新宮○・4・2

(表)和歌山縣新宮町　沖野岩三郎様
(裏)東京麹町区中六番町十　与謝野寛　晶子

啓上
豫定どほりの理想選挙を以て終始し一人の運動員も用ひずに全く言論戦を以て直接選挙民に自己の信任を問ひつるその結果潔く敗戦して帰つて来ました。郷里の人々へも多少の覚醒を与へた積りですが其れよりも才一自分に取つて非常な教育になりました。そして小生ハ無智なる日本人がます〳〵可愛くなりどうかして彼等を啓發したくなりました。大多数の日本人はまだ全く教へられざる粗朴の野人です。それが気の毒でなりません。小生ハ潔く戦つて潔く敗れました。小生に對する同志會系の撰挙干渉が撰挙まぎはに尤も陰険に行はれたことなどハ最早負け惜ミらしくなりますから申しません。併し之を機會に郷里の人々と親しくなりましたから次回にハ更に必勝を期して撰挙場裏に立つ考です。
先日ハ荊妻が子供までつれてお邪魔いたしさぞ〳〵御迷惑になつた事と存じます。大兄が人知れぬ御配慮の深さと廣さとに由つて沢山の金を集めて下さつたことを感謝致します。それを思ふと大兄の御友誼の純と熱とに涙がこぼれます。真に御礼の詞もありません。何卒西村君はじめ他の御地の諸兄へ小生の感謝をお傳へ下さい。
京都の諸友の外に大阪の小林政治君が尤もこのたびの事に盡し

てくれました。自動車を一週間寄附してくれた青年などもあり風雪の中に乗つた一日十八時間の車代を小生に寄附した車夫などもありました。文字通りの理想選挙を実行して実費千二百五拾円を遣ひました。その実費の三分の二までは御地の諸君はじめ京阪、東京、名古屋等の諸友から助けて貰ひました。当選はしませなんだが小生の心中でハ理想選挙を決行して前後四十回の演説をして廻つたことに一の勝利を感じて居ます。演説ハ何處でも小生の成功に帰しました。それに係らず得票が纔かに九十九票に過ぎなかつたのは他の候補者（殊に同志會の）が黄金で運動員を買収したからです。運動員の一言で小生の演説の効果が破壊されてしまつたのです。演説では小生に感服しておきながら投票帋にハ他人の名を書くと云ふ矛盾を恥ぢないやうな國民が憫然でなりません。以前の小生ならこの愚劣なる國民に愛想をつかしてしまふのですが今の小生は却てその國民を少しでも啓發して見たいのです。日本ハ「創造」の時代でなくてまだ〳〵「啓蒙」の時代ですね。

―――――

小生ハ演壇の上から撰挙費用の出處を公言しました。そして御地諸君の御厚意をも謝しました。此事を御地の諸君にお傳へ下さい。

京都でハ一夕令夫人がお出で下されてお手傳ひ下さいました。も一度お目に懸る機會がある筈でしたが不本意にお別れして帰つてきました。

―――――

謹でこゝに諸兄の御懇情を感謝いたします。小生の将来ハ幾分でもその御懇情にお答が出来ようと思ひます。「生活の改造」の外に小生の為すべき事が無くなりました。文学の方面より、思想の方面より、又ハ政治の方面より小生をして生活の改造に専心させて下さい。

―――――

貴下の御忍耐ぶかき御生活のますます充実し改展せんことを切望致します。

晶子より萬々御礼を申し添へました。

艸々拝具。

よさのひろし

三十一日

沖野学兄

御直

【**備考**】全文寛筆。

363　大正4年4月13日　有島信子宛晶子書簡

〔転載――消印麹町〕

御手紙に限りもなくおなつかしさのおもはれ、かなしくさへなり居り候。
近き日に御むかへいたし候東京にあるよと、身をおもひ候ことのみうれしく候。
御すこやかなる御さまを、見まゐらせばやとのみいのられ候。

364　大正4年4月20日　正宗敦夫宛寛・晶子書簡

〔毛筆和封筒縦22横8・5　毛筆巻紙縦17・8横65〕
消印　岡山片上4・4・23

（表）備前国和気郡伊里村　正宗敦夫様
（裏）東京市麹町中六番町十　与謝野寛　晶子

拝復
お手帋いづれも拝見致候。昨日は為替券お遣し被下御厚情恐れ入り候。こゝに萬々御礼申上げ候。
失礼と存じながら御作を潰し申候。「十悪の云々」を尤も光れるやうに拝見致候。御来京の節ゆる〳〵御高話を拝聴致し得べしと娯ミに致居り候。
四月二十日　艸々拝具
寛
正宗学兄
御侍史
御うたをなつかしく拝し参候　かゞみの御作などうれしく身にしみ申し候。
奥様によろしく御つたへ下されたく候。〔晶子筆〕

【備考】封筒、本文は寛筆。

365　大正4年5月28日　落合直幸宛寛書簡

〔毛筆和封筒　毛筆巻紙　未採寸〕
消印　麹町4・5・28／青山4・5・28

（表）府下、千駄ケ谷町五四九　落合直幸様　御侍史
（裏）麹町区中六番町十　与謝野寛

啓上
御祖母様の御記念品を賜り忝く奉存候。同時に令夫人様より御尊書を荊妻に賜り御礼申上候。

猶一向に存ぜぬことにて御弔詞も申上げざりし事に候が御母上様も御祖母様と前後して御逝去相成り候よし同時に御哀痛を御重ね相成り種々御感慨の多かりしことならんと拝察仕り候。こゝに延引ながら御悔み申述べ候。

御挨拶まで　艸々拝具。

五月廿八日　　寛

落合直幸様①

令夫人様へよろしくお傳へ被下度候。

荊妻よりも萬々御礼申上候。

註①　落合直幸——落合直文の息子。

366　大正4年7月21日　原阿佐緒宛晶子書簡

〔ペン和封筒縦21横8　ペン松屋製原稿用紙縦25・5横45・5（2枚）〕

消印　麹町4・7・21／4・7・22

㊤宮城県黒川郡宮床村　原あさを様

㊦麹町区中六番町　与謝野晶子

お目にかゝれぬまゝにて御かへり遊ばし、おわかれとなり候ひしこと、折ふしさびしくくやしくなり申し候。勇様もさぞ御さびしくとそのやうなる時よく御すゐし申し居るにて候。私も文字にかけずあなた様も仰せにならぬこと、これはまたの御上京をまち、（すでに昔語となり申すべく）泣きみ笑ひみいたすことゝ存じ申し候。御原稿そのうち拝いたすべく、アルスへともおもひ居り申し候。私先月よりめがわろくなり四時ごろよりはよみもかきも出き申さず候へばしごとていたいいたし、それにアウギユストがまたあせもの親が四五十も出き申し熱のいで候へばむりを多く申し手がかゝり、方々へ心ならぬ申しわけなさを多くいたし居り申し候。光ことといつやらの御話より空想をみちのくへはせ申し、何かと弟と二人にてゆかしがり申し候へばおことばにあまへしばらくおじやまさせて頂かばやとぞんじ申し候。しかしながらそのために一層にあなた様に勞苦をおかけ申し候てはすまずとふかく私考へ申し居るにて候。御近所にやどやにてもあらば食事をはこび貰ふとも、或ひは朝だけパンをまちにてあがなはせんなどともおもひ、却つてあなた様の御好意にそむくかともおもひさま〴〵おもはるゝにて候。どうぞおかまひ下さるまじく、また子供等をとくに名所地などへ御案内下され候こと御無用に遊ばされたく候。また私のまゐり候ときとも〳〵お供させて頂き申すべく候。唯子供等はみちのくの牧場の御家がこひしく山がこひしきにて候。朝五時とやらにのれば夕五時半にとか仙台へつくよしを申し候が、なほ人車の時間はおくれ申すべくや、仙台一泊の要あり候や、もししかならばその御親類の町名番地と御性《ママ》名を御きかせおき下されたく候。勝手なることをとねざめにふとまた思ひ断たすべしともおもふことのあり候。この月末にまゐりたきよしを申し候。何とぞ御母上様によろしく御つたへ被下度候。勇様へおついでにおあそびに御こし下され候ことを御つたへ下されたく候。

かしこ

廿一日　　晶子

あさを様

367　大正４年７月27日　原阿佐緒宛寛書簡

〔毛筆和封筒縦19・8横8・1　毛筆巻紙縦18横92〕
消印　麹町４・７・27／４・７・28

(表)宮城縣黒川郡宮床村　原あさを様　御直
(裏)東京市麹町区中六番町　与謝野寛

啓上
暑中皆様御健勝にあらせられ奉賀上候。このたび計らずも小児どもが御邪魔にまゐる事と相成りまことに恐入り候。昨日勇様御枉駕被下今朝は又御懇書を賜り道順など委しくお誨へ被下候。就ては御親切なるお勧めに従ひ明二十八日午前八時の汽車にて御親戚の御令嬢と共に光、秀両児を出發致させ申すべく候。仙台にて甚だ心苦しく候へども御親戚様に御一泊を乞ひ翌日車にて熊谷までまゐりあとは徒歩にて御村へまゐる豫定に候。くれ〴〵も申上おき候は食物などは決してお構ひ下さらぬやうに願上候。朝のパンなどは全く御無用に候。右ハお手数を掛けまじとして荊妻より申上げしことに候へば、仙台より御取寄せ被下候やうにてハ却て不本意に存じ候。何卒お見合せ被下度候。その他萬事お構ひ下さらずに山なり谷なりへ出でてごろ〳〵と遊び暮し候やうお計らひ願上候。腕白ざかりの者ばかりにつき御遠慮なくお叱り被下候やう是亦願上候。
いまだお目に懸らず候へども御母上様へよろしくお傳へ被下度候。さわがしき者が多勢まゐり定めておうるさき事と恐縮に存じ申候。何とぞお叱り被下候やうとお傳へ願上候。同様に晶子よりもよろしくお願ひ申上候。右とりいそぎ御知らせまで。

艸々

廿七日　　寛

原夫人
御侍史

368　大正４年７月31日　原阿佐緒宛晶子書簡（推定）

〔封筒ナシ　ペン原稿用紙縦25・5横36（青色罫）〕

お手紙を頂戴いたし子供等の無事にお目通りいたせしを承知しうれしく〳〵存し申し候。良人も非常によろこび申し候。千秋様方におむかへを遠くへまでいたゞき《ママ》よしその他御禮は何何と分けて申し上ぐべきまでもなく候へどすまぬことゝ存じ候ことおほく候。何とぞ御母君によしなに御つたへ被下度候。おかまひなくおしかりきかせ下されたく、まだ赤ん坊のやうなる子にていつも困り居りしことに候。お作良人が拝見いたして候まゝ一先づさし上げ候。山へ川へ一一おつきそひ下され候ことそはあまりにあなた様をわづらはせあなた様を苦しめ申すことと私の堪へがたくおもひ候へば何とぞ場所をおゝしへ下され候だけにてかつてにおさせ下されたく候。

かしこ

卅一日　晶子

原様

ミもとに

私の目はいく分よろしく候。アウギユストはあせもにてこまり候。あなた様のお子様も御さはりなきやうに。

【推定】光と秀が原阿佐緒宅に滞在したのは大正四年七月二十八日から八月二十三日まで（『原阿佐緒生誕百年記念』28頁）なので大正四年七月と推定す。

369　大正４年７月日不明　原阿佐緒宛晶子書簡（推定）

〔封筒ナシ　毛筆巻紙縦18・２横52・４〕

お手紙をまた下さいまして子供たちの様子をくはしく承知いたしました。ほんとに私の子供らは幸福だと存じます。大きくなりますまで忘れられない夏に今年がなることでございませう。どうぞあまりおからだをおつかひすごしになりませぬやうに。お母様には別に手紙はさし上げませんがどうぞよろしく。あるじよりも御禮くれ〳〵も申し上げくれとに候。九月にはお目にかゝれ候にや。

晶子

あさを様

ミもとに

【推定】368原阿佐緒宛晶子書簡（大４・７・31）の続きと思われる。

370　大正４年８月24日　原阿佐緒宛晶子・光・秀書簡

〔毛筆和封筒縦19横７・５　毛筆松屋製原稿用紙縦25・５横45・５（３枚）〕

消印　4・8・25

㊏宮城県黒川郡宮床村　原あさを様　ミもとに

㊎中六番町　与謝野晶子、光、秀

拝啓

私は昨日東京へ着きました。

色々御世話下されて眞に有がたう御座います。又歸る時には御土産を下されまことにありがたう御座いました。

やっちんの病氣はいかゞですか。

おばあさんの病氣ももう好い方でせう。

仙台では林子平の墓、天守臺へ行きました。また廣瀬川で泳ぎました。

歸る途中大曲辺で雨にあひました。

また七北田《ななきだ》をすぎてからとくえさん、ゐなをさんにあひました。

停車場まで多利二さんがおくって下さいました。

千秋君は何をしてますか。

何れ此の秋に合《ママ》へるでせう。

終におばあさん千秋さん佐藤先生によろしく。

八月二十四日　　与謝野秀

原あさを様

拝啓

去る二十一日より僕は御別いたしましたがその後御丈夫ですか。ヤスミさんはいかゞですか。僕は昨日朝五時半東京の人になりました。

あれから小野で皆とわかれ能谷《ママ》を出ましたがこゝらで雨がふり出し大曲附近はもっとも盛でした。もう七きだへきた時はあめはふりませんでした。

こゝから車にのってきつ平さんにわかれましたが車上でとくゑゑなをさんにあひました。そして仙臺についたのは四時頃でした。

この時車夫ハ一円をやうきゆう（五戔ヲマシテタシ）しましたのでしかたなくやりました。

その晩たつと云ひましたがとう〳〵とめられて一日のばすことにしました。

夕方林子平の墓にゆきました。

廣吉小父さんは審判官でした。

つぎの日天守臺を見ました。午後は廣瀬川にゆきましたが十間近くおよげました。

兎はもって行くつもりでしたがとめられましたのでやめましたが後案内を見ると五十幾戔位なので持ってくれればと思ひました。

それに家内これをまつて居たので皆らくたんしました。

こんど東京にこらるゝ時はどうぞこの兎を仙臺で庄子さんからもらひ、これを鉄道《ママ》（へこれは手荷物同様とありますからあな

たの汽車にのるやうにおたのみ下さい　そしてなるべく夜行で
これは兎のためです。

この時はおしらせ下さい　金をおくります。又小さいからかくしてももつてこられますからもしかしたらその方にして下さい。

まづは二十何日の間の御世わに御禮もうし下《ママ》ます。

千秋さん、末治さん、こんじ、しゅんじさんによろしくさよなら。

敬具

光

八月二十四日　東京にて

原あさを様　机下

【備考】封筒は晶子筆、内味は秀、光の毛筆。

371　大正4年8月27日　沖野岩三郎宛寛書簡

〔毛筆和封筒縦19・5横7・2　ペン原稿用紙縦24横36（2枚）〕

消印　麹町４・８・29

㊤紀伊國新宮町仲町　沖野岩三郎様　御直披

㊮東京市麹町区中六番町十　与謝野寛

啓上　本日小包を出しました。よろしく御配布下さい。

「科学と文藝」[1]は小生及び石井君が希望するやうなことは行はれず、要するに一種の高踏趣味の雑誌として出現致すこと期待して居ります。銭がないのだから仕方がありません。加藤君[2]は大変な精励と熱心とを示されて居ります。屹度或意味の範囲で面白い雑誌が出来るでせう。

金尾との交渉は駄目でした。あの本屋も銭がないのです。

御送りの玉稿は何處かへ向ける積りで話したり見せたりしましたが、皆危険がります。土岐哀果君に見せて「生活と藝術」へ載せるやうに議る積りです。あゝ露骨でないのを追々御發表下さい。どうぞ怠けずに願ひます。

小生も新聞の計画が頓挫したから、都合では雑誌を出して代用させたいと考へて居ります。何れ御力を借らねばならない事も起るでせう。小生ハ政治、文藝、社會、学術と云ふ包容力を持つた新雑誌が作りたいのです。それから大に賣つて関係者に報酬の出来る見込を立てたいのです。

御地の空気を想像するたびに二三年家族をつれて引越して行きたい気がします。けれど考へて見れば日本全体が新宮町以上に出て居ないから、僕達は何處に居ても憎まれることに不足しない譯です。

大石君未亡人様、その他坪井君などによろしくお傳へ下さい。

「鴉と雨」の自費出版ハ巳むを得ざる窮策から試みたのですが、廣告料が無いので賣口がよくない、九月に入つてから少し廣告をしたいと思つて居ます。資本さへあれば決して元資に食い込む気遣ハないと信じて居ります。

新日本主義を唱へる馬鹿者共を向うへ廻して新世界主義を鮮明に教へてやりたい。それには前述のやうな雑誌が欲しい。また「反響」が出る相です。どうもあの仲間に事務家が居ないので困ります。

荊妻の営養《ママ》不良から来た眼疾は次第に回復して行きます。御令夫人様へおよろしくお傳へ下さい。

西村君にお傳へ下さい。「科学と文藝」の初号から五六号に亘つて十分に廣告料をお出しにならないと不利でせうッて。加藤君は一種の空想家ですから經済的に目の見える人が外から援助したり舵を取つたりする必要があります。東京では明白に「西村伊作の雑誌」と云ふことに評判が決つて居ます。西村君の御奮起を望む次才です。　艸々。

八月廿七日　寛

沖野岩三郎兄　御直

註①　「科学と文藝」――大正四年九月から大正七年八月まで断続的に続く。発行兼編集人は加藤一夫。昭和六十二年複刻。
②　加藤君――加藤一夫。

372　大正４年８月27日　原阿佐緒宛晶子書簡（推定）

〔封筒ナシ　毛筆巻紙縦17・8横182・5〕

私もやうやく宮床村の地理かつてをしり申し候。今朝おはがきをいたゞきかへすぐ〵すまぬこと、存じ申し候。子供等仙台にて一泊させて頂きしよしそれを初めはよくき、知らず候て前の手紙にもさやう御しらせもいたさず候ひしま、遠着《ママ》のことも御心をいため奉りしこと、ぞんじ申し候。このことは何とぞ御母上様にも御わびのほどくれぐ〵もねがひ上げ候。御母上様も保美様①も御病気なりし候よしそれも昨日午后承知いたし候ひしなれば御見舞も申し上げず御ゆるし下されたく候。保美様の御容躰御ことばのごとくかろきものならばよろしけれどなど私の身にくらべてお案じ申し上げ候。何とぞ母君様も御大事に遊ばされ候やういのり上げ候。

明日あたり麻布の勇様へ一度御挨拶に上げ申すべく候。

松嶋へなど仰せ下され候へどまだ未来の多きものたちに候へばまた二三年のうちには必ずおじやまにも上るべきにて候。昨年八月の末まで叔母のところにあり候てそのうち初秋の長雨のため汽車の不通のおこり帰京が十日もおくれ候けいけんより末にならぬうちにと帰京の日を初めよりきめありしことに候。私達はまごころよりあなた様に謝意を呈し居り候。御うたがひ下さるまじく候。
千秋様にもよろしく御傳へ下されたく候。
そのうちあなた様御このみの甘納豆さし出し申すべく候。
かしこ
廿七日　晶子
あさを様　ミもとに
いつもじつといたし居り候私が今日は歯いしやへまゐりしにてそのためつかれ〳〵候てくるしく候。いひがひなき人ワ《ママ》旅も無きやうに候
保美様の一日も早く御すこやかにならせられ候やう。

註① 保美様――原保美は原阿佐緒の長男、俳優。
【推定】370原阿佐宛晶子・光・秀書簡（大4・8・24）により大正四年八月と推定す。

373　大正4年8月27日　正宗敦夫宛晶子書簡

〔毛筆和封筒縦21横8・5　毛筆巻紙縦18横124〕
消印　神田4・8・27／岡山片上4・8・28
（表）岡山縣和気郡伊里村　正宗敦夫様　ミもとに
（裏）東京　麹町区中六番町一　与謝野晶子　八月二十七日

啓上
御無沙汰ばかりいたし候てすまぬこと、いつも心には存じ居り申し候。
昨夜より大雨風にてわびしく候。東京はわが書では秋にならぬところかなどかこたれ申し候。あなた様御保護のもとに歸り候　家のこと海のことも天象にさはりなく候や　今朝ほどまた花やうなる色したるゑびあまた御おくり頂きありがたく存じ申し候。旅にあり候て前の頂戴のときをしらぬ子らはふしぎがり珍しがり申し、味知れる妹らは嬉し〳〵など手あげて申し候。御本のお禮もまだ申し上げざりしと良人の心苦しげに申し候ひしもこの時に候。かへす〳〵あつく御禮申し上げ候。只今北原氏より手紙まゐり森先生がまたうたの會をしようかと仰せ給ひしなどとあり候。岩野氏の問題にてやかましきもイやに候。昨夜雷雨の時分に田中三雪氏がきこえぬため大きなる聲にて人生問題をお話しなされ候が芝居めきをかしく候ひき。奥様に何とぞよろしく御傳へ下されたく候。
かしこ
八月廿七日　晶子
正宗様
ミもとに

374

大正４年10月30日　落合直幸宛寛・晶子書簡

〔毛筆葉書縦14横９〕

消印　麹町４・10・30

㊡府下、千駄ケ谷町五四九　落合直幸様

〔印刷〕啓上、左記の處へ轉居致し候。

東京市麹町區富士見町五丁目九番地

（陸軍々醫學校前の横町左側二軒目。電車は靖國神社横停留所より約二丁半。外濠線牛込見附外停留所より約二丁。甲武線牛込停車場より壹丁。）

與謝野　寛
晶子

十一月一日

375

大正４年11月７日　正宗敦夫宛晶子書簡

〔ペン和封筒縦14・５横９・５　ペン松屋製原稿用紙縦25・７横35・５〕

消印　４・11・８／岡山片上４・11・８

㊡岡山県、和気郡、伊里村　正宗敦夫様　御直被

㊢麹町区富士見町、五ノ九　与謝野晶子　十一月七日

まへのお手紙も再度のもうれしく拝見いたし申し候。あなた様の御はらからのかずも同じなればとの御ことばなどいかに身にしみ嬉しと思ひ候ひけむ。毛衣ひとつ上にかさねしこゝちいたし候。その御志のもの昨日頂き申し候。あるじもよろこび居り申候。あつく御禮を申し上げよとに候。もとよりのことに候。急に先月の末に家うつすことになり俄に見つけ候ひしところなれど、まへのよりはややひろく候へば、御上りの時の御やどのまにもあひ申すべく候。前のよりもなほわかりやすかるべく候。牛込見附より一町ほど西へまゐり、土手の最初の曲りかどを南へ入り、家を三軒ほどにてまた左へ入る横町の二けん目なのに候。

〔絵アリ　手描きの地図〕

裏には畑になるような空き地もあり候。御大典の頃とならばいかに華めかしき都とならむなどおもひ候ひしも、昨日のかぐら阪などはびしやもんてんの縁日の時よりもさびしく候ひき。神田などさもあらずと人の申し候ひし。ある人がそのうち自動車にて我等をさそひにきて市中の景況を見せんと云ふことに候。近きうちに「歌のつくりやう」と詩集が出来上り申すべく候。前者はお目にかくべきものにはあらず候へどお弟子やらの方にても御遣し下さるべく候。前にかきしものとのちにかきしもの

とが入り居り候へばあるところには矛盾がなきにしもあらぬにて候へど大目に御覧下されたく候。この間読売の編輯会議と申すものに初めていで候ひしに誰も〳〵見しらずたゞ正宗様のみが相識の方に候ひしかば心細く候ひき（初めのほど）　しかもあまりに人が多く御令兄様とあなた様のおうはさも得せず候ひし。

奥様やお子様方御一所のお写真も候ハバそのうち頂戴いたしたく候。

ひつこしや何かにて子等の春着に手の届くべくもなく候ひしを御情にて皆々一枚づゝのものとゝのへ申すべく候。

十一月七日　　　　晶子

正宗様

御うた二つにてそのうち拝見いたすべく候。

376　大正４年12月27日　江口渙宛晶子書簡

〔転載――封書　巻紙　毛筆〕

消印　九段４・12・27／４・12・28

㊤栃木県那須郡烏山町座敷町　江口渙様　御かへし

㊦東京麹町区富士見町五―九　与謝野あき子　廿七日朝

お手紙を下さいましてありがたう存じました。仰せになりますさばかりのこと（私のおつくし申し上ぐることの価値）にたいしてあまりに御丁寧なるおことばと存じまして私はおもての赤むのを感じまして御座います。私の娘と申してよろしきほどの齋子様の御としをうかゞひまして只今までの学妹たちに対しましてもちましたこゝろよりもなつかしさのおほいこころでお向ひすることが出来ませうかなどと例の空想をいたして居ります（例のなどとつひ江南氏につかひますやうなことばをもちひました　おゆるし下さいまし）

通信教授だけにてなくとも一月に一度ぐらゐはおいで下さいましてお話しも申し上げてよろしいと存じます。どうぞあなた様よりよろしきやうにおつたへ下さいまし。

御無事に御越年をあそばしまし

おかへしをと存じまして

十二月廿七日朝　　　　晶子

江口様　みもとに

大正五年

377　**大正5年1月7日　落合直幸・令夫人宛寛・晶子書簡**

〔毛筆年賀葉書縦14横９〕

㊤府下、千駄ヶ谷町五四九　落合直幸様　令夫人様　消印　九段５・１・７
〔印刷〕東京市麹町區富士見町五丁目九番地　與謝野寛
晶子

〔印刷〕
あなた様の御清福を祈り上げます。
一九一六年の初に

【備考】宛名は寛筆。

378　**大正5年4月14日　太田音吉宛晶子書簡**

〔毛筆和封筒縦20・５横８・４　毛筆巻紙縦17・７横42・５〕
消印　九段５・４・14

㊤伊豫國吉田町　太田音吉様　御返事
㊦東京市麹町区富士見町五ノ九　与謝野晶子

拝復
お手帋拝見致申候。
さるおんゆかりの君より御手帋を頂き候こと昔なつかしき心地致し申候。
さて拙作「門前の家」①ハ既に私に於て題名さへ忘れをりしくらゐの舊作にて右掲載の雑誌ハ勿論手元に無之候。若しかすると先年大阪市杉本梁江堂より出し候小説集「雲のいろ〳〵」のなかに採録しあるべしと存じ候へども右の書物も手元に無之候。お序も候はゞ右の書肆へお問合せ被下度候。
大阪市東区東横堀五丁目
杉本梁江堂
宛に御照會被下度候。
御返事まで艸々。
四月十四日
与謝野晶子
太田音吉様
御もと

註①　「門前の家」――『新思潮』（明43・12）に掲載、『雲のいろ〳〵』に採録。

【備考】晶子書簡であるが寛筆。

379　大正5年5月28日　小川雄次郎宛寛書簡（推定）

〔毛筆和封筒　毛筆巻紙　未採寸〕

㊤千葉縣山武郡蓮沼村　小川雄次郎様　御直

㊥東京富士見町五―九　与謝野寛

消印　未確認

啓上

御無沙汰申上候。いよ〳〵御雄健の御事と奉存候。久しくお目に懸らず候が近頃ハ御来京の事も無之候や。秋葉君の御消息もしばらく參らず候。お序によろしく御傳へ被下度候。お作を御精励の儀敬服仕り候。先般一寸中國まで講演にまゐり候歸途名古屋市に立寄り同地の友人にて大兄の如く常に短歌を怠らぬ伊藤伊三郎君に會し久しぶりに短歌會を催し申候。その後佐渡の旧友渡辺湖畔氏来京し今一度短歌の雜誌を少数の仲間にて發行してハ如何と勧められ小生も大に心動き申候。また近頃二度ほど、第一高等学校生徒の短歌會に出席し近頃の歌風の甚しく悪傾向に流れ候を見て旧友と共に我々の作物を世間に問ひたき欲求を増し申候。或は明春一月あたりより一雜誌を計画致候やも知れず候間その節ハ是非同人の一人に御加り被下御助力願上候。成るだけ少数の人々を中心と致したくと存じをり候。猶十分に熟考の上に決し申すべく、若し發行致候以上ハ少くも六七年ハ持續致し度候。近日荊妻の詩歌集「舞ごろも」を發行致すべく候間御覧被下度候。大兄の詩は今一歩にて面白く相成るべしと存じ候。出来るだけ短キ中に充実するやうに御作り被下度候。

次に願上候ハ、小児の学資、被服費等に不足を生じ候必要より小生及び荊妻の短冊を五拾枚認め申すべく候間大兄に於て一時ニお引受け被下金五十円にてお買ひ取り被下候こと叶ひ申すまじくや。度々御迷惑と御厄介とを相掛け候事ゆゑ申上げにくき事に候へども今春来収入と支出と相償はず自然不足を生じ困惑致しをり候。併し御遠慮なくお断り被下てよろしく候。若し萬一御引受被下候やうならば認むべき歌を御指定願上候。猶恐縮ながら六月五六日頃までに御送金を賜り度候。か丶ることハ他の事とことなり候間御斟酌なく御断被下度候。

この夏ハ久々一二泊掛にて荊妻もろとも拜趨致したしとも存じをり候。令夫人様へおよろしく御傳へ被下度候。　艸々

寛

五月二十八日

小川老兄　御侍史

【推定】 文中に「『舞衣』を発行致すべく」とあり、当歌集は大正五年五月三十日刊行なので大正五年と推定す。

380　大正5年6月27日　原阿佐緒宛晶子書簡

〔毛筆和封筒縦21横8・4　毛筆巻紙縦17・6横197・7〕

消印　九段5・6・27／仙臺5・6・28

㊤宮城県黒川郡宮床村　原あさを様　親展

㊦冨士見町五ー九　与謝野晶子

御心づくしの度々のお文に私のけたいしておかへしまゐらせぬつみはつみをかさね、面目なくて何よりか、むなどおもひ候にあすあさてとなりもいたしてしに候。私のいつも御上のことを申して困りしことなりと申し候にき、なれし良人もいつも御心配いたし居り候。まず御母君のかたへに居ます日に助けいでたまへかくし給へと申し上げかぬることも文としては多く、御内にひそみし力いつかはおこりいでてかくとこそいのりしとこ、にむかへて申す日もあらむとのみおもひ候ひし　いつぞやはまた感情を害せしやなど仰せ下されまことにさやうとも見ば見らるべしとはかなまれ候ひし　保美様お下駄にてあるき給ふよし恋しなつかしと私すら申すをき、給ふにも御物思ひはますべしとか心おかれ候。今度の私の子も大きくなり候。私はあたまわるく只今も大きくとか、むに多といふ字をかくまでに候。さ候へど昨夜人人とてつやして五十首のうたよまむといたし候にさは云へどなほ忘れずおもふことだけは言はれ候ひし　よし子様病み給ふよしそれもえとひ上げず候。なごやよりの報によれば琴子様にわかれ話のあるよしに候。あなた様は今は親のためにもあらず、子のためにもあらず　勇様のためにもあらず自らのためにす、み給ふがそのま、誰がためにもよき道のひらけ候こともおもはれ候。

アウがひざにてね居候ためすみがつけられず候。光秀いつもなつが《ママ》しか《ママ》りておうはさをいたし候。またこよと仰せらる、と申し候にうれしがり候。さ候へど今年は山口縣へ去年よりのやくそくをはたしにまゐることに候べく候。きり雨のうつとうしさ山もくらく候べし。お大事にあすばすべく候

晶子

あさを様　ミもとに

381　大正5年7月14日　白仁秋津宛寛・晶子書簡

〔毛筆官製葉書縦14横9〕

消印　5・7・14

㊤福岡縣三池郡上内村字銀水村　白仁勝衛様

東京市麹町区富士見町五―九　与謝野寛　七月十四日

啓上　御無沙汰申上候。

さて上田博士の長逝は雷撃のごとき急変にて感慨悲痛に堪へず候。多年扶導を被り候新詩社同人を代表して葬場に花環を捧げ微志を表し置き候間右御領承被下度候。猶右花環料の分擔額七十錢をお序にお遣し願上候。御近作も併せて御見せ被下度候。

〔寛筆〕

御無沙汰のこと心ぐるしと折ふし存じ居り申候
晶子〔晶子筆〕

【備考】封筒の表書と本文は寛筆、添書は晶子筆。

382　大正5年9月1日　大竹上人宛寛書簡（推定）

〔封筒ナシ　毛筆巻紙縦19・5横69〕

啓上
前便申上候日取を左のごとく改めねバならぬ事と相成候。
　二十二日　二十三日　両日板柳滞在
就てハ十和田湖より直ちに御地へ参り
　十九日　二十日　御地滞在
二十一日板柳に向ふとしてハ如何。又々
　二十四日　二十五日　御地滞在
と致すべきか。小生ハ成るべく十九日御地へ着し二十日滞在、二十一日板柳へ向ふと云ふことに致度候。何れとも貴命を待ち申候。
艸々
九月一日
大竹上人　御侍史

【推定】原阿佐緒記念館所蔵、380阿佐緒宛晶子書簡（大5・6・27）の続きと見做し大正五年と推定す。

【備考】現物照合す。

383　大正5年9月1日　与謝野光宛寛書簡

〔転載〕

熱が出た相ですが、ねびえをしたために風を引いたのでせう。高安様の奥様と、小林様との仰せに従つて、静かにして、よくお薬を飲み、仰つしやることを守つて、療治をしてお貰ひなさい。淋しくなければ秀を先きに返して克麿さん[1]と一緒に帰るがよろしい。併し熱が引かないなら、高安様の仰つしやる通りにして熱が全く引くまでそこにおいでなさい。十日過ぎに小林さんと一緒に歸つてもよろしいから。また、どうしても急にならないならお父さんか、お母さんが迎へに行きます。この手紙を見た時に七度二三分ぐらゐの熱なら、高安様と御相談して、秀と一緒に翌日ぐらゐにお歸りなさい。
　病中はお菓子や、その他のものを食べてはいけない。牛乳と鶏卵をお飲みなさい。　草草
　　大正五年九月一日　　　　　　　　寛
光どの　御直

註① 克麿さん――赤松克麿（赤松照幡の息子）。
【備考】小林天眠宛寛書簡（大５・９・１、『与謝野寛晶子書簡集』103）に同封。

384　大正５年９月13日　赤松克麿宛寛書簡

〔転載〕
啓上、いろいろ光のために御配慮被下、御禮申上候。それがため、御上京の遅くなりしことも、ひたすら恐縮致しをり候。猶、植田の御老母様にも小林夫人にも御禮をお傳へ被下度候。
　さて、光が退院致し候はば、翌日御つれ被下御上京奉願上候。小林御夫婦と高安夫人とは、定めてお引止め下さるべしと存じ候へども、御厚意に戻るやうながら、最早大丈夫と存じ候につき、夜汽車にお寢かせ被下、お歸らせ被下度候。このことは在京中の小林君にも御願ひ申上おき候。病院にて寢冷を致さぬやう、夜中に氣を附け候やうお戒め被下度候。重ね重ね御配慮を煩し候こと申譯無之候。晶子よりもよろしくお頼み申上候。
　　　　　　　　　　　　　　　　草草
　　大正五年九月十三日
　　　　　　　　　　　　　　　　寛
克麿様

大正六年

385　大正6年1月1日　菅沼宗四郎宛寛・晶子書簡

〔転載――絵葉書（松とシルクハットの木版畫）〕

㊤横濱市元町二ノ一一七小澤方

〔印刷〕

賀正　一九一七年元旦

東京市麹町區富士見町五ノ九

與謝野　寛
晶子

386　大正6年1月2日　白仁秋津宛寛・晶子書簡

〔毛筆官製葉書縦14横9・1〕

㊤福岡縣三池郡銀水村　白仁勝衛様

消印　6・1・2

〔印刷〕

賀正

一九一七年元旦

東京市麹町區富士見町五丁目九番地

〔書き込み〕

御近状を知らず、頻ニおなつかしく存じ申候。

與謝野　寛
晶子

【備考】全文寛筆。

387　大正6年1月7日　小林一三宛寛書簡

〔毛筆葉書縦14横9（「與謝野夫人の燈下の顔」有島生馬畫）〕

㊤大坂府下池田町　小林一三様　令夫人様

消印　九段6・1・7

〔印刷〕

賀正

与謝野　寛
晶子

388　大正6年1月26日　岩城達常宛寛書簡

〔毛筆和封筒　毛筆巻紙　未採寸〕

消印　6・1・26／6・1・28

㊤周防国佐波郡右田村　真光寺　岩城達常様　御直披
㊦東京麹町区富士見町五ノ九　与謝野寛

啓上
御清栄奉賀候。
さて数日前突然萃[①]より一書を寄せ來り同人の近状を承知致候甚だ同情に堪へず候。
就てハ貴下より密かに同人を御呼び寄せ被下次の事を御傳へ被下度候。
一、父は萃の孤獨なる実状を察し気の毒に存じ候。併し人生ハ現在の境遇を基礎にして前進を計るより外に正しき道無し、他を恨むこと無く、また自ら卑下し自暴自棄すること無く、飽迄も自己を尊重して出来るだけ堅実なる生活を開かれたく候。
一、中学程度の教育ハ是非すませおくこと。
一、小学教員たることも、また小官吏たることも決して人間の恥にあらず、世に生れながら何の職業にも就かぬ事が尤も恥なり。学問が若し不適当ならば農夫となるべし、丁稚ともなるべし。獨立自活の出来るほど安心ハ無し。
一、涙もろき人間とならず、反對に勇気を振ひ起して一個の獨立したる人間となるべきこと。
右御申聞け被下度願上候。猶この後も蔭ながら同人の力とおなり被下一身を誤らぬやう、且つ徒らに悲観する小人物とならぬやうに御諭し願上候。現在の林氏[②]とハ如何なる関係にあるかハ知れず候へども全然冷酷には致すまじくと存じ候。中等程度の教育だけハ是非お受けさせ被下度候。

右ハ藤原賢然君へも貴下より御頼み被下同人の御庇護を願上候。

中学卒業後になり一見識を備へ候て後に小生に面會せよとも御傳へ被下度候。右折入つて御懇願申上候。萬事御推察を乞ひ候。

御令夫人様へよろしく御傳へ被下度候。

荊妻よりもよろしく申上候。

艸々

二十六日　寛

岩城雅兄
御侍史

註①　萃——寛の前妻林滝野との間にできた子。
②　林氏——滝野の実家。

389　大正6年2月9日　細見儀右衛門宛書簡（推定）

〔封筒ナシ　毛筆巻紙　未採寸〕

拝復

御清祥奉賀上候。

さて御懇情ニ満ちたる御書状を相遣し被下忝く奉存候。先年あれほど諸君ニ御労力を掛けながら親しく御礼にまゐり候こともならぬ境遇にあることハ小生ハ常ニ愧ぢをり候。定めて忘恩の者よと御叱りもあるべしと恐縮致しをり候ニか丶はらず今回もまた衆議院議員の撰《ママ》挙に当り御後援を賜るべき由を以てわざ〳〵御手帋を頂き候ことたゞ〳〵感激の涙に咽び申候。然るに政界及び撰《ママ》挙界の形勢を観察いたし候に先年の如き全くの無銭にてハ立候補致候ても諸君の御厚意を無にする結果となるのみにて到底小生の理想を貫徹いたすことむつかしからんと存じ候。せめて十八郡を演説して巡回し得るだけの費用（千四五百円）にても小生の手元にて調達出来候はゞ理想選挙を再び呼號したしと存じ候へども目下の小生ハわざ〳〵借金をして其れだけの金子を作るほどの勇気無之候ゆゑ、東京の友人中より右の金子を寄附でもしてくれ候ことの無きかぎりは遺憾ながら今回ハ断念致すべく候。併し三月中頃ぐらゐまでニ右様の特志者が友人中より現れ候はゞ突如として帰郷し立候補を宣言致すやも計りがたく候間その節ハよろしく御斡旋奉願上候。当分（三月中旬まで）ハ小生が立つとも立たぬとも解らぬことニ御含み被下度候。

次に選挙ニ関係せずして五六月の頃ニ峰山町より講演のため招待を受け居り候間荊妻とも〴〵同地へ参り候途次御地にて一夕お目に懸ることを楽みに致をり候。（此事ハ溝口岩蔵氏などニハ秘密になし被下度候。）

津原氏が再び立ち候や、若し同氏が立ち候ならば牧野氏がやはり落選致すならんと気の毒に候。

萬一小生が立つとして与謝郡にて三百の投票を集め候こと不可能ならんと存じ候。与謝郡百五十、愛宕郡二百、紀伊郡百五十と云ふ位にてハ当選どころか次点者にもなれずと存じ候。されば若し出馬するならば十八郡に亘つて投票を求めざるを得ず候。京都府下の青年諸氏が果してそれほど清廉なる選挙を歓迎するや否やハ疑問なりと存じ候。されば小生が立つとすれば当選を眼中に置かず再び京都府民の教育のために正義を大声疾呼して廻る外ハ無之候。それが他日小生のためにならずとも必ず小生と志を同じうする候補者のためと相成るべく候。

三月中旬にもなりてまだ小生より何とも申し上げずば全く断念と御承知被下度候。また更に次回の選挙を期すべく候。御地の諸君へよろしく御傳へ被下度候。

艸々。

二月九日　寛

細見御老人様

同令息様

【推定】 所蔵者の記録による。

390　大正6年3月5日　細田源吉宛晶子書簡（推定）

〔毛筆和封筒縦20横8　与謝野用箋縦22横14・4（1枚）〕

(表)日本橋区通四丁目　春陽堂　細田様　若し御留守に候はゞ　持参便
後刻すぐ御届け被下候やう特に願上候。一寸入用に候まゝ。

(裏)与謝野晶子

啓上　三百首を撰んで添削しますのに五日も掛りました。やうやく此使を以て差出します。
葉書の方が比較的よろしい作ですから、一二三等の外と、この葉書の分から先きにお載せ下さいまし。
清書をするひまが無いので、出来るだけ鄭寧に添削した積りですけれど、悪筆ですから校正をよろしくおねがひ致します。それから此便へ選料を貳拾円お遣し下さいまし。

三月五日　艸々

細田様　晶子

【推定】392細田源吉宛晶子書簡（大6・4・22）との関連があるので大正六年と推定す。

【備考】晶子書簡であるが寛筆。

391　大正6年3月11日　徳富蘇峯宛晶子書簡

〔毛筆和封筒縦20・6横8・5　毛筆巻紙縦19・6横60・6〕

(表)市外、大森、山王　徳富猪一郎先生　御前　消印　6・3・11

(裏)下荻窪三七一　与謝野晶子

啓上
ごきげんよく入らせられ候御事を、いつもおよろこび申上げをり候。
またまた拙き私の随筆ニ對し、勿体なき御評を頂き、くり返し拝見して、忝く存じ申候。私のごとき者をお引立て下され候思召ニ由る事と、深く御恩情を思ひ候。こゝに失礼ながら書中にて御禮申上候。
奥様ニも御安泰ニ入らせられ候ことを賀上候。私の尊敬をお傳へ下されたく候。

三月十一日　拝具

晶子

徳富先生

御前

【備考】 晶子書簡であるが寛筆。

392　大正6年4月22日　細田源吉宛晶子書簡

〔毛筆和封筒縦19横8　毛筆巻紙縦18横141・8〕

㊤日本橋区通四丁目　春陽堂編輯局ニテ　細田源吉様　御直　消印　日本橋6・4・22

接

㊦与謝野晶子　四月廿二日

啓上

御きげんよろしくおはしまし候や。今朝ほどおざつしいたゞきおもしろく拝し參候。さて勝手なる御ねがひに候へども投書の歌を選び候こと三号より他の方に御代りねがひたく存じ參候。決して御報酬のことにつきて申しいで候ことにては御座なく候。只くるしきしごとに候へばこの頃やまひがちとなりし私におも荷のやうにおもはるゝにて候。しかも雑草のごときむれよりしりうごとえ候ては堪へがたく存じ申すにて候。私は私の花園を守り申すべく候。まことに歌を選び候しごとをすこしにても脱《はづ》れたく存じ申候まゝの心を申し上げ候にて候。こはたゞあなた様へのぐちとおきゝ下されたく御店へ《ママ》は只病のためとのみ仰せ下されたく候。三月の初めより子供たちも良人もやみ申しそれのほゞ快くなり候ひし今日は私も床ニつき申し心のみいろ／＼とつくし申候。かしこ

廿二日　晶子

細田様
ミもとに

393　大正6年5月17日　白仁秋津宛寛・晶子書簡

〔毛筆和封筒縦20横7・7　毛筆巻紙縦18横103・2　追伸縦18横32〕

㊤福岡縣三池郡銀水村　白仁勝衛様　至急御直披　消印　九段6・5・18／福岡三池6・5・20

㊦東京市麹町区富士見町五ノ九　与謝野寛　晶子

啓上

久しく御無沙汰申上候。ます／＼御雄健と存じ候。さて唐突ながらふと思ひ立ち候まゝ荊妻と共ニ（小児一人を伴ひ）本月下旬より六月七八日までの間ニ御地方まで一遊致度と存じ候。時日の餘裕無之候につき久留米あたりまでまゐりて引返し耶馬溪へ一寸まゐりたしと考へ申候。

就てハ之を機として少しく揮毫を試み（両人にて）御地方の希望者ニ頒ちて多少の旅費を作りたく候。然るに御地方の有力者中ニ貴下を除きて一人も知己無之候。何卒貴下に於て福岡縣下の同好者へ御勧誘の労をお取り下さるまじくや。右御相談申上候。馬関海峡を渡り候は太抵本月末日か六月一日と存じ候。途中山口縣徳山の阿兄①のもとに一泊して、それより博多へ直行致すべく候。

電報にて打合せおき大兄とは大牟田驛あたりにて御目に懸りたく候。

右ハ甚だ勝手がましき事に候へども貴下の御都合如何に候や伺上候。

荊妻よりも右よろしく御取計ひ被下候やう御願申上候。久々お目に懸り得ることを楽み申候。

艸々拝具

五月十七日　寛

白仁雅兄

御侍史

追申

御友人中へは「与謝野夫妻の来遊を機とし二氏の揮毫を左の規定に由りて頒ちたきに由り、貴下のお宅若くは博多の旅館○○、久留米市の旅館○○まで申込まれたし」と御吹聴被下度候。規定を作り置き候方便利と存じ候間左のごとくに御含みおき被下度候。

一、短冊一葉　壱円卅戔也
一、扇面　同上
一、半折　六円也
一、全帋　八円也
一、式帋　貳円也
一、懐帋　四円也
一、二枚折屛風　参拾円也
　用帋ハ希望者の自弁

註① 阿兄――次兄赤松照幢のこと。

【備考】全文寛筆。

394 大正6年6月4日　小林一三宛晶子書簡

〔毛筆和封筒縦18・7横7・5　ペン洋箋縦21・4横7・5（2枚）〕

消印　大阪中央6・6・4

(表)摂津国池田町　小林一三様　ミもとに

(裏)六甲山にて　与謝野晶子　四日

啓上

うつくしきもの、あいらしきもの、清きものをなほまぼろしに見ながら月夜のみちをかへり候ひしこゝち忘れがたく今朝もおもひ申し候。ほたるなどもとびかひ居り、六月の虫の音のあはれに候ひしこと　心もみどりにそまるやうにおもはれ候ひし。八日か十一日におうかゞひいたしたく存じ申し候。いろ〳〵にをしへ頂き候ことを幸におもひ居り申候。奥様に何とぞよろしくねがひ上げ候。

かしこ

四日朝

晶子

小林一三様

ミもとに

山うつる石のゆぶねにある人も子のおもはれてわりなかりけれ

良人よりもよろしくと申しいで候。

395　大正6年6月6日　白仁秋津宛寛書簡

〔毛筆和封筒縦20・5横8・2　毛筆巻紙縦18・5横121・3〕

㊤福岡縣池内《ママ》郡銀水村　白仁勝衛様

消印　6・6・6

㊤大坂市東区備後町四丁目小林政治氏方　与謝野寛

本日東京より御電報と別手帋とを転送しまゐり拝讀致候。御芳情御礼申上候。

御地へ向けて大坂を發し候ハ本月十二日夜と相成るべく候。途中一二ヶ所へ一泊致候ゆゑ門司海峡を渡り候ハ十四日と存じ申候。

委細ハ出發の節電報を差出し可申候。福岡にてハ丸善支店長大塚金太郎氏、若松其他ハ藤原賢然氏が配慮しくれられ候事に相成りをり候。

猶大兄とハ門司又ハ大牟田驛にてお目に懸り御打合可致候。

艸々

六日

寛

晶子

白仁兄

御侍史

【備考】「晶子女史作品会」の印刷物同封。

396　大正6年6月日不明　加野宗三郎・令夫人宛寛・晶子書簡（推定）

〔封筒ナシ　毛筆巻紙縦18・2横68〕

啓上

日田を経て耶馬溪へ下り候ことに致度候間（断行致候間）何卒伊田ハ廿二三日頃まで御延ばし被下度右願上候。猶この義ハ御目に懸りて御相談可申上候へども、取あへず電報にて伊田へ御断りおき願上候。　艸々

寛

晶子

藤原様

加野様

【推定】前便により大正六年六月と推定す。

【備考】全文寛筆。

397　大正6年7月3日　小林一三宛寛書簡

〔毛筆和封筒縦20・5横8・5　毛筆巻紙縦18横117〕

消印　大阪池田6・7・3

(表)大阪市外池田町　小林一三様　御侍史

(裏)武庫郡苦楽園ニテ　与謝野寛

啓上

にはかに暑中の光景と相成り申候。皆様御かはりも無之候や。小生どもは九州の旅中に少しく疲労の気味を感じ候ひしがこの山に帰り候て元気を恢復致し申し候。

さてこの度ハ計らずも多大の御高配にあづかり恐縮と感謝との外無之候。出發前一寸拝趨致し親しく御礼申述度と存じ候へどもその時を得ず、已むなく書中を以て御挨拶申上候。失礼おゆるし被下度候。先日頂戴致候御高著ハ帰京のうへ拝見致すことを楽ミに致居り候。猶永く書斎の中ニ記念として珍蔵致度候。小生の悪筆は梅田までお届け致すべく候。お序に吉岡氏によろしく御傳へ被下度候。

荊妻よりも萬々御礼申傳へ候。　艸々拝具。

三日　寛

小林一三様

令夫人様　御侍史

【備考】「晶子女史作品会」の印刷物同封。

398　大正6年7月11日　中村武羅夫宛晶子書簡

〔転載――封書　巻紙　墨書〕

消印　九段6・7・11／牛込6・7・11

(表)牛込区矢来町　新潮社　中村武羅夫様　原稿在中

(裏)麹町富士見町五ノ九　与謝野晶子　十一日

啓上
旅①を終へまして帰京いたしましたのが一昨日のことでございましたからいろ〳〵のことがいちどきになつて居りまして歌をさし上げます用を只今までいたしませんでした。おゆるし下さいまし。

十一日ひる　晶子

中村様　みもとに

註①　旅――九州の旅。

【備考】全文寛筆。

399　大正６年７月16日　加野宗三郎宛寛・晶子書簡

〔ペン絵葉書縦14・1横9（「与謝野夫人の灯火の顔」有島生馬画）〕　消印　6・7・16

㊤福岡市中奥堂町　加野宗三郎様　令夫人様
㊦東京麹町区富士見町五ノ九　与謝野寛　晶子

やうやく去る九日に帰京致し申候。日田の清遊猶目にありて涼味を感じ申候。頂き候黄磁ハ無事に都門に入り申候。暑気大に加り辟易致居り候。井上、白仁両氏と何卒御親しくなし被下度候。令夫人様へおよろしく。

七月十六日

400　大正６年７月16日　白仁秋津宛寛・晶子書簡

〔ペン絵葉書縦14・1横9・1（「与謝野夫人の灯火の顔」有島生馬畫）〕　消印　九段6・7・16

㊤福岡縣三池郡銀水村　白仁勝衛様
東京麹町区富士見町五ノ九　与謝野寛　晶子

やうやく去る九日に歸京仕り候。旅中かず〳〵の御芳情を御礼申上候。日田の鵜飼の楽しかりしことを人々に語り居り候。六甲山にて例の柿を取り出して賞味致し諸友にも頒ち申候。猶東京まで持歸りて珍重致しをり候。寛

あなた様の御ことなどおもひ候に山路の馬車もなつかしく心に描かれ申候。またいつの日かなどものあはれにもおもはれ候。　晶子

401　大正6年7月20日　正宗敦夫・貞子宛晶子書簡

〔毛筆和封筒縦20横8　毛筆巻紙縦17・5横270〕

消印　九段6・7・20／岡山片山6・7・21

㊤岡山縣和気郡伊里村　正宗敦夫様　貞子様　ミもとに

㊦東京麹町富士見町五ノ九　与謝野晶子　七月廿日

青きこときはまりもなしかぎりなしほなみの海の後のおもひで

青きあたりへ文か〻むと思ひ候こといく日いく夜に候ひけむ東京へかへり候てのちからだにむくみの生じ候ておきふしのくるしくかつさま〳〵なる不安におもひをとられなすべきこともなさで虫のやうに日をくらし申し候。お手紙をうれしく存じ申候ひき。九州の十四日はおほむね苦しきおもひでに候　豊後の日田と申すところの一夜、ひろき山あひの川にうがひなどもてあそび候こと中に繪のやうにのこり居り候。たうげを下り候目に青々とひらけし伊里の海のやうなるいろは九州の北海岸に見いだしがたく候ひき　梅雨の空のもとなればさもあるべきこと、あへて九州をなみするにてもなく候へどかにかく松はらのいろも冴え申さずものあはれに候ひき。いつくしまに立ちより候こともおもひとまり歸り申し候ひしかど大阪にて何かと用のふえ七日まで居り候。六甲山さへあつく候て夜のくるしやとおもひしこと再度ならず候ひき。名古屋もあつく候ひし　東京はひかくてき涼しと歸り候ておもひ候ひしに二三日にておなじさまとなり、只今年の夏をうらめしがるのみに候ひき。四日ほどまへよりつねの夏七月のさまとなり思いで候。甫一様のこと愛らしく御なつかしく承り候。まことにお淋しかるべしとおもひやられ候。いろ〳〵とならせ居給ふらむなどおもはれ候。長男の光と次の子は三日まへより九十九里の良人の弟子の家へまゐり世話になり居り候。来年はまた御やつかいにさし上げ候やもしれずなどおもはれ候。六甲山にて二日三日はらからのさまにもおきふしいたし候ことなつかしく存じ申候。

しみ〳〵と旅のおもひにつぎてするあさぎのいろのわが愁かな

かしこ

廿日

晶子

乙下家の皆様によろしく御傳へ下されたく候

正宗敦夫様

貞子様

ミもとに

【備考】 添削同封。

402　大正6年7月29日　河野鉄南宛寛書簡（推定）

〔毛筆和封筒　毛筆巻紙　未採寸〕

㊤堺市九間町東二丁　河野通該様　御侍史

消印　未確認

㊦〔印刷〕東京市麹町區富士見町五丁目九番地　與謝野寛

河野通該様　　荊妻よりもよろしく申上げます。

御葉書をありがたう。御清安を賀し上げます。先日備中の倉敷へ参り、その帰りに六甲苦楽園に二泊しましたが、急いでゐましたので、堺へも知らさず、そのまゝ帰京しました。

少年の日を語り合ふ友人が君と左武郎君①とを除いて殆ど無いのを淋しく思ひます。その両君さへ容易に逢はれないのです。人生の不如意がつくづく感じられます。左武郎君のごときハ廿年以上も逢ひません。

貴兄の御児様の大きくなられたことをお喜び申上げます。親としての責任が昔の親たちよりも重くなりました。容易に死なれないと思ひます。

秋あたりに一度御上京なされてハ如何。拙宅へお泊り下され、御遠慮なしに御滞在を願ひます。左武郎君にも、一度御来京をお勧め下さいませんか。艸々。

与謝野寛

七月二十九日

註①　左武郎君――河野左武郎。寛が鉄雷と号していた安養寺時代（明16～19）に堺青年有為会を組織し、月次会誌を発行していた。そのころの文学仲間の一人。

【推定】　大正六年六月に寛と晶子は岡山、六楽園へ行っているので大正六年と推定す。

403　大正6年7月30日　加野宗三郎宛寛・晶子書簡（推定）

〔ペン絵葉書縦14・1横9（「与謝野夫人の灯火の顔」有島生馬畫）〕

㊤福岡市中奥堂町　加野宗三郎様　御侍史

消印　不鮮明

暑中の御見舞申上候。先日ハ御葉書を頂き御礼申上候。御尋ね下さるべき儀いつにても御申聞け被下度候。奥様へおよろしく御傳へ願上候。

七月卅日

与謝野寛、晶子

【推定】「与謝野夫人の燈下の顔（有島生馬氏畫）」の葉書と同じものが399加野宗三郎宛寛・晶子書簡（大6・7・16）に使われていることにより大正六年と推定す。

【備考】全文寛筆。

404　大正6年8月4日　細田源吉宛晶子書簡

〔毛筆和封筒縦19・5横8　毛筆和紙便箋縦23横15・8（2枚）〕

㊕日本橋区通四丁目　春陽堂編輯局にて　細田源吉様　御侍史　消印　日本橋6・8・5

㊢与謝野晶子　八月四日夜

啓上

今日もまたゞのあつき日となり申し候。

このほどより床につき居り申し御手紙のお返事もいまださし出さず失禮のみいたし申候。このやうなる病がちのころにも候へばわけても先日御たのみ申し上げしすぢに話を御承知頂きたきに候。勝手を申し候おそろしさも存じながらこのことを申し上げ候。北原様など御ひきうけ遊ばされずやと存じ申候。本日拙きうたさし出し申候。選の方はなるべく御期日までにさし上げんと唯今もよこにながめ居り申候。　かしこ

四日夜　晶子

細田様

405　大正6年8月8日　白仁秋津宛寛書簡

〔毛筆和封筒縦20横8　毛筆巻紙縦8横144〕

㊕福岡縣三池郡銀水村　白仁勝衛様　御侍史　消印　九段6・8・8／三池6・8・10

㊢東京市富士見町五ノ九　与謝野寛

酷暑無比、御近状如何。おかはりもあらせられず候や。小生ども幸ニ本日まではハ恙なく候。一昨日ハ紅茶を沢山御恵送被下難有奉存候。それが到着せし時ハ荊妻とたまく野村望東尼の向陵集を讀み居りし時に候。九州ニちなミある偶然をめづらしく感じ申候。

二週間ほど前ニ北原白秋君と會ひて大兄と北九州を跋渉せしことを語り申候。

湖畔氏の歌集を書肆より近日中ニ送らせ申すべく候。これは特に湖畔君より申來り候。

荊妻よりもよろしく申上候。九州はさぞかしお暑き事ならんと御噂致居り候。暑中の御自愛を切に祈上候。

その後村上君加野君等よりも消息を得申候。玄耳老人一寸青嶋より歸り來り候。

艸々不一

八月八日

寛

秋津詞兄
御侍史

406　大正6年8月9日　白仁秋津宛晶子書簡

〔毛筆和封筒縦20横7・8　毛筆巻紙縦17・5横298〕

消印　福岡・三池6・8・11

㊤福岡縣、三池郡銀水村　白仁勝衛様　御もとに

㊦東京市麹町区富士見町五ノ九　与謝野晶子　八月九日

お手紙をおなつかしく拝見いたしました。下の関でおわかれいたしましてから一月と十日あまりになるのでこざいますね。あの時からずうとつづいて暑い日ばかりでございます。まへのおたよりに九十二三度とお云ひになりましたころ東京もやはりそんなものでした。たゞそれくらゐのことに毎日前日の寒暖計のことをきいては居るのですがこゝろもちは百度ぢかいやうにいつもその時々をおもつて居るのでした。しかし近頃になりましていろ〳〵なことをきゝましたり、またお手紙の中にもゆるやうな暑さの見えますのでやはり九州は暑熱のもつとも高いところであらうとおもひます。そしてあなた様方をおきのどくでならなくおもふのです。何やら能なき頭になりはてしやうに自身のことがおもはれてなりません。いつかはこんなこともなくなるであらうと淡いのぞみをたゞもつだけです。おうたをおゝくり下さいますのを先頃からたのしんでまつて居ります。

私らお宅のありますところまでまゐらなかつたことが惜しいことのやうにもおもはれます。たゞあなたお一人が浮んでお見えになるだけで御家族、その御果樹園も想像することが出きません。私のたゞ今居ります書斎、只今までは家の中で一番あつい苦しいところだつたのですから御紹介もするきにならなかつたでせうが　今日はめづらしくすこし机の向うからかぜが吹いてまゐります　それでこんなところとおしらせいたします。

〔絵あり〕

鳥小屋のかきには瓢たんが大分かゝり、けいとうはうらにはをいつぱいにひろがり　さるすべりの木がそこには一本赤々と咲いて居ります。

ものにくむ心ひろがるかたはらにあれども君はわざはひもなし

このものといひますのは暑さをにくむ心が八九分まであるのでせう。紅茶を沢山いたゞきましてありがたう存じます。主人も非常によろこんで居ります。男の子供達、九十九里の濱の小川老漁氏のもとから二三日まへ歸京いたしましたがまつくろで、

九州で見ましたとかけやへびがゆかたをきたやうなと苦笑されます。

女の子供達と三男とが三州の蒲郡へ行つて居りますがどうして居りますか気がかりでなりません。南九州へ御旅行はおやめになつたのでございますか。あの中津のお寺の写真が出きてまゐりましたがあなたは似ておいでになりません。また御無沙汰をいたしますのかとおもひますと筆をとゞめがたく存じますけれども

九日ひる　　晶子

白仁様
ミもとに

407　大正6年9月23日　河井酔茗宛寛書簡

〔毛筆葉書縦14・2横9〕

消印　九段6・9・23

(表)府下、雑司ケ谷上り阪　婦人之友社　河井酔茗様
よさのひろし

荊妻俄に産を致し候ため歌の材料ハ集め置きながら到底執筆致しかね候間来月にお延ばし被下度と申候。右よろしく御領承被下度候。猶生まれ候小児[1]ハ一日おきて死去仕り候。

廿三日、夕　　艸々

註①　小児――大正六年九月二十三日出生。

408　大正6年10月10日　白仁秋津宛寛書簡

〔ペン絵葉書縦9横14・1（青インキ「第四回二科美術展覧會出品」熊谷守一氏筆）〕

消印　九段6・10・10

(表)福岡縣三池郡銀水村　白仁勝衛様
東京　よさのひろし

啓上　御清栄を賀します。見ごとなる柿を沢山送つて頂き珍重して賞味致候。延引ながら御礼を申上げ候。一昨夜久々小宅に短歌會を催し、高村光太郎、平野萬里、茅野蕭々夫妻、大井蒼梧、久保田万太郎、水上瀧太郎、三ヶ島よし子、其他数人相集り、新詩社の昔を再現せし

〔裏〕
心地致し候。渡辺湖畔氏も出席致候。北原君の夫人[1]琴瑟相和し居り候由めでたき事に候。御健安を祈上候。

註① 北原君の夫人――大正五年五月に結婚した江口章子。

409　大正６年10月10日　白仁秋津宛晶子書簡

〔ペン絵葉書縦14・4横9（青インキ「第四回二科展出品」梅原良《ママ》三郎氏筆」）

消印　九段６・10・10

㊤福岡縣、三池郡、銀水村　白仁勝衛様

出水の、ち袷に羽織などを重ねてなほさむしやとおもひ居り候。先月二十日に産褥につき申し男の子を得申候ひしかど二十二日にはその子を死なせ①初めての苦しき經驗をいたし申し候ひき。

生みの子はこの白蠟の子なりしと二日ののちに指くみおもふ

一昨夜は久々にて高村光太郎氏をはじめ平野万里氏など十五人ほど集り歌の會をもよほし候。なつかしくもの哀れなる會に候ひき。

〔裏〕

色も味ひもなににしかむといふもの、こ、ちいたし候ひし木の實うれしく存じ申候。あつく御禮申し上げ候。

晶子

註① 二十二日にはその子をしなせ――大正六年九月二十二日、初生児メレナで生後一昼夜で死す。

410　大正６年10月31日　河井酔茗宛晶子書簡

〔ペン絵葉書（「岡山後楽園」）〕

消印　６・10・31

㊤市外雑司が谷上り屋敷　婦人の友社　河井酔茗様

先日はおはがきをありがたうございました。原稿がまことにおそくなりまして失禮だと存じます。中村さんから承りますとやよひさんがごびやうきださうでございますね。御心配でございませう。そのうちお目にか、りまして。

晶子

411　大正６年11月１日　白仁秋津宛寛書簡

〔ペン絵葉書縦14・1横9（青インキ「第十一回文部省美術展覧會出品」小寺健吉筆」）〕

消印　６・11・1

㊤福岡縣三池郡銀水村　白仁勝衛様

東京　よさのひろし　天長節

筑後の櫨もみぢの季節に入りしことかと空想を馳せ居り候。このほど高濱虚子君が九州漫遊の途次博多の加野君方に二泊せし由一昨夜帰京して話され候につきしきりに此夏の御厚情を思ひ出申候。
〔裏〕御健安を祈上候。晶子よりも宜敷申上候。

412　大正６年11月13日　有島生馬・信子宛晶子書簡

〔転載――封書　便箋六枚　ペン書　使持参便〕
(表)有嶋生馬様　〻信子様　みもとへ　御かへし
(裏)与謝〔以下破損〕　十三日

有嶋生馬様
　奥様

お手紙拝見いたしました。私は永い間うつかりとしてお二方の御感情を害して居たのでした。よくそれを仰つて下さいました。でなかつたなら、いつまでも私はお二方を不快にしながら、それを全く気附かずに居るのでした。

私はお二方の御愛情を疑つて居りません。以前も今も決して疑つて居りません。私の認めましたあのそまつな一文は、たとひ其中に疑つて居るやうな嫌ひのある語気がありましたにしても、それはあの場合、奥様の愛情――周囲に圧抑されようとしておいでになるらしく思はれる愛情――を刺激して、少しでもご声援をしたい、お力添をしたいと考へたからのことでした。奥様は私の人知れず予期して居ましたやうに、その後非常な御勇気を以てお宅へお帰りになりました。私はそれをどんなに嬉しく思ひましたことでせう。私があの一文を著書①の中から除かなかつたことは確かに私のぼんやりと粗忽とからでした。それがお二方に長らく御不快な思ひをさせたことを知つて、私の只今の心は曇つて居ります。非常に恐縮して居ります。誠に済まないことをしたと考へて居ります。私はいくへにもおわびを述べねばならないのです。

あの一文の根底に於て私がお二方の御愛情を少しも疑つて居りませなんだことは、それを他の切抜きと一所に印刷して私が今日まで平気で居りましたことに就いても御推察を願ひます。けれど唯今は愧ぢかつ悲んで居ります。私はあの書物を改版する時に屹度あの一文を除きます。

お手紙を下すつてお二方の御不快なお心持を私に知らせて頂きましたことに由つて、私は幸にこのお詫びをする機会を得ました。それを私は難有く思ひます。私はこれがために――お二方のお心持を率直に聞くことを得ましたために――一層お二方を信頼し尊敬することが出きます。今日までの私の粗忽をどうぞおゆるし下さいまし。私はお二方が御交友の片端として猶一層御扶掖下さいますのちの日をたのみにいたしまして（書いて居りますうちに覚えてまゐりましたところの）今夜のもの哀れなこころをなぐさめます。

私の今感じまするもの哀れの来るところをたづねますとこれもお二方をお知り申し上げて以来の私の情の不純なものでなかつたことを見いだします。私に粗さうがあつてもあなた様方はぜひおゆるし下されなければならないと子供らしい恨めしいやうな涙もこぼれてまゐりました。

お目にかゝります時にもうそのことは仰つて下さいますな、黙しておいで下さるのをおゆるしであると存じませう
（何やらしどろになつてきたやうでございます。これもおゆるし下さい。）

この間同行いたしました川崎夏子は人格のいいそして芸術を理解する頭脳をもつた私の友人でございます。御めいわくに思召さなければ十二月に入つてからでよろしうございますからあの仲間の人にお話をおきかせになつてお上げ下さい。その頃また御都合を伺ひませう。お兄様にもお願ひをすることは初めからあの人も願つて居ることでございました。昨日お兄様から北海道のおたよりを下さいました。

子供達にけつこうなるお菓子を頂きましてありがたうぞんじます。

私は目がわるくなりまして字も一層かけないのでございます。

十一月になりまして私もお伺ひいたします。

晶子

註①　著書――『我等何を求めるか』

【備考】　生馬の小説「陳子へ」（『新潮』大５・７）に対する晶子の批判（『女学世界』大５・９）は「親へか、良人へか」の題で、『我等何を求めるか』（天弦堂書房、大６・１）に収録。また武郎は大正六年十一月上旬、北海道に滞在。なお、生馬は同作品を収めた『鏡中影』（春陽堂、大８・８）巻末に、当時の批評を「黙々の裡に世間に向つて取消された」と、晶子への謝辞を記す（『日本近代文学館』138号、平６・３）。

413　大正６年11月25日　猪熊信男宛寛書簡

〔毛筆和封筒　毛筆巻紙　未採寸〕

㊤京都市外雲林院一二一　猪熊信男様
㊦東京富士見町五ノ九　与謝野寛
消印　６・11・26

拝復
愈御清安奉賀上候。
さて御高書に接し拝讀仕り候。亡父贈位の恩典[1]につき特に如此き御祝辭を賜り候こと忝く奉存候。亡父が御先考に對し御懇情を蒙りしうへに小生がまた大兄より屢ゝ御友情を受け候こと浅

からぬ宿福と存じ甚だ感激仕り候。猶このうへとも御誘掖を乞ひ申候。圓通寺のこと御熱誠の甲斐ありて此度もかず〳〵の御聖旨を拝戴遊ばされ候よし深く御喜び申上候。之よりしてます〳〵世人の注目を惹き当年の進境を一層完成致され候こと疑ひ無之候。荊妻よりも宣敷申上げ候。明春ハ久々お目に懸り得べしと信じ候。台湾方面へ夫婦にて参り候途次一寸歸洛の考に候。寒威を加へ候折柄一層の御自愛を祈上候。艸々　寛

十一月廿五日

猪熊信男様　御侍史

亡父へ従五位を贈りたまへる忝さに

みめぐみは露よりしげし下艸の枯れしひと葉もうるほひにけり

註①　亡父贈位の恩典——寛の父与謝野礼厳に、大正六年十一月十七日、大正天皇より特旨を以て従五位を贈らる（谷林博「与謝野寛編『礼厳法師伝』」、『国文学』昭35・7）。

414　大正6年12月24日　有島武郎宛晶子書簡

〔転載——封書　封筒欠　巻紙墨書〕

啓上

皆様御機嫌よろしくおはしまし候や。御本をまたおゝくり下されうれしく存じ候。とく仕事をへてと片ごゝろにその拝見の時をたのしみつゝしごとをいたし居り候。新潮の方のものは昨夜すこしのひまによみ申候。

いつもながらかなしく存じ申候。子の恩を子もちてしると仰せられしまことに君のみは二へにその恩を被り給へるなど苦しき時におもひ申候。

この間よそにて嶋崎先生と御一所になり候ひしがひるまへよりのよりあひにいでしが四時のすぎ候とき子のまてばとて御かへりのあり候ひし私もはやそのゝち人々と話もいたしがたきまで苦しくなり申候ひき。はた母なる嶋崎氏の幸といふものもほのかに覚えもいたしながら。

このごろあなた様の御あたりへまゐることをかたり候若き人々のあり候がその中にまじりて仰ぎ見まほしとその若き心のよろこびをわかたれ候たびに私はおもひ申候。生馬様へうかゞひ候てくれか春かにぜひ御うかゞひ申し上ぐべく候。

つまらぬものに候へども私の代りに子の光があがなひまゐりしものお子様のおもちやにさし上げ申し候。御をさめ下されたく候。

かしこ

廿四日　晶子

有嶋武郎様

みもとに

415　大正６年12月27日　毛呂清春宛寛書簡

〔転載〕

拝復

丹後の冬はすでに霰を催し候とや。いかにもおいぶせきことならむと御推察申上候。東京は例年と異りて好天氣うちつづきお蔭にて氣持よき歳晩に御座候。尤も朝夕は氷が内部にある桶の水にも張り候ほどの寒さに候へば之には悩み申候。

先頃のお手紙忝く奉存候。大兄と令夫人様御子様の御清安を何よりも御喜び申上候。去月寺田總右衛門氏上京せられ候節談は貴兄の上に及び申し候ひしが、久しく御歸國なき令夫人様をお氣の毒なりと荊妻の申して涙ぐみ申候ひき。

亡父へ贈位の御沙汰有之しことにつき御祝詞をたまはり忝く奉存候。今の若き人に亡父を御承知被下候人貴下を置きて全く無しとも云ふべくお手紙を拝して一層おなつかしく存じ候。明春は京まで参りその序に御地まで足を延ばさむかとも存じをり候。久久にお目に懸ることを得ば幸に候。

お尋ねの落合先生外諸氏と上野に一會相催し候は十九年①の四月なりしかと存じ候。但しうろ覺えにつき再考可致候。御地の木本君は絶えず消息しくれられ且ついろいろの産物を送りくれられ候。お序によろしくお傳へ被下度候。この人は學ばずして學びし者よりも善事をなす人と尊く覺え申し候。

令夫人様へも平素の御無沙汰を謝し且つ御無事を祈上候。

草草。

十二月廿七日（大正六年）　　寛

毛呂清春様

御侍史

晶子よりも萬萬御雄健を祈上候。

註①　十九年――二十九年の誤り。二十九年四月十九日、東京上野公園の三宜亭で浅香社同人による、鉄幹二回目の渡韓からの帰国に対しての歓迎会があった。

416　大正６年月日不明　正宗敦夫・貞子宛寛・晶子書簡（推定）

［ペン絵葉書（第五回二科美術展覧會出品「郊外（春）」正宗得三郎筆）］

消印　未確認

㊤備前國和気郡　伊里村ホナミ　正宗敦夫様　貞子様

よさの晶子　よさのひろし

その、ち御変りもおはしまさず候や。先日得三郎様にお目にかゝり候ひしその夜お二方のゆめをありくと見申しさめてのちものかなしく候ひし。御本ありがたく存じ候。今日上野へまゐり候。ひろしよりもよろしくと申しいで候。

〔裏〕

いろくと御礼を申上ぐべきことが溜りをり候。たゞ忝しと申上おき候。

天地をおのが姿と思ふまで心を浸す秋のるり色

よさの　ひろし

【推定】本書第二巻73正宗敦夫宛晶子書簡（大8・9・23）の絵葉書に「第六回二科美術展」とあることにより大正六年と推定す。

「与謝野寛書簡抄（26）」（第９巻第１号、1937年12月）　255
「与謝野寛書簡抄（27）」（第９巻第２号、1938年１月）　257
平野勝重編『滝沢秋暁著作集』（瀧沢宗太発行、1971年）　104, 111, 123, 124, 136
『山川登美子全集』（光彩社、1973年）　199
松村緑「与謝野晶子の未発表書簡」（『文学研究』第28号、1968年11月）　243

所蔵者不明

51, 69, 70, 80, 82, 83, 90, 92, 229, 230, 298, 319, 348, 349, 351, 353

＊上記の書簡について、現在の所蔵者がわかりません。ご存じの方がいらっしゃいましたら、小社までご一報いただけますよう、お願いいたします。

出典一覧

岩野喜久代編『与謝野晶子書簡集』（大東出版社、1948年２月）
190, 196, 285, 355, 357, 360, 363
＊357は「有馬武郎展」（神奈川近代文学館、1987年７月11日）に出展された。
木俣修『白秋研究Ⅱ　白秋とその周辺』（新典書房、1955年４月）　237, 278, 287
古書展出品
明治古典会七夕入札会目録（1990年）　119
古書籍・書画幅即売会出品目録（銀座松坂屋、1987年５月14日～19日）　162
堺市博物館「没50年記念特別展　与謝野晶子―その生涯と作品―」展示目録
（1991年4月）　292
菅沼宗四郎『鉄幹と晶子』（有賀精発行、1958年11月）　225, 248, 289, 290, 385
「田中智学の世界展」（サンケイ新聞主催、1988年9月2日～7日、東急百貨店）　342
『定本平出修集』（春秋社、1965年、1969年）　266, 272
『冬柏』
「与謝野寛書簡抄（１）」（第６巻第５号、1935年５月）　233, 238, 249, 262
「与謝野寛書簡抄（２）」（第６巻第６号、1935年６月）　252, 253
「与謝野寛書簡抄（３）」（第６巻第７号、1935年７月）　235, 251, 258
「与謝野寛書簡抄（４）」（第６巻第８号、1935年８月）　242, 268, 270
「与謝野寛書簡抄（５）」（第６巻第９号、1935年９月）　259
「与謝野寛書簡抄（６）」（第６巻第10号、1935年10月）　244, 263, 265
「与謝野寛書簡抄（７）」（第６巻第11号、1935年11月）　239, 250, 254, 269
「与謝野寛書簡抄（９）」（第７巻第２号、1936年１月）　234, 241, 245, 280, 281
「与謝野寛書簡抄（10）」（第７巻第３号、1936年２月）　256, 277, 284
「与謝野寛書簡抄（11）」（第７巻第４号、1936年３月）　200, 240, 271
「与謝野寛書簡抄（13）」（第７巻第６号、1936年５月）
113, 114, 120, 127, 216, 267, 275
「与謝野寛書簡抄（14）」（第７巻第７号、1936年６月）　182, 184
「与謝野寛書簡抄（15）」（第７巻第８号、1936年７月）　118, 274, 315
「与謝野寛書簡抄（16）」（第７巻第９号、1936年８月）　283
「与謝野寛書簡抄（17）」（第７巻第10号、1936年９月）　178, 282
「与謝野寛書簡抄（19）」（第７巻第12号、1936年11月）　213, 214, 215, 301
「与謝野寛書簡抄（20）」（第８巻第３号、1937年２月）
299, 302, 303, 304, 307, 310, 383
「与謝野寛書簡抄（22）」（第８巻第５号、1937年５月）　211, 226, 308
「与謝野寛書簡抄（23）」（第８巻第６号、1937年６月）　231, 415
「与謝野寛書簡抄（24）」（第８巻第７号、1937年７月）　306, 384
＊384は『与謝野晶子書簡集』（大東出版社、1948年２月）にも翻刻あり
「与謝野寛書簡抄（25）」（第８巻第８号、1937年８月）　108, 125, 291

所蔵者・出典一覧（50音順、敬称略）

所蔵者一覧

〈編者略歴〉

逸見久美　いつみ　くみ

青山学院女子専門部国文科卒業
早稲田大学文学部国文科卒業
早稲田大学文学部国文科大学院修了
実践女子大学日本文学研究科博士課程修了
文学博士の学位を取得す（昭和52年３月）
　女子聖学院短期大学教授、徳島文理大学教授、聖徳大学教授を歴任。

著　書『評伝与謝野鉄幹晶子』（昭50、八木書店）
　晶子歌集―『みだれ髪全釈』（昭53、桜楓社）・『小扇全釈』（昭63）・『夢之華全釈』（平６）・『新みだれ髪全釈』（平８、以上八木書店）・『舞姫全釈』（平11、短歌新聞社）
　寛 歌 集―『紫全釈』鉄幹（昭60、八木書店）・『鴉と雨抄評釈』寛（平４、明治書院）・『鴉と雨全釈』寛（平12、短歌新聞社）
　随　　想―『わが父翁久允』（昭53）・『女ひと筋の道』（昭55、以上オリジン出版センター）
　歌　　集―『わが夢の華』（平６、短歌研究社）
編　纂『翁久允全集』十巻（昭49、翁久允全集刊行会）・『与謝野晶子全集』二十巻（昭56、講談社）・『天眠文庫蔵与謝野寛晶子書簡集』（植田安也子共編、昭58、八木書店）

現住所　〒113-0024　文京区西片1-3-17

定価：本体 9,800 円
＊消費税を別途お預りいたします

与謝野寛晶子書簡集成 第１巻

2002年10月25日　初版発行

編　者　逸　見　久　美
発行者　八　木　壮　一

発行所　株式会社　八　木　書　店
〒101-0052 東京都千代田区神田小川町3-8
03-3291-2961（営業）
03-3291-2969（編集）
03-3291-2962（FAX）
Web http://www.books-yagi.co.jp/pub
E-mail pub@books-yagi.co.jp

印刷所　上　毛　印　刷
用　紙　中性紙使用
製本所　博　勝　堂

ISBN　4-8406-9630-6　©2002　K. ITSUMI　第３回配本